Renate Fabel, zu Beginn des Zweiten Weltkrieges in Berlin geboren, sammelte zunächst in Buchverlagen und bei Zeitschriften berufliche Erfahrungen, ehe sie ihren ersten Roman »Meines Mannes Tochter« veröffentlichte. Inzwischen hat sie elf Bücher geschrieben. Seit zwanzig Jahren arbeitet Renate Fabel als stellvertretende Chefredakteurin bei »Madame«. Besonders ihre Leitartikel haben einen großen Leserkreis gefunden. Sie ist mit dem Graphiker Hans Fischach verheiratet, lebt in München, liebt Katzen, Reisen und, wie sie sagt, »viel zu viele Sportarten«.

Von Renate Fabel sind außerdem erschienen:

Ich war Cleopatras Lieblingskatze/Minou (Band 1689)
Verlieb dich nicht in einen Italiener (Band 2899)
Fritzi. Die Müllerkatze von Sanssouci (Band 60026)

Dieses Buch wurde auf chlor- und säurefreiem Papier gedruckt.

Vollständige Taschenbuchausgabe Juni 1994
Droemersche Verlagsanstalt Th. Knaur Nachf., München

Umschlaggestaltung: Adolf Bachmann, Reischach
Druck und Bindung: Elsnerdruck, Berlin
Printed in Germany
ISBN 3-426-60064-1

2 4 5 3 1

Renate Fabel

Paris ist eine Liebe wert

Roman

Knaur

1

»Ich bin kein Franzose, ich bin Kosmopolit.« Einer der Lieblingsaussprüche von Nicolas. Dabei setzte er die französischste seiner Mienen auf. Er hatte – Bea staunte immer wieder – zehn Gesichter, die in Sekundenschnelle wechseln konnten. Mindestens zehn. Manchmal konnten es auch siebzehn, achtzehn sein. Oder sogar mehr: Das kam darauf an, in welchem Grad seelischer Erregung er sich befand. Sein häufigstes Gesicht war das der Eifersucht. Dann wurde seine Nase ganz schmal und lang, seine Augen bekamen etwas Bedrohliches – nichts mehr erinnerte an den sonst so schönen Mann. Kurz darauf guckte er, wenn Bea mit einem ungeheuren Aufwand an Kraft und Nerven die Sache bereinigt hatte, mit blauen Riesenaugen, in die so rasch Tränen traten, oder aber – auch das beherrschte er ausgezeichnet – wie ein halbwüchsiger Straßenjunge, ein »gamin«, der gerade etwas ausgefressen hatte. O ja, Nicolas war ein Chamäleon, ein Meister der Verwandlungskunst.

Da gab es das Gesicht der Güte, des Mißtrauens, der überwältigenden, alles überstrahlenden Freude, die rein geschäftliche Miene (sehr konzentriert, sehr verbindlich) und – nicht zu vergessen – die des erfahrenen Charmeurs. Dabei – Beatrix beobachtete es immer wieder fasziniert – sanken seine Lider zur Hälfte herab, irgendwie sah er nun richtig alt aus (viel älter als vierundfünfzig, die er tatsächlich war), ein bißchen verlebt und sogar ein wenig hilflos. Bea war dann fast immer gerührt. Im nächsten Augenblick wirkte er wie die personifizierte Unschuld, ein Engel, vom

Himmel gefallen, lachte, scherzte, spielte den Clown, tanzte ausgelassen wie ein Kind. Oh, Nicolas!
Oh, Nicolas!
Manchmal erkannte ihn die kurzsichtige Bea kaum, wenn er ihr auf der Avenue Victor Hugo entgegenkam, so immer anders sah er aus. Je nachdem, was er gerade erlebt hatte. Doch breitete er dann seine starken Arme aus, gab es keinen Zweifel mehr. Mit aller Inbrunst warf sie sich hinein und sah in sein lachendes Gesicht. Und er drückte sie so fest an sein Jackett, daß sie nach Luft rang.
»Du hast Angst vor mir, Bébé?« fragte er dann mit Gesicht Nummer sechs, dem des frechen Straßenjungen. »Richtig Angst?« Und er drückte sie noch fester an sich, bis sie um Gnade flehte. Anschließend führte er sie ins Café. Sie setzten sich an einen runden Tisch, bestellten ein Bier, hielten sich an den Händen, beobachteten die Passanten, die in der leise herabfallenden Dämmerung über den Boulevard schlenderten. Feierabend in der City. Ruhte Beas Blick gedankenverloren ein wenig länger auf dem Gesicht eines männlichen Passanten und nahm sich der die Freiheit, den Blick zu erwidern, wurde Nicolas' Nase lang und dünn. Eine kleine Szene folgte, doch schaffte es Bea meistens, ihn zu beruhigen. In ihrem harten, mangelhaften Französisch und unter Aufbietung ihrer gesamten Überzeugungskraft.
»Eh bien, fini. Ich will nichts mehr davon hören. Vielleicht ist das in Deutschland ja anders. Aber hier schöpft ein Mann Hoffnung, wenn eine Frau ihn länger anschaut.« Nicolas zündete, um sich zu beruhigen, eine Zigarette an. Und bestellte einen Croque Monsieur.
Hand in Hand schlenderten sie zurück an die Porte Dauphine, wo Sophie, das blonde Straßenmädchen, im schwarzen, mit Pelz verbrämten Lederkostüm auf Kunden wartete. Kauften am Kiosk an der Ecke ein Wirtschaftsmagazin für Nicolas und für Bea eine deutsche Illustrierte, um sie ein

wenig an zuhause zu erinnern. Fuhren mit dem alten Fahrstuhl die fünf Stockwerke hinauf bis zu Nicolas' Wohnung, warteten, während Nicolas den Schlüssel ins Türschloß steckte, eng aneinandergeschmiegt auf Roberts Begrüßungsmiau. Er würde sie doch nicht enttäuschen?

»Miauau, miauau.« Voilà, der Kater wußte, was sich gehörte. Mit gekrümmtem Buckel stand er hinter der Tür, den buschigen Schwanz aufgestellt, die grünen Augen vorwurfsvoll – er war den halben Tag allein gewesen – auf die Eintretenden gerichtet. Dann rollte er sich doch auf den Rücken, ließ sich von Nicolas das Angorafell kraulen. »Miaule, miaule.« Jetzt klang es richtig französisch.

»Was macht mein kleiner, großer Kater? Wie geht es meinem König unter den Katern, dem großen Matou, dem gewaltigsten, klügsten und schönsten von allen?« Nicolas kraulte, daß ihm die Katzenhaare um die Nase stoben. Er hörte mit dem Kraulen gar nicht mehr auf, legte seine ganze Inbrunst hinein. Wieder schien er die personifizierte Liebe, ein starker Mann, der sich auf die Knie niederließ, um einem Lebewesen seine Zärtlichkeit zu bezeugen. Erst nachdem Robert sich beruhigt hatte, erhob er sich, schüttelte den Staub von der Hose, machte sich daran – eine fast heilige Handlung –, die vielen kleinen Lampen im Salon zu entzünden.

Und während Bea im Korridor aus den Schuhen schlüpfte und die dämmrige Wärme des hohen Raums in sich aufnahm, schwor sie sich, Nicolas niemals zu verlassen. Genauso – was Hand in Hand damit ging – sich alle Mühe zu geben, heimisch zu werden in Paris. Summend ging sie in die Küche, stellte das Geschirr auf den Bistrotisch, legte das weiße Besteck dazu. Heute würde es wieder einmal Hammelkoteletts geben. Dazu einen köstlichen Rotwein.

Das war abends. Und am Morgen, wenn Nicolas auf Zehenspitzen, um sie nicht zu wecken, in die Küche schlich, zehn Minuten später mit Joghurt, Orangen- und Vitaminsaft, Croissants, Honig, Obst, einem viel zu starken Kaffee sowie einem Kännchen Milch zurückkam – nicht einmal die Serviette fehlte auf dem Tablett und auch nicht die Beilage des heutigen »Figaro« –, war sie noch genauso felsenfest davon überzeugt, ihn und Paris nie zu verlassen. Amüsiert betrachtete sie die kleinen Apfelstückchen, die er krumm und schief für sie zurechtgeschnitten hatte. Hatte Bea den ersten Bissen heruntergeschluckt, zog er sich zufrieden in die Küche zurück, um Robert sein Fressen zu richten und sich einen starken Espresso zu brauen.
Doch auf einmal – Bea versenkte sich gerade, ein Kissen im Rücken, genüßlich in die Literaturbeilage. Was für ein herrlicher Pariser Morgen! Die Sonne färbte die zugezogenen Vorhänge maiengrün, von der Straße herauf klang Kinderlachen, gemischt mit Autohupen – kam Nicolas' abrupte Wandlung. Er wurde blaß und nervös. Weil er, wie meistens, noch in geblümten Baumwollshorts dastand, als Michel, der Chauffeur, bereits läutete. Er hatte sich noch nicht rasiert, noch nicht seine Unterlagen für die Konferenz zusammengelegt, außerdem haßte er nichts so sehr, als gehetzt zu werden.
Welches Hemd, mon dieu, welche Krawatte? Drei zur Auswahl wurden Bea unter die Augen gehalten, sie entschied sich für eine blaugrünrosagestreifte, fühlte sich irgendwie schuldig. Vielleicht, weil sie noch immer im Bett lag? Olimpia vermutlich hätte ... Nicolas, immer noch in Rage, lenkte sie von dem peinigenden Gedanken ab. An der Jacke fehlte ein Knopf. Könnte Beatrix sich vielleicht darum kümmern? Er sprach den Namen so durch die Nase, daß Bea, an Bébé oder Pom gewöhnt, sich zunächst nicht angesprochen fühlte. Und wo war die Einladung für den

Cocktail heute abend? »Nichts ist da, alles ist in Unordnung. Ein richtiges Durcheinander.« Er sagte das nicht zu Bea, die in ihrem Jungennachthemd artig im Doppelbett lag, sondern zu sich selbst. Und doch fühlte Bea sich angegriffen. So als ob sie versagt hätte. Walter hatte niemals so zu ihr gesprochen, kein einziges Mal. Er war so selbstlos gewesen, so ohne jeden Anspruch an sie, immer freundlich und aufmerksam, ein einmaliger, unvergessener Schatz. Bea wurde ganz traurig, als sie an ihren Mann dachte. Warum war es gerade ihr Schicksal, Witwe zu werden? Mit nicht einmal vierzig Jahren und zwei Kindern! Der Gipfel der Ungerechtigkeit, etwas, worüber sie niemals hinwegkommen würde, einen so liebevollen Mann wie Walter bei einem Skiunfall zu verlieren.
Aber nein, energisch wischte sie sich die Tränen fort, sie mußte sich zusammennehmen. In letzter Zeit weinte sie zu oft. Ein Zeichen des Alters, sie hatte es selbst häufig genug bei ihrer Mutter kritisiert. Erst kürzlich hatte Nicolas sie erstaunt gemustert, als Bea ihm einen Film schilderte und mittendrin in Schluchzen ausbrach. »Bea, Bébé, du weinst?« Seine mitfühlende Reaktion. »Hat dich der Film wirklich so ergriffen?« Er wirkte irritiert. Dabei war es ein französischer Film gewesen, ein bewegender Film über die Résistance.
So war sie fast erleichtert, als Nicolas endlich die Tür hinter sich zuschlug, nicht ohne ihr vorher noch – er verzichtete niemals darauf – einen außerordentlich schönen Tag zu wünschen. »Wie wirst du ihn verbringen, Pom?«
Es klang wie nebenbei. Doch für Bea sprach deutlich das Mißtrauen heraus, sie könnte sich mit fremden Männern treffen oder – fast ebenso schlimm – stundenlang mit alten Freunden in Deutschland telefonieren. Oh, da gab es eine Menge unerwünschter Dinge. Nicolas' Phantasie war mindestens ebenso groß wie sein Mißtrauen, nämlich unermeß-

lich, ging bis in ihre früheste Jugend zurück. Wobei ihre Ehe ihn ganz besonders irritierte. Am liebsten war ihm, Bea blieb zu Hause, erholte sich, arrangierte Blumen, spielte mit Robert, nahm ein Bad, um abends für Nicolas ausgeruht und schön zu sein.

»Wie leicht kann dir etwas passieren, Bébé«, gab er immer wieder zu bedenken, »gerade dir, die du so gutgläubig bist. Und mit der Metro sollst du schon gar nicht fahren!« Es folgte die Geschichte einer jungen Schwedin, die eine Metrostation betreten hatte und niemals wieder aufgetaucht war. Bea kannte das alles auswendig. »Und warum muß es immer der Gare Saint-Lazare sein?« Zugegeben ihre Lieblingsstation. Doch erstens lag der Bahnhof ganz in Nähe der großen Warenhäuser, und zweitens mußte sie bis dahin nur einmal umsteigen. Außerdem verlief sie sich in dieser Gegend nicht so schnell, was ihr sonst leicht passierte. Doch das verstand er nicht, wollte es gar nicht verstehen. Sein Gesichtsausdruck wechselte von Enttäuschung über Resignation bis hin zu einem freundlichen Augenzwinkern. »Je t'aime.« Damit verschwand er.

Je t'aime. Nicolas' ständig wiederkehrender Spruch. Sprach man das in Frankreich öfter und vielleicht unbedachter aus als in Deutschland? Bea wußte es nicht. Sie wußte so vieles nicht in diesem Paris, obwohl sie inzwischen zusammengerechnet mehr als ein Jahr hier verbracht hatte. Manchmal kam es ihr exotischer vor als Hongkong. Vieles war so ganz anders als bei ihr zu Hause, die Menschen dachten, reagierten in einer völlig verschiedenen Weise, machten zum Beispiel ein Riesentheater um Dinge wie Essen und Trinken, Herkunft und Titel, die Beatrix ziemlich gleichgültig ließen. Ging es aber um Pünktlichkeit oder Präzision, legten sie eine überraschende Großzügigkeit an den Tag. Das störte sie auch gelegentlich an Nicolas. Seufzend erhob sich Bea jetzt endgültig, begab sich ins Bad. Im Spiegel über dem Waschbecken konnte sie die Arbeiter auf dem Gerüst sehen, die am Haus gegenüber die Fassade renovierten. Als einer der Männer Bea entdeckte, grinste er bedeutungsvoll, stieß seinen Kollegen an. Rasch zog Bea das Rollo herunter. Außerdem bot sie im Augenblick wahrhaftig keinen erfreulichen Anblick. Einen Kranz Zahnpasta rings um den Mund und verstrubbeltes Haar.

Sorgfältig duschte sie, cremte sich ein. Dazu benützte sie die vielen kostbaren Essenzen, die Nicolas in ihrem Badezimmer für sie bereitgestellt hatte. »Du sollst eine Frau de luxe sein, verstehst du? Nicht nur eine mit Seele. Seele hast du sowieso, ein Grund, warum ich dich so liebe, aber Luxus steht dir ebenfalls zu.« Ein kleiner Hieb, wieder einmal, gegen Walter, den er nicht gekannt, der ihm nichts weggenommen hatte, doch gegen den er mehr und mehr eine eigenartige Eifersucht entwickelte. »Wundert dich das? Du warst mit ihm verheiratet, richtig verheiratet, ihr habt Kinder zusammen. Und was ist mit mir?«

Nun – Bea fröstelte, wickelte sich enger in das lachsfarbene Badetuch –, dazu gab es viel zu sagen, ungeheuer viel sogar. Einen vollen Tag wenigstens brauchte sie, um Nicolas ihre Gefühle für Walter zu erklären. Wobei sie nicht einmal sicher war, ob sie das überhaupt wollte. Doch mit einem hatte der Franzose recht. Eine »femme de luxe« zu sein, war durchaus von Vorteil. Freilich kam es darauf an, was man unter Luxus verstand. Für Bea bestand er schon darin, sich in aller Ruhe duschen und die Haare zu fönen, ohne ständigen Blick auf die Uhr, was ihr früher nie möglich gewesen war. Dann hörte sie, wie sich der Schlüssel in der Wohnungstür drehte und Adrienne eintrat.

Adrienne war die »gardienne« des Hauses in der Avenue Bugeaud. Früher hätte man sie »concierge« genannt, doch auch Paris hatte sich trotz seines manchmal ziemlich unerträglichen Snob-appeals der Zeit anpassen müssen. Concierge ließ sich keine Hausmeistersfrau mehr schimpfen. Adrienne lebte mit ihrer Familie in einer kleinen Wohnung im Parterre, wo sie, wenn sie nicht gerade für einige der Herrschaften die Appartements reinigte, auf einem Sofa neben ihrer Puppensammlung saß, nähte, in Zeitschriften blätterte, dabei die ein- und ausgehenden Personen beäugte. Adrienne war aber nun keineswegs das, was man sich unter einer typischen Pariser »concierge«, pardon, einer »gardienne«, vorstellte, also ältlich, bebrillt, verschwatzt, sondern – ganz im Gegenteil – jung, blond und von erstaunlicher Energie. Sie versah ihre Arbeit sehr gut, wenn sie sich auch manchmal bei Bea, die sie – der Himmel wußte, warum – für eine Weltenbummlerin hielt, über zu wenig Abwechslung beklagte. Vor allem konnte sie tüchtig zupakken. Zu Nicolas kam sie jeden Wochentag, kümmerte sich um die anfallenden Hausarbeiten, wozu auch Waschen und Bügeln gehörten. »Aber das kann ich doch machen«, hatte Bea angeboten, die während ihrer Ehe nicht mal eine Putzfrau gehabt hatte. »Irgendwie ist mir das peinlich, wenn mir eine Frau nachräumt. Es hat sowas Dienendes an sich.«

»Aber ich will, daß du bedient wirst. Hörst du, Pom?« bestimmte Nicolas. »Wer sonst, wenn nicht eine Frau wie du? Es ist nicht ein Zeichen von innerer Größe, wenn du unbedingt alles selbst machen willst. Vielleicht hat Walter ...«

»Hat er nicht«, kürzte Bea ab, die sich die nun folgende Rede genau vorstellen konnte. »Ganz bestimmt nicht. Gut, ich lasse mich bedienen. Alles, alles, wie du willst.«

Trotzdem leerte sie, bevor Adrienne ihr Bad betrat, den kleinen Kosmetikeimer aus, wienerte den Toilettentisch, reinigte sogar flüchtig die Wanne und den Spiegel dahinter, weil Adrienne, wie sie Madame – das war Bea – gestanden hatte, diese Arbeit nicht sehr schätzte. Sie tat ihrem

Knie weh. So machte sich Bea wenigstens ein bißchen nützlich.
Erwartete Nicolas ihren Anruf? Das wußte man bei ihm nie so genau. Vielleicht hatte er ja gerade eine seiner Konferenzen, »réunions«, auf die er so stolz war und bei denen er nicht gestört werden wollte. Nicolas' Arbeit bestand, wenigstens kam es Bea so vor, in der Hauptsache aus »réunions«, bei denen er – ganz wichtig – den Vorsitz hatte. Seine Stellung war die eines PDG (Président Directeur Général) in einem mittelgroßen Pharmazieunternehmen, das neuerdings auch Kosmetika herstellte (deshalb die kostbaren Flakons in Beas Bad). Präsident wurde man in Deutschland äußerst schwer, es sei denn, man strebte das höchste Amt in der Politik oder die Chefposition in der Bundesbank an – in Frankreich dagegen wimmelte es nur so davon. Ganz bestimmt war Nicolas ein besonderer, einer, der sehr viel schneller dachte und handelte als die anderen, ließ er doch im Geschäftsleben erstaunlicherweise sämtliche Sentimentalitäten beiseite. Jedenfalls verdiente er eine Menge Geld und steigerte jedes Jahr den Firmenumsatz.
In ihren lachsfarbenen Frotteemantel gehüllt, nahm Bea ihre tägliche Wanderung durch das Appartement auf. In der Küche hörte man Klappern und Klirren, dort arrangierte Adrienne wohl die Gläser in der Spülmaschine neu, Bea hatte den Dreh immer noch nicht heraus. Besser also, ihr nicht zu begegnen. Bea zog es vor, noch ein wenig allein zu sein, schweigend in ihrer Morgenschläfrigkeit in die Atmosphäre der weitläufigen Wohnung einzutauchen. Einer Wohnung, die sie liebte mit ihren hohen Fenstern, vor denen Tauben pickten, den Stuckverzierungen an der Decke, den schweren Louis XV.-Möbeln, dieser ganzen französischen Hochherrlichkeit, die ihre Phantasie anregte, in der sie sich fast heimisch gefühlt hätte – würde, ja würde nicht so vieles an Olimpia erinnern. Olimpia. Bea seufzte

tief auf. Hätte es doch niemals diese Olimpia gegeben! Nicht in Nicolas' und damit auch nicht in ihrem Leben. Wäre Olimpia bis zum Ende ihrer Tage in Peru geblieben, wo sie heute wieder lebte, hätten sie doch bloß die Götter davor bewahrt, nach Europa zu reisen und Nicolas kennenzulernen. Es wäre für Bea so viel leichter gewesen.

Olimpia, Olimpia Vargas. Die Frau, die Nicolas vor ihr geliebt, mit der er in Paris gelebt hatte. In diesem Appartement. Für die er seine Familie, seine Freunde, fast sogar – und das war das Unglaubliche – seine berufliche Zukunft geopfert hatte. Sein Schicksal, sein »destin«. Bea haßte diese Frau. Haßte sie und fürchtete sie zugleich. War sie doch die überwältigende Leidenschaft, die ganz große Liebe für Nicolas gewesen. »Meine erste ganz große Liebe«, berichtigte er, wenn Bea ihm das an den Kopf warf. »Du bist die zweite und – die größere!« Das war sehr nett gemeint und gesagt, konnte Bea jedoch nicht überzeugen. Nein, nein, man mußte den Tatsachen – und tat es auch noch so weh – mutig ins Auge blicken. Olimpia war und blieb die Frau seines Lebens.

»Und was bist du dann?« fragte Nicolas mit einer neuen Gesichtsvariante, die Bea als Nummer dreiunddreißig einstufte. Seine Wangen wirkten eingefallen, seine sonst tiefblauen Augen schimmerten grünlich wie die Roberts. Er schien unter der Anschuldigung zu leiden. »Du, mein Bébé?«

»Eine Frau, die du nach Olimpia kennengelernt hast«, erwiderte Bea in ihrer direkten Art. »Mag sein, eine Frau, die du sehr liebst«, lenkte sie ein, als Nicolas fast zu fauchen begann, »nach all den Ex-Mannequins und Ex-Schönheitsköniginnen, mit denen du deine Zeit verschwendet hast.« Auch so ein Punkt, der ihr zu schaffen machte. »An Olimpia erinnern werde ich dich nur schwerlich. Glänzend schwarze Locken und ein loderndes Temperament ...«

»Was du immer denkst.« Nicolas wandte sich ab. Er weigerte sich hartnäckig, von Olimpia zu sprechen. Bea lief wie gegen eine Mauer. »Meine kleine Phantastin, meine Märchenerzählerin.«
»Wieso, ist sie etwa nicht dunkelhaarig? Mit schwarzen Augen und olivfarbenem Teint? Eine halbe Indianerin vielleicht?« Energisch baute sich Bea vor ihm auf. »Erzähl mir doch etwas von deiner großen Liebe, wenn du ein reines Gewissen hast. Irgend etwas.«
Aber er wollte nicht. Meinte, das Thema sei erledigt, lange schon. Im übrigen vertrage er keine Kommandos. Das sei wohl preußische Art?
»Peruanische bestimmt nicht«, gab Bea patzig zurück. Schon war der schönste Streit im Gange.
Wumm! Mit heftigem Knall warf Adrienne die Tür der Spülmaschine zu. Diesmal mußte Bea die kostbaren Weingläser besonders ungeschickt eingeräumt haben. Daher diese Aggression. Und wenn schon! Ganz auf französische Art versuchte Bea das kurzgeschnittene Haar dekorativ in den Nacken zu werfen, um ihre Gleichgültigkeit zu demonstrieren. Es gelang ihr nur unvollkommen. Nichts von dem gelang ihr, was die Pariserin aus dem »Effeff« beherrschte, sie in Beas Augen so unwiderstehlich weiblich machte. Die Pariserin und die südländische Frau noch viel mehr. Es nützte nichts, sie fühlte sich immer unterlegen.
Auf Zehenspitzen stahl sich Bea in Nicolas' und ihr gemeinsames Schlafzimmer. Hier war sie sicher, vorerst jedenfalls. In das »chambre à coucher« wagte sich Adrienne erst hinein, wenn beide Herrschaften es verlassen hatten. Bea wäre es freilich lieber gewesen, sie würde es gar nicht betreten. Verfolgte sie doch der Gedanke, die junge Frau, nach eigener Aussage höchst gelangweilt, schnüffele in den Kissen und Laken des köstlichen Riesenbettes herum (es war so groß, daß man sich nach allen Seiten herrlich aus-

strecken, darin herumkugeln, sich dehnen und strecken konnte), auf der Suche nach Spuren einer leidenschaftlichen Liebesnacht. Nicolas teilte in diesem Fall ihren Zweifel, stellte sogar gelegentlich die These auf – was Bea völlig aus der Fassung brachte –, Adrienne würde sich mit Michel, dem Chauffeur, in eben diesem Bett vergnügen. »Kleine Angestellte ahmen gern ihre Herrschaft nach.« Typisch französische Arroganz der höhergestellten Klasse. »Neuerdings trägt Michel dieselben Krawatten wie ich. Und trinkt den gleichen Champagner. Wie er sich das nur leisten kann?«
Daraus sprach der Verdacht, Michel würde sich, wenn sein Herr und Meister nicht zu Hause war, an seinen Alkoholreserven vergreifen. Das irritierte ihn fast noch mehr als die Vorstellung von Michel und Adrienne in seinem Bett.

Nicolas! Bea mußte lächeln, als sie sich seinen Schrankwänden näherte. Mißtrauisch gegenüber der Welt und dabei im Innern so verletzlich und sensibel. Seine Souvenirsammlung war das beste Beispiel dafür. Da waren zunächst mal die Dinge, die in Zusammenhang mit ihrer Person standen. Jede noch so unwichtige Kleinigkeit aus der gemeinsamen Zeit hob er auf, arrangierte sie in seinen Regalen aus dunklem Holz: ein porzellanenes Vogelpärchen, das die Köpfe zusammensteckte – Wert etwa fünf Mark, sie hatte es bei einem Straßenhändler gekauft –, ein dickes rotes Plüschherz mit Quaste, das sie Nicolas am Valentinstag überreicht hatte, Fotos von ihrer gemeinsamen Reise nach Portugal, ein Kieselsteinchen mit einem Glückspfennig und zwei Marienkäfern darauf. Außerdem zwei schwere Silberrahmen, in denen sie ihr Porträt (nicht gerade schmeichelhaft) wiederfand, sowie eine Aufnahme von ihnen beiden. Er, um so vieles schöner, so vieles vornehmer als sie, den Arm schützend um ihre Schulter gelegt. Ihr hingen die Haare in die Stirn. Ach ja, es hatte geregnet. Ein anderes Regal war dem Andenken seiner Mutter gewidmet. Sie hatte kostbare Nippes gesammelt, ein Napoleon war darunter, aus Limoges, dann Dessertteller mit durchbrochenem Spitzenrand, tanzende Affen, die Flöte spielten. Nicht weniger nostalgisch ein Balltäschchen mit silbernen Fransen, ein verschlissener Fächer, Jugendbilder der ungewöhnlich schönen Frau. Das tat nicht weh, erzählte es doch die Geschichte von Nicolas' inniger Beziehung zu seiner Mutter, die vor zwei Jahren gestorben war. Ebenfalls aufschlußreich, wenn schon ein wenig schmerzlicher die vier Regale mit den Souvenirs an seine Frau und die drei Kinder. Fotos, Fotos, Fotos, die Kinder ein wenig exotisch – Marie-Louise, seine Frau, stammte aus Martinique –, hübsche kleine Kinder, die sie anlachten. Langsam waren sie dann erwachsen geworden, es gab Bilder mit den beiden Söhnen im Baseball-Trikot und mit Anya, der aparten Tochter, mit ihrem Reitpferd, einem Rappen.

Aber nun – Bea versteckte den Kopf im Kragen ihres Morgenmantels, zog die Schultern wie schutzsuchend hoch – stand sie hilflos vor dem Regal mit den Dingen, die Nicolas an Peru erinnern sollten. Wäre es nur das gewesen, doch es war vor allem das Regal von Olimpia.

»Was willst du?« pflegte Nicolas leichthin zu sagen. »In Peru habe ich acht wichtige Jahre meines Lebens verbracht. Dort gingen meine Kinder zur Schule, baute ich das größte pharmazeutische Unternehmen des Landes auf. Darf ich keine Erinnerungen daran haben?«

Durfte er, selbstverständlich. Und damit seiner Liebe zu Olimpia einen Altar errichten, ihm zur ständigen Erinnerung, ihr, Bea, ein Ärgernis. Mit einer Mischung aus Scheu und Unbehagen betrachtete Bea die buntgekleideten Puppenfiguren mit ihren bizarren Gesten (einem Zauberer fehlte der Arm), das Gemälde der schwarzen Madonna vor

goldenem Hintergrund, die fast prähistorisch anmutenden Tierfiguren aus Bronze. Olimpia hatte sie von den Anden nach Paris gebracht, wo sie sich nicht heimisch fühlte, immer nur fror, trotz des lichtdurchfluteten Appartements und – Nicolas' leidenschaftlicher Liebe.
Wenn Bea daran dachte, wurde sie richtig krank. Hier in diesem Raum hatten sie sich geliebt, Olimpia und Nicolas, Nacht für Nacht miteinander verbracht. Er war ein wunderbarer, erfahrener Liebhaber – wer wußte das besser als Bea? –, doch konnte sie seine geflüsterten Zärtlichkeiten, seine Liebkosungen nur selten genießen, war da doch der ständige Gedanke an Olimpia.
Nicht einmal ein Foto gab es von ihr. Nicolas hatte alle Bilder in einer Kassette verschlossen, zusammen mit Olimpias Briefen. Beziehungsweise – eine Aufnahme existierte doch von dem Paar. Doch sah man darauf nur den lachenden braungebrannten Mann im weißen Hemd und weißen Shorts, Nicolas verführerischer denn je, die Frau an seiner Seite war mit der Schere weggeschnitten. Gerade die Nasenspitze erkannte man. »Seltsam spitz«, fand Bea. Sie konnte die Bemerkung nicht unterdrücken, kam damit aber bei Nicolas nicht an. »Spitz? Nein, das bestimmt nicht. Und nun bitte Schluß mit den alten Geschichten.«
Dabei spielte dieses wehmütige Lächeln um seinen schöngeschwungenen Mund, das sich nur zeigte, wenn er von Olimpia sprach. Was war sie bloß für eine Frau, daß ein Mann wie Nicolas ihr in diesem Maße verfallen war?
Adrienne müßte mehr darüber wissen. Doch wie ihr das Geheimnis entlocken? Nicolas schätzte es nicht, wenn Bea sich zu vertraulich mit seinen Angestellten gab. Einmal hatte sie den Versuch gewagt, die »gardienne« zu einem Glas Champagner einzuladen, in der Hoffnung, ihr die Zunge zu lockern. Doch – war Adrienne von Nicolas vorgewarnt oder einfach desinteressiert – das Ergebnis war

gleich Null. Ungebührlich schnell hatte Adrienne den Champagner heruntergekippt, sich dann mit der Bemerkung entfernt, sie müßte weiterarbeiten. Ihre Tochter läge mit Grippe im Bett. Ja, natürlich erinnere sie sich an die frühere Madame. Verschlossen wäre sie gewesen und oft müde. Nein, um den Haushalt hätte sie sich nicht groß gekümmert. Und – hübsch? Comment? Das Surren des Staubsaugers übertönte Adriennes Beurteilung.
»Robert, verrate mir dein Geheimnis. Bitte, Robert«, versuchte es Bea bei dem Kater, doch der gähnte ihr nur gelangweilt ins Gesicht, rollte sich auf die andere Seite des Seidensessels. Auch er schien, nicht anders als sein Herrchen, nach wie vor von der großen Unbekannten fasziniert, erwiderte er Beas Zuneigung doch nur zögernd.
Ein Pochen an der Schlafzimmertür. »Madame, darf ich eintreten?« Es war Adrienne, stramm in Jeans und einem Mickymauspullover.
»Natürlich, bitte sehr. Entschuldigen Sie.« Verwirrt flüchtete Bea in ihr Zimmer zurück. Sie schämte sich, noch nicht angezogen zu sein. Von Tag zu Tag wurde es später.
Gerade schlüpfte sie in Rock und Pullover, da klingelte das Telefon. Anfangs war Bea nicht an den Apparat gegangen, aus Furcht, eine der zahllosen Ex-Geliebten von Nicolas könnte sich melden und nach ihrem »petit chéri« fragen, inzwischen hatte sie diesen Komplex abgelegt.
»Mami?« Es war Ulrike. Wärme durchflutete Bea. Ihre Tochter, ihr süßer Liebling. Was für eine Überraschung! Eine vertraute Stimme! Leider klang die Stimme gar nicht besonders glücklich.
»Was ist, mein Kleines? Geht es dir gut? Und dem Baby?«
»Dem Baby schon, mir weniger. Ivo ist wieder weg. Zum drittenmal in diesem Jahr. Irgendwo auf großer Fahrt.«
Zorn stieg in Bea hoch. Sie hatte das Dilemma ja kommen sehen. Aber Ulrike war immer schon eigensinnig gewesen.

»Und damit zum letztenmal, das schwöre ich dir. Ich werde mir den feinen Kavalier bei nächster Gelegenheit vorknöpfen. Was fällt dem eigentlich ein, seine Freundin und sein Kind, wann immer es ihm paßt, im Stich zu lassen? Und wie ich ihn kenne, ohne einen Pfennig Geld. Ich werde ...«

»Nein, bitte nicht.« Ulrike schluchzte. »Dann kommt er überhaupt nicht mehr zurück, aber ich liebe ihn doch. Und Michi braucht einen Vater. Wenn ich die anderen Babies mit ihren Vätern sehe, gibt es mir jedesmal einen Stich. Was soll ich bloß machen? Mami, hilf!«

»Sei ruhig, mein Kleines, wir finden schon eine Lösung. Wie wär's, wenn du erstmal für ein paar Tage nach Paris kommst? Platz gibt es hier genug und Zerstreuung auch. Wäre doch gelacht, wenn wir dich hier nicht auf andere Gedanken bringen könnten.«

»Meinst du?« Ulrike klang schon ein wenig getröstet. »Ob das Baby wohl die Flugreise verträgt?« Einiges Hin und Her (auch über die Kosten, die Bea – wie meistens – übernehmen würde), dann hängte sie ein.

Ulrikes Anruf war gerade rechtzeitig gekommen. Beas Schultern strafften sich, sie fühlte sich voller Energie. Was brachte es ein, sich mit eingebildeten Phantasien und Alpträumen herumzuschlagen, solange die eigene Familie in Schwierigkeiten war. Gleich nachher wollte sie sich um einen Flug kümmern. Ulrike brauchte sie, ihr mußte geholfen werden.

Das Telefon läutete zum zweitenmal. Hatte Ulrike etwas vergessen? »Ja, Herzchen?«

»Je t'aime«, sagte eine tiefe Frauenstimme, »je t'aime, mon amour.« Die Worte gingen in Schluchzen unter, ein Schluchzen, das rauh und gerade dadurch besonders schmerzlich klang. »Amor, o amor.« Die Stimme brach ab.

Bea schlug die Hände vors Gesicht. Sie mußte sich setzen, so sehr zitterten ihr die Knie. Wie sollte sie das länger ertragen?

2

Beatrix hatte Nicolas im Zug kennengelernt; das war auf der Strecke Straßburg–München gewesen. Ausnahmsweise – dem Himmel sei nachträglich Dank – hatte sie sich ein Billett erster Klasse geleistet, da, wie sie auf der Hinfahrt festgestellt hatte, die Abteile der zweiten Klasse hoffnungslos von Rucksacktouristen und anderen Ferienreisenden überfüllt waren.
Als Bea die Abteiltür in Panik aufriß – der Zug rollte schon an –, fiel er ihr gleich auf, der schöne, vornehme Herr mit den strahlendblauen Augen, der ihr ernsthaft und gleichzeitig erwartungsvoll entgegenblickte. Aber, um die Wahrheit zu sagen, tief beeindruckt war sie nicht von ihm. Dazu war ihr Interesse an Männern einfach noch nicht wieder groß genug oder, anders ausgedrückt, der Schmerz um Walter noch zu frisch. Eine glückliche Liebe im Leben genügt, hatte sie sich nach seinem Tod gesagt, viele haben nicht einmal das. Bloß nicht, wie so viele andere alleingelassene Frauen, in Panik geraten, jedem freien Mann hinterherjagen, ihre Zeit mit wahllosen Bekanntschaften vertun. Vielleicht später einmal, wenn Ulrike verheiratet war und Ulli sein Studium beendet hatte, konnte sie sich mit dem Problem Männer in aller Ruhe auseinandersetzen.
Bis dahin versuchte sie tapfer, das Beste aus ihrem Leben zu machen. Leicht war es nicht nach einer so langen Ehe, nein, wirklich nicht. Andererseits besaß sie jetzt eine ganze Menge mehr Freiheiten, die manchmal durchaus auch ihre kleinen Vorteile hatten. War Bea von einem Buch beispielsweise so fasziniert, daß sie es am liebsten in einem Zug

ausgelesen hätte, tat sie das eben, ohne daß sich jemand über den Lichtschein beschwerte. Eine Art unfreiwillige Emanzipation nach über zwanzig Jahren Ehe, die Bea im Grunde jedoch recht gut bekam, wenn auch die Erinnerung daran wehtat und Sehnsüchte hervorrief. Nicht weniger gut bekam ihr der Entschluß, das erstemal im Leben berufstätig zu sein. Da sie kurz nach dem Abitur geheiratet hatte, besaß sie keine abgeschlossene Berufsausbildung. Gerade zu ein paar Semestern Germanistik hatte es gereicht. Doch stellte sie mit der Zeit ein gewisses Sprachentalent an sich fest, das sie selbst erstaunte, war es doch so ungefähr das einzige Talent, das sie besaß. Auf dem Gebiet der Kunst war leider so gar nichts vorhanden.

Als die Kinder größer wurden, hatten Walter und sie eine Menge Auslandsreisen gemacht. Nach England und vor allem nach Schottland, wo Walter seinem Hobby, dem Fischen, nachging. Dann mußte Bea den Dolmetscher spielen. Sie hatte es gern getan, sich gewissenhaft darauf vorbereitet, half es ihr doch, ihre Komplexe gegenüber all den übertüchtigen berufstätigen Frauen um sie herum wenigstens ein klein bißchen abzubauen. Denn Komplexe hatte sie, das war ganz natürlich. Welche selbstbewußte Frau begnügte sich denn heute noch damit, ausschließlich den Haushalt zu führen, Mann und Kinder zu versorgen. Das gehörte der Vergangenheit an. Aber Walter, in dieser Hinsicht überaus altmodisch, fand das ganz in Ordnung so. Er selbst verdiente als Lehrer für Mathematik und Physik an einem Gymnasium gut genug, um seiner Familie ein angenehmes, wenn auch keineswegs luxuriöses Leben bieten zu können. »Eine Mutter gehört zu ihren Kindern, solange sie noch klein sind« – einer seiner Lieblingsaussprüche. »Und auch ein bißchen an den Herd«, setzte er hinzu, wenn Bea ihn wieder mit kaltem Roastbeef abzuspeisen versuchte. »Und immer in Rufweite des Mannes«, vollendete Bea trocken, die sich längst daran gewöhnt hatte, daß Walter manchmal gern auch zu Hause den Pädagogen spielte.

Nach seinem Tod hatte sie dann versucht, aus ihren Sprachkenntnissen einen Beruf zu machen. Englisch war ihre Stärke, Französisch bereitete ihr schon mehr Schwierigkeiten. Sie begann mit kleinen Übersetzungen. Eine Freundin brachte sie mit einem Verleger von Kriminalromanen zusammen, der sich auf angelsächsische Autoren spezialisiert hatte. In kurzer Zeit hatte Bea einige Aufträge bekommen. Ganze sechs Romane hatte sie inzwischen aus dem Englischen ins Deutsche übersetzt. Darauf war sie richtig stolz! Nach Straßburg war sie gefahren, um – für sie eine Premiere – an einer Tagung des Dachverbandes der Vereinigung deutscher Übersetzer teilzunehmen. Man wollte sie neu organisieren, den Vorstand abwählen, außerdem ging es darum, aus der Dunkelheit der Anonymität herauszutreten, mehr anerkannt zu sein. Bea, völlig erschöpft von ihren Übersetzungen, war bereits nach dem ersten Buch dafür. Trotzdem – unter all den gescheiten, gewandt argumentierenden und parlierenden Kollegen (die meisten männlichen Geschlechts) war sie sich recht verloren vorgekommen. Was sollte sie schon zu den Diskussionen beitragen, sie, die ganz gewöhnliche Kriminalromane übersetzte, aber keinen James Joyce? Besonders komisch empfand sie es dann, als ein angejahrter Professor begann, ihr den Hof zu machen. »Der meint doch nicht etwa mich?« amüsierte sie sich, aber tatsächlich – er meinte sie. Schreckte sogar nicht davor zurück, bei einem gemeinsamen Schoppen Wein nach ihrer Hand zu greifen und sie inbrünstig zu küssen. Auf der Stelle hatte sie die Flucht ergriffen und beschloß, alle noch anstehenden Seminare abzusagen und den nächsten Zug nach München zu nehmen. Sie mußte nur Ulrike anrufen, damit diese sie am Bahnhof abholte. Mit einem Fiat Panda, der gerade einen Zusammenstoß überstanden hatte.

Und jetzt blickte sie also in die großen blauen Augen eines durchaus attraktiven Herrn. Noch ehe er seine Hilfe anbieten konnte, hatte sie ihren Schrankkoffer – er enthielt viel zu viele Kleidungsstücke, die sie alle nicht getragen hatte – ins Abteilnetz gewuchtet. Bloß nicht noch eine Bekanntschaft oder gar einen Handkuß, bitte nicht. Im Augenblick hatte sie von Männern genug. Viel lieber schlafen, schlafen.
Aber dazu kam es nicht. Machte sich der schöne Herr doch die Mühe, Bea anzusprechen. In melodiösem Französisch, dem sie ziemlich fassungs- und vor allem sprachlos gegenüberstand. Warum hatte sie auch in der Schule nicht besser aufgepaßt? Viele Monate später schilderte Nicolas die Geschichte dann aus seiner Sicht: »Ich sitze im Zug, weil die Air France, dieses fabelhafte Unternehmen, wieder einmal beschlossen hat zu streiken. Bin auf dem Weg nach München, wo ich eine neue Filiale eröffnen will. Ich langweile mich schrecklich, denn außer einer aufgedonnerten Lady – ganz und gar nicht mein Typ –, die mir unentwegt schöne Augen macht, gab es nichts, was mir die Zeit im Abteil vertreiben konnte.
Da, plötzlich wird die Tür aufgerissen, ein junges Mädchen«, bei diesem Punkt seiner Geschichte lächelt er, macht eines seiner bevorzugten Gesichter, die kleine Lügnermiene, »eh bien, sagen wir, eine junge Frau, aber auf mich, Bea-Bébé, hast du wie ein junges Mädchen gewirkt mit deinem trotzigen Kindermund, stürmt herein, wirft ihren Mantel in die Ecke und – ich denke, ich sehe nicht recht – stemmt ihren Koffer in die Höhe, als handele es sich um ein Abendtäschchen. Einfach so. Voilà. So etwas an Kraft habe ich bei einer Frau überhaupt noch nie gesehen, ich schwöre es dir. Eine richtige Teutonin. Pom, du hättest in meine Rugbymannschaft gepaßt. Ich war so konsterniert, daß ich nicht einmal dazukam, meine Hilfe anzubieten. Vielleicht war ich in diesem Augenblick ja auch schon verliebt. Ja«,

jetzt wurde er sentimental, »so wird es gewesen sein. Ganz klar war mir das, als du mir mit deinen kleinen Unterseebooten, pardon, deinen Schuhen auf den Füßen herumtrampeltest.«

Bea mußte in der Erinnerung lächeln. Ja, in der Tat, das hatte sie getan. Doch daran war bloß der Zug schuld gewesen, der plötzlich eine Kurve machte, so daß ihr ungeputzter, derber Sportschuh mit aller Wucht auf seine feinen Slipper niedersauste. Richtig zusammengezuckt war er, der elegante Herr in seinem maßgeschneiderten Anzug aus englischem Tuch. Obwohl er fast athletisch gebaut war, was man deutlich erkennen konnte, schien er sehr empfindlich. Was ihn nicht daran hinderte, nach einer kurzen Schmerzpause wie ein Wasserfall auf sie einzureden.

»Aber ich mußte das, verstehst du das nicht? Ich stand doch unter Zeitdruck, Pom. Da tritt eine Frau in mein Abteil, auf meinen Fuß und damit in mein Leben, und ich weiß, sie ist es, auf die ich immer gewartet habe.« (Immer? Da war doch Olimpia gewesen. Aber über die hatte er damals kein Sterbenswörtchen verlauten lassen. Diese Geschichte kam erst sehr viel später ans Tageslicht.) »Eine Katastrophe, wirklich, une grande catastrophe, wenn sie mich verläßt, ohne daß ich mehr über sie weiß. Ein Stern, der weiterhin ohne mich seine schimmernde Bahn über das Firmament zieht«, er wies schwärmerisch in unbekannte Fernen, »ständig umtanzt von anderen – männlichen Sternen. Eine Horrorvision. Als du mir dann erklärtest, daß du auch bis nach München fuhrst, wurde ich ruhiger.«

»Und wenn ich früher ausgestiegen wäre?« wollte Bea wissen.

»Wäre ich dir gefolgt, bis ans Ende der Welt oder, wenn es nötig gewesen wäre, auch bis ins nächste Sternensystem. Ich lasse mir doch nicht die Chance meines Lebens entgehen. Jamais. Das Glück erkennen und mit beiden Händen fest-

halten, so«, er machte es ihr plastisch vor, »ist immer schon meine Devise gewesen. Das Glück mit all seinen Risiken.«
Dafür hatte die andere Dame im Abteil – sie war wirklich eine aufgedonnerte Ziege mit viel Rouge und viel Geschmeide – bei Karlsruhe den Zug verlassen, nicht ohne Bea mit einem bitterbösen Blick zu bedenken. Auf der Stelle hatte Nicolas sein Spitzbubengesicht aufgesetzt – das erstemal, daß Bea Zeuge seiner unglaublichen Verwandlungskunst wurde. Das war ... ja, das war ja plötzlich ein ganz anderer Mann, der ihr gegenübersaß! Er hatte das Fenster heraufgezogen (»Ein Parfum hatte diese Madame! Horrible! Kopfschmerzen bekommt man davon. Wenn es wenigstens eines meiner Produkte wäre!«), seinen eleganten Lederkoffer aus dem Gepäcknetz gehoben und geöffnet. Liebevoll entnahm er ihm eine Flasche Bordeaux, Kräcker, Cornichons sowie eine Leberpastete im Porzellantöpfchen, arrangierte alles auf einer blütenweißen Serviette. »Madame, s 'il-vous plaît.«
»Darf ich wirklich? Danke, vielen Dank! Oh, das ist ja köstlich.« Hungrig – sie hatte nicht gefrühstückt – nahm sie einen appetitlich bestrichenen Kräcker aus seiner Hand, kostete vom Wein. Das war eine Qualität! Ganz anders als der billige Südtiroler in der Zweiliterflasche, den sie sich abends gelegentlich, mit viel Wasser verdünnt, gönnte, um besser schlafen zu können.
»Ein Brouilly 1987«, erklärte der Herr ganz selbstverständlich, »ein besonders guter Jahrgang. Eigentlich müßte er gekühlt sein. Einen Brouilly trinkt man immer gekühlt. Aber damit sage ich Ihnen sicher nichts Neues.«
»Doch«, gestand Bea. Und mit diesem »doch« eroberte sie nach seiner Aussage dann endgültig sein Herz. Nie, niemals im ganzen Leben hätte eine Französin diese Wissenslücke (war es wirklich eine?) eingestanden. Im Gegenteil, kokett hätte sie herumpalavert, mit viel Augengeklimper und

»vous savez« irgendwelche zusammengelesene Weinweisheiten von sich gegeben. (Gelegentlich, wirklich nur sehr gelegentlich war er in der Beurteilung seiner Landsleute sehr streng, fast ungerecht streng.) Doch die kleine Deutsche sagte wahrheitsgemäß: »Doch.« (Nikolas sprach es »dok« aus.) »Doch. Seither mein Lieblingswort. Oh, Bébé.« Die Erinnerung daran rührte ihn richtig.
Bea erinnerte sich mehr daran, daß ihr der Wein in den Kopf gestiegen war, ganz fürchterlich sogar. Doch er machte sie nicht etwa dumpf und müde, im Gegenteil, der Brouilly '87 weckte sie richtig auf. Auf einmal sprach sie sogar ein leidliches Französisch, lachte, scherzte, begann zu flirten. Irgendwie kam sie sich dabei unwirklich vor, wie in einem dieser französischen Filme, die immer kurz vor Mitternacht gesendet werden. Dort wird meistens außerordentlich gut gegessen und getrunken und auch viel darüber geredet, und ein Mann und eine Frau sitzen sich, selbst wenn sie sich gerade erst kennengelernt haben, niemals wie frostige Fremde gegenüber, sondern fast wie ein Liebespaar. Cathérine Deneuve und Yves Montand, Michel Piccoli und Romy Schneider, der Beispiele gab es viele. Das Allerschönste aber: Bea fühlte sich dabei so wohl, so unendlich wohl, blühte richtig auf, war wieder eine Frau. So konnte es also auch aussehen, das Leben.
Als die Lichter des Münchner Hauptbahnhofs in der Dunkelheit auftauchten, wußte sie, daß Nicolas ein Monsieur de la Litonnière war und dieser Monsieur sie irgendwann anrufen wollte. Das im Augenblick Wichtigste. Alles andere, was er ihr erzählt hatte, war im Nebel des Brouilly-Weins versickert, wo es gut lagerte und irgendwann wieder auftauchen würde.
Ulrike wartete brav am Bahnsteig. Zu Beas Enttäuschung im Parka und Walters uraltem grünen Angelpullover, so daß sie dem eleganten Franzosen leider nicht die sonst so

reizend gekleidete Tochter vorstellen konnte, wie sie es sich gewünscht hätte. Doch Nicolas ging wie ein Gentleman darüber hinweg.

»Guten Abend, Mademoiselle«, rief er dem verdutzten jungen Mädchen fröhlich, wenn auch etwas außer Atem zu. Er hatte Beas Koffer getragen. »Was für eine tüchtige junge Dame. Sogar einen chariot, pardon, hier sagt man wohl Kofferkuli«, er las das Wort von einem Schild ab, zerhackte es in vier einzelne Silben, »hat sie organisiert. Ich möchte Ihnen zu Ihrer Mutter gratulieren. Oui, vraiment. Eine bezaubernde Frau. Sie hat mir vier unvergeßliche Stunden bereitet. Aber jetzt muß ich mich verabschieden, zu meinem größten Bedauern. Die Pflicht ruft.« Ein letzter langer Blick auf Mutter und Tochter, dann wandte er sich einem Mann mit grauer Chauffeursmütze zu, der ihm diensteifrig das Köfferchen aus der Hand nahm.

»Wer ist denn das?« staunte Ulrike, wickelte sich den Schal enger um den Hals. »Hast du dir endlich einmal einen Lover zugelegt?«

»Ulrike«, mahnte Bea, die es haßte, wenn ihre Tochter in diesem Ton sprach. Walter wäre entsetzt gewesen. Aber zu seinen Lebzeiten hatte sie sich diesen Jargon noch nicht zugelegt.

»Fragen wird man doch dürfen.« Ulrike zuckte mit den Schultern. Sie hatte die tiefschwarzen Haare des Vaters und Franzis wasserhelle Augen geerbt, dazu eine gerade, kleine, fast griechische Nase, für die keiner der Elternteile zuständig war. Ein wandlungsfähiges Geschöpf, das, je nachdem, was sie aus sich machte, aufregend apart oder total unscheinbar aussehen konnte. Heute überwog der Lässig-Look.

»Aber er sah nicht übel aus, dein Monsieur, wenn ich auch nur die Hälfte verstanden habe von dem, was er sagte. Fast wie ein Marquis, Marquis de Sade«, sie kicherte, »oder wie ein normannischer Kleiderschrank. Da gab es doch schon mal einen, Curd Jürgens, glaub' ich, du hast seinerzeit für ihn geschwärmt. Aber alt ist dein Verehrer, Mann, oh Mann, ziemlich uralt.«

»Dreizehneinhalb Jahre älter als ich«, gab die Mutter etwas eingeschnappt zurück. »Das ist doch nicht alt.«

»Oh, man weiß ja schon ausgiebig übereinander Bescheid«, ginste Ulrike. Sie schien sich ungeheuer zu amüsieren. »Mamitschka, ich warne dich. Da bahnt sich eine Liebesgeschichte an, eine deutsch-französische Allianz. Ich fühle das in meinem kleinen Finger. Wie Ulli das wohl findet? Aber jetzt wisch dir mal die Lippen ab, sie sind ganz heidelbeerblau vom Wein. Gehen wir eine Pizza essen? Ich stehe mir seit über einer halben Stunde die Beine in den Bauch. Oder darf es für dich nur noch coq au vin sein?« Dabei legte sie den Kopf schief, sah ihre Mutter so schelmisch an, daß die ihr nicht böse sein konnte. Sie war ja so vernarrt in ihre Tochter.

Nicolas meldete sich überraschend schnell. Schickte Blumen, ein Telegramm, telefonierte, kündigte seinen Besuch an, in dieser Reihenfolge und alles Schlag auf Schlag. Dabei war es ihm schwergefallen, so gestand er später, die nötige Anstandsfrist einzuhalten. Am liebsten hätte er gleich am nächsten Morgen vor Beas Tür gestanden, seiner Liebe-auf-den-ersten-Blick, sie für immer mit nach Paris genommen.

»Obwohl Olimpia dort wohnte«, bohrte Bea.

»Nein, sie wohnte längst nicht mehr in Paris. War nur noch einmal zurückgekehrt, um ein Amulett, das sie vergessen hatte, zu holen. Aber ich habe sie selbst nicht gesehen. Adrienne schloß ihr die Wohnung auf.«

»Was für ein Amulett?« wollte Bea wissen. »Ach, laß, du brauchst mir nichts zu sagen. Ich weiß Bescheid. Die Kette mit der goldenen Münze, die du um den Hals trägst. Trugst«, verbesserte sie sich rasch, als er protestieren wollte. »Für mich hast du sie liebenswürdigerweise abgelegt, freiwillig sogar. Es wird die gleiche sein. Ihr habt euch gegenseitig diese Amulette geschenkt, quasi wie Eheringe. Das sichtbare Zeichen, daß ihr zusammengehört. Was allerdings auf der Münze abgebildet ist, habe ich nicht verstanden. Ist es ein Inkazeichen, das Symbol ewigwährender Liebe, oder eine Gottheit, vielleicht die der Begierde?«

Warum verschwendete sie nur so viele Worte? Nicolas würde doch nicht antworten. Sein Sphinx-Gesicht war Antwort genug.

Die Kette mit der achteckigen goldenen Münze hatte sie das erstemal entdeckt, als sie – weshalb darum herumreden? So war es nun einmal – in seinen Armen lag. Das war nicht in ihrer Wohnung (unmöglich bei der Flut der Erinnerungen, die mit Walter zu tun hatten), nicht in Paris (Olimpia!), sondern in einem schmucken kleinen Gästehotel im bayerischen Voralpenland.

Natürlich hatte sie gewußt, worauf sie sich einließ, als Nicolas ein Wochenende am Chiemsee vorschlug (das Hotel und den See hatte er einem Prospekt entnommen), doch suchte sie nicht erst umständlich nach Ausflüchten, sondern stimmte ziemlich schnell zu. Hatte sie sich doch – höchst zögernd zunächst, aber dann mit wachsender, sich inzwischen fast überschlagender Begeisterung – in dieses leuchtende Paar Sternenaugen, diesen feingeschwungenen Mund, dieses alle und alles bezaubernde, herzliche, ja, tatsächlich vom Herzen kommende Lachen verliebt. Nicolas war ein Juwel in dem regengrauen Meer der Einheitsmänner, ein Schatz, ein so edler Charakter, großzügig, warmherzig, alles verstehend, ein Mann, wie man ihn höchstens alle Jubeljahre, in einer wahrhaft göttlichen Stunde findet. (Daß er nicht nur Engel, sondern genauso ein Dämon sein konnte, wußte sie damals noch nicht. Zu diesem Zeitpunkt hatte er längst nicht – nicht unbedingt mit Absicht – alle Facetten seines Charakters herausgekehrt. Auch mit seiner brennenden Eifersucht hielt er noch hinter dem Berg, ebenso mit seiner übergroßen Empfindlichkeit.) Walter würde es verzeihen, wenn sie soviel französischer Verführung erlag. Das hatte mit ihren Gefühlen für ihn gar nichts zu tun.

Das Zimmer war im bayerischen Voralpenstil eingerichtet. Im zartblauen Blumenmuster leuchteten die Tapeten und der Möbelbezugsstoff aus grobem Leinen, überall waren Bienenwachskerzen und Gewürzsträuße arrangiert. Zartblau war auch das langärmelige Dirndl, lässig über einen Stuhl geworfen. Beatrix hatte es angezogen, es stand ihr nicht besonders, aber Nicolas war begeistert. »Ma petite bavaroise«. Dabei löste er ihr die Schürzenbänder. Bea zog etwas umständlich die handgestrickten Strümpfe aus. Vielleicht doch keine so umwerfende Idee, diese alpenländische Verkleidung.

Das Fenster war halb geöffnet, Bea hätte sonst den intensiven Würzgeruch nicht ertragen. Von der Dachrinne tropfte Schmelzwasser, bildete auf dem Erdboden, gleich neben dem Stall, eine Pfütze. Spatzen badeten sich darin, zankten sich um die Brotkrumen, die Nicolas vom Fenster aus hatte fallen lassen, man konnte sie bis ins Zimmer herein hören. Er hatte ein Herz für Tiere, Monsieur de la Litonniére, streichelte jeden Hund, der ihm beim Spaziergang begegnete, fütterte die Pferde auf der Weide mit Zuckerstückchen.

»In Peru gab es einen wilden Hund, der mich jeden Morgen von Zuhause abholte und in das Laboratorium begleitete. Zwei Jahre lang. Ich wollte ihn ganz zu mir nehmen, aber meine Frau war dagegen. Sie hatte Angst um die Kinder. So sagte sie wenigstens. Ja, und dann kam er eines Tages nicht mehr. Blieb einfach weg. Ich habe ihn nie wiedergesehen,

den anhänglichen Kerl. Eine Woche redete ich nicht mit Marie-Louise. Kannst du das verstehen?«
»Vielleicht«, meinte Bea, die noch nichts von Olimpia wußte, einer Frau, die mit Nicolas verheiratet gewesen war, jedoch auch nicht unbedingt freundschaftliche Gefühle entgegenbrachte. Dazu reichte ihr Großmut nicht. »Ja, ich glaube schon.«
»Aber was sprechen wir von Marie-Louise, dieser zweifellos fabelhaften Frau, die mir drei wundervolle Kinder geschenkt hat, in die ich, ich spreche von Marie-Louise, jedoch niemals richtig verliebt war, nie. Während du ... Tu sais, Chérie?« Sein Gesicht beugte sich tief zu ihr herab, beide Nasen berührten sich. Sie sah Nicolas' Augen, in denen es knisterte und glühte, ahnte die Leidenschaft, die in ihm brannte. Einen Augenblick bekam sie einen richtigen Schreck. Was sagte er da, ihr Franzose? Sprach von großer Liebe? Eine Affäre sollte es sein, ein frivoles Abenteuer, das sie sich nach drei langen Jahren Einsamkeit gönnte, mehr nicht. Um Gotteswillen keine flammenden Passionen, Schwüre, Besitzansprüche. Sie war nicht gewappnet dafür, fühlte sich zu kraftlos.
Aber jetzt nur keine Spielverderberin sein, dazu war seine Nähe auch zu verführerisch. Ein athletisch gebauter Mann mit einem überaus kraftvollen, muskulösen Körper, langen kerzengeraden Beinen und – das vor allem – einem überaus ansprechend geformten Hinterteil. Sie konnte nicht anders, sie mußte es liebevoll klopfen. »Erinnert mich an meinen Ulli«, entschuldigte sie sich für die wohl etwas befremdende Reaktion. Geliebte sollte sie sein, raffiniert kosende Geliebte, so wie ein Franzose das gewöhnt war, aber gewiß nicht albern tätschelnde Mutter. »Er hatte als Baby auch einen so reizenden Popo.«
»Dann bin ich dein Bébé?« Nicolas machte Unschuldsaugen, schob die Unterlippe nach vorn. Die Verwandlung

war frappierend, Bea kam aus dem Staunen kaum heraus: Auf einmal sah sie mitten in das Gesicht eines Dreijährigen? Wo waren Nicolas Falten rund um die Augen? Ein Unikum, dieser Mann. Zufrieden betrachtete er die kleine Welt um sich herum, kaute an seinem Medaillon.

»Ist das ein Geschenk deiner Mutter?« Fürsorglich deckte sie ihm die nackten Schultern mit der Bettdecke zu. Er sollte sich nicht erkälten, der Kleine. »Bei euch Katholiken ist das doch der Brauch.«

»Meine Mutter hat mir einen Ring geschenkt, den ich eines Tages an dich weitergebe.« Nicolas seufzte, jetzt ganz trauriger und nicht mehr so jugendlicher Sohn. Alles was mit seiner Mutter zu tun hatte, berührte ihn tief. »Maman ... was für eine Frau! So schön, so gütig, immer heiter, und jetzt erkennt sie mich nicht einmal mehr. Findest du das gerecht, wenn das Leben einem Menschen so mitspielt?«

»Ich weiß nicht.« Beas diplomatische Antwort. Was war wohl schlimmer: daß eine alte Dame ihre Umgebung nicht mehr wahrnahm oder daß ein kaum fünfzigjähriger Familienvater, eben Walter, sterben mußte? Jeder hielt sein Schicksal natürlich für das allerschlimmste. »Die Sache mit deiner Mutter tut mir leid, sehr leid. Mir geht es in dieser Beziehung besser. Mutti hat sich ganz gut über den Tod von Vati hinweggetröstet, unternimmt Schiffsreisen, schreibt Leserbriefe an die Zeitungen, freut sich über ihre Enkel. Aber von wem, bitte sehr, ist nun dieses Medaillon?« Sie nahm es ihm aus dem Mund, es war feucht, ließ die Münze zwischen ihren Fingern baumeln.

»Haben wir wirklich nichts Wichtigeres zu tun als sich über meine Kette zu unterhalten? Nein?« Wieder näherte sich sein Augenpaar ihrem Gesicht, überdimensional groß sah sie seine Nase auf sich zukommen. Gerade hatte Bea noch Zeit, ihren hellblauen Dirndlrock über die Lampe zu stülpen (für die Romantik. Etwas Rotes wäre besser gewesen), dann schloß sie die Augen, gab sich mit einem glücklichen kleinen Seufzer seinen Liebkosungen hin. Nicolas war zärtlich wie ein Kater, ein Kater, der sich jedoch – attention! – jederzeit in einen ungezähmten Tiger verwandeln konnte. Katerchen beziehungsweise Tiger Nico mit Seidenpfötchen, Samtzunge, Plüschohren, einem gekrümmten Rükken und gelenkigen Armen und Beinen, aber auch – die Verwandlung war blitzschnell – mit zupackenden Krallen und Zähnen. Sein Zärtlichkeitsbedürfnis war ungeheuer, sein Verlangen, Liebe zu verschenken, fast stärker noch als sie zu nehmen. Er bestaunte ihren Körper, bewunderte ihn, streichelte ihn fast ehrfürchtig, bedeckte ihn mit unzähligen hingehauchten Küssen, um ihn dann endlich wie ein Rasender zu besitzen.

Nach dem Liebesakt – es war weit nach Mitternacht – fühlte sich Bea erschöpft, aber auch sehr zufrieden. Sie dehnte und streckte sich. Wäre da nur nicht die Erinnerung an Walter gewesen, die sie plötzlich überfiel, gar nicht mehr loslassen wollte, und – wäre es nicht so spät gewesen! Mit Mühe konnte Bea die Augen offenhalten, verbiß ein Gähnen. Sie mußte sich zusammennehmen. Nicolas, der Pariser Nachtmensch, würde mit Sicherheit nicht verstehen, daß sie sich im Augenblick nichts sehnlicher wünschte, als auf der Stelle einzuschlafen. Walter hatte diese ihre Unsitte gekannt, milde darüber gelächelt, aber Nicolas ...? Was turnte er da nur noch dauernd herum? Dachte nicht daran, die Nachttischlampe auszuknipsen, sondern schüttelte erstmal die Kissen zurecht, zog sich dann den Obstkorb heran, um in aller Seelenruhe eine Handvoll Trauben zu verspeisen.

»Brauche ich nach der Liebe«, erklärte er dazu. »Liebe ist für mich so wichtig, daß ich mich dabei völlig verausgabe, hinterher total entkräftet bin. Besonders natürlich, wenn ich Liebe mit der Frau meines Lebens mache. Möchtest du auch eine Traube?«

»Danke«, sagte Bea. Das bezog sich auf sein Kompliment und das Fruchtangebot. »Und wie war es mit all den anderen Frauen? Haben die dich auch so erschöpft? Ein abstinenter Sankt Nikolaus bist du sicher nie gewesen.«
»All die anderen Frauen?« Mit einer Mandarine beendete er seine Mahlzeit, zündete sich eine kleine schwarze Zigarre an. Süßer, beizender Rauch stieg Bea in die müden Augen. »Die bonnes femmes, die mich mit ihren Anrufen verfolgen, kaum haben sie ausfindig gemacht, daß ich allein lebe? Die Freundinnen meiner Frau, die Freundinnen meiner Tochter, alle, alle, jede Altersklasse. Blonde, schwarze, rote, große, kleine, dicke, dünne. Paris steckt voller einsamer Frauen. Voilà, Liebe habe ich mit ihnen gemacht, wenn sie sich mir an den Hals warfen. Wenigstens mit den hübscheren. Wie das ein Mann ohne feste Bindungen eben so tut. Aber hinterher war es eine Qual. Ich wußte nicht, was ich mit den Frauen reden sollte, habe mich gelangweilt, war froh, wenn sie wieder gingen. Horch, draußen heult ein Sturm ...«
In der Tat, ein Föhnwind rauschte ums Haus. Morgen würden die Berge zum Greifen nahe sein und die letzten Schneereste dahinschmelzen. Dabei hatte Bea den Winter so gern, einen richtigen krachend-kalten Winter mit viel Schnee, der auch diesmal wieder nicht eingetroffen war. Diese Vorliebe aber wollte sie Nicolas, einem Mann des Südens und der Sonne, nicht gleich mitteilen, sonst stellte er zu viele Unterschiede zwischen ihnen fest, verglich sie mit anderen Frauen. Nur eine Frage noch lag ihr auf der Zunge.
»Entschuldige, Nicolas, aber du warst doch nicht die ganze Zeit über allein. Da muß es doch eine feste Freundin gegeben haben.«
Nicolas rauchte heftiger. Wie ein Glücksspieler auf einem alten Mississippidampfer sah er aus mit seiner Zigarre zwischen den Zähnen und der Locke, die ihm in die Stirn

fiel. Fehlte nur ein breitrandiger Panamahut und die weiße Operettenuniform. »Die ganze Zeit? Wie du weißt, lebte ich lange Zeit mit Marie-Louise zusammen.«
»Aber danach? Was war danach? Es dreht sich immerhin um acht volle Jahre. Warum, pardon, habt ihr euch überhaupt getrennt?«
»Will meine kleine schwatzhafte Geliebte nicht endlich schlafen, nein? Hat sie heute noch nicht genug erlebt? Erst dieser endlose Marsch quer über die Felder und jetzt ... Ich jedenfalls bin todmüde. Uhuhu.« Er bekräftigte es durch ein lautes Gähnen. »Gute Nacht, Chérie. Eines noch zum Einschlafen: Es war wunderbar, ganz wunderbar mit dir.« Ein zärtlicher Kuß auf ihre Lippen, ein sanftes Streicheln ihrer Schultern, dann rollte er sich zur Seite, knipste das Lämpchen aus, begann leise pfeifend einzuschlafen.
Bea lag noch lange wach. Da war erstens der Föhnsturm, der an den Fensterläden klapperte, sie nicht zur Ruhe kommen ließ, und zweitens ein Sturm von Gedanken. So verrückt es auch klang, so absurd, so irrwitzig fast, aber irgendwie kam es ihr nicht richtig vor, neben einem anderen Mann als Walter zu liegen. Es war wie Verrat. Wenn es sich auch um einen Mann handelte, der ihr sehr, sehr gefiel und der, wie er immer wieder sagte, sie über alles liebte. Nachdenklich beugte sie sich über ihn. Nicht zu fassen! Er hatte sich einen Kissenzipfel in den Mund gesteckt, nuckelte daran. Gleichmäßig mahlten seine Kiefer. Wechselte also selbst im Schlaf noch die Rollen, dieser Nicolas. Was für ein ungewöhnlicher Mann. Vorsichtig, um ihn nicht in seinen (Baby?)-Träumen zu stören, bettete Bea sich in seine Rükkenbeuge.

3

»Wann kommst du zu mir nach Paris? Wann entschließt du dich, mit mir zusammenzuleben? Es muß ja nicht tagtäglich sein, aber wenigstens ab und zu. Weißt du überhaupt, wie einsam ich bin, wie lange ich auf dich gewartet habe?«
Bea schüttelte etwas hilflos den Kopf. Das konnte sie nicht wissen, hütete Nicolas doch nach wie vor unerbittlich das Geheimnis seiner Vergangenheit. Aber das war es nicht, was sie zögern ließ, ihr Angst machte, viel bedrückender war der Gedanke, ihr kleines eigenes Leben aufzugeben, einem Mann in ein fremdes Land, eine fremde Stadt zu folgen.
Gewiß – Paris! Jeder pfiff anerkennend durch die Zähne, wenn die Rede auf die herrliche Metropole an der Seine kam, verdrehte verzückt die Augen, als hielte die Stadt sämtliche Laster der Welt und sonst nichts anderes in ihren Mauern versteckt. Ein einziges Mal war Bea in Paris gewesen. Das war während ihrer ersten Semesterferien, zusammen mit ihrem Vater, der die Reise bezahlte. Natürlich war sie erschlagen gewesen von den breiten Boulevards, den schimmernden nächtlichen Lichterketten entlang der Seinequais, den ungezählten Bistros und Cafés, den prunkvollen Geschäften, doch vom Laster hatte sie so gar nichts mitbekommen. Dafür hatte sie die wichtigsten Museen ausführlich besichtigt, das Grab der Marie Duplessis alias Kameliendame auf dem Friedhof von Montmartre besucht, genauso das Haus, in dem Auguste Rodin gelebt und seine Plastiken geschaffen hatte, die Conciergerie, Notre Dame und vieles, vieles mehr.

Sie hatte sich Gedichte von Louise Labbé bei den Bouquinisten gekauft und war einem Japaner auf dem Place du Tertre Modell gesessen. Sie hatte, zusammen mit anderen Studenten, im Universitätsviertel Weißbrot in große Schalen mit schwarzem Kaffee getaucht und war stundenlang Métro gefahren, mit einem »carnet«, das heißt einem Bündel Karten, weil das billiger war, und immer schön mit dem Plan in der Hand. All das war für sie Paris gewesen, ein gewaltiger Eindruck, ein unvergeßliches Erlebnis, aber auch – eine andere Welt. Keineswegs eine Stadt, die ihr Zuhause sein könnte. Dazu fühlte sie sich irgendwie nicht schick genug, nicht ausreichend weiblich und nicht genügend raffiniert. Auch damals hatte sie diese Komplexe genährt, wäre einem aufdringlichen kleinen Franzosen um ein Haar in sein Zimmer gefolgt, nur weil sie dachte: »Das ist doch nicht die Möglichkeit! Hat unter all den hübschen Mädchen gerade mich ausgewählt. Da darf ich ihn nicht enttäuschen!« Ja, wäre es London gewesen, wohin Nicolas sie locken wollte, die Stadt, der ihr Herz gehörte. Dort mußte man nicht aufregend schön sein und schon gar nicht elegant. Konnte in Jeans und Pullover durch die Straßen streichen, irgendwo eine Portion Fisch und Chips futtern, ohne die kleinste Kaufabsicht im hochfeinen Harrods herumspazieren – niemand sah einen schief an, die Stadt akzeptierte jeden.

»Ich verstehe dein Zögern« , kam ihr Nicolas entgegen, der Beas Zweifel spürte (gottseidank aber keine Ahnung davon hatte, daß sie Vergleiche zu London zog. Engländer und Franzosen, soviel hatte sie während ihrer sechs Monate mit Nicolas gelernt, konnten sich nicht ausstehen. Eine Erbfeindschaft, die viel tiefer ging als die zwischen Deutschen und Franzosen. Die Franzosen hielten die Briten – der Himmel wußte, warum – für falsch, während die Engländer ... Nun, das ahnte Bea nur. Wahrscheinlich hatte es mit

dem üppigen Essen der Franzosen, ihrer Arroganz, dem Dünkel, die »grande nation« zu sein, zu tun).
»Hörst du«, fuhr Nicolas fort, »nein, du hörst nicht zu, weil du mit deinen Gedanken wieder einmal woanders bist. Hoffentlich bei keinem Mann. Also, ich verstehe dich sogar sehr gut. Du bist in Deutschland, genauer gesagt, in München aufgewachsen, hast deine Jugend hier verbracht, mit deinem Mann« – oho! er sprach das »ton mari« sogar ohne jeden Unterton aus, wahrhaftig ein Fortschritt! – »hier gelebt, da sind deine Kinder. Aber ich will dich ihnen doch gar nicht wegnehmen, nein, nein, so grausam bin ich nicht. Nur – brauchen sie dich wirklich so dringend, wie ich dich brauche?« Seine großen blauen Augen guckten gequält. Unverdrossen kaute er an einem derben Wurstbrot, das Bea ihm in ihrer Küche bereitet hatte. Die erste westfälische Mettwurst seines Lebens. »Ein bißchen schwer, findest du nicht?« hatte er nach den ersten Bissen geäußert, aber tapfer weitergegessen.
Brauchten Ulrike und Ulli sie? Bea dachte nach. Ja und nein. Beide wohnten nicht mehr bei ihr. Ulli lebte, zusammen mit Sabine, einer altklugen, drei Jahre älteren Bibliothekarin, die ihn bevormundete und auf die er nichts kommen ließ, in einer Schwabinger Dachwohnung. Ein wunder Punkt in Beas Leben, hätte sie doch ihren so gutaussehenden Sohn viel lieber bei sich oder, wenn er schon eine andere Frau seiner Mutter vorzog, bei einem bildhübschen Geschöpf, natürlich mit dem dazugehörigen goldenen Herzen, gesehen. Was fand er nur an dem reizlosen Fräulein Gouvernante? Und Ulrike. Ja, die hatte sich in ihren Trotzkopf gesetzt, ihr Leben auf einem Ökohof zu verbringen, inmitten einer langhaarigen, langbärtigen Gemeinschaft, deren Mitglieder laufend wechselten. Einmal hatte Bea sie dort besucht, war sich total deplaciert vorgekommen. Hühner liefen ihr in der Küche über die Füße, im gemauerten Herd

(sehr romantisch) verbrannte ein ungesäuertes Brot. »Warum hast du nicht auf das Brot aufgepaßt?« warf Ulrike hinterher ihrer Mutter vor. Die anderen sagten nichts, doch drückten ihre milden, blassen Gesichter genug Vorwurf aus. Seitdem mied sie den Ökohof, traf sich mit ihrer Tochter in der Stadt oder bei sich zu Hause.
»Nicolas, ich komme«, rang sich Bea das Versprechen ab. Das belastende Schweigen zwischen ihnen bedrückte sie zu sehr. Als seine Augen auf der Stelle aufleuchteten, schwächte sie rasch ab. »Wenigstens zu Besuch, einem längeren Besuch. Sagen wir eine Woche.«
Das war immerhin etwas. Nicolas reiste beruhigt an die Seine zurück, um alles für Beas Ankunft vorzubereiten. Und wie er vorbereitete! Bea bekam es bei ihren täglichen Telefonaten in allen Einzelheiten mit. Er stellte halb Paris auf den Kopf, um seine Liebste zufriedenzustellen. Was trank sie lieber zum Frühstück, Kaffee oder Tee? Aber vielleicht war ihr der französische Mokka zu stark, deshalb hatte Chauffeur Michel den Auftrag, unbedingt Beas Lieblings-Kaffee zu besorgen. Ja, und heute hatte er bei Felix Potin deutsches Brot entdeckt, richtig gutes deutsches Vollkornbrot. Künftig würde er das auch nur noch essen, um die Bande zu seiner kleinen Bayerin noch mehr zu festigen. Den Wein sollte sie ihm überlassen, davon verstand sie nichts. Deutsche – eine Voreingenommenheit von ihm – bevorzugen doch nur süßen weißen Wein. »Ich hingegen werde dir einen Bordeaux vorsetzen, von dem du nur träumen kannst. Meine Bordeaux-Sammlung ist in der ganzen Bekanntschaft berühmt. Pas mal, ma collection du vin, hein?« Das war nun wieder sehr französich.
Und so kam sie nach langen Jahren das erstemal wieder nach Paris. Diesmal nicht als brave Tochter in Vaters Kielwasser, sondern – bitte sehr – als eine von einem stattlichen Franzosen sehnsüchtig erwartete Frau. (War das etwa nichts?) Nur

– die Furcht vor Paris war die gleiche geblieben. Michel holte sie am Flugplatz Roissy ab. Wie Nicolas ankündigte, würde er zwecks Identifikation eine deutsche Zeitschrift in der Hand halten. Den »Stern«, die »Bunte«? Nein, es war die »Bella«, die ein magerer junger Mensch mit ausdrucksloser Miene in die Höhe hob.
Bella, Bea – wie sinnig! Und was für ein Kompliment. Wer sich das wohl ausgedacht hatte?! Bea konnte ein amüsiertes Lächeln nicht unterdrücken, als sie Michel die Hand entgegenstreckte und herzlich drückte. Er schien überrascht, drückte kurz zurück, um Madame dann diensteifrig von ihren Gepäckstücken zu befreien. Das war ihr nun gar nicht recht, denn unter seinem Kamelhaarjackett mit den ausgepolsterten Schultern wirkte er eher schmächtig. Außerdem war sie es gewöhnt, sich selbst um ihre Koffer zu kümmern. Andererseits wollte sie ihm nicht in seine Arbeit hineinreden, auch ein Chauffeur hat seinen Berufsstolz.
Im Rücksitz des großen Peugeots (»Noch ist es nur ein Peugeot, Bébé, später wird es ein Mercedes. Gute deutsche Wertarbeit. Du sollst in einem Mercedes herumgefahren werden, damit du dich wie zu Hause fühlst«), Mozart (den man hier wohl für einen Deutschen hielt) im Ohr, begann sie eine Unterhaltung mit Michel. Um loyal zu wirken und auch, um sich ein bißchen in Französisch zu üben. Kein sehr kluger Gedanke, wie sich schnell herausstellte.
Michel, den Blick starr auf den Rückspiegel gerichtet – es herrschte irrwitziger Verkehr – hatte fast einen Zusammenstoß riskiert, so sehr strengte ihn Beas Gerede an. Gerade noch in letzter Sekunde konnte er einem Lastwagen ausweichen. Ihr Französisch schien für ihn eine Art Zuludialekt zu sein, jedenfalls schwenkte er dauernd ins Englische über, wovon nun sie kein Wort verstand. Wie Nicolas ihr später erklärte, war es in Frankreich ganz und gar unüblich, sich mit dem Chauffeur zu unterhalten. »Er tut seine Pflicht, das

genügt. Natürlich, man kann liebenswürdig sein, bin ich auch, sich aber nicht anbiedern, auf seine Stufe heruntersteigen. Leute wie er wollen das gar nicht.«
Eine der ersten Zurechtweisungen – Nicolas nannte es höflich »conseil« (Rat) –, die sie sich in Paris gefallen lassen mußte. Sie sollte nicht die letzte sein.
Es piepte, einmal, zweimal. Michel griff nach dem Autotelefon, reichte den Hörer an Bea weiter. »Monsieur de la Litonnière.« Den Namen sprach er aus, als handele es sich mindestens um den Präsidenten der Republik. Er schien vor seinem Chef großen Respekt zu haben.
»Bienvenu à Paris.« Nicolas Stimme. Sie klang glücklich. »Hat mein kleiner Liebling die Reise gut überstanden?«
»Formidable«, gab Bea gedämpft zurück. Es genierte sie, daß Michel Zeuge des verliebten Geflüsters war. Sicher ahnte er, in welcher Beziehung sie zu seinem Herrn und Meister stand, warum sie hier in Paris aufkreuzte. Sicher nicht nur, um die Tuileriengärten zu besuchen.
»Je t'attends, je t'attends avec impatience.« Ein wirklicher Schatz. Das Schlimme: Bea konnte ihm im Augenblick, so sehr sie es auch wünschte, nicht Gleiches mit Gleichem vergelten. Dazu fühlte sie sich einfach zu unbehaglich.
Vororte, Vororte, graue Häuser, Werkstätten, Lagerhallen, trostlos wirkende Hotels der Mittelklasse – Sofitels, Novotels –, dann erst langsam die große Stadt, die ersten Cafés. Lichterketten, eine sich über die Boulevards schiebende Menge. Im Hintergrund Sacré Coeur vor einem grauen Abendhimmel, in Dunst gehüllt, rechts dann der Eiffelturm wie eine Giraffe aus Stahl. Paris, die große Illusion, die hinreißende Kokotte, der glitzernde Moloch, hatte sie wieder.
»Porte Dauphine.« Michel verließ die Peripherie, streifte einen Park, ein Rondell, bog in eine kleine Straße ein. Am Rondell und auch in der Straße parkten zahlreiche Autos.

Frauen in knappen kurzen Röcken promenierten auf hohen Absätzen davor auf und ab, einige hatten es sich auf der Kühlerhaube bequem gemacht, zeigten viel Bein. Daneben gab es junge sportliche Männergestalten, die mit dem Rucksack über der Schulter und in Baseballschuhen herumflanierten.

»Ah, wir sind in der Nähe einer Jugendherberge«, staunte Bea. Da sie das französische Wort dafür nicht kannte, sagte sie »Club Med«. Ulli hatte mit seiner Sabine dort den letzten Urlaub verbracht.

»Pardon?« Schon wieder diese Sprachschwierigkeiten mit Michel. Er verstand nichts von dem, was sie sagte. Im übrigen schien ihm das Thema unangenehm zu sein. Undeutlich murmelte er etwas von »ce qui cherchent« und »une scandale«. Die Leute mußten hier etwas suchen, was Michel als Skandal empfand. Sie wollte Nicolas fragen.

Ein stattliches Haus, grau von der Zeit und den Jahreszeiten verfärbt, mit schmalen schwarzen schmiedeeisernen Balkonen, davor, im Pflaster eingelassen, ein Gitter, aus dem fauchend Luft entwich. Die Métro! Bea atmete tief durch. Dieser unvergleichliche Geruch. Eine plötzliche heftige Sehnsucht nach ihrem Vater erfaßte sie, mit dem sie so viele Métrostrecken abgefahren war. Direkt unter dem Haus mußte die Métro durchfahren. Pariserischer ging's wirklich nicht mehr.

Michel drückte auf einer kleinen Tafel mit Nummern und Buchstaben einen geheimnisvollen Code, die Tür öffnete sich. Dämmrige Kühle, ein gekachelter Jugendstileingang, Fenster mit gerafften Gardinen, hinter denen ein Lichtschein schimmerte. »La gardienne«, erklärte der Chauffeur, rückte den Schirmständer, aus dem zahlreiche Griffe ragten, im Vorbeigehen zurecht. Er schien hier wie zu Hause zu sein.

Langsam folgte ihm Bea durch den Gang. Sie kam sich vor

wie in einem Theaterstück. »Pariser Leben« oder auch »Das Haus in der Avenue Bugeaud«, ein fremdes Stück aus einem fremden Land, an dem sie als neugierige, jedoch äußerst distanzierte Zuschauerin teilnahm, keineswegs als Mitspielerin. Wer war zum Beispiel diese blasse, etwas zu stark geschminkte Frau, die einen Flakon aus der Handtasche holte, sich mit viel zuviel Parfum einsprühte, um ihre Nervosität zu bekämpfen? Das war doch nicht etwa sie, Beatrix Berenson? Oder wer war der junge Mann mit dem seltsam undurchdringlichen Gesicht, der die Koffer besagter Frau schleppte, sie wie ein Gefängniswärter bewachte? Wo war ihre, Beas, kleine Münchner Wohnung mit Blick auf die Fliederbüsche und den japanischen Kirschbaum? Wo waren Ulli, Ulrike, die Fotos von Walter, die sie überall im Appartement aufgestellt hatte? Am liebsten hätte sie kehrtgemacht, so fremd war ihr alles.

»Aber ich muß ja nicht lange bleiben, niemand kann mich zwingen« und »bitte, bitte, hilf« (wie in Kinderzeiten an ihre Mutter oder den lieben Gott gerichtet) murmelte sie stumm vor sich hin, zwängte sich in den Fahrstuhl. Quietschend schloß sich die Eisentür hinter ihr, Michel hatte sie zugezogen. Aus dem Käfig gab es kein Entrinnen.

4

Das erste, was sie sah, war ein dicker weißer Katzenkopf, der um die Ecke lugte. Eine Katze. Das war schon einmal erfreulich, erfreulich und tröstlich. Auf der Stelle wurde es Bea warm ums Herz. Im Haus der Berensons hatte es im Laufe der Jahre eine ganze Reihe von Haustieren gegeben, Hamster, Meerschweinchen, Pepe, den Kanarienvogel, der munter pfeifend fünf Weibchen überlebte, kurze Zeit auch einen Hund. Es war ein Findling aus dem Tierheim gewesen, ein drolliger, anhänglicher Spitzterrier mit Dackelohren, der zum großen Kummer aller von einem Postauto überfahren wurde. Auch mit Mascha, dem Kätzchen, hatten sie nicht viel Glück gehabt. Mascha ging an einem Nierenleiden ein, was die Familie in so abgrundtiefe Trauer stürzte, daß Walter beschloß, erstmal mit der Tierhaltung Schluß zu machen. Ehe er es sich anders überlegen konnte (der sechzehnjährige Ulli fing an, von einem Esel zu phantasieren, den man eventuell in der Garage unterbringen könnte), passierte sein Unfall. Damit war das Thema Haustier erledigt, Bea hatte nun andere Probleme.

Während ihres Alleinseins hatte sie dann einige Male erwogen, sich eine Katze oder einen Vogel zuzulegen. Sie stellte es sich so hübsch und gemütlich vor, eine schnurrende Katze neben sich zu haben, während sie über ihrer Arbeit saß. Oder auch einen Kanarienvogel, der sie forsch aus seinen Stecknadelknopfaugen musterte, den Kopf schiefgelegt, und pfiff. Doch dann war Nicolas in ihr Leben getreten, und Nicolas ließ für Tiere keinen Platz. Nicht für Tiere, nicht für andere Menschen, für gar nichts. Gerade noch eine

kleine Ecke für ihre Kinder, obwohl Bea das Gefühl hatte, auch darum kämpfen zu müssen. Er war die besitzergreifendste Person, die sie je kennengelernt hatte.
Jetzt also ihre freudige Überraschung, als sie die grünen Augen sah, die sie aufmerksam musterten. Hinter dem Kater stand Nicolas, erwartungsvoll und glücklich. Er trug einen blauen Cashmerepullover und lächelte ihr strahlend entgegen. Liebevoll nahm er sie in die Arme und küßte sie mit soviel Herzlichkeit auf beide Wangen und den Mund, daß Bea sich für ihr Unbehagen schämte. Was war sie bloß für ein undankbares und – das vor allem – unerträglich sensibles Wesen, hysterisch direkt, jemand, der sich gegen soviel aufrichtiges Geliebtsein sträubte. Tausende, nein, Millionen von Frauen, da gab es keinen Zweifel, würden auf der Stelle mit ihr tauschen, sich die Pfennigabsätze oder auch Profilsohlen – das kam auf den Typ an – ablaufen, um in Paris mit dieser Begeisterung empfangen zu werden.
»Entre, ma petite, s'il-te plaît! Bist du sehr müde? Ist die Reise gut verlaufen? Michel wird den Koffer in dein Zimmer bringen. Und dann essen wir gleich. Natürlich nur, wenn du willst. Alles, wie du willst, wie du es dir wünschst. Du sollst dich hier wie zu Hause fühlen, bei dir zu Hause. Und nun komm, tritt ein.« Behutsam schloß er die Tür hinter ihr, nicht ohne im Vorübergehen ihre Schulter zu streicheln und den Kater, der neugierig an der Fahrstuhltür schnupperte, sanft mit dem Fuß in die Wohnung zurückzuschieben. Alle seine Gesten waren behutsam, zärtlich, liebevoll, verrieten Gefühl, Sensibilität. Dieser Mann war voller Liebe für sie, was ihr fast schon wieder Angst machte.
Jede Wohnung hat ihren speziellen Charakter, ihren ganz eigenen Geruch. Bei Bea in München roch es, so hatte es Ulrike einmal definiert, nach blumigen Waschmitteln, gemischt mit Gartenerde und Zitrone. Das rührte daher, daß Bea oft die Waschmaschine laufen ließ, einen Zitronenpu-

der als Deodorant benutzte und hysterisch die Fenster aufriß, sobald sie nur einen Anflug von Küchendunst witterte. Und der Charakter ihrer Münchner Wohnung? Nun, bayrisch gemütlich halt, mit einem tüchtigen Schuß englischer Landhausatmosphäre.

Hier, in Nicolas' Herrschaftswohnung, traf am besten die Bezeichnung exotisch zu. Südamerikanisch exotisch, wohlgemerkt, nicht etwa afrikanisch oder asiatisch. Bea war nie in Südamerika gewesen, nicht einmal in Mexiko. Das war ein Teil der Welt, der sie nie besonders interessiert hatte. »Warum sind die Leute nur so aufgeregt?« hatte Walter verwundert gefragt, wenn in einem Film schnurrbärtige Männer mit Sombreros ihre Messer zogen und vollbusige Mamitas ihre Fäuste gegen die Verführer ihrer Töchter schwangen. Bea hatte ihm heimlich zugestimmt. Südamerika schien ihr ein Kontinent der ungebändigten, unkontrollierten Temperamente zu sein, der Korruption, der chaotischen Verhältnisse. Alles laut, bunt, ekstatisch, Lachen und Weinen, Liebe und Tod nah beieinander. Dazu die ewig stechende Sonne. Nein, sie war sich ziemlich sicher, daß sie sich dort nicht wohlfühlen könnte. Viel mehr lag ihr der Norden, dort, wo es Schnee und Regen gab, man seine Gefühle nicht so offen darlegte.

Nicolas nun schien von Südamerika fasziniert, er hatte ja auch lange genug dort gelebt. Die Faszination drückte sich in seiner Wohnung aus. Überall an den Wänden entlang des langen Korridors und im Salon gab es Bilder mit grellbunten Marktszenen, Viehherden, die über die Pampas zogen, Hahnenkämpfen (Bea wandte sich schnell ab), dann aber auch eine schwarze Heilige mit einem stillen Modigliani-Gesicht, die in einer goldenen Wolke schwebte und trotz aller Fremdartigkeit etwas Rührendes an sich hatte, bizarre Mondlandschaften. Die dunklen Möbel mit den silbernen Beschlägen und aufgemalten bunten Blumen paßten dazu, genauso die Dekoration der schweren silbernen Sporen, der Silberdosen und Silberschalen, der künstlichen Früchte, der gewebten farbigen Decken auf den vielen niedrigen Tischen. Eigenartig, daß die französischen Stilmöbel, wohl aus Familienbesitz, sich gut dazu fügten, gar nicht störten. Man hatte den Eindruck: Hier lebt ein Franzose, der sein Land liebte mit dem »gloire« seiner Geschichte, jedoch auf geheimnisvolle Weise mit dem südamerikanischen Kontinent verbunden war.

»Darf ich servieren? Es ist nichts Besonderes, nur ein kleines Begrüßungsdîner. Aber ich hoffe, es wird dir schmecken. Du, die du«, er versuchte das Gesicht eines selbstzufriedenen Teutonen, legte sich eine Baßstimme zu, »Sauerkraut und Kartoffeln liebst und immer nur Schweinefleisch zu essen bekommst.« Dabei lachte er. »Pardon, Bébé, ich mache Spaß. Die Deutschen haben so viele Qualitäten, von denen wir ruhig einige übernehmen sollten. Aber zur Sache – was willst du trinken? Champagner?«

»Immer, gern.« Zwar hatte sie sich im Flugzeug schon ein Glas genehmigt, aber ein zweites konnte sie noch gut vertragen. Ehrfürchtig nahm sie im Speisezimmer Platz, sah sich zwischen den original Louis-XVI.-Möbeln um. Nicolas hatte nur eine Ecke des Tisches gedeckt, für zwei Personen. Auf lindgrünem Damast schimmerten jeweils vier verschiedene geschliffene Gläser, war grüngoldenes Porzellan (Bea entzifferte auf der Rückseite Limoges), verschnörkeltes Silberbesteck und Kristall dekoriert. Quer über Beas Teller lag eine rote Rose, zartrosa Rosenblätter und exotische Früchte waren über das Tischtuch verstreut. Im Mittelpunkt der unvollständigen Tafel brannte ein vielarmiger Silberleuchter. Ein Liebesmahl zu zweit, in der Atmosphäre eines französischen Schlosses.

Nicolas, jetzt in einem am Hals offenen Hemd, das seine Kette mit Münze zeigte, lief emsig hin und her, ein auf-

merksamer Gastgeber und – das vor allem – ein auffallend charmanter und gutaussehender Schloßbesitzer. Servierte Blinis mit Kaviar und Lachs (dazu Wodka), eine Fasanenbouillon mit Salzgebäck, Salat, Lammbraten mit feinen Gemüsen und – was gar nicht paßte, er aber extra für seine kleine Süddeutsche kreiert hatte: Spätzle aus der Tüte –, danach Käse, Früchte, Nougateis. Und nach dem Champagner einen trockenen Chablis, dann rubinroten Bordeauxwein, Château Larose 1985, der so gut war, daß sie beschlossen, dabei zu bleiben. Ein tändelndes Schäferpaar sah Bea über die Schulter, wie sie da, die Haare verwurschtelt, die Augen ein bißchen müde (der Rotwein!), in ihrem zerknitterten Leinenkostüm vor ihrem Gedeck saß, genußvoll von allen Portionen kostete. Robert strich mit Buckel um ihre Füße, ließ sich gnädig füttern.
»Er frißt schlecht«, sorgte sich Bea, »braucht lange, bis er etwas heruntergeschluckt hat.«
»Gottseidank, daß er überhaupt wieder frißt.« Nicolas reichte ihr den Teller mit Käse. »Lange Zeit sah es nicht danach aus. Du mußt wissen, der Kater ist aus dem vierten Stock gefallen, lag da wie tot. Wir brachten ihn in eine Tierklinik ...«
»Wer wir?« Bea fielen fast die Augen zu. Mühsam stützte sie den Arm auf den Tisch.
Nicolas zögerte. »Eh bien, Michel und ich, wer sonst? Robert ist ein verwöhnter Herrschaftskater, er liebt es, mit Chauffeur im Mercedes zu fahren. Der Arzt sagte, er könnte nicht viel Hoffnung machen.«
»Und warum ist Robert aus dem Fenster gefallen? Die Fenster sind doch durch Außengitter geschützt. Armes Tier.« Sie kraulte den Kater, der den Kopf in ihrer Hand verbarg. Etwas an dieser Geschichte kam Bea komisch vor. Nicolas dachte nach. Das war jetzt ein Bea wenig bekanntes, eine Art Pokergesicht. »Er ist verrückt nach Tauben,

ein richtiger Spleen. Wo er sie sieht, springt er ihnen nach. Ja, und einmal ist er eben zu weit gesprungen. Willst du Kaffee, Bébé?«

»Ja, gern, aber mit sehr viel Milch.« Bea folgte Nicolas in die Küche, einem großen, halbrunden, wie ein Bistro eingerichteten Raum, sah zu, wie er mit der Kaffeemaschine hantierte. Ihr Blick schweifte zu den Fenstern. Richtig, im Hof gab es Tauben. Sie nisteten in den Rohren, die an der Fassade entlangliefen, hatten ihre weißen hartgewordenen Spuren auf den Fensterbrettern hinterlassen. Durch die geschlossenen Scheiben konnte sie ihr Gurren hören. Doch Robert, der ihr wie ein Hündchen gefolgt war, beobachtete sie kaum. War sein Schock noch zu groß, oder – ein Gedanke durchzuckte Bea – hatte Nicolas nicht die Wahrheit gesagt? War der Kater gar nicht an Tauben interessiert? Oh, dieser Champagner, dazu der Wodka, die beiden Weine! Brachten sie ganz durcheinander. Machten es unmöglich, zwischen Wahrheit und Phantasie zu unterscheiden.

»Und dann in der Klinik? Wie ging es da weiter?« kam sie wieder auf das Thema zurück.

»Milch oder Sahne? Und wie viele Zuckerstückchen?« Nicolas' breiter Rücken stand wie eine Mauer vor ihr. Ein Rücken, der sich ruhig nach vorn, nach hinten, nach rechts und links bewegte, während Nicolas Kaffee einfüllte, nach Tassen und Löffeln griff. Ein sehr starker, sehr sturer Rücken. Darüber kräuselte sich graumeliert das Nackenhaar, das er extra für Bea so lang wachsen ließ, weil sie es liebte, mit beiden Händen darin zu wühlen. »Wo? In der Klinik? Sprichst du immer noch von Robert? Ah, ich habe vergessen, du bist vernarrt in Tiere. Ja, dort hat man meinen Kater wieder zum Leben erweckt. Dafür hat man Unglaubliches getan. Man war sogar gezwungen, Robert eine Zahnspange anzupassen, sie reicht«, Nicolas zeigte es an seinem

Mund, »über den ganzen oberen Kiefer, von hier bis hier. Du hast die Ehre, Bébé, die Bekanntschaft des mir einzig bekannten Katers in Frankreich gemacht zu haben, der eine Zahnspange trägt.« Mit großartiger Gebärde zeigte er auf Robert, der sich unbeeindruckt leckte.

Obwohl ihr die Tränen locker saßen, mußte Bea lachen. »Was heute alles möglich ist! Tapferes kleines Kerlchen. Und er hat sich das alles gefallen lassen?«

»Nein, einen Augenblick lang hat er aufgegeben, ließ den Kopf hängen, wollte nichts mehr zu sich nehmen. Da hat sich ... eh bien, da habe ich mich zu ihm gesetzt und lange auf ihn eingeredet, ihm Mut gemacht. Das hat wohl geholfen, denn von da an war Robert wie verwandelt.«

»Wer hat sich zu Robert gesetzt?« hakte Bea nach. Rücksicht auf diese unselige Erinnerung hin und her, einiges an dieser Geschichte stimmte nicht. Es gab zu viele Widersprüche.

»Bébé.« Nicolas stellte sich breitbeinig vor ihr auf, sah sie vorwurfsvoll an. »Bist du nach Paris gekommen, um diese schrecklichen Dinge zu hören? Und ich habe mich so gefreut auf dich, habe alles vorbereitet, mir vorgestellt ... Non, non, das ist kein Kompliment für mich«, er wiegte betrübt den Kopf hin und her, »nein, wirklich nicht.«

»Entschuldige.« Und Bea warf ihm die Arme um den Hals, atmete den Duft seiner Haut ein, versenkte die Nase in seinem festen Nacken, rieb sie zärtlich hin und her. Der Aufenthalt fing bereits an, kompliziert zu werden, sie hatte es ja gewußt. Paris war etwas, was sie nicht bewältigen würde. Und Nicolas' Vergangenheit war voller Geheimnisse.

Trotzdem – die Woche verlief gut, in Frieden und Freuden. Von Tag zu Tag gewöhnte sich Bea mehr an ihre neue Umgebung. Herrliche Nächte verbrachte sie in diesem phantastischen Bett, Nicolas' Bett, das soviel Platz ließ, nicht nur für die Liebe – das ja auch, oh ja! –, sondern genauso für Träume, für Müßiggang, den langentbehrten, für kleine raffinierte Mitternachts-Soupers, für stundenlange, nie endenwollende Gespräche, und natürlich auch für den Schlaf. Bea, unersättlich, was ihr Bedürfnis nach Schlaf betraf, stürzte sich, eingerollt in damastene Laken, ein Kissengebirge um sich aufgetürmt, in endlose Abgründe, aus denen sie dann, wenn sie Pech hatte, das blecherne Scheppern der Mülltonnen riß. (In Paris kamen die Tonnenmänner früh.) Oder sie schlief bis Mittag durch. Neben ihr ruhte ein schöner Engel, das kurze Hemd bis zum Bauchnabel hochgerutscht, schrie auf, wenn sie ihn in ihren wilden Träumen mit den Knien stieß, um sie dann mit halblaut gemurmelten Liebeserklärungen an sich zu ziehen. »Du bist da, mon amour, du bist da, welch ein Glück!« Das waren die Nächte.

Und die Tage? Die waren nicht weniger herrlich, in Regen und Sonne, mit den zahllosen Überraschungen, den »surprises«, die Nicolas sich während der langen Tage seiner Einsamkeit ausgedacht hatte. »Surprises« speziell für sie, sa chérie, die er glücklich sehen wollte. Sie aßen in Vier-Sterne-Restaurants. Nicolas, den man dort wie einen alten Bekannten begrüßte, ließ sich viel Zeit, um das Köstlichste auszusuchen, verwickelte den »sommelier« in endlose Gespräche über den richtigen Wein. Sie gingen in einfache Bistros, wo die Wirtin in der offenen Küche Hammelragout zubereitete und der Patron hemdsärmlig Bier ausschenkte. Hier kostete es weniger, aber immer noch genug. Paris war teuer, ständig teuer. Die beiden streiften durch die eleganten Modeviertel, wo sich Bea zur großen Enttäuschung ihres Geliebten nicht dazu überreden ließ, ein original Chanel-Kostüm anzuprobieren, und durch das Quartier von Montmartre mit seinen Ramschläden und den vielen dunkelhäutigen Bewohnern. Da allerdings durfte Nicolas

seiner Liebsten einen Baumwollpullover für knapp fünfzig Francs schenken, und beide freuten sich wie die Kinder darüber.
Sie besuchten die kleinen Kinos in St. Germain des Près, saßen mit kaum einem Dutzend Personen im Dunkel zusammen, hielten sich an den Händen wie ein jungverliebtes Paar, tauschten Küsse, während auf der Leinwand irgendein Film ablief. Oft schickten sie Michel mit dem Wagen weg und legten danach den Weg bis ins vornehme 16. Arrondissement zu Fuß zurück. Unterwegs bekannte Nicolas: »Ich fühle mich wie zu Studentenzeiten. Du hast mich verjüngt, aus mir einen neuen Menschen gemacht. Ich bin glücklich.« Und sprang wie ein übermütiger Junge in die Luft.
Anschließend raste er wie von Furien gehetzt die vier Treppen zu seiner Wohnung hinauf, von übergroßem Mißtrauen getrieben, Michel würde sein Schlafzimmer zu privaten Zwecken mißbrauchen. »Adrienne sitzt nicht hinter ihrer Gardine. Ahhh! Kommt mir verdächtig vor. Sie hintergehen mich, die beiden! Sie nutzen mich aus. Ich fühle es!«
Völlig außer Atem – der Aufzug funktionierte nicht – hastete Bea hinter ihm her. Sie erreichte die Küche, als Nicolas mit lautem Klappen die Eisschranktür schloß. »Alles noch da, auch mein bester Wein, Château Lagrezette 1987, niemand da. Schau mich nicht so entgeistert an, Bébé, man weiß nie. Die ganze Welt lügt und betrügt. Und jetzt brate ich uns zur Feier des Tages zwei feine Filets.«
Vorher gab es Austern und ein Muschelragout, das Michel am Morgen bei »Flo«, einem der besten Traiteurs von Paris, besorgt hatte. Dazu Champagner, den allerbesten.
»Muß denn immer alles so teuer sein?« fragte Bea unbehaglich. Nicolas gab ein Vermögen für sie aus. Sie kam mit dem Nachrechnen gar nicht mehr nach.

»Muß nicht. Aber meistens ist es das. Gute Dinge haben ihren Preis. Das Leben ist kurz und du bist – leider«, er seufzte, »nicht jeden Tag in Paris. Aber wenn du willst, kannst du mir morgen ein Gulasch kochen, Chérie, Gulasch.« Er zog das Wort genußvoll in die Länge. »Ich habe es einmal in Wien gegessen. Délicieux. Weißt du, was da alles hineingehört?« Eine bange Frage. Nicolas schien zu Beas Kochkünsten kein besonders großes Vertrauen zu haben. Mit gutem Grund, hatte sie in dieser Hinsicht doch noch nicht viel gezeigt.

»Und ob ich das weiß.« Immerhin hatte ungarisches Gulasch mit Nudeln zu Walters Lieblingsspeisen gehört. Doch diese Mitteilung unterließ sie wohl besser. Man wußte nicht, wie Nicolas reagierte.

Am nächsten Morgen betrat sie eine Metzgerei in der »Rue de Belles Feuilles«, wo drei schnurrbärtige Männer in langen gestreiften Schürzen ihre Messer wetzten und eine dicke Frau an der Kasse saß. Unter den mißtrauischen Blicken einiger Hausfrauen machte Bea klar, daß sie dreierlei Sorten Fleisch wünschte, vom Rind, vom Kalb, vom Schwein. Uff, das wäre geschafft. Bea sah sich in dem gekachelten Raum um, während der Metzger ihr das Fleisch zubereitete. Französische »boucheries« sind anders als deutsche Metzgereien. Hier macht man aus dem Wählen und Zerteilen des Fleisches eine Kunst, beurteilt die Kundin (eigentlich ganz und gar unfranzösisch) nicht etwa danach, ob sie einen hübschen Busen hat, sondern ob sie etwas von Schlegel, Brust oder Keule versteht. Außerdem ist das Fleisch von sehr viel besserer Qualität. Gottseidank verzichtete Beas blitzäugiger »boucher« darauf, zurückzufragen, von welchen Teilen des Rinds, des Kalbs, des Schweins sie ihre Auswahl wünschte, sie hätte sich schön blamiert. Er schien begriffen zu haben, was sie meinte, übergab ihr ein ausgezeichnetes Häufchen Fleisch.

Voilà, die Feuerprobe war überstanden. Bea bereitete das Essen in der Küche zu, beobachtet von Robert, der sich schmeichlerisch an ihren Beinen rieb, hantierte zu ihrer eigenen Überraschung recht geschickt mit den Tiegeln und Pfannen, die Nicolas aus den Schränken zog. Er schmeckte inzwischen einen Blattsalat ab, war nicht zufrieden. »Kein Geschmack.«

»Schütte Maggi rein und eine Prise Fondor«, riet Bea, die mit abgewandtem Gesicht Zwiebeln schnitt. »Das gibt eine gewisse pikante Note.«

Er sah sie groß an. »Maggi? Fondor? Qu 'est-ce que c'est ça?« Lieber griff er nach Senf aus Dijon. Ach ja, sie waren ja hier in Frankreich, der Wiege der feinen Küche und frischen Zutaten. Besser, ihre hinterwäldlerischen Küchentips für sich zu behalten. Sie erntete höchstens Mitleid damit.

Sie aßen und tranken fast zwei volle Stunden. Nach dem Gulasch, von dem Nicolas zweimal nahm, folgte Käse, nach Eis dann Schokolade. Die tiefhängende Tiffanylampe leuchtete mit mildem Schein auf sie herab, vor dem Fenster gurrten die Tauben, gluckernd lief das Wasser durch den Kaffeefilter. Ab und zu polterten Schritte über die Dienstbotentreppe, die gleich hinter der Küche in das Dachgeschoß führte. »Ich bin glücklich«, sagte Nicolas abermals. »Du bist die Frau, mit der ich leben möchte. Nein, antworte nicht, es könnte die falsche Antwort sein. Nur eines noch: So wohl habe ich mich seit Jahren nicht gefühlt. Darf ich den Kaffee im Salon servieren?«

Dort saßen sie auf der Couch, blätterten in Zeitschriften, sahen sich die Werbespots im Fernsehen an, erzählten sich aus ihrem Leben. Bea, die silbernen Sporen und bunten Marktaquarelle vor Augen, versuchte sich ein Bild von Nicolas' Vergangenheit zu machen. »Wie lange lebst du von deiner Frau getrennt? Schon zehn Jahre? Und wo fand die Trennung statt? In Peru. Aha. Und was hast du danach gemacht? Da muß es doch eine Frau gegeben haben, nicht nur die vielen flüchtigen Abenteuer, nein, eine Frau für längere Zeit. Wer hat beispielsweise dieses Appartement eingerichtet? Du ganz allein? Du nur für dich?«

»Ich bin ein Einzelgänger.« Nicolas knappe Antwort. Sein Gesicht war im Dunkeln. Mit halbgeschlossenen Augen rauchte er ein Zigarillo. Später holte er ein Album aus einer der bemalten Truhen, blätterte es vor Bea auf. Es waren Fotos aus seiner Zeit in Peru, fast ausschließlich Dienstfotos, die einen viel jüngeren und daher noch schöneren Mann zeigten, mit blonder Löwenmähne und einem mitreißenden Lächeln. Im weißen Kittel hielt er eine Rede im Kreise seiner Mitarbeiter, überreichte Blumen, führte würdig aussehende Herren durch die Laboratorien. Einmal beklatschte er eine Gruppe von Indianern in gewebten Umhängen, die Musik machten, neben ihm eine junge Frau mit dunklem aufgestecktem Haar, eine Strickjacke über den Schultern. Bea gab es einen Stich.

»Wer ist diese hübsche Person?« Flüchtig tupfte sie auf das Foto. »In die warst du doch bestimmt verliebt.«

»Das ist Doktor Gomez, Doktor Manuela Gomez, eine meiner tüchtigsten Chemikerinnen.« Er lachte. »Einmal ist sie mir in meinem Büro um den Hals gefallen. Ich wußte gar nicht, wie mir geschah. Später besuchte sie mich dann zu Hause, stand plötzlich vor der Tür.«

»Komische Sitten in Südamerika«, ärgerte sich Bea. »Und deine Frau?«

»Die war zu dieser Zeit längst nach Europa zurückgekehrt, mit den Kindern. Ich war allein in Lima, so gut wie allein, habe gearbeitet wie ein Pferd. Aber sag mir, Bébé, ist das üblich in Deutschland, daß man immerzu nur fragt, fragt, fragt?« Er nahm sie in seine Arme, bedeckte ihr Gesicht mit kleinen Küssen.

»Ich liebe dich, aber du belügst mich«, dachte Bea, während

sie seine Küsse erwiderte. Und fragte sich zum vielleicht zehnten Mal, wer die schwarze Heilige mit dem Modigliani-Gesicht an die Wand gehängt hatte. Bestimmt nicht Nicolas.
Sie ging in »ihr« Zimmer. Nicolas schickte sie richtig dorthin, war es doch sein Wunsch, daß sie sich ein bißchen besser mit dem Raum, der ihr jetzt gehörte, vertraut machte. Sie sah das ein, gab sich auch alle Mühe, trotzdem – sie fühlte sich nicht wohl in dem nach Norden gewandten Zimmer, von dem eine Tür in ein kleines Bad führte. Es paßte so gar nicht in das prächtige Appartement, wirkte steril, unfertig, ja, direkt lieblos mit der breiten Couch, über die eine handgestrickte Decke mit seltsamem Tiermuster geworfen war, den groben Vorhängen, der trüben Lampe, die in einer Art Holzkäfig steckte, dem wollenen Teppich. Es fehlten Blumen, Bilder, all die persönlichen Kleinigkeiten, die den Charme eines Zimmers ausmachen. Nur ein überlebensgroßer Papagei aus Plastik schaukelte auf einem Holzbrett an der Wand.
»Du kannst alles ändern, richte dich ein, so wie es dir gefällt«, hatte Nicolas am ersten Abend vorgeschlagen, als er Beas Enttäuschung sah. »Michel fährt morgen mit dir in die Stadt. Gar nicht der Rede wert. Im Handumdrehen hast du das allerschönste Zimmer. Nur – was stört dich wirklich so an dem Raum?«
Bea dachte nach. Ja, was eigentlich? Sie hatte schon schlimmere Einrichtungen gesehen. Er hatte recht, sie übertrieb, steigerte sich richtig in ihre Ablehnung hinein. Dann mit einem Mal wußte sie den Grund. »Es hat schon jemand anders hier gewohnt«, sagte sie, ohne ihn anzusehen. Er antwortete nicht, probierte an der Lampe herum, die sich – natürlich – nicht anzünden ließ.
Inzwischen hatten sie eine andere Lampe gekauft und mehrere kleine Töpfe mit blühenden Hyazinthen und, da

sich Bea nicht so schnell für ein Bild entscheiden konnte, erstmal Plakate als Wandschmuck. Eines sogar aus München, ein Emil-Nolde-Plakat aus dem Haus der Kunst. Auf dem klobigen (wackligen) Holztisch stellte sie die Fotos ihrer Kinder auf. So bekam das Zimmer schon einen etwas persönlicheren Charakter.

Summend ging sie an das Nähtischchen, das aus dem Erbe von Nicolas' Mutter stammte. An Nicolas' Regenmantel war ein Stück Futter aufgetrennt, das wollte sie nachnähen. Die Schublade klemmte, ungeduldig riß sie daran, bis sie endlich nachgab. Was für eine Unordnung! Bis zum Rand war das Kästchen mit vielerlei Krimskrams vollgestopft, Zwirnrollen, Haken, zersprungenen, mit seltsamen Ornamenten bemalten Knöpfen. Kopfschüttelnd kramte Bea darin herum. Alles war da, Druckknöpfe, Reißverschlüsse, Wollreste, ineinander verheddert, nur keine Nadel. Oder doch? Sie zuckte zurück, etwas hatte sie in den Finger gestochen. Er blutete. Bea suchte mit der linken Hand weiter. Da mußte doch eine Nadel sein. Ungeduldig wühlte sie am Boden des Kästchens, kehrte den Inhalt um und um. Endlich, da. Sie fühlte etwas Rundes, Glattes, gleich daneben eine Nadelspitze, zog und zog ...

Mit einem Laut der Überraschung ließ sich Bea auf die Couch fallen, die quietschend nachgab, starrte entsetzt auf die beiden Gegenstände, die sie aus der Schublade befördert hatte. Es waren Wachsklumpen, auf primitive Weise zu Püppchen geformt. Ein männliches und ein weibliches Püppchen, man konnte es an den exakt ausgearbeiteten Geschlechtsmerkmalen erkennen. In dem durchscheinenden Wachs erkannte Bea Reste von Fingernägeln und Haarlocken. Die gespenstischen Puppen hatten Namen. »Nicolas« stand auf dem Papierstreifen, der auf der männlichen klebte, die andere war mit »Olimpia« bezeichnet. Das Irritierendste: Eines der Püppchen war von Kopf bis Fuß mit Nadeln gespickt, die dickste, eine Stopfnadel, steckte mitten im Herz. Das war nicht etwa die männliche, sondern – Bea schauderte – die weibliche Figur, Olimpia.

Entschlossen packte sie ihren grausigen Fund, marschierte mit energischem Schritt in den Salon zurück, wo Nicolas telefonierte.

»Wer ist Olimpia?« fragte sie laut, den Kopf in den Nacken geworfen.

5

»Au revoir, ma petite. Je te rappelle, hein?« In Zeitlupentempo ließ er den Hörer fallen, strich sich nachdenklich übers Haar, feuchtete sich mit den Fingerspitzen die Augenbrauen an. Ganz klar, er versuchte Zeit zu gewinnen. Aber nicht bei ihr, da hatte er sich verrechnet. Sie würde nicht wanken und weichen, bis er endlich Farbe bekannte, mit seinem Geheimnis herausrückte, der ... der Heimlichtuer. Es war allerhöchste Zeit.

»Also, bitte sehr, wer ist diese Frau?« Sie stemmte die Hände in die Hüften.

»Anya. Ich habe mit Anya telefoniert, meiner Tochter.« Als wenn sie nicht wüßte, daß Anya seine Tochter war, hatte sie dem aparten Mädchen mit den schräggestellten Augen doch sogar schon die Hand gedrückt. Aber Nicolas schien sie für vergeßlich zu halten. »Sie hat Schwierigkeiten mit ihrem kleinen Sohn, die Arme. Er weiß nicht, was er in seiner freien Zeit anfangen soll, schmiert die Hauswände voll. Hast du mit deinem Ulli ...«

»Olimpia.« Blaß und aufrecht nahm Bea neben ihm Platz. Dabei achtete sie sehr genau darauf, daß ein entsprechender Abstand zwischen ihnen blieb. »Ich spreche von Olimpia.«

»Oh, mon bébé, ma petite chérie.« Mitfühlend griff er nach ihrer Hand, küßte sie. »Wie streng du sein kannst, wie ein Fräulein Lehrerin. Ich habe richtige Angst vor dir, ja, wirklich. Und diese Arme in den Hüften – ich weiß nicht, ein bißchen sehr teutonisch, findest du nicht? Paßt gar nicht zu deinem sanften Charakter. Sei lieb, sei zärtlich, ich flehe dich an. Was, bitte, habe ich verbrochen. Sag, was?« Das fassungslose Gesicht eines Schulbuben, der sich zu Unrecht bestraft fühlte, keinen Ausweg wußte – ein mimisches Meisterstück. Oh, Nicolas! Aber diesmal fiel Bea nicht darauf herein.

»Ich warte auf eine Erklärung.« In ihrer Stimme schwang – mag sein: teutonische – Eiseskälte. »Ich möchte mehr wissen über diese Frau mit dem Namen Olimpia, die sich mit Nadeln selbst verstümmelt. Eine Frau, die hier gewesen sein muß. In meinem Zimmer, meinem Bad, auf dieser Couch, vielleicht auch – das könnte ich sogar beschwören – in deinem Bett.« Sie preßte die Fäuste vor den Mund, biß hinein. Der Gedanke schmerzte höllisch.

»Was du so denkst«, schwächte er ab, blickte in die Ferne. Seine Gedanken schienen weit weg zu sein. »Aber was sagst du da? Sie hat sich selbst verstümmelt? Das würde sogar zu ihr passen, in dieser Beziehung kannte sie keine Skrupel. Wieso – was hast du gefunden?« Es klang fast angstvoll.

»Zwei Wachspuppen, die eure Namen tragen, eine davon über und über mit Nadeln gespickt. Ich weiß ja nicht, aber vielleicht war das ein Spiel zwischen euch, ein erotisches. In dieser Hinsicht bin ich ziemlich naiv. Ich habe keine Ahnung von dir, deiner Vergangenheit, von dem, was hier in der Wohnung vorgegangen ist. Du verbirgst wichtige Dinge vor mir.«

»Diese Hexe.« Seine Gedanken schienen noch immer bei Olimpia zu sein. Mehrere Male schüttelte er fassungslos den Kopf, in seine Augen trat ein leidender Ausdruck. Etwas schien ihn zu quälen. Aber bestimmt nicht Beas Enttäuschung, ihre Wut, ihre Trauer. Das war es ja, was sie so verletzte. Er machte sich überhaupt keine Gedanken um sie. Einerseits war Bea die Frau, von der er behauptete, sie zu lieben, mit ihr leben zu wollen – zugegeben, er verwöhnte sie, versuchte ihr jeden Wunsch von den Augen abzulesen, lachte mit ihr (vielleicht auch über sie?) –, andererseits behandelte er sie wie ein unmündiges Kind. Typische Arroganz des Mannes mit viel Geld?

»Also gut. Eh bien.« Mit einem tiefen Seufzer wandte er sich seiner Freundin zu, zog sie dicht an sich heran. »Willst du nicht deinen kleinen trotzigen Kopf an meine Schulter legen, während ich dir von Olimpia erzähle. Nein, Bea, mon bébé? Ja, so ist es gut, sehr schön, so bist du brav.« Er tätschelte sie wie ein Pony. »Wo fange ich an? Ja, am besten wohl bei Olimpia. Muß ich wirklich von ihr erzählen? Zwingst du mich?« Ein Blick in Beas blitzende Augen erübrigte jede Antwort. »Alors ... Olimpia war eine Frau, beziehungsweise ist eine Frau, denn sie wird sich doch um Himmels Willen nichts angetan haben, die ich sehr liebte.«

»Sehr?« murmelte Bea, das Gesicht in seinem Jackenkragen versteckt.

»Ja.« Er seufzte, als wenn er es selbst bedauerte. »Sehr, sehr. Ganz furchtbar sogar. Es war wie eine Krankheit, mit der mich das Schicksal schlug. Ich konnte an nichts anderes mehr denken, mich mit nichts anderem beschäftigen, nur Olimpia, Olimpia. Es war die Frau, auf die ich mein Leben lang gewartet hatte, nach dieser enttäuschenden Ehe mit Marie-Louise.«

»Und was war mit mir? Auf mich hast du doch auch gewartet?« brachte Bea sich in Erinnerung.

»Ja, auch, genauso, nach Olimpia oder nein, vielleicht sogar immer schon, denn mit Olimpia nahm die Sache kein glückliches Ende.« Wieder dieser abgrundtiefe Seufzer. Von dieser Frau zu sprechen, schien ihm Mühe zu bereiten.

»Mit anderen Worten – sie hat dich verlassen«, faßte Bea das bisher Gehörte zusammen.

»Nicht direkt verlassen, so kann man das nicht sagen.« Nicolas wand sich wie ein Aal. »Sie ist in ihre Heimat zurückgekehrt, Olimpia Vargas. Da gab es zu viele persönliche Schwierigkeiten, zu viele ungeregelte Dinge in ihrem

Leben, die sie peinigten. Sie lernte nie richtig Französisch, fühlte sich in den Häuserschluchten von Paris eingeengt, vermißte die Weite Perus, die Herzlichkeit ihrer Bewohner. Und dann – sie kam mit den Frauen hier nicht zurecht. Vielleicht weil sie so ganz anders ist als die typische Pariserin. Mir hat sie mit ihrer Entscheidung sehr weh getan, aber glaub mir, sie hat schwer dafür bezahlt. Ist deine Neugier jetzt befriedigt? Habe ich genug gebeichtet?« Schon griff er wieder nach dem Telefon, drehte die Wählscheibe.
Bea dachte nach. Im Grund hatte er nichts gesagt oder so gut wie nichts. Gerade, daß in dieser Wohnung eine Frau gelebt hatte, die seine große Liebe gewesen war. Das hätte sie sich fast denken können. Und mit diesen nebelhaften Andeutungen, dieser nicht mehr als vage angedeuteten Wahrheit ließ er sie jetzt zurück. Das war unfair, das war fast grausam, das war ... »Nicolas«, flehte sie.
»Oui, bébé?« Seine Finger arbeiteten fleißig an der Wählscheibe.
»Erzähl mir mehr von Olimpia, bitte! Ich muß es wissen, ich halte diese Ungewißheit nicht aus.«
»Aber ich habe dir doch alles erzählt. Was willst du noch erfahren? Was sie aß, was sie trank, welche Art von Schuhen und Strümpfen sie trug. Das kann ich dir sogar sagen: Sie ging am liebsten barfuß. Bitte, quäle mich nicht, ich habe genug gelitten. Aber jetzt bist du ja da, und mit dir ist die Sonne in meinem Leben wieder aufgegangen.« Seine Hand streichelte beruhigend ihren Nacken, während er den Telefonhörer festgeklemmt zwischen Schulter und Kinn hielt. »Hallo, Eric, ça va?« Er begann dann in atemberaubendem Tempo zu sprechen.
Das war gemein. Irgendwie fühlte sie sich hintergangen. Einen Moment erwog Bea, den Koffer zu packen und das nächste Flugzeug nach München zu nehmen. Was hielt sie noch in dieser Wohnung, der Wohnung einer anderen, in

der Nähe eines Mannes, der sie belog, der ihr bewußt die Wahrheit vorenthielt? Zutiefst verletzt steigerte sich Bea in ihre Enttäuschung hinein. Das Schlimme war nur – sie liebte ihn, den Lügner, den Bonvivant und Frauenhelden. Die gemeinsam verbrachten Tage hatten sie noch viel enger aneinandergeschmiedet, es war das erste Mal nach Walters Tod, daß sie sich wieder richtig wohlgefühlt, am Leben teilgenommen hatte. Gerade gestern erst hatte sie Ulli und Ulrike mitgeteilt, daß sie noch ein bißchen in Paris bleiben würde. Denn was wartete schon in München auf sie? Ihre Kinder selbstverständlich, ihre kleine geliebte Wohnung, aber was sonst? Außer einem dicken englischen Manuskript, das sie sich auch nach Paris schicken lassen konnte, hauptsächlich doch eine lange Reihe einsamer Tage und Nächte mit ständigem bangem Blick aufs Telefon, das bestimmt nicht sehr oft läuten würde. Und wenn, war keineswegs gesagt, daß sich eine heitere französische Stimme meldete. O nein. Vielleicht rief Nicolas überhaupt nie wieder an. Er war – so gut kannte sie ihn inzwischen – kein Mann, den man so ohne weiteres verlassen konnte, der das abschüttelte wie eine Katze ein paar unliebsame Wassertropfen. Er zog daraus seine Konsequenzen, endgültige Konsequenzen.

Apropos Katze. »Und Robert hat sie aus dem Fenster geworfen, deine Olimpia, ich weiß es genau. Ihn für immer verunstaltet. Das arme unschuldige Tier. Das ist wirklich der Gipfel der Herzlosigkeit. Aber dieser Frau wird ja alles verziehen.«

Wutentbrannt stürzte Bea aus dem Zimmer, schloß sich in ihr (Olimpias?) Bad ein, wo sie lange duschte, sich die Haare wusch, ihre Fingernägel in Ordnung brachte. Das lenkte ab, verhalf zu einem einigermaßen klaren Kopf. Die beiden Wachspüppchen baute sie auf Nicolas Nachttisch auf. Sollte er sich damit amüsieren. Als sie später nachsah, waren sie verschwunden. Über Olimpia verlor keiner von ihnen ein Wort.

Nicolas nahm sie mit in seinen Club. Ein Club in der vornehmen Avenue Foch, wo man nicht nur zu vernünftigen Preisen gut essen, sondern auch seinen sportlichen Ambitionen nachgehen konnte. Fechten, Ballett, Schwimmen, Tischtennis. In einem weitläufigen Gymnastiksaal mit vielen Spiegeln und noch mehr Furcht einflößenden Foltermaschinen schwitzten und keuchten Frauen aller Alters- und Gewichtsklassen, ließen sich von einem Italiener mit dunklen Samtaugen in die Geheimnisse des kontrollierten Muskeltrainings einweihen.
»Zu dem gehst du nicht«, bestimmte Nicolas. »Das fehlte gerade noch, daß der dir den Hof macht. Ich ertrage das nicht, nein, ich ertrage das nicht.« Seine Stimme wurde richtig hysterisch. »Merkst du nicht, wie er dich bereits interessiert mustert?«
Er tat es nicht oder wenn, höchstens kritisch, denn Bea trug einen Badeanzug mit eingenähter Corsage, den Nicolas ihr gekauft hatte. Ein richtiger Altfrauenanzug, fand sie, hatte sich heftig dagegen gewehrt. »Wenn ich den anziehe, bin ich wirklich weg vom Fenster, ›out‹, wie Ulrike sagen würde!« Genau diesen Typ von Badeanzug hatte sie bei anderen Frauen immer mit einem gewissen Grauen betrachtet. Aber Nicolas bestand darauf, fand ihn damenhaft. Er selbst trug weitgeschnittene Shorts mit Palmenmuster, zeigte grauweiß gekräuselte Haarwolle auf der Brust, eine kleine Speckrolle rund um die Taille, sonst aber eine ausgewogene, für sein Alter überraschend muskulöse Figur.
Bea, die am Rand des Schwimmbeckens saß, mit den Füßen in dem viel zu warmen Wasser – die Franzosen schienen sehr kälteempfindlich zu sein – paddelte, beobachtete mit Rührung, wie ihr Liebster auf dem Rücken schwamm.

Dabei machte er das Gesicht eines satten Riesenbabies, riß immer wieder die großen himmelblauen Augen auf, um zum nächsten Armstoß auszuholen. Ein bißchen was hatte er auch von einer knubbeligen Robbe an sich, jedenfalls etwas so Rührendes, daß sie nicht anders konnte, sie mußte ins Wasser springen und ihn zärtlich umarmen.
»Auauau.« Er schrie überrascht auf. »Bébé, was tust du da? Was fällt dir ein? Merkst du nicht, wie uns alle beobachten?« Dabei strahlte sein Gesicht vor Liebe und Stolz.
Sie balgten sich im Wasser herum, umringt von ein paar älteren Damen, die, den Kopf artig über Wasser haltend, damit ihnen die ondulierte Frisur nicht kaputtging, ihre bescheidenen Runden drehten. Immer wieder streifte ihr neugieriger Blick den stattlichen Nicolas, fragten sie sich wohl, wie ausgerechnet diese Frau, der die Haare naß in die Stirn hingen, die viel zu laut lachte und ein so unelegantes Französisch sprach, an seine Seite kam.
Bea, inzwischen an solche Blicke gewöhnt, war das egal. Im Gegenteil. Langsam begann sie das allgemeine Erstaunen zu amüsieren. Den Kopf unter Wasser, die Figur kerzengerade ausgestreckt, absolvierte sie mit raschen weitausholenden Bewegungen dreißig Bahnen. Hin und her, her und hin, ohne eine Pause einzulegen, was bei den olympischen Ausmaßen des Beckens keine Kleinigkeit war.
»Immer zuviel, zu schnell, immer gleich am Rande eines Exzesses«, stöhnte Nicolas, der sie von einer Liege aus beobachtete. Bei einem solchen Mammutprogramm konnte er – das gab er ehrlich zu – nicht mithalten. Sein Kreislauf machte da nicht mit.
»C'est curieux. Die Frauen, die ich liebe, sind alle Wasserratten. Ihr Element ist das Wasser. Olimpia ...« Er biß die Zähne zusammen, dann lächelte er. »Jetzt habe ich wohl eine Dummheit – une bêtise – gesagt, nein?«
»Keine Dummheit.« Bea fuhr ihm zärtlich über die Stirn,

küßte die Wassertropfen von seinen Augenbrauen. »Gar nicht. Olimpia ...« Sie wartete.
Und das Wunder geschah, er sprach weiter, ließ sich aus der Reserve locken. »Sie war eine begeisterte Schwimmerin, legte in Lima Tag für Tag ihre zwei, drei Kilometer zurück, schwamm in allen Stilarten, obwohl der Pazifik dort eiskalt ist. Das würdest du nicht machen.«
»Würde ich doch«, gab Bea friedlich zurück. Nur keine Diskussion, keine nutzlosen Streitigkeiten, der Tag hatte so harmonisch begonnen. Außerdem hatte sie wiederum eine Kleinigkeit, wenn auch nur eine winzige, über ihre Vorgängerin erfahren. Das Bild begann sich zu runden.
Später meldete sie den Wunsch an, in die Sauna zu gehen. Was sie in den letzten Tagen so an Wein und auch Hochprozentigerem konsumiert hatte (normalerweise schloß ein Gläschen Calvados jede Mahlzeit ab), fing an, sich zu summieren. Jedenfalls litt sie unter dem unangenehmen Gefühl, aufgeschwemmt zu sein, was sich besonders auf ihre kritischste Stelle, die Hüften, auswirkte. Nicolas hatte nichts gegen den Saunabesuch, wollte aber selbst nicht in die Hitze. Eindringliche Frage an den weißhaarigen Bademeister: »Ist die Sauna wirklich ausschließlich für Frauen?«
Der Alte hob die Hand zum Schwur, kassierte ein Trinkgeld. Bon, genehmigt, ab in die Folterkammer. Nicolas würde inzwischen einen Kaffee trinken.
Zwei junge Frauen lagen in entspannter Pose auf den Holzbänken, als Bea vorsichtig die Tür aufmachte und sich mit einem gemurmelten Bonjour in eine Ecke zurückzog. Sie machte sich dünn, hätte am liebsten nur einen halben Platz eingenommen, denn schließlich war sie bloß Gast. Die beiden Mitschwitzerinnen schienen das genauso zu sehen, wurde Bea doch auf der Stelle von der älteren – ein weizenblonder Mireille-Darc-Typ mit einem Halbdutzend klirrender Ketten um Hals und Handgelenke – verpflichtet, das

Holzthermometer an der Wand zu kontrollieren und alle zehn Minuten herumzudrehen. Aber exakt zehn Minuten. Ihre »copine«, eine Mulattin mit Pekinesengesicht, birnenförmigem Busen und – Bea staunte – den schmalsten Hüften, die sie je gesehen hatte, massierte sich währenddessen schläfrig die schokoladenfarbenen Glieder, legte mahnend einen Finger auf die Lippen, als Bea, die in der Hitze litt, leise stöhnte. Zwei Aufseherinnen, üppig mit Sexappeal ausgestattete Aufseherinnen der raffinierten Art, die mit vielen exaltierten Handbewegungen, die Augenbrauen wichtigtuerisch hochgezogen, miteinander plauderten. Es ging – soviel verstand Bea – erstens um Garderobe, zweitens um Schmuck und drittens um Make-up, das sie sich gekauft hatten oder kaufen (lassen) würden. Auch von einer delikaten Operation war die Rede. Bea wurde gar nicht beachtet. Es war, als existiere sie nicht mehr.

Erst als ihre »Kolleginnen« den Saunaraum verlassen hatten, wagte auch Bea, der Hitze zu entfliehen. Vorsichtig schlüpfte sie durch die Holztür, sah sich nach einer Abkühlung um. Doch die Duschen waren belegt. Beide Mädchen drehten und wandten sich wie Schlangentänzerinnen unter dem Wasserstrahl, wuschen, bürsteten, massierten sich, schäumten geheimnisvolle Lotions auf, arbeiteten mit Massagehandschuhen und farbigen Schwämmen, ließen keinen noch so geheimen Winkel ihres Körpers aus. Bea war fasziniert. Ein solch herausfordernd zur Schau gestelltes Waschritual hatte sie noch nie erlebt. Jetzt kamen die Kopfhaare an die Reihe. Prustend wrang die Mulattin neben Bea einen Schwall Wasser aus ihrem schulterlangen Haar, lachte garstig, als Bea – dampfend wie ein Bratapfel – erschrocken zur Seite sprang. Danach steckten sich beide Damen ihr klatschnasses Haar (dem sie vorher verschiedene Cremes sowie duftende Öle beigemischt hatten) zu einem raffinierten Knoten auf. Je einen Riesenclip ans Ohr, eine

Wolke Parfum hinters Ohr, und, in weißgoldene Bademäntel gehüllt, stöckelten sie in die Caféteria.
Dort saß Nicolas, fiel es Bea ein, die sich kurz unter die Dusche gewagt hatte. Nicolas, der Mann, der schöne Frauen liebte, exotische, wie seine Vergangenheit bewies, im besonderen. Auf keinen Fall durfte sie ihn mit den beiden sexy Girls allein lassen, die – soviel war ihr klar – vor keiner Attacke zurückschrecken würden. Hastig rannte sie den beiden hinterher, stieß dabei mit dem Bademeister zusammen, der sich mißlaunig den Kopf rieb. Ihre nackten Füße hinterließen auf dem feinen Veloursboden feuchte Flecken.
»Aber, Bébé, was ziehst du da hinter dir her? Eine Schleppe?« wunderte sich Nicolas. Er saß an der Bar, rechts und links je einen weißgoldenen Bademantel neben sich. »Paß doch auf.« Er lächelte verzeihend, aber so verzeihend nun auch wieder nicht. Verwirrt sah Bea an sich herunter. Es war ihre Strumpfhose, die sich in der Eile in den Bademantel eingeklemmt hatte und die sie hinter sich herschleifte.
»Was willst du trinken? Du hast doch sicher Durst.« Nicolas rutschte zur Seite, winkte dem Barmann.
»Ach, nichts.« Gesenkten Haupts trat Bea den Rückzug an. Ihr Auftritt war eine Katastrophe gewesen. So blieb ihr nichts übrig, als Nicolas kampflos diesen gefährlichen Weibern zu überlassen. Sollte er sich mit ihnen verabreden, Adressen tauschen, sie konnte ihn nicht daran hindern. Den Organgensaft, den die beiden vor sich stehen hatten, hatte er bestimmt auch bezahlt. Die letzten Worte, die sie hörte, waren von Nicolas: »Wissen Sie, meine Freundin ist Deutsche. Sehr diszipliniert, sehr organisiert, aber immer ein bißchen zu hastig.« Es klang entschuldigend.
Das hätte er besser nicht sagen sollen. Auf der Stelle beschloß Bea (bereits zum zweitenmal in dieser Woche),

jetzt endgültig nach München zurückzufliegen. Ihr erster Aufenthalt in Paris hatte sich einfach zu sehr in die Länge gestreckt, kein Wunder, daß es zu Spannungen kam. Was sie dringend für eine kleine Weile brauchte, war ein einfaches, ein solides, ein ganz normales Leben. Eines, in dem sie wieder die Situation beherrschte, nicht dauernd das Gefühl haben mußte, auf die Probe gestellt zu werden.

»Schöne Frauen hattest du da an deiner Seite«, kommentierte Bea beim Abendessen spitz. Wobei sie wohlweislich verschwieg, daß die beiden in unbekleidetem Zustand noch viel schöner waren.

»Aber, Bébé«, Nicolas sah sie groß an. »Sie kommen doch niemals gegen dich an. Bon, diese Frauen mögen schön sein, haben Sexappeal, besonders die Mulattin«, aha, das hatte er also doch gemerkt, »aber ihnen fehlt die kindliche Unschuld, die ich an dir so liebe.«

»Schöne Unschuld«, murmelte Bea, nur halb getröstet. »Dafür kann ich mir was kaufen. Aber wie war das mit Olimpia? Ist die ein Typ wie diese beiden?«

»Olimpia? Die ist genauso unschuldig wie du. Eine arme unschuldige Hexe.«

Bea war noch nicht zufrieden. »Hast du dich mit den beiden verabredet? Du kannst es ruhig sagen.«

»Verabredet? Bist du verrückt? Ja, glaubst du das im Ernst? Ist dir die Hitze in den Kopf gestiegen?« Er sah sie so entsetzt, so entgeistert an, schien so aufrichtig konsterniert, daß sie ihre Frage bereute. »Ich liebe dich doch.«

Nun war der Tag also doch verdorben. Nicolas war über Beas Unterstellung dermaßen entsetzt, daß er ihre Liebe zu ihm in Frage stellte. Den Rest des Abends war sie vollauf beschäftigt, ihn zu beruhigen, um Verzeihung für soviel Mißtrauen zu bitten, immer wieder zu versichern, daß sie ihm glaube, glaube ... Ebenso – Nicolas zwang sie fast dazu – zu schwören, daß sie ihn nie, nie, gar niemals betrügen würde. Dabei machte er ein ganz merkwürdiges Gesicht. Es schien ihm sehr ernst zu sein.

»Mit wem, bitte sehr, sollte ich dich betrügen?« fragte sie ironisch, während sie vor dem Spiegel ihr Gesicht eincremte. Voilà, die Sauna hatte ihr gut getan. Keine Falte, ihre Haut leuchtete wie ein Sommerapfel. »Ich wüßte niemanden.«

»Zum Beispiel mit Michel.« Es klang lauernd. »Du hast ihm heute sehr freundlich zugelacht. Zu freundlich, Bébé, um dir die Wahrheit zu sagen. Und gleich macht er sich Hoffnungen, dieser salaud. Glaubt, seinen Patron betrügen zu können.« Nicolas Gesicht hatte sich weiß verfärbt. Er atmete heftig, ließ seine Schuhspitze nervös kreisen. Ein sicheres Zeichen, daß es in ihm kochte.

Später beruhigte er sich dann, schlug vor, noch ein paar Schritte in der Dunkelheit zu machen. Er wollte sich eine Zeitung kaufen. Der Kiosk an der Ecke war hell erleuchtet. Die ältliche Inhaberin, in viele Schals gehüllt, reichte Nicolas sein Wochenendmagazin, lachte und scherzte mit ihm, ohne Bea eines Blickes zu würdigen. Immer das gleiche: Die Pariserinnen waren eifersüchtig auf sie.

»Einen Kaffee, Bébé? Oder ein Bier? Nein, vielleicht einen Anisschnaps«. Nicolas wies auf die kleine Bar gegenüber, in der sich hauptsächlich Studenten trafen, Tennisspieler aus der nahegelegenen Sportanlage, aber auch käufliche Damen.

Bea antwortete nicht, so fasziniert beobachtete sie einen Wagen, der etwa zwanzig Meter von ihr entfernt hielt. Ein alter Mann mit weißem Vollbart streckte seinen Kopf aus dem heruntergekurbelten Fenster, verhandelte mit einem Mädchen, das sich, das Hinterteil aufregend in die Luft gestreckt, zu ihm herunterbeugte. Diese weißblonde Ponyfrisur, diese operierte Nase – das war doch ... natürlich, die Mireille-Darc-Kopie aus der Sauna. Genau die, die das

Thermometer herumgedreht haben wollte. Stieg sie nun in das Auto oder stieg sie nicht? Nein. Der Kavalier hatte wohl zu wenig geboten.

»Was für ein Glück für dich, Nicolas, daß du dich nicht mit deinen Saunamädchen verabredet hast«, rief sie fröhlich, hakte sich bei ihm ein. »Das wäre vielleicht teuer geworden, Donnerwetter. Und jetzt habe ich Lust auf ein Bier.«

6

Irgendwie erleichtert kam Bea am Münchner Flughafen an, sie atmete tief durch. Blitzsauber ist es hier, stellte sie fest, als sie aus der Ankunftshalle ins Freie trat. (Allerdings – die Mark für den ›chariot‹ hatte sie geärgert. So kleinkariert war man in Frankreich nicht.) Hier sieht man keine herumliegenden Papiertüten, keine Coca-Cola-Büchsen, nur ein paar Zigarettenstummel, und die werden schnell weggefegt. Es riecht nach deutschem Sommer, deutschem verregneten Sommer zwar, aber trotzdem ist mir der bayerische Schnürlregen an Sommertagen lieber als der schwüle Asphaltdschungel in der Pariser City. Ich sehe es vor mit, das grüne Wasser des Starnberger Sees, die feuchten Wiesen mit Glockenblumen und Margeriten, all die braungebrannten lachenden Menschen, die sich im Schwimmbad und auf der Terrasse des Forsthauses am See drängen. Da gehöre ich hin. Bea verlor sich in Träumereien. Ach, ich möchte nachts bei Mondschein zur Roseninsel schwimmen! Und ob ich hier in München etwas Hübsches für mich entdecke? Wer weiß, vielleicht hat die Lacher Boutique schon die Preise gesenkt. Vorschlußverkauf. Da habe ich doch mal einen schicken Pullover gesehen, blau mit goldenen Streifen. Möglicherweise ist er schon reduziert. Gleich morgen werde ich danach Ausschau halten. Hier kann man ja mit den Verkäuferinnen reden, sie sind längst nicht so vorlaut und besserwisserisch wie die im »Printemps«. Hier spreche ich die Sprache, die jeder versteht.

Und der Taxichauffeur war kein hochnäsiger Farbiger, der sich schwitzend in seinen Sitz aus Holzperlen zurücklehnte

und nicht daran dachte, den Koffer in den Wagen zu heben. Und niemand mokierte sich über die Deutsche, die meinte, die Place Dauphine läge in der Nähe der Porte Dauphine und nicht auf der anderen Seite der Seine (»Madame, vous avez dis une bêtise, vraiment. Il faut absolument savoir ...«), wie es tatsächlich der Fall war. Nein, sondern der Fahrer war ein Bilderbuchbayer mit Lederhosen und Hirschhornknöpfen am blütenweißen Leinenhemd, der seinen Mercedes Diesel auf Hochglanz poliert hatte. Und während er Bea umsichtig durch die milde Nacht chauffierte, gab er – nachdem sie das Gespräch begonnen hatte – seine Meinung über diesen Sommer, das Wetter in und rund um Bayern sowie die letzten Bundesligaergebnisse bekannt. Später wurde er politisch. So einen wie Strauß bekäme man nie wieder. Alles war wie immer, war anheimelnd, vertraut und auch – ein klein wenig provinziell. Sie war daheim, wieder dort, wo sie aufgewachsen war und wo sie hingehörte. Einmal war Bea versucht, sich nach vorn zu beugen, einen Blick auf das Taxameter zu werfen, unterließ es dann aber. Überflüssig, hier schummelte man nicht. Wenn das Taxifahren auch – man mußte gerecht sein – erheblich teurer war als in Frankreich. Mit einem kleinen Seufzer lehnte sie sich zurück. »Zuhause«, dachte sie zufrieden. »Endlich.« Und fast im selben Moment: »Komisch, München wirkt bei Nacht wie ausgestorben. Wenn ich da an Paris mit seinen vielen Lichtern denke. Paris ... oh, Nicolas ...«
Die erste Unruhe kam auf. Aber die verdrängte sie schnell, genoß es wieder, allein in den eigenen vier Wänden zu sein, obwohl es da keine Adrienne gab, die inzwischen Staub gewischt und die Vorhänge gewaschen hätte. Irgendwie wirkte die ganze Wohnung ziemlich abgewohnt. Bea war unangenehm berührt. Höchste Zeit, daß sie einiges richten ließ. Eine positive Überraschung gab es allerdings auch: Ulli hatte nicht nur ein paar Stengel Schafgarbe in ein Wasserglas

gestellt, was ganz reizend von ihm war, sondern auch den Eisschrank nach seinem (oder Sabines?) Ermessen gefüllt. Bea fand griechischen Schafskäse, Sojabohnenwurst und ein chinesisches Fertiggericht darin. Er war wohl der Meinung, seine Mutter wollte nach ihrem Ausflug in die große, weite Welt nicht mehr auf internationale Küche verzichten.
»Ich war in Paris, nicht im fernen Orient«, scherzte Bea am Telefon. »Trotzdem allerherzlichen Dank. Komm schnell vorbei, damit ich dir deine Auslagen zurückerstatten kann.« Und – das war der eigentliche Grund – ihren hübschen Jungen fest in die Arme nehmen. »Geht es dir gut? Alles in Ordnung? Auch bei Sabine?«
»Mir geht's prima, aber Bine hat eine Sonnenallergie.« Schon wieder was Neues. Sehr belastungsfähig schien Ullis Freundin ja nicht zu sein, dauernd fehlte ihr etwas. »Trotzdem wollen wir unser geplante Reise nicht verschieben. Montag geht's mit Freunden ab nach Uruguay, nach Punta del Este, direkt an den Atlantik. Aber das weißt du ja.«
»Weiß ich nicht«, regte Bea sich auf. »Das erstemal, daß ich davon höre. Muß es denn unbedingt so weit sein?« Jetzt hatte sie sich auf ein bißchen Ruhe gefreut und konnte sich gleich wieder Sorgen um den herumvagabundierenden Sohn machen.
»Weit? Aber, Mama. Nach Südamerika ist's doch heute nur noch ein Katzensprung. Sei froh, daß ich endlich in der Welt herumkomme, viel habe ich davon noch nicht gesehen. Nach dem Studium will ich sowieso erst mal nach Argentinien.«
Wohin, bitte sehr? Ja, hörte denn die Unruhe niemals auf? Was wollte ihr Sohn um Gotteswillen in Argentinien? Walter wäre entsetzt gewesen, hätte seine ganze Autorität eingesetzt ... Walter ja, aber nicht Nicolas. Der würde Ullis Pläne ganz in Ordnung finden, könnte vielleicht sogar

nützliche Tips geben. Argentinien – lag das nicht ganz in der Nähe von Peru?
»Gut, gut, mein Sohn, ich sage nichts, gebe mich wie immer geschlagen. Aber tu mir den Gefallen, besuch mich wirklich bald. Ich nehme an, du kannst für deine Reise ein bißchen Taschengeld gebrauchen. Spar dir Papas Geld für etwas anderes auf.«
Ulli fuhr also nach Südamerika. Und Ulrike, die am nächsten Morgen im schwarzen Existenzialistenaufzug auftauchte, ärmelloses T-Shirt und wadenlange Hose, die Haare kürzer geschnitten und mit Gel verklebt, strahlend wie lange nicht? Die hatte sich in einen gewissen Ivo verliebt. Man war sich auf einer Floßfahrt nähergekommen.
»Beruf?« fragte die Mutter mißtrauisch, hatte sie doch schon so manche Eskapade ihrer leicht entflammbaren Tochter miterleben müssen. »Alter?«
»Fünfundzwanzig und drei Tage.« Ulrike fing mit der Beantwortung der unverfänglicheren Frage an. Mit spitzen Fingern zog sie die tigergemusterten Strümpfe, die Bea bei »Lafayette« für sie erstanden hatte, über ihre wohlgeformten Beine und betrachtete zufrieden das Ergebnis. »Ein Künstler. Moderne Musik. Nicht solche, die schon existiert, Stockhausen und so. Nein, Ivo geht total neue Wege. Die anderen verstehen das noch nicht. Aber ich weiß, er wird eines Tages ganz berühmt.«
»Und bis dahin?« sorgte sich Bea. Sie öffnete eine Flasche Champagner Rosé für die Tochter und sich.
»Lieben wir uns.« Das war eine klare, eine entwaffnende Antwort. Darauf gab es nichts zu sagen. Gerührt umarmte Bea ihr Kind.
Wie schmal sie war, die Süße. Zum Essen schien dieser Ivo seine Freundin nicht gerade zu animieren, hoffentlich statt dessen nicht zum Rauchen oder noch Schlimmerem. Bea war voller Mißtrauen. Was allerdings Ulrikes Lebensan-

schauung betraf, so hatte sie vielleicht wirklich recht. Weshalb immer schon an morgen denken, sich nächtelang über Zukünftiges den Kopf zerbrechen. Vieles löste sich doch später ganz von selbst.
Fröhlich tranken sie die Flasche leer und beschlossen, zum Essen Rohrnudeln zu backen. In weiser Voraussicht hatte Ulrike schon die Zwetschgen eingekauft. Während Bea den Teig zubereitete, die Früchte entsteinte, saß die Tochter auf der Küchenfußbank, ihrem Lieblingsplatz noch aus der Kinderzeit, und schaute ihrer Mutter bei der Arbeit zu, ohne einen Finger zu rühren. Zu beschäftigt war sie, in sämtlichen Details zu schildern, wie Ivo sie angesprochen, mit Bier bespritzt und fast ins Wasser geworfen hatte, wie einmalig sie seine Musik fand und daß es diesmal die ganz große Liebe sei. Nach Paris erkundigte sie sich mit keinem Wort.
Daran erkannte Bea ihre kleine Egoistin. Aber irgendwie war ihr das fast lieber so. Denn was sollte sie der Tochter von Nicolas berichten? Daß er das Frühstück ans Bett brachte und dieses Bett auch das seine war? Daß sie mit ihm Hand in Hand durchs Quartier Latin zog und er ihr unterwegs Veilchen kaufte? Ulrike fand das sicher albern, empfand es vielleicht sogar als Verrat an ihrem Vater. Ein Problem, das auch Bea zu schaffen machte.
Die Kinder hatten ihre eigenen Pläne, aus denen die Mutter ausgeklammert war. Das war der Lauf der Welt. Trotzdem mußte sie sich erstmal daran gewöhnen.

Als Bea dann am folgenden Tag mit einer Flasche Calvados und neuen goldenen Ohrringen im Verlag auftauchte, überfiel sie Cheflektor Dr. Richler gleich auf dem Gang mit der Frage, ob sie bereit sei, künftig nicht nur zu übersetzen, sondern auch Lektoratsgutachten anzufertigen. Ehe sie

noch antworten konnte, hatte er ihr schon drei Manuskripte zum Prüfen in die Hand gedrückt.
»Gut sehen Sie aus.« Das erste Kompliment, das sie von ihm hörte. Normalerweise beschränkte sich ihre Unterhaltung auf Abgabetermine, Zeichensetzung und ob man »unterderhand« nun groß oder klein schriebe. (Bea hatte über Wochen hinweg auf groß bestanden, sich dann aber wohl oder übel durch die drei letzten Ausgaben des Duden, die übereinstimmend das Gegenteil behaupteten, überzeugen lassen müssen.) »Irgendwie verändert, voller Leben.«
»Danke«, sagte Bea, die sich alles andere als quicklebendig fühlte. Deshalb hatte sie auch heute etwas zuviel Make-up aufgelegt. Das Schlafdefizit von Paris war längst nicht wettgemacht. Doch vielleicht waren es Nicolas' Liebe, die Pläne, die er für seine und ihre Zukunft hatte, die Sicherheit, die er ihr gab, aber auch das tägliche Zittern, ob er anrief oder nicht, die sie in Spannung hielten, verjüngten.
Dabei hatte sie nicht den geringsten Grund, an Nicolas' Zuverlässigkeit zu zweifeln. Er rief oft mehrmals am Tag an. Schon am Morgen, wenn sie noch im Bett lag und überlegte, ob sie sich noch einmal auf die andere Seite drehen sollte, meldete sich eine hellwache, fröhliche Stimme, die sich erkundigte, wie es der kleinen Chérie gehe, ob sie gut geschlafen habe? War ihre Sehnsucht nach einem gewissen Nicolas auch so groß wie seine nach ihr, also überwältigend groß, kaum zu ertragen?
»Certainement«, flüsterte Bea selig, sehnte sich nach der Berührung seiner Hände, seiner Lippen, aber auch nach den von ihm servierten Buttercroissants (in ihrem Eisschrank verloren sich nur ein paar alte Kekse). Wie ging es Robert? Verlor er immer noch so viele Haare? Man mußte ihn bürsten, täglich, sonst verfilzte das Fell.
»Mache ich«, versprach Nicolas. Fünf Minuten später rief er wieder an, meldete den Vollzug der Arbeit. Außerdem:

Im Kühlschrank habe er ein von Bea angebrochenes Marmeladentöpfchen gefunden, da hinein tunke er im Augenblick einen Zwieback. Alles in Gedanken an seine große Liebe. »Und du? Was ißt du? Knackwurstbrote, denkst dabei an all die starken deutschen Männer, die dir nachlaufen, dir den Hof machen? Du bist doch im Augenblick schöner denn je, schön durch *mich*, durch meine Liebe. Oh, und die anderen profitieren davon.« Seine Stimme bebte vor Eifersucht.

Bea, den alten Keks zwischen den Zähnen, bestritt das nicht ein Mal, sondern mehrere Male. Das kostete zwar ziemlich viel Zeit und Überredungskunst, war aber dringend nötig, um Nicolas Selbstbewußtsein und seelisches Gleichgewicht zurückzugeben. Man kabbelte sich, versöhnte sich, warf sich längst vergessene Kleinigkeiten vor. Nicolas versicherte sie seiner unverbrüchlichen Liebe und Treue, dann mußte er einhängen, denn Michel war gerade eingetroffen, marschierte im Salon mit großen Schritten auf und ab und schielte nach der silbernen Dose mit den Zigarren. »Quel impertinence! Ce salaud. Au revoir, chérie! Und denk an mich, hörst du? Den ganzen Tag. Du mußt!« Es klang flehend.

Anruf Nummer drei (oder vier, je nachdem) erfolgte dann gegen Mittag, wenn Nicolas im Büro die ersten Besprechungen hinter sich hatte. Er erzählte Bea alles, jedes noch so kleine geschäftliche Problem, jeden sich eventuell ankündigenden Schnupfen in seiner Familie, jede politische Entscheidung im Kabinett, jeden neuen Film, der auf den Champs Elysées lief. Sie sollte an jedem Augenblick seines Lebens teilhaben, und sei er noch so unwichtig, alle Freuden und Leiden mit ihm teilen. Vor allem natürlich die Freuden. Das verstand er unter Liebe.

Und immer wieder kam die Frage: »Chérie, wann kommst du zurück nach Paris? Ich muß das bald wissen, damit ich

Theaterkarten bestellen kann. Im ›Mogador‹ läuft ein sensationelles Lustspiel, die Kritiken überschlagen sich vor Begeisterung. Aber ohne dich sehe ich es mir nicht an, nein. Ich gehe auch nicht mehr allein in den Bois de Boulogne, ich kann nicht. Verstehst du das? Alles in Paris erinnert mich an dich. Natürlich will ich dich nicht drängen, mich nicht in deine Pläne einmischen, aber du sollst wissen: ›Da ist jemand, der auf dich wartet, nicht mehr ohne dich leben kann.‹ Oh, waren sie herrlich, unsere gemeinsamen Tage. Délicieux. Besuch der Notre Dame, wo du deine Puderdose verloren hast und ein Priester sie hinterhertrug, der Besuch im Club ...« Die kleinen Streitereien, den bösen Auftritt wegen Olimpia erwähnte er nicht.

Auch Bea dachte nicht mehr daran. Sie verfügte über die glückliche Gabe, alles Unangenehme rasch zu vergessen, wenn sie es auch in dem Augenblick, in dem es sich ereignete, mit großer, oft übertrieben großer Heftigkeit durchlitt. Und so erlag sie Nicolas' Lockruf und kehrte zurück nach Paris. Vierzehn Tage nach ihrer hastigen Abreise war sie wieder da. Dabei waren ihr die zwei Wochen München wie zwei Monate vorgekommen, so schwer plagte sie die Sehnsucht nach Nicolas und – ja, auch nach der Stadt an der Seine.

Wieder Michel am Flugplatz, die überwiegend schweigsame Fahrt im Peugeot, die wartenden Mädchen an der Place Dauphine (falsch, es war die Place du Général Leclerc, in diese Falle tappte sie nicht mehr), Robert an der Tür, freudig miauend mit erhobenem Schwanz, dahinter der vor Glück leuchtende Nicolas. Diesmal trug er Jeans und ein gleichfarbenes Hemd; er sah aus wie ein viel schönerer, viel weniger zerklüfteter John Wayne, gewaltig und stark. Zur Abwechslung hatte er in der Küche unter der sanft hin- und herschwingenden Tiffany-Lampe gedeckt, servierte inmitten eines Arrangements aus sauber gezupftem grünen Salat und Champignons kleine kreisrunde Stücke von Gänseleberpastete, danach Hammelkoteletts mit Kartoffelbrei, der – Bea staunte – in Frankreich durchaus bekannt war. Beim Essen entwickelte Nicolas seine Pläne. Morgen würden sie eine Ausstellung im »Grand Palais« mit herrlichem Tafelsilber aus Zarenbesitz besichtigen, übermorgen stand das Lustspiel »La Présidente« auf dem Programm, und am Wochenende, – »rate mal, Bébé« –, ja, da fand ein großer Abend zu Ehren seiner kleinen Deutschen statt.

»Ich hoffe, nicht über deinen Kopf entschieden zu haben. Aber ich möchte dich unter allen Umständen meinen Freunden vorstellen, ich bin doch so stolz auf dich. Außerdem ist es wichtig, daß du in Paris Freunde findest. Ohne Freunde wirst du dich hier nie heimisch fühlen, ich kenne dich doch. Immer nur meine Eifersucht, das hältst du auf Dauer nicht aus.« Nicolas zwang sich zu einem schiefen kleinen Lächeln. »So, und in diesem Zusammenhang will ich dir noch etwas mitteilen, ob es dir paßt oder nicht. Mach nicht gleich ein so frostiges Gesicht, nimm lieber noch etwas von der köstlichen Pastete. Also, ich werde dir für deinen großen Abend ein Kleid kaufen. Kein Widerspruch. Sicher, du ziehst dich sehr nett an, ein bißchen zu sportlich vielleicht, aber das entspricht deinem Typ. Eine echte Pariserin wirst du nie werden. Gottseidank, dazu habe ich dich nicht ausgesucht. Aber etwas mehr Chic würde trotzdem nicht schaden. Ich sage das für *dich*, Bébé, weil ich es gut mit dir meine. In den letzten Tagen habe ich mich in den Modehäusern umgesehen. Scherrer hat genau das Richtige für dich. Du kennst Scherrer? Madame Giscard d'Estaing kleidet sich bei ihm ein. Und jetzt muß ich dich küssen, auf deinen Mund, deine Augen, deine Stirn. Chérie, du bist blaß. Du wirst doch hoffentlich nicht krank werden? Macht nichts, ich pflege dich. Oh, wie ich dich pflegen werde, darin bin ich Spezialist. Wir fangen mit einem heißen Kräuterbad an, dann eine Tablettenkur, dreimal drei Stück. Früh, mittags, abends. Niemand, das schwöre ich dir, niemand auf der ganzen Welt weiß, was gut für dich ist. Auch nicht dein früherer Mann, Walter ...«

»Nicolas«, mahnte Bea, der sich der Kopf drehte. Von dem zu schnell heruntergeschütteten Wein, einem Château Talbot 1963, dem raschen Wechsel München–Paris sowie Nicolas' Redeschwall. Seufzend wischte sie sich die Hände an der Serviette ab. »Nicht schon wieder ...«

»Bébé, verzeih. Verzeih einem eifersüchtigen Narren. Ich bin nun einmal hoffnungslos eifersüchtig, will eine Frau, die ich liebe, mit Haut und Haaren, mit Vergangenheit und Zukunft besitzen. Sie soll nur noch für mich da sein, so wie ich für sie da bin. Meine Tragik, ich weiß. Aber jetzt bist du ja in meiner Nähe, jetzt ist mein Leiden nicht mehr so groß. Sieh, wie sich Robert mit mir freut. Ich habe ihm zur Feier des Tages ein wenig Tatar gekauft. Warum soll er nicht mit uns feiern? Robert, hör gut zu, das ist jetzt dein neues Frauchen ...«

»Neu?« fragte Bea. Dann fiel es ihr ein. »Ach so ...«

»Nein, natürlich nicht neu. Leg nicht jedes Wort auf die Goldwaage, ich bitte dich. Sieh einem alten, über beide Ohren verliebten Mann nach, daß er hin und wieder mit der Zunge stolpert. Darf ich dir Wein nachschenken? Es ist der gleiche wie bei unserem letzten Abend. Ich habe ihn hervorgeholt, weil er dir damals so gut schmeckte. Aber ich hätte noch einen anderen, ebenso guten, die Flasche steht bereit. Welcher ist dir lieber? Vielleicht öffne ich den zweiten und du machst die Probe ...«

»Nicolas«, mahnte Bea ihren Cowboy, der gottseidank nicht in spitzen Stiefeln mit klappernden Absätzen herumlief, was ihre Nerven im Augenblick nicht ertragen hätten, sondern in weichen Lederslippern, und der nicht wußte, was er ihr zuerst Gutes tun sollte. »Setz dich hin, mein

Lieber. Bitte, bitte. Sei nicht so aufgeregt. Niemand drängt uns, wir haben viel Zeit.«
»Ja, die haben wir. Gottseidank.« Feierlich trat er hinter sie, legte ihr beide Hände auf die Schultern, küßte sie innig erst auf das linke, dann auf das rechte Ohr. »Viel, viel Zeit. Wir haben noch das ganze Leben vor uns, du und ich. Aber jetzt mußt du mein Soufflé versuchen, ich habe das Rezept aus dem Kochbuch. Doch ich glaube, ich habe etwas falsch gemacht.« Das sagte er so schuldbewußt, als hätte ein berühmter Vier-Sterne-Koch das Galadîner für einen Staatsbesuch total versalzen. Bea konnte sich nicht erinnern, sich jemals für ein nicht gut gelungenes Gericht derart entschuldigt zu haben. Dabei war ihr im Laufe ihrer Hausfrauenzeit manches Mißgeschick passiert, o ja. Zugegeben, das Soufflé war etwas in sich zusammengefallen, roch eine Spur angebrannt, schmeckte aber immer noch köstlich.
So verlief der erste Abend. Und es folgten viele andere, die meisten davon verbrachten sie gemütlich zu Hause, die Beine über einen der vielen niedrigen Tische gelegt, einen Topf mit Liebigs Artischockensuppe, einem deutschen Fertiggericht, das Nicolas seltsamerweise liebte, auf dem Schoß. Dann solche, an denen Nicolas seine geliebte kleine Deutsche in Restaurants führte: japanische, italienische, russische und immer wieder dorthin, wo man einheimische Küche in all ihren Spielarten servierte: köstliche Gerichte aus Lyon, aus der Provence, aus dem Gebiet der Auvergne, der Gironde, aus Bordeaux. Hinterher sahen sie sich daheim bis weit nach Mitternacht französische Thriller im Fernsehen an. Und wenn sie dann immer noch nicht genug hatten von Kleinstadtmorden und teuflischen Ehebrüchen, legte Nicolas einen Videofilm in den Recorder. Bea gähnte sich am nächsten Morgen die Seele aus dem Leib. Denn dann folgte ja noch die Liebe in ihrem gemeinsamen wun-

derbar breiten Bett, und dafür nahm sich Nicolas sehr viel Zeit.
An irgendeinem Abend besuchten sie die neue Travestie-Show »chez Minou«, wo Kellner mit Lockenperücken, Tuntengrazie und Goldflitter auf den Lippen erst Champagner servierten und dann Nana Mouscouri oder Dalida imitierten, später tanzten sie bei »Régine's« und im »Club Madeleine«. Dort, in der Schmuseatmosphäre des Etablissements am Boulevard Madeleine, geschah es, daß Nicolas, der übrigens ein erstklassiger Tänzer war, mit einer erstaunlichen Anmut, die man ihm bei seiner kräftigen Statur gar nicht zugetraut hätte, Bea kritisierte. »Warum willst du unbedingt führen? Bist du eine so emanzipierte Frau? Laß dich doch einfach in die Musik hineinfallen, vertrau dich mir an. Gib dich beim Tanzen so hin wie«, er lächelte anzüglich, »in der Liebe.«
»Ich habe überhaupt keine Übung im Tanzen«, entschuldigte sich Bea. Am liebsten wäre sie mitten auf der Tanzfläche stehengeblieben, so verletzt fühlte sie sich durch Nicolas' Kritik. Andererseits – er hatte recht. Sie war zu verkrampft, zu gehemmt, versuchte jeden seiner Schritte im voraus zu erraten, statt ihren Körper dem seinen anzupassen. Es war wie in der Liebe. Und sie wurde bei diesem Gedanken nicht einmal rot. So hatte Paris schon auf sie abgefärbt.
»Walter haßte es, zu tanzen. Das letztemal, daß ich eine ganze Nacht durchgetanzt habe, war«, sie überlegte, »beim Abiturball. O ja, ich erinnere mich genau. Mit Roman, meinem damaligen Tanzstundenkavalier. Mein Gott, ist das lange her.«
Nicolas kniff mißbilligend die Lippen zusammen. »Du mußt mir nicht dein ganzes Leben erzählen. Es interessiert mich nicht.« Beleidigtes Schweigen. Roman schien ihm nicht zu passen, der Abiturball ebenfalls nicht, es war

immer das gleiche mit Nicolas. Später lenkte er ein. »Pardon, aber ich verstehe die deutschen Männer nicht. Sie haben bei dir so ziemlich alles falsch gemacht. Wirklich schade, daß wir uns erst so spät kennengelernt haben. Eine Frau mit einem derart sinnlichen Körper, einem solchen Gefühl für Rhythmus und Musik, einer solchen Lebensfreude, die muß einfach tanzen. Ich fühle das. Du kannst es auch, wenn du nur willst. Was dir fehlt, ist Selbstvertrauen. Und dann natürlich Übung. Aber das haben wir schnell. Jedesmal, wenn du in Zukunft nach Paris kommst, werden wir ein paar Nachtclubs besuchen. Oder ich melde uns zu einem Tanzkurs an. Siehst du, der Rock'n Roll klappt schon ganz gut. Jetzt drehe ich mich.« Er wirbelte im Kreise herum, daß seine Haare flogen. »Und jetzt bist du dran. Ausgezeichnet. Nicht so hektisch, sonst stimmt der Takt nicht mehr. Eins und zwei und eins und zwei ... Gib mir beide Hände oder besser nur eine, ich tanze um deinen Rücken herum. Dann du. Jetzt auseinander. Achtung, nicht so weit. Ich will dich um Gotteswillen nicht verlieren, mon amour. Eins und zwei und eins ...«
Sie lachten, völlig außer Atem. Fielen sich um den Hals, schüttelten sich vor Lachen, schnappten nach Luft. Nicolas schlug noch einen Überschlag, die Krönung des Rock'n Roll, vor, aber da streikte Bea. »Soll ich die Lichtanlage mit meinen Schuhen zertrümmern? Außerdem bin ich zu schwer für dich.«
Das sah Nicolas – bedingt – ein. Anschließend legten sie drei Tango hintereinander aufs Parkett. Im Tango war Nicolas, Bea konnte nur staunen, unangefochtener Meister, ein richtiger Artist. So beherrschte er nicht nur die klassischen Tanzstundenfiguren wie Wiege, Promenade, offen und geschlossen, aufs vortrefflichste, sondern führte außerdem wahre Zauberkunststücke vor, beugte sie so weit nach hinten, daß sie fürchtete, ihr Rückgrat würde zerbrechen,

preßte sein Bein wie beim Liebesakt begehrlich gegen ihren Oberschenkel. All das wäre sehr aufregend gewesen, hätte sich in Bea nicht plötzlich der Gedanke festgesetzt: Jetzt denkt er wohl an Olimpia. Olimpia, die Tangokönigin. Sicher war sie eine ausgezeichnete Tänzerin, feurig, erotisch, eben richtig südamerikanisch. Während ich ...«
»Mio amor«, flüsterte er in diesem Augenblick und legte seine Wange an ihre. Als sie ungehalten zurückgiftete: »Du scheinst mich zu verwechseln«, errötete er, um dann rasch abzuschwächen: »Tango ist nun einmal ein lateinamerikanischer Tanz, er stammt aus Argentinien. Ein Tanz der Liebe, des Begehrens, aber auch der grenzenlosen Trauer. Daran kann ich, so leid es mir tut, nichts ändern. Und du, mein kleiner Trotzkopf, auch nicht.«
Waffenstillstand. Denn erstens wollte er sie wohl wirklich nicht kränken, und zweitens war es einfach wundervoll, in Nicolas' Armen über die Tanzfläche zu schweben, Hand in Hand, Wange an Wange, Körper an Körper.
Selig vergrub Bea ihre Nasenspitze in seiner warmen, herbduftenden Halsbeuge, an der winzige Schweißtröpfchen glitzerten, dachte: »Dieser Mann liebt und begehrt mich. Mehr, sehr viel mehr, als ich mir das vorstellen kann. Für ihn ist die Liebe alles, sein Evangelium, sein Lebenselixier, er hat ihr eine sechste Dimension verliehen. Und wenn ich nur will, bleibt er für immer bei mir. Alors, alle meine sehr verehrten Miss Lonelyhearts auf Männersuche um mich herum, pariserisch geschminkt, gekleidet und parfümiert, was haltet ihr davon? Ihr würdet doch einen Rock'n Roll-Überschlag nach dem anderen machen, wenn ihr nur einen einzigen bescheidenen Abend mit ihm verbringen dürftet. Aber daraus wird nichts. Non, non, non. Niemals. Ich gebe ihn nicht her, meinen Liebsten. Fällt mir nicht im Traum ein.«
Und wirklich, die alten und jungen, spindeldürren und

wohlgepolsterten, verbitterten und fröhlichen Tänzerinnen rings um Bea und Nicolas schienen zu verstehen, was Bea da phantasierte. Warfen sie doch, eine wie die andere, während sie sich in den Armen ihrer Partner wiegten, begehrliche Blicke nach dem schönen Nicolas,, fragten sich, wann er denn einmal allein, ohne die Fremde, in den »Club Madeleine« käme. Sie würden ihn wohl zu verwöhnen wissen.
Am nächsten Tag, es war ein Samstag, gingen Nicolas und Bea ins Theater. Lachten bei »La Présidente«, einer urkomischen Verwechslungskomödie, daß ihnen die Tränen über die Wangen liefen, bummelten hinterher durch das nächtliche Paris, das voll war von Leuten, die sich amüsieren wollten, beendeten den Abend bei einem »choucroute« in der »Brasserie alsacienne«. Beim Sauerkraut mit Schweinefleisch war es dann soweit. Bea, die sich wohlfühlte wie lange nicht mehr, begriff zum erstenmal wirklich, wie sehr Nicolas versuchte, sie zu verwöhnen und von ganzem Herzen glücklich zu machen. Sie nahm einen kräftigen Schluck aus ihrem Bierglas und lachte ihn an: »Ich bin so glücklich in Paris. Ich bin so glücklich mit dir. Danke.« Damit sprach sie aus, was sie wirklich empfand. Und doch fühlte sie sich nicht ganz frei, war da etwas, was sie bedrückte. Es war nicht Olimpia, nein, etwas anderes, wovon Nicolas gesprochen hatte.
»Merci, chérie.« Nicolas hob ihr sein Glas entgegen. Vornehm sah er aus mit seiner bordeauxroten Krawatte zu dem zartblau gestreiften Hemd, dem Paisleytuch in der Brusttasche, den sorgfältig nach hinten gebürsteten Haaren. In seinen Augen tanzten goldene Sterne. »Tu es un vrai amour. Wie stolz werde ich sein, wenn ich dich meinen Freunden vorstelle. Voilà, das ist die Frau, die ich liebe. Freitagabend ist es soweit. Freitag schon? Und wir haben nicht mal über das Menü gesprochen. Allerhöchste Zeit. Wenn du also s'il-te plaît deine Aufmerksamkeit von dem jungen Burschen

am Nebentisch abwenden und mir schenken könntest?! Also, ich habe als Vorspeise an Blinis mit Lachs gedacht, dann einen Salat frisée ...«

Bea sank das Herz in die Kniekehle, auf einen Schlag war ihr die Laune verdorben. Das war es, genau das, was ihr dieses schleichende Unbehagen bereitete, sie seit Tagen verfolgte, nachts unruhig schlafen ließ. Das Fest, ihr Fest. In manchen Nächten, wenn sie an Nicolas' Rücken geschmiegt lag, Haut an Haut, Hand in Hand, die andere, freie, in sein lockiges Nackenhaar vergraben, wo sie kraulte und spielte, als sei es Robert, malte sie sich in allen Einzelheiten aus, wie sie Nicolas' Gäste willkommen heißen, an die festlich gedeckte Tafel führen würde. O je. Eine peinigende Vorstellung, ein richtiger Alptraum. Das hatte nichts mit Nicolas zu tun und auch nicht mit den Gästen, die ja vielleicht alle sehr nett sein würden, sondern einzig und allein mit der Rolle, die sie nach Nicolas' Vorstellung zu spielen hatte. Die Rolle der vorzüglichen Gastgeberin.

Er konnte nicht wissen, daß sie dazu wenig Talent besaß, kaum Erfahrungen und – was das Schlimmste war – so gar keinen Ehrgeiz. Vor Einladungen im größeren Stil hatte sie sich während ihrer ganzen Ehe gedrückt, es sei denn, sie ließen sich gar nicht umgehen. Ein enormer Aufwand an Kraft, Zeit und auch Geld, wie sie fand, der sich ganz gewiß lohnen mochte – Freundschaften mußten schließlich gepflegt werden –, ihr persönlich aber so gar keinen Spaß machte. Sie wußte, daß sie mit dieser Einstellung ziemlich alleine stand – die meisten ihrer Geschlechtsgenossinnen legten ihren ganzen Ehrgeiz herein, den Tisch auf besondere Weise zu decken, die raffiniertesten Vorspeisen zu ersinnen. Sie war dazu einfach ungeeignet. Der Leidtragende war Walter. Zu gern hätte er öfter seine Freunde zu sich gebeten, ihnen von Bea gebeiztes Wild und hausgemachte Spätzle vorgesetzt, statt immer nur kaltes Roastbeef mit Mayon-

naise aus dem Glas, aber in diesem Punkt versagte Bea. »Sei froh, daß ich kein Diplomat bin, sondern nur ein kleiner Schulmeister«, einer von Walters Lieblingssprüchen. »Die Frau eines Botschafters muß mindestens dreimal in der Woche einen kleinen Empfang organisieren.«
Und nun organisierte Nicolas also ein Abendessen ihr zu Ehren. Ganz natürlich, daß er dabei kräftig auf Beas Unterstützung hoffte. Wenn er sich da nur nicht verrechnete, der Optimist. In München war es wenigstens ein ganz bürgerlicher Haushalt gewesen, mit einem kleinen, gemütlichen Wohnzimmer, in dem man aß, mit schlichtem weißen Porzellan, Salz- und Pfefferstreuer in Form von lustigen Enten, und Freunden, die auch in Kauf nahmen, wenn der Käse über den Teller lief. Hier aber handelte es sich um eine Herrschaftswohnung in der feinsten Gegend von Paris sowie einen kultivierten Gastgeber. Es war selbstverständlich, daß er die Einladung entsprechend aufzog und die Gäste anspruchsvoll und verwöhnt waren.

»Was ist, Bébé? Hörst du mir nicht zu? Immer noch der Bursche vom Nebentisch?« wurde sie aus ihren trüben Gedanken gerissen. Nicolas' Stimme klang beleidigt. Monsieur de la Litonnière – gerade hatte er sich ausführlich über den frischgepreßten Organgensaft ausgelassen, den er den Gästen nach dem Mokka anbieten wollte – liebte es ganz und gar nicht, wenn man seinen Ausführungen nicht aufmerksam folgte.
»Natürlich höre ich zu. Zum Nachtisch Pfirsich- und Birneneis, dazu petit fours ... Aber frischgepreßter Orangensaft! Nach all den vielen anderen Getränken, Apéritif, Weißwein, Rotwein, Champagner, Mokka, Likör. Ist das wirklich richtig überlegt? Ich meine, zu sehr muß man die Gäste doch auch nicht verwöhnen.«
»Comment?« Erstaunt zog Nicolas die Augenbrauen hoch,

beugte sich leicht nach vorn, als ob er nicht richtig verstanden hätte. Beas Bemerkung schien ihn zu verstimmen. »Im Ernst, Bébé, ich verstehe dich nicht. Meine Gäste sollen sich bei mir wie zuhause fühlen, gerne wiederkommen wollen, ich tue alles für sie. In Deutschland mag das ja anders sein, aber wir sind hier in Paris. Wenn du allerdings mit einer solchen Einstellung dem Abend, *deinem* Abend entgegensiehst, frage ich mich ...«

Die Situation spitzte sich zu. Nicolas' Miene deutete an, daß er mit Beas Überlegungen ganz und gar nicht einverstanden war, sie streng verurteilte. Bea bereute bereits, überhaupt etwas gesagt zu haben. Verzweifelt überlegte sie, wie sie die Situation retten konnte.

»Liebst du mich jetzt nicht mehr?« Es klang kläglich.

»Lieben? Aber Bébé!« Erschrocken sah er sie aus großen Augen an. »Wie kannst du daran auch nur eine Sekunde zweifeln? Du bist meine Liebe, meine ganz große Liebe. Das weißt du doch hoffentlich, n'est-ce pas? Weißt du es oder weißt du es nicht?« drängte er, als sie unsicher die Schultern hob.

»Ja, doch, natürlich, ich glaube schon.«

»Du mußt es wissen, sonst ist alles vergebens. Du bist mein Leben, der einzige Sinn, den mein Leben hat, ich lebe durch dich für dich. Vergiß das nie. Aber deshalb kann ich nicht alles gutheißen, was du denkst und sagst. Und was deine Einstellung meinen Gästen gegenüber angeht, bin ich doch sehr erstaunt, um es einmal vorsichtig auszudrücken.«

Zuhause ging die Diskussion weiter, Nicolas bat Bea nicht unfreundlich, aber doch sehr bestimmt, neben ihm auf der Couch Platz zu nehmen.

»Willst du eine kleine Poire Williamine? Nein, besser nicht, langsam entwickelst du dich zur Gewohnheitstrinkerin. Nicht daß ich dich kränken möchte ...« Ihr verwunderter Blick war ihm nicht entgangen, »aber du mußt ein bißchen auf dein Gesicht achten. Es neigt dazu, sich schnell zu röten, nach Alkohol noch mehr, besonders die Nase. Wäre doch schade um das süße kleine Kindergesicht von meinem Bébé.« Er lächelte schief, legte den Arm um ihre Schulter, wie um die Schärfe seiner Worte abzuschwächen. Bea machte sich steif. Noch eine solche Bemerkung und sie verschwand in ihrem Zimmer.

»Alors ... ich möchte dir die einzelnen Leute vorstellen, die ich für Freitag eingeladen habe. Wo habe ich meine Liste? Voilà.« Er griff nach einem schwarzen Ordner, in dem einige weiße Blätter sauber abgeheftet waren. Nicolas war ein Ordnungsfanatiker. Andauernd legte er Zettel, Listen, Übersichten an, ob es nun einen Theaterbesuch betraf oder einen Einkauf bei Felix Potin, vermerkte Datum, Uhrzeit, Telefonnummer, strich aus, was erledigt war, korrigierte, ergänzte. In diesen Dingen war er von preußischer Präzision, bekannte sich auch lachend dazu.

»Diesen Ordner habe *ich* für *dich* angelegt.« Sein Zeigefinger stach erst in seine Richtung, dann in Beas. »Um dein zukünftiges Leben zu organisieren. Ohne gute Freunde wirst du dich in Paris auf Dauer nicht wohlfühlen, also muß ich alles tun, damit du welche findest. Leute von einem gewissen Niveau, nicht diese salauds, die dich dauernd in der Metro ansprechen!« Erregt wedelte er mit einem Blatt Papier vor Beas Gesicht herum. Sie erkannte darauf eine Reihe Namen.

»Das alles sind Männer, die mit Ausländerinnen verheiratet sind und auch teilweise im Ausland gelebt haben. Also nicht nur Franzosen mit französischen Frauen, vor denen du soviel Angst hast.« Wieder dieses schiefe Lächeln. »Eine einzige Deutsche ist dabei: Christl. Sie lebte lange Zeit in Peru, war dort mit einem Franzosen verheiratet. Inzwischen ist sie geschieden und nach Paris zurückgekehrt.«

»Diese Christl hast du eingeladen?«

»Ja.« Es klang nicht sehr begeistert. »Eigens für dich, aber sie bringt mir die ganze Tischordnung durcheinander. Ihr fehlt ein männlicher Begleiter, genauo wie Anya.«
Anya kam also auch. Die hübsche Anya, die so liebenswürdig, aber auch recht distanziert sein konnte. Bea seufzte tief auf. Das hatte gerade noch gefehlt. Jedenfalls, da machte Bea sich nichts vor, sähe Anya ihre Mutter, zu der sie ein sehr enges Verhältnis hatte, hundertmal lieber als die »maîtresse de la maison« als diese Deutsche. Wie sollte sie, Bea, zu deren Ehren doch angeblich der Abend veranstaltet wurde, sich gegen soviel Vorurteil durchsetzen mit ihrem mangelhaften Französisch?
»Wen hast du noch eingeladen?« Jetzt hätte Bea – rotes Gesicht hin oder her – doch eine Williamine vertragen können. Nicolas erklärte geduldig und ausführlich. Da waren Monsieur und Madame X, beide zum zweitenmal verheiratet, sie eine große blonde Schwedin, er ein viel älterer Baske, mit ihren sieben Kindern hatten sie in der ganzen Welt gelebt. Da war Madame Y, aus Dalmatien mit herrlich blaugrünen Augen, ebenfalls zum zweitenmal verehelicht, jetzt mit Monsieur Y, von dem es lange hieß, er sei homosexuell. Ein Sohn aus dieser Ehe widerlegte diese Behauptung. Zwischen den Eheleuten kriselte es. »Aber das läßt du dir nicht anmerken, n'est-ce pas?«
Da gab es Präsident Z mit Freundin, der er sich von Montag bis Freitag widmete, um am Wochenende brav in den Schoß seiner Familie zurückzukehren.
»Da darf es Freitagabend nicht spät werden, sonst gerät er in Schwierigkeiten«, bemerkte Bea trocken. Kein Kommentar. Nicolas fand das wohl nicht witzig. »Eine wunderschöne Frau, diese Eleonore, schöner noch als Anya«, hörte sie ihn murmeln.
Und last but not least ein holländisches Exbotschafterpaar. »Gloria ist sehr attraktiv, war sehr attraktiv«, verbesserte

sich Nicolas, »eine Taille, die man mit beiden Händen umfassen konnte, und einen sensationellen Busen. In Lima schickte sie mir vier Jahre lang täglich eine blutrote Rose ins Büro.« Er lächelte bei der Erinnerung.

»Du hattest also ein Verhältnis mit ihr. Und was sagte Olimpia dazu?«

»Verhältnis, Verhältnis«, brummelte Nicolas mißgelaunt. Mit geschürztem Mund strich er auf der Liste Namen durch, skizzierte eine Tischordnung. »Was du immer glaubst. Als ob ich Olimpia jemals betrogen hätte. Impossible. Genau wie ich dich nicht betrügen werde.«

»Aber diese Gloria und ihr Mann kennen Olimpia und können Vergleiche anstellen. Irgendwie mag ich das nicht.« Bea fühlte sich hereingelegt. Was wartete da nur für ein Abend auf sie! Lauter bildschöne Frauen mit herrlichen Augen und umwerfenden Busen, bestimmt alle nach der neuesten Mode gekleidet und mit Goldschmuck behängt, dazu mit sehr viel mehr Lebenserfahrung als sie und – was am schwersten wog – teilweise mit Olimpia bekannt. Ein einziger Horror! Wie sollte sie diesen Abend nur durchstehen?

»Du wirst ihn durchstehen«, tröstete Nicolas, der anscheinend Gedanken lesen konnte. Geschickt lenkte er von Olimpia ab. »Alle werden dich lieben und begeistert von dir sein. Und was die Vorbereitung für das Essen und die Tischdekoration betrifft, so hilft dir Adrienne. Sie hat darin Übung. Ein-, zweimal siehst du ihr zu, ab dann liegt die Verantwortung für künftige Einladungen in deinen Händen. Mon bébé – eine perfekte ›maîtresse de la maison‹ – oh, wie ich diese Vorstellung liebe. Deutsche können doch alles, wenn sie nur wollen, habe ich mir sagen lassen. Eh bien. Jetzt werde ich es erleben.«

Heute war er wirklich unausstehlich. Stichelte herum und wollte dauernd belehren. Um den Abend nicht mit einem

Riesenstreit zu beenden, für den sie wohl am teuersten bezahlt hätte, zog Bea sich in die Küche zurück, räumte auf. Robert lief ihr über den Weg. Er hatte im Bügelzimmer geschlafen, gähnte mißmutig, hatte Hunger. Bea wärmte ihm ein bißchen Huhn, formte eine Kugel aus Silberpapier, versuchte ihn zum Spielen zu animieren. Monsieur Kater wollte nicht. Und nicht nur das – wütend krallte er sich in Beas Hand fest, die sich ihm liebevoll entgegenstreckte, strampelte mit beiden Beinen.

»Wie der Herr, so das Gescherr«, sagte sich Bea, warf wütend die Tür hinter sich zu. Paris sollte ihr den Buckel 'runterrutschen.

7

Der große Tag brach an. Er begann damit, daß Bea dem nervösen Nicolas in aller Morgenfrühe das Kleid vorführte, das sie am Abend tragen wollte. Der Besuch bei Scherrer war eine Enttäuschung gewesen. Bea hatte nicht ein einziges Modell gepaßt. Alle die zauberhaften Roben waren in den Schultern zu eng und hatten kleine Puffärmel und adrett gebundene Schleifen, die ihr so gar nicht standen: zu kokett, zu verspielt, kurz – zu pariserisch. Notgedrungen sah Nicolas das ein und flirtete, um sich über diese herbe Enttäuschung hinwegzutrösten, mit der Verkäuferin, die auch als Starmannequin hätte arbeiten können. Doch auf weitere Besuche in der Avenue Montaigne und Umgebung verzichtete er.

Drei Ensembles standen jetzt für die Soirée zur Wahl: ein schlichtes schwarzes Kleid mit Glitzersteinchen an den Reißverschlüssen rechts und links, das man mit Hilfe eines Glitzergürtels kürzer schürzen konnte, eine wirklich todschicke schwarze Hose mit Goldpullover und Goldstrickjacke (in verschiedenen Geschäften gekauft), sowie ein schlichter Jersey-Zweiteiler in Beas Augenfarbe: Aquamarin. Nicolas musterte und kommentierte jeden Vorschlag kritisch.

»Das Schwarze mit dem auffallenden Gürtel ist zur kurz, viel zu kurz. Man sieht wirklich alles.« Es klang entsetzt.

»Wenn du den Gürtel wegläßt, geht es vielleicht.« Bea tat ihm artig den Gefallen. Mit dem Ergebnis, daß der Saum nun bis zur Wade reichte.

»Zu lang«, lehnte Nicolas endgültig ab. »Aber die schwarze

Hose gefällt mir gut, nur sitzt sie irgendwie um die Taille herum nicht.«

»Die Knöpfe sind offen. Ich habe zugenommen«, gestand Bea und zog den Bauch ein.

»Dann kannst du sie auch nicht tragen. Du läufst mir doch nicht vor allen Männern mit offener Hose herum. O, quelle fille, sie bringt mich noch zur Verzweiflung! Bleibt nur das blaue Tailleur. Sehr bieder, sehr brav, aber im äußersten Notfall geht es. Doch es gehört Schmuck dazu. Hast du den?«

»Modeschmuck. Perlen und lange goldene Ketten.«

»Nichts Echtes?« Er kniff ungläubig die Augen zusammen.

»Ein Armband mit Münzen von meiner Mutter, eine Brosche aus dem Erbe meiner Großmutter, ein paar Ringe, das ist alles«, betete Bea herunter. Sie hatte nie besonderen Wert auf Schmuck gelegt.

»Du willst doch nicht sagen, daß dir dein Walter keine Juwelen gekauft hat? Kein Collier, keine Ohrringe? Nein, halt jetzt bitte keine Verteidigungsrede, ich werde diesen Mann nie verstehen. Aber Schluß mit dem Thema. Ich brauche meine Nerven für andere Dinge. Also, nimm das Tailleur, aber die große Attraktion ist das nicht. Eines wird mit immer klarer: Du brauchst neue Kleider für Paris. Wenn dir die Créationen der Designer nicht stehen, werden wir eben Modelle für dich anfertigen lassen. Nur brauche ich dazu deine Unterstützung und ein bißchen guten Willen.« Er redete sich in Rage und zog hastig an seiner Zigarette. »Merde, das Telefon! Das ist Michel, wie immer zu früh. Ich habe die Einkaufsliste noch nicht fertig. Du könntest uns zu ›Flo‹ begleiten, Chérie, das heißt, wenn du Lust hast. Hast du nicht, ich seh' dir das an. Also bleib zu Hause, dekoriere mit Adrienne die Tafel. Sie soll nicht vergessen, das Silber zu putzen. Und Blumen! Ich brauche vier große Blumenarrangements. Kümmere dich darum,

Bébé. Kannst du das? Vielleicht begleitet dich Michel zuerst zum Blumenladen und mich dann zu ›Flo‹, damit ich Vorspeisen und Dessert bestellen kann. Und Champagner! Haben wir genug Champagner? Bonjour, Michel. Zwanzig Minuten noch. Trinken Sie inzwischen einen Kaffee. Oder nein, kommen Sie herauf, brauen Sie für uns alle einen starken Mokka. Bon. A tout à l'heure. – Dieser Chauffeur«, das war für Bea bestimmt, »benutzt laufend das Autotelefon, als ob das gar nichts kostete. Bestimmt ruft er mehrmals am Tag seine kleinen Freundinnen an.«
Nicolas, in geblümten Shorts und frischgestärktem Hemd, verzweifelt damit beschäftigt, die richtigen Socken zu finden, schwitzte. Glitzernde Tröpfchen rannen ihm über die Schläfe, er atmete angestrengt.
»Ich möchte dir so gern helfen«, sagte Bea leise, die sich überflüssig vorkam. Immerhin hatte sie Bleistift und Papier für die Einkaufsliste bereitgelegt.
»Helfen? Kannst du, Bébé. Stell die Leiter auf, damit ich in den Schrank hinaufsteigen und das Silber heraussuchen kann.« Nicolas, zutiefst mißtrauisch, schloß das Familiensilber, wenn es nicht benutzt wurde, in einem Hochschrank ein, zu dem nur er den Schlüssel besaß. »Wer klopft da? Bébe, bist du angezogen? Wirf dir ein Handtuch über, schnell. Herein?«
»Pardon, Monsieur.« Es war Adrienne, rosig mit aufgebundenem Pferdeschwanz und, wie es schien, einem Problem auf dem Herzen. Sie druckste herum. »Ich hätte eine Frage ...«
»Muß das jetzt sein?« Nicolas war ganz Chef.
»Ja, Monsieur, denn es handelt sich um heute abend. Normalerweise hilft Claire, sie Sie wissen, beim Servieren. Nun dachte ich mir ... Vielleicht könnte es diesmal Sylvie sein. Neulich hat sie die Cocktails sehr hübsch gereicht. Sie waren zufrieden.« Sylvie war Adriennes Tochter.

Nicolas hob die Augenbrauen. Der Vorschlag paßte ihm nicht. »Es bleibt bei Claire«, entschied er. »Sylvie ist mir ein bißchen zu jung. Außerdem ist es nicht fair, Claire ohne Grund auszubooten. Sie ist doch Ihre Freundin, n'est-ce pas? Also, was haben Sie als Braten vorgesehen?«
»Kalbsbraten, Monsieur.« Adrienne war etwas blaß geworden. »Mit dreierlei Gemüse und Reis. Aber Sylvie ...«
»Ich habe nein gesagt, Adrienne«, schnitt Nicolas ihr das Wort ab. »Und nun öffnen Sie Michel die Tür. Ah, da fällt mir ein – wegen des Tafelporzellans müssen wir noch reden. Ich schwanke zwischen dem Jagdgeschirr und dem Chinaporzellan mit den roten Drachen. Was meinen Sie? Oder lassen wir das Madame entscheiden.«
Nachdem Michel seinen Chef, der, rot und heiß im Gesicht, davon sprach, das Hemd wechseln zu müssen, vor dem Büro abgesetzt hatte, fuhr er Bea in ein Blumengeschäft. Sie betraten einen kühlen, herbduftenden, mit vielerlei Bäumchen, zarten Gebinden und putzigem Dekors geschmückten Raum, wo Michel nach einem fragenden Blick auf Bea für ein Heidengeld vier üppige Blumenarrangements erstand und außerdem – auf Nicolas' besonderen Wunsch – eine blutrote Rose für Bea, die sie abends ans Kleid heften sollte. Michel war noch nicht fertig. »Monsieur wünscht noch eine Grünpflanze für den Küchentisch. Viel Grün mit weißen Blüten. Mögen Sie diese da?« Er wies auf ein mageres Pflänzchen, das sich in einer dunklen Ecke versteckte.
»Nein, die mag Monsieur ganz bestimmt nicht. Sie müßte üppiger sein, frischer. Vielleicht die dort hinten? Oder doch nicht?« Bea nahm allerlei Töpfe in die Hand, sie konnte sich nicht entscheiden.
Michel trat unruhig von einem Fuß auf den anderen. »Wählen Sie doch nach Ihrem Geschmack. Richten Sie sich nicht immer nach Monsieur. Treffen Sie Ihre eigene Entschei-

dung. Madame Vargas war da ganz anders. Sie ...« Er biß sich auf die Lippen.
Bea wurde es siedendheiß. Sie mußte sich an einem Regal festhalten, so elend fühlte sie sich. Der Chauffeur hatte zum erstenmal das Gespräch auf Olimpia gebracht. »Wie meinen Sie das?« fragte sie nach einer kleinen Weile mit erzwungener Ruhe.
»Ach, gar nichts. Pardon, Madame.« Michel wandte sich ab und kontrollierte seine Armbanduhr, um anzudeuten, daß er in Zeitnot war. Er mußte noch Nicolas' Visitenkarten zu den Gästen bringen, auf denen die genaue Adresse des Gastgebers sowie der Code für die Eingangstür vermerkt waren. Gestern hatte die Zeit dazu nicht ausgereicht. Entschlossen griff Bea nach dem kümmerlichen Pflänzchen, obwohl es ganz und gar nicht ihren Vorstellungen entsprach.

Für den Heimweg wählte sie die Metro. Mit den Gedanken weit weg (»Madame Vargas war da ganz anders ...«), verirrte sie sich prompt im Labyrinth der U-Bahn-Linien, fuhr bis in die »Ville Juif« hinaus und wieder zurück, bis sie mit einer Stunde Verspätung endlich die Station »Porte Dauphine« erreichte. Auch da entschied sie sich für den falschen Ausgang und stolperte beinahe über eine alte Zigeunerin, die ihr bettelnd die Hand entgegenstreckte, während ein flinkes, kleines Mädchen mit schmutzigen Fingern Beas Jacke betastete. Angst schnürte Bea die Kehle zu. Wollte man sie beklauen? Hastig drückte sie der Kleinen ein Fünf-Franc-Stück in die Hand. Das Mädchen lachte sie aus Zahnlücken an, die Alte strich sich murmelnd das strähnige Haar aus dem Gesicht. Ob sie die geizige Weiße jetzt verhexte? Ein verflixter Tag! Bea floh.
Vor dem großen Eckhaus, in dem Nicolas wohnte, spazierte ›die Häßliche‹ auf und ab, einen Schirm gegen den

Regen aufgespannt. ›Die Häßliche‹ war eine Prostituierte, eine Kollegin von Sophie, aber älter als diese, mit groben Gesichtszügen und ausladenden Hüften, die sie unter einem kastenförmigen Rock versteckte. Sie mußte Bea erkennen, denn sie hatte sie bestimmt mehrere Male mit Nicolas das Haus verlassen und zu Michel ins Auto steigen sehen.
Beas Gedanken blieben an der Kastenförmigen hängen: »Die Arme. Versteht sicher nicht, warum sie so schwer arbeiten muß und mir ein Chauffeur die Wagentür aufhält.« Das hatte Michel tatsächlich getan, manchmal vergaß er es zu Nicolas' Ärger. Bea erinnerte sich an eine kleine Episode: »Sie ist häßlich«, murmelte Nicolas in seinen Mantelkragen. »Aber, Monsieur, auch sie hat ihre Kunden«, mischte sich Michel ein. Ziemlich schnell hatte er seine Zurückhaltung Bea gegenüber abgelegt. »Männer, die Angst vor einem Abenteuer mit zu schönen Frauen haben, suchen sich lieber einen bürgerlichen Typ.«
»Hat die Dame Sie denn schon mal angesprochen?« fragte Nicolas amüsiert. Mit der Hand streichelte er Beas Knie. Die Unterhaltung schien ihm Spaß zu machen.
»Sie noch nicht, aber Sophie.« Mit halbverlegenem Lächeln ließ Michel den Motor an. »Fragte, ob sie mich mit zu sich nehmen und ein bißchen verwöhnen dürfte, bis mein Patron käme.«
»Très intéressant.« Nicolas rollte anerkennend die Augen und vertiefte sich in seine Zeitung, ohne allerdings davon abzulassen, Beas Knie zu streicheln. Michel konzentrierte sich auf den Verkehr. Während er nach einem gewagten Überholmanöver in die Avenue Wagram einbog, flüsterte Nicolas Bea hinter seiner Zeitung zu: »Er ist ein richtiger Casanova, dieser Michel. Erst Adrienne, dann Sophie, und mit Marie-Lou, unserer Telefonistin, geht er mehrmals in der Woche zum Essen. Die Kleine hat zwei uneheliche Kinder. Ich frage mich, ob nicht eines von Michel ist. Dabei

ist er selbst Familienvater, will sich aber demnächst scheiden lassen und mit einer Freundin zusammenziehen. Ich bin mal gespannt, mit welcher?«

Heute hatte sich also die Häßliche Nicolas' Haus als Revier ausgewählt. Normalerweise erwartete sie zwei Straßen weiter ihre Freier. Übersah Bea, die mit eingezogenem Kopf im Regen an ihr vorbeihastete, und stöckelte seelenruhig auf hohen Absätzen über den naßglänzenden Asphalt. Das dünne blondierte Haar war sorgfältig toupiert und mit Spray fixiert, die braunen Augen blickten hart.

»Wünsche ich ihr, daß ein Kunde kommt, oder besser nicht?« Bea schwankte. »Und wenn ich sie heute abend einlade? Auf *mein* Fest. Als Überraschungsgast? Das wäre ein Spaß für die schöne Anya und Gloria mit dem aufregenden Busen. O Gott!«

Etwas fröhlicher gestimmt, betrat sie das Portal, fuhr mit dem Fahrstuhl in den vierten Stock hinauf. Schon zwanzig nach drei. Sie hatte zuviel Zeit in der Metro vertrödelt, in Paris zerrannen ihr die Stunden zwischen den Fingern. Gerade konnte sie sich noch ein bißchen hinlegen, die Haare waschen und fönen. Außerdem sollte sie ja Adrienne bei den Vorbereitungen für die Tafel und das Essen helfen. Nicolas wünschte es so. Hatte er das auch von Olimpia verlangt? Adriennes Aufgabe bestand anscheinend unter anderem darin, die Geliebten ihres Patrons für die Rolle der perfekten Dame des Hauses und Gastgeberin auszubilden. Wo war Robert? Bea vermißte sein Begrüßungsmiau, das er normalerweise anstimmte, sobald sie den Schlüssel in das Türschloß steckte. Auch unter dem Fernseher, seinem Lieblingsplatz, saß er nicht. Vielleicht im Speisezimmer ... O, das sah ja wunderschön und wirklich edel aus! Adrienne hatte bereits ohne sie die Tafel für zehn Personen gedeckt: mit den Drachen-Tellern für Vorspeisen und Hauptgericht, Gläsern für Apéritif, Rot- und Weißwein und Champagner.

Kerzenleuchter, Blumenschmuck und feine Servietten, die mit zartgrünen Schleifen gebunden waren, Messerbänkchen, Silberzeug und ein überquellender Früchtekorb schmückten die festliche Tafel. Unter einem Zipfel des Damasttuchs schlief, das Stück Tuch halb um sich gerollt, Robert auf einem der kostbaren alten Stühle. Speichelfäden hingen ihm aus dem Mäulchen und verkleckerten den Sitz. Neuerdings hatte der Kater Schwierigkeiten beim Essen.
»Das ist ja noch einmal gnädig für mich abgegangen.« Bea atmete auf. Der Tisch war gedeckt. Und jetzt beschäftigte sie sich mit dem beschmutzten Stuhl, um Roberts Spuren zu beseitigen.

Schlag sechs Uhr. Nicolas betrat die Wohnung, nervös, blaß, unzufrieden. Bei »Flo« hatte man vergessen, ihm eine Tüte mit sorgfältig ausgewählten Pralinen einzupacken. Und dann der Champagner! Der Himmel mochte wissen, warum, aber aus einem plötzlichen Sparsamkeitsanfall heraus hatte er nicht den allerbesten, sondern »bloß« die Hausmarke von »Flo« gewählt. Jetzt bereute er diese Entscheidung heftig.
Während er sich in reumütigen Selbstanklagen erging, betrachtete Bea ihn gelassen und nachdenklich aus ihrem Sessel: Nicolas konnte also auch sparsam sein. Kaum zu glauben bei diesem Mann, der, ohne mit der Wimper zu zucken, astronomische Restaurantrechnungen beglich, Bea dauernd mit Schmuck behängen wollte, die teuersten italienischen Hemden und Schuhe trug. – Und er lamentierte und hörte gar nicht mehr auf mit dem Thema »Finanzen«. Verbiß sich derart darin, daß er schließlich in atemberaubender Schnelligkeit die verschiedenen Summen aufzählte, die er monatlich zu bezahlen hatte. Da war Marie-Louise mit ihrer enormen Unterhaltsforderung, Anya, die ihn – Bea hatte es längst geahnt – einiges kostete, denn sie besaß

(Originalton Nicolas) »weder einen Sou noch das Talent, sich einen zahlungskräftigen Heiratskandidaten zu angeln«. Und die Zwillingsjungen waren noch in der Ausbildung, studierten in England, betrieben alle möglichen – natürlich kostspieligen – Sportarten. Dazu kam die Wohnung hier, ein Haus in Peru ...«

»In Peru?« Das war Bea neu.

»Ja, ja, ist längst bezahlt, ich weiß gar nicht, warum ich es erwähne. Aber sonst«, Nicolas breitete dramatisch die Arme aus, »alles kostet, kostet!« Robert, der sich wohl angesprochen fühlte mit seinen Arztrechnungen, flüchtete mit fliegenden Speichelfäden unter einen Sessel. »Du hast ja keine Ahnung, mon petit bébé, wie teuer das Leben ist.« Worauf Bea leise darauf hinwies, daß diese Einladung heute, die anscheinend gewaltig zu Buche schlug, *seine* Idee gewesen sei, nicht etwa *ihre*.

»Aber, Chérie«, Nicolas beugte sich über sie, nahm sie zart in die Arme, »für dich gebe ich gern mein Vermögen her, alles, was ich habe. Für wen, wenn nicht für dich? Eben das ärgert mich, daß für uns beide nicht genügend Geld bleibt.« Die Wohnungstür wurde aufgeschlossen, hohe Absätze trippelten durch den Korridor. Das waren Adrienne und Claire, als »servante« verkleidet, in kniekurzen schwarzen Röcken, mit weißen Blusen und Schürzchen. Beide hatten sich stark geschminkt, trugen leuchtende Farben im Gesicht. Und rochen – fand Beas empfindliche Nase – penetrant nach Parfum.

»Ist das ›Majolie‹?« wollte Nicolas wissen. »Ich hoffe doch sehr.« Anerkennend musterte er Adriennes Beine, die in schwarzen Nahtstrümpfen steckten, während er denen von Claire – sie waren dicker und leicht gekrümmt – nur einen flüchtigen Blick schenkte.

»Mais oui, Monsieur. Aber sehr viel habe ich nicht mehr davon.« Mit diesem mehr als deutlichen Hinweis ver-

schwand Adrienne in der Küche, wo man sie mit Schüsseln und Tiegeln hantieren hörte.
»Verstehst du jetzt, daß ich dauernd zahle? Und wenn es nur Parfum ist.«
Nicolas, ein Zigarillo zwischen den Zähnen, folgte den beiden Frauen in die Küche. Dort gab er seine Anweisungen. »Zum Apéritif – Champagner, Gin, Whisky, Orangensaft, aber bieten Sie nicht zuviel Champagner an – wird wie immer heißes Salzgebäck gereicht. Es muß gut temperiert sein, also nicht zu heiß. Wie ist der Braten gelungen?«
»Ich bin sicher, Monsieur, Sie werden zufrieden sein.« Adrienne dekorierte die Salatschüssel mit Dill und Tomatenscheiben. Ihr starkes Parfum überlagerte den würzigen Dillduft. »Alles wird wie immer reibungslos ablaufen. Aber vielleicht sind Claire und ich noch ein bißchen besser motiviert, wenn Sie uns ein Glas Champagner als Apéritif erlauben.« Die rundliche Claire kicherte im Hintergrund.
»Ich habe verstanden, Adrienne. Bon, öffnen Sie eine Flasche. Aber stolpern Sie nachher beim Servieren nicht.« Nicolas gab sich generös, und Adrienne ließ sich nicht lange bitten. Der Champagnerkorken knallte, zischte gegen die Decke. Bea, die etwas bedrückt im Türrahmen lehnte, duckte sich ängstlich.
»Madame, auch ein Glas? A votre santé.«
»Merci.« Mit einem Zug trank Bea ihr Glas leer. Sie mußte sich beeilen, sehr viel Zeit blieb nicht zum Umkleiden und Zurechtmachen.
Mit einem zweiten vollen Glas zog sie sich ins Badezimmer zurück. Wenn nur schon alles vorbei wäre! Nein, nicht bloß vorbei, sondern glücklich vorbei, mit großem Erfolg überstanden, ganz Paris von dieser fabelhaften kleinen Bayerin schwärmte, die Monsieur de la Litonnière zu einem ganz anderen Menschen gemacht hatte. Bea giggerte albern unter

der Dusche. Der Champagner hatte seine Wirkung getan. Jetzt nahm sie das alles nicht mehr so ernst.
Aus der Küche klang das Klirren von Porzellan und ununterbrochenes Schwatzen, Adrienne und Claire hatten sich viel zu erzählen. Und dabei hatte Adrienne die Freundin ausbooten wollen. Nun, so etwas kam auch in Deutschland vor, war nicht typisch pariserisch. Allerdings – was das Essen betraf ... Selbstverständlich hatte Bea angenommen, daß alles, was bei einer so besonderen Einladung aufgetischt wurde, eigenhändig gekocht und gebraten worden war. Wenn schon nicht von der Dame des Hauses, dann doch von ihrer Stütze, Adrienne. Aber dem war keineswegs so. Gerade den Hauptgang hatte Adrienne selbst zubereitet, das übrige – Vorspeisen, Salat und das Dessert – waren von Nicolas fertig zubereitet bei »Flo« besorgt worden. Das war zu Hause ganz anders.
Sie schminkte sich zuviel Blau um die Augen, und das Haar fiel ihr widerspenstig in die Stirn. Ausgerechnet heute, wo sie normalerweise ihr simples kleines Make-up gut beherrschte. Da konnte nur ein drittes Glas Champagner helfen. Nicolas lief inzwischen in frischer Wäsche und mit handtuchfeuchtem Haar zwischen Schlafzimmer und Ankleideraum hin und her.
»Verzeih, Bébé, aber im Moment bin ich etwas nervös. In meiner guten dunkelblauen Hose ist ein Fleck, und meine Weste ist verschwunden. Könntest du mal in der Küche nachsehen, ob die beiden schon bei der zweiten Flasche Champagner sind?«
Bea folgte seiner Bitte nur zögernd. Sie wollte um Gotteswillen nicht den Spitzel spielen. Nein, die beiden waren noch bei der ersten Flasche, machten Bea die liebenswürdigsten Komplimente über ihr Kleid und die darauf abgestimmte Augenfarbe, was Bea so dankbar stimmte, daß sie sich ein weiteres halbes Glas einschenken ließ. Doch jetzt

drehte sich die Küche vor ihren Augen, sie mußte sich setzen.
Es läutete. Eilfertig wollte Bea zur Tür laufen, doch Nicolas – inzwischen fertig angezogen, frisch rasiert und sehr schön – hielt sie zurück. »Das besorgt Adrienne.« Eine Zurechtweisung, die Bea erröten ließ. Um sich abzulenken, eilte sie in die Küche, wo Claire gerade das dampfende Salzgebäck aus dem Ofen zog, und steckte zwei Stücke davon in den Mund. Vielleicht half das, die klopfenden Kopfschmerzen zu betäuben. Warum, Himmelherrgott, hatte sie den Champagner bloß so schnell hinuntergekippt?! Ihr war so schlecht, daß sie am liebsten erbrochen hätte. Doch dafür war jetzt keine Zeit.
Im Salon begrüßte Nicolas die ersten Gäste: das Ehepaar Y, mit richtigem Namen Frontard. Slavitza, die Jugoslawin, besaß selten schöne Augen, schrägstehend und von einem herrlichen Grün, doch ihr Gesicht war von einem dichten Netz tiefer Falten überzogen. Nach kurzer, wortreicher Begrüßung teilte sie Bea mit, daß sie, Slavitza, selbst nicht wisse, in welchem Land sie eigentlich zuhause sei. Sie hatte in Belgrad, Südamerika, Spanien und Paris gelebt, sich in Lima (aha, auch eine aus Peru) am wohlsten gefühlt. Paris dagegen verabscheue sie. O, wie sie diese Stadt hasse!
»Mais, écoute, ma chérie«, schwächte ihr Mann, ein großer, hagerer Brillentyp, ab. Er wirkte sensibel und in sich gekehrt. »So schlimm ist es doch hier nicht. Du hast eine große Wohnung, nette Freunde.« Er lächelte Nicolas zu, der gespannt Slavitzas Antwort abwartete.
»Nicht schlimm? Es ist ... incroyable.« Sie warf ihrem Mann einen vernichtenden Blick zu. Ihre Ehe schien tatsächlich nicht in Ordnung zu sein. Das interessierte Bea weniger als ihr Urteil über Paris. Trotz rasender Kopfschmerzen – das Salzgebäck hatte nicht das geringste be-

wirkt – begann sie Slavitza vorsichtig auszufragen, was sie an dieser Stadt denn so schrecklich fände.

»Ich kann nicht atmen, das vor allem. Ich bekomme keine Luft.« Nervös wie ein hochgezüchtetes Rennpferd schnob die Jugoslawin die Luft durch die Nüstern. »Es fehlt die Weite, Grün, frische Luft, es fehlen Felder, Wälder, Bäume, ja, eigentlich fehlt alles, was ich zum Leben brauche.«

Mit fehlenden Wäldern und fehlendem Grün hatte Slavitza recht. In München fand man Gärten und Parks leichter als an der Seine, aber dafür hatte Paris so viel anderes Unvergleichliches aufzuweisen. Slavitza tat der Stadt Unrecht, wollte es vielleicht auch, um ihrem Mann, nach Nicolas' Auskunft ein waschechter Pariser, eins auszuwischen.

»Und Sie leben also in dieser Wohnung?« erkundigte sich Slavitza bei Bea nach einer kleinen Pause. Das war halb Neugierde, halb Höflichkeit, jedenfalls nicht böse gemeint. Worüber sollte sie sich mit der Deutschen auch unterhalten? So stotterte Bea etwas von einem Leben, das sie zwischen München und Paris teilte, ließ ihre berufliche Tätigkeit in München sowie die Verantwortung für zwei Kinder anklingen. Sollte Madame Frontard daraus machen, was sie wollte. Viel unangenehmer, daß Nicolas seine Ohren bei Beas Antworten wie ein Luchs spitzte. Ein falsches Wort, und sie wäre drei Tage beschäftigt gewesen, alles zu widerrufen, zu verneinen, ins Gegenteil zu verkehren. Drei Tage? Wohl eher drei Wochen. Brennend hätte sie auch interessiert, ob Slavitza Olimpia gekannt hatte. Höchstwahrscheinlich, nachdem sie ein paar Jahre in Lima gelebt hatte. Doch wie die Rede darauf bringen? So eilte Bea in die Küche, um nachzusehen, ob dort alles in Ordnung war (ihre Pflicht als »maîtresse de la maison«), wunderte sich nebenbei, daß das Ehepaar Frontard kein Gastgeschenk mitge-

bracht hatte. Keine Schokolade, keine Blumen, nichts. In Deutschland wäre das unmöglich gewesen.
In der Küche war es warm und gemütlich. Adrienne und Claire saßen mit heißen Wangen um den runden Tisch, richteten winzige Quiche Lorraine und Pizza auf silbernen Platten an. Auf dem Herd brodelte es in den Töpfen.
»Madame, fehlt etwas?«
»Ich würde so gern bei Ihnen bleiben«, brach es aus Bea heraus. Mit der Hand fühlte sie die schmerzende Stirn. Erst neun Uhr, sicher ging das Essen bis weit nach Mitternacht. »Ich kenne die Gäste nicht, bin auch nicht interessiert, sie kennenzulernen. Ich ...« Sie hielt inne. Bestimmt war es ein Fehler, sich den Hausangestellten anzuvertrauen. Nicolas würde das verurteilen. Andererseits – sie fühlte sich so hundeelend, so verlassen.
Die beiden Frauen sahen sie mitfühlend an. Vielleicht, daß in Adriennes hellen Augen ein winziger Funken von Triumph aufglomm, als wolle sie sagen: »Ja, bleib nur hier, bei uns bist du gut aufgehoben. So angenehm ist es nicht in der sogenannten feinen Gesellschaft.« Doch möglicherweise bildete sich Bea das auch nur ein. Laut meinte Adrienne: »Vielleicht nehmen Sie ein Aspirin, Madame?«, löste das weiße Pülverchen in Wasser auf. Bea stürzte es mit Todesverachtung herunter.
Inzwischen war Präsident Z mit seiner Zweitfrau eingetroffen, einem wirklich umwerfend hübschen Mädchen mit streichholzkurzgeschnittenem Haar und ellenlangen Beinen, die in schwarzen Samthosen steckten. (Warum hatte sich Bea nur von ihrer schwarzen Hose abbringen lassen? Wäre viel eleganter gewesen als dieses biedere Tailleur. Und den offenen Reißverschluß hätte man mit dem Goldpullover verdecken können.) Dazu trug sie eine glänzendgelbe Satinbluse. Der Präsident, ein wenig attraktiver Mann mit unangenehm schmalen Lippen, der sich mit Hilfe einer

kunterbunten Fliege einen Hauch von Extravaganz zu geben versuchte, kam sich wie Casanova persönlich vor. Tief beugte er sich über Beas Hand, murmelte etwas von der überwältigenden Freude, die Bekanntschaft einer so bezaubernden Deutschen zu machen. (Nicolas' Augen färbten sich gelb vor Eifersucht.) Normalerweise seien doch deutsche Frauen ... Den Rest des Satzes verschluckte er. Ein Kompliment für die Deutschen war es ganz gewiß nicht. Und wenn schon! Bea schenkte ihm ein eisiges Lächeln, musterte mit betontem Interesse seinen Ehering, den er an der linken Hand trug. Eleonore, das hübsche Mädchen, tat ihr leid.

Robert war aus seinem Versteck hervorgekrochen. Er schien Gäste gernzuhaben, denn er legte alles daran, sich bei ihnen beliebt zu machen. Rollte sich auf den Rücken, streckte alle Viere von sich, ließ sich von Eleonor kraulen, die das mit Hingabe und wundervoll gepflegten Händen tat.

»Ich liebe Katzen«, gestand Slavitza niesend. Roberts weiße Härchen waren ihr in die Nase gestiegen. »Zuhause habe ich drei. Dazu einen Papagei. Aber dieser Kater ist außergewöhnlich.«

»Hat er nicht Olimpia gehört?« meldete sich eine kleine ältere Dame zu Wort, die, von Bea unbemerkt, mit einem ebenfalls kleinen, ebenfalls nicht mehr jungen Mann eingetreten war. Das mußte das Botschafterehepaar sein. Gloria besaß einen noch immer üppigen, vielleicht auch üppig gestützten Busen, den sie unter einem schwarzen bestickten Pullover verbarg.

Nicolas trat aus dem Hintergrund auf sie zu, beugte sich über ihre leichtgebräunte, mit vielen kostbaren Ringen geschmückte Hand. »Gloria, ich bin entzückt«, hörte Bea ihn freudig ausrufen, »absolut entzückt.« Aha, hatte er also doch etwas mit ihr gehabt! »Darf ich dir meine Freundin Beatrix vorstellen? Sie ist Münchnerin und nebenbei meine große Liebe.« Ein leidenschaftlicher Blick in Richtung Bea. Diese mußte an sich halten, um nicht auf der Stelle auf ihn zuzulaufen, ihn heftig zu umarmen und zu küssen. Mit dieser Bemerkung, diesem offenen Bekenntnis seiner Liebe hatte er all die Mißstimmungen der letzten Tage wieder gutgemacht. Ach, mehr als das. Er war eben doch ein Engel, ihr Nicolas. »Und das sind Madame und Monsieur Y, Madame und ...«

Glorias Interesse konzentrierte sich vor allem auf Bea. Sie war eine Dame mit Stil und Geschmack, dazu von einer alterslosen Schönheit. Bestimmt hatte ihr Mann ein Leben lang in ihrem Schatten gestanden. Und sie hatte ihn betrogen, jawohl!

»Ich freue mich, Beatrix – darf ich Sie so nennen? –, Ihre Bekanntschaft zu machen.« Ihre Stimme klang angenehm. »Wenn Sie möchten, können wir Deutsch miteinander sprechen.« Sie lächelte. »Mein liebes, hübsches Fräulein.« Das sagte sie auf Deutsch.

»Sehr gern, nur muß ich mich fleißig in Französisch üben. Es fällt mir schwer genug.« Bea nahm neben Gloria auf dem Sofa Platz. »Sie kennen Nicolas schon lange?«

»Sehr lange. Danke.« Sie nahm ein Glas Champagner, das Adrienne ihr reichte. »Zwanzig Jahre mindestens. Wir waren damals alle in Peru. Eine herrliche Zeit, unvergeßlich. O, was feierten wir für Feste ...«

»Weißt du noch, Gloria, wie du deinen Ring verloren hast?« mischte sich Nicolas in die Unterhaltung. Er stand dicht hinter Bea und umfaßte ihre Schultern. »Das muß ich euch erzählen. Wir waren in einem Restaurant, fünfzehn Personen vielleicht, aßen, tranken, hörten der Kapelle zu. Die Indios waren aus den Bergen nach Lima heruntergekommen und spielten nur für uns. Gloria war so begeistert, daß sie im Takt mitklatschte. Dabei sprang ihr ein Ring ...«

»Ein wunderschöner Smaragdring, ich hatte ihn gerade von

einer Tante geerbt«, unterbrach Gloria, die in langsamen Schlucken von ihrem Champagner trank.

»... also, ja, ein Smaragdring von den Fingern und ihr in den Ausschnitt. Wenigstens nahmen wir das an. Alle Männer wollten danach suchen, aber Gloria erlaubte das nicht, nicht einmal ihrem eigenen Mann. Was sage ich euch? Der Ring tauchte niemals wieder auf, obwohl das ganze Restaurant zentimeterweise durchgekämmt wurde. Du hättest uns eben doch suchen lassen sollen, wenigstens mich.« Es klang flirtend. Gloria warf ihm einen kurzen vieldeutigen Blick zu. Augenblicklich fühlte Bea in ihrem Herzen einen Stich. Das erstemal, daß Nicolas in ihrer Gegenwart mit einer Frau flirtete. Das schmerzte mehr, als sie gedacht hätte.

Anya und Christl, die Deutsche, waren die letzten Gäste. Anya, ganz in Schwarz, lang und dünn wie eine Giraffe, mit einem Minirock, der ihr gerade über die Oberschenkel reichte, und aufgeplustertem Engelshaar, zog die Blicke aller Männer auf sich. Nur Nicolas guckte finster. Er liebte es nicht, wenn sich seine Tochter so herausfordernd kleidete. Paßte gar nicht, wie er fand, zu ihrem puritanischen Leben. Anya umarmte Bea, küßte sie auf beide Wangen, erklärte, wie sehr sie sich freue, sie wiederzusehen. Gleich darauf berichtete sie ausführlich von Maman, Marie-Louise, die sich demnächst operieren lassen müsse und so bedauerlich wenig Gelegenheit habe, auszugehen. Bei diesen Worten sah Christl, ein unscheinbares, aber sympathisches Wesen, das besser Französisch sprach als Deutsch, Bea mitfühlend an.

»Ich glaube, wir können mit dem Essen beginnen.« Nicolas gab Bea ein Zeichen. Während sie in die Küche eilte, wo Adrienne und Claire alle Mühe hatten, die Speisen warmzuhalten, plazierte er die Gäste rund um die Tafel. Die Platzordnung hatte ihm viel Kopfzerbrechen gemacht. Wer stand im Rang höher, ein Ex-Botschafter oder ein in Amt und Würden stehender Präsident? Wen setzte er als Gastgeber neben sich, zeichnete er also besonders aus? Gloria oder Slavitza? Was war dann aber mit der Freundin des Präsidenten? »Das ist doch egal«, hatte Bea kommentiert, »du machst dir viel zu viele Probleme. Bei uns in Deutschland ...«

»Wir sind in Frankreich, Bébé, und da spielen die Regeln der Etikette eine große Rolle. So habe ich für dich den Platz mir gegenüber, also am anderen Ende der Tafel, ausgewählt. Es ist der Platz der ...« Er holte tief Atem, um den folgenden Worten auch die entsprechende Wirkung zu verleihen.

»Der maîtresse de la maison«, vollendete Bea mit zum Himmel aufgeschlagenen Augen. Langsam konnte sie den Ausdruck nicht mehr hören.

»Ganz richtig, mon petit chou.« Nicolas sprach langsam, machte eine Pause zwischen jedem einzelnen Wort. Er konnte schrecklich belehrend sein. »Der Ehrenplatz. Ich möchte, daß du das auch weißt.«

»Willst du ihn nicht besser Anya geben?« Schließlich war Anya mit ihm blutsverwandt und Bea offiziell nur eine Freundin.

»Nein. Denn du bist meine Frau, hörst du?« Er packte sie am Arm, schaute ihr mit brennenden Augen ins Gesicht. »Meine Frau, auch wenn du dich im Augenblick noch sträubst, mich zu heiraten. Aber ich möchte, daß alle wissen, daß du zu mir gehörst. Ob Anya das stört, ist ihr Problem.«

Anya schien es zu stören, das bewies ein schräger Blick in Richtung Bea, als diese Platz nahm. Doch sie ließ sich nichts weiter anmerken, vertiefte sich in ein Gespräch mit dem Präsidenten, der darüber vollkommen seine Zweitfrau vergaß, die hübsche Anya mit Komplimenten überschüttete. Plante er für die Zukunft gar »une ménage á quatre«?

Bea hatte Monsieur Frontard und Christl an ihrer Seite. »Bon appétit«, sagte sie laut, als Claire die Blinis mit Lachs reichte. Anya lachte. Tauschte mit dem Präsidenten, der befremdet den Mund verzog, einen schnellen Blick und lachte.
»Wieso, war das falsch? Sagt man das in Frankreich nicht?« erkundigte sich Bea erschrocken bei Christl, die sich die delikate Vorspeise schmecken ließ.
»Im allgemeinen nicht, aber falsch ist es auch nicht. Kümmern Sie sich nicht weiter darum.« Sie winkte Adrienne, noch etwas Weißwein nachzuschenken. An der Spitze der Tafel war Nicolas – er saß nun doch zwischen Gloria und Slavitza – in ein Gespräch mit Gloria vertieft. Ging es um Olimpia?
»Wir sind gerade von einer Reise aus Lima zurückgekehrt«, vermeldete der Exbotschafter mit dünner Stimme. »Schrecklich heiß. Und im Augenblick auch ein gefährliches politisches Klima.«
»Sie meinen die vielen Terroristen?« Das war Nicolas. »Ich habe gehört, daß es besser sei, sich bei Anbruch der Dunkelheit nicht mehr auf die Straße zu wagen.«
Er hatte also Neuigkeiten aus Peru. Sehr interessant.
»Das ist wahr. Am Flughafen fing es bereits an.« Nun folgte eine ausführliche Schilderung, wie die Koffer durchsucht, die Pässe scharf kontrolliert, das Geld in der Brieftasche nachgezählt wurde. Alles schön und gut beziehungsweise – natürlich abstoßend und degoutant, aber – Bea schnippte nervös mit den Fingern –, warum kamen sie nicht endlich auf das eigentliche, das für Nicolas einzig wichtige Thema zu sprechen?
»Lima ist faszinierend«, fing Christl an Beas Seite an. »Hat eine ganz besondere Atmosphäre, mit keiner anderen Stadt der Welt zu vergleichen. Kennen Sie Südamerika?«
»Nein, überhaupt nicht. Irgendwie hat mich mein Weg nie

dorthin geführt. Aber Nicolas ist von dem Kontinent völlig fasziniert.« Bea machte Konversation, sie verachtete sich selbst dafür. Wie armselig, wie phantasielos. So weit war es also mit ihr gekommen. Dann beschloß sie den Stier bei den Hörnern zu packen. »Pardon, Christl, aber kennen Sie Olimpia Vargas?«
Christl fiel fast das Salatblatt aus dem Mund. Sie nahm einen langen Schluck aus ihrem Glas, um Zeit zu gewinnen.
»Jaaa«, sagt sie dann gedehnt. »warum?«
»Ach, nur so, es hätte mich interessiert. Nicolas war doch mit ihr befreundet. Was ist sie für ein Typ Frau? Ich kann sie mir so gar nicht vorstellen.«
Christl und Monsieur Frontard, der bisher kein Wort gesprochen hatte, tauschten einen Blick. »Eine ungewöhnliche Frau«, sagte der Franzose dann langsam, während er die Augen nicht von seinem Teller hob. »Nicht unbedingt eine Frau, die mir gefällt. Aber vielleicht wechseln wir das Thema. Für Nicolas' Tochter ist es nicht sehr angenehm, wenn wir von Olimpia Vargas sprechen.«
Richtig. Anya hatte bei der Erwähnung von Olimpias Namen ihren Kopf in Beas Richtung gewandt.
»Ja, natürlich.« Bea fühlte sich schuldig – wieder einmal. Dann aber siegte ihre Neugier. Hatte sich Anya nicht gerade ohne falsche Rücksicht über sie lustig gemacht? Also. »Ich verstehe. Für Nicolas' Familie muß die Affäre mit Olimpia ein Drama gewesen sein.« Sie sprach den Namen mit gedämpfter Stimme aus.
»Ein Drama? Es war das Inferno.« Christl nickte nachdenklich in der Erinnerung. »Das große Thema in Limas besserer Gesellschaft. Schließlich waren beide verheiratet. Was sie nicht daran hinderte, sich öffentlich miteinander zu zeigen. Am Strand, im Jockey Club, bei Empfängen in den Botschaften. Nicolas war so vernarrt in sie, daß er keine Rücksicht, aber auch nicht die mindeste, auf seine

Familie, seine Freunde nahm. Für ihn existierte nur Olimpia.«
Das tat weh, sehr weh sogar. Heftig preßte Bea beide Fäuste gegen die Schläfen. Nach wie vor quälten sie die bohrenden Kopfschmerzen. Christls Mitteilungen piekten wie Nadelstiche. »Und Olimpia? Wie waren ihre Gefühle für Nicolas?«
»Ähnlich stark, Madame Bea«, mischte sich ihr Nachbar zur Linken ins Gespräch. »Darf ich Sie so nennen? Ja, ähnlich stark. Nehme ich wenigstens an. Die Gefühle der Frauen sind mir nämlich nach wie vor ein Rätsel. Immer dicht an der Grenze der Hysterie und voller Übertreibungen. Pardon.« Monsieur Frontard lachte. Es klang unfroh. »Aber weshalb fragen Sie nicht Nicolas selbst? Er wird Ihnen sicher Antwort geben. Schließlich liegt alles schon so lange zurück.«
Wußte ihr Nachbar nicht, daß Olimpia noch ein paar Jahre in Paris gelebt hatte? Ach, zu dieser Zeit waren die Frontards wohl in Spanien gewesen.
»Sprecht ihr von mir?« erkundigte sich Nicolas vom Kopf der Tafel her. »Was ist? Worüber soll ich Auskunft geben, Bébé?« Bea zuckte zusammen bei diesem intimen Kosewort, das ihr in Gesellschaft nicht angebracht erschien, und auch Anya schluckte. »Was willst du so dringend wissen?«
»Nichts, gar nichts«, gab Bea schroffer als beabsichtigt zurück. Eine dumpfe Wut gegen den strahlenden Nicolas stieg in ihr auf. Da hatte er unbekümmert und wie selbstverständlich eine heftige Liebesaffäre mit einer verheirateten Frau und machte sich und seine Familie lächerlich. Kein Wunder, daß seine Kinder auf jede neue Freundin des Vaters allergisch reagierten. Wenn er nur nicht so liebenswert wäre! Leuchtete vor Glück und Zufriedenheit, daß er sein Bébé den Freunden vorstellen konnte. Jetzt erhob sich Nicolas, um Rotwein aus der Karaffe nachzuschenken,

strich sanft über Beas Haar, als er hinter ihrem Stuhl vorbeiging, hatte die gleiche liebevolle Geste für seine Tochter.

Inzwischen wurde der Hauptgang aufgetragen.

Der Kalbsbraten schmeckte gut, war aber zu kalt, die kleinen grünen Erbsen und Möhrchen kullerten in einer langweiligen Sauce. Der Reis klebte. Großen Anklang dagegen fand das Dessert, die verschiedenen Eissorten, die in Geschmack und Farbe raffiniert aufeinander abgestimmt waren: Ein ordentliches, aber keineswegs sensationelles Essen hatte Nicolas da seinen Gästen vorgesetzt. Und das nach all diesen Vorbereitungen! In dem angeblich kulinarisch so unterentwickelten Deutschland hätte er damit kaum Ehre eingelegt. Adrienne und Claire räumten in der Küche das Geschirr zusammen, schichteten in kleine und größere Schüsseln, was vom Essen übriggeblieben war.

»Wir machen uns auf den Weg. Ist alles zu Ihrer Zufriedenheit ausgefallen, Madame? Hat es den Gästen geschmeckt?«

»Ja, ja, alles wunderbar. Vielen Dank. Ach, wie ich Sie beneide, daß Sie ins Bett gehen können. Zwei, drei Stunden wird sich der Abend bestimmt noch hinziehen. Gute Nacht.« Sie schloß die Tür.

Nicolas hatte seine Stereoanlage angestellt, aus den Lautsprechern erklangen Wiener Walzermelodien.

»Willst du tanzen, Bébé?« Es klang eher höflich als begeistert.

»Nein, bitte nicht.« Sie schüttelte abwehrend den Kopf. Sich bloß nicht acht kritischen Augenpaaren beim Links- und Rechtswalzer stellen. So tanzte Nicolas mit Anya, die ihn um einiges überragte, und wechselte dann in einen Rumba. Da war er in seinem Element, rollte geschmeidig die Hüften, ließ seine Schultern kreisen, variierte. Und Anya, mit ihren langen dünnen Beinen wie ein Grashüpfer,

ein besonders edles Exemplar von Grashüpfer wohlgemerkt, stand ihm in nichts nach.
»Ein phantastischer Mann, dieser Nicolas.« Gloria bedeutete Bea, die etwas verloren herumstand, doch neben ihr auf der geblümten Couch Platz zu nehmen. »Tanzt er nicht phantastisch? Aber Sie hätten ihn mal vor zwanzig Jahren sehen sollen.«
»Hat er sich so sehr verändert?« Irgendwie mißfiel Bea die Vorstellung, Nicolas habe zu Olimpias Zeiten noch temperamentvoller und leidenschaftlicher getanzt als heute.
»Sehr verändert? Nicht unbedingt. Ein Mann wie Nicolas bleibt sich selbst treu.« Gloria lächelte, als wollte sie sagen: sich schon, aber einer Frau nicht unbedingt. »Er war jünger, muskulöser, hatte volleres Haar. Als ich ihn das erstemal sah, hat mich fast der Schlag gerührt, so schön war er.«
Bea schwieg. Was sollte sie auch sagen? Gleich würde Gloria das Gespräch auf Olimpia bringen, und davor hatte sie Angst.
»Sie wissen, daß er diese große Liebe hatte?« Und schon war Gloria mitten drin im Thema. »Olimpia Vargas?«
Bea seufzte. »Natürlich. Jeder ist heftig damit beschäftigt, mir von dieser Frau zu erzählen. Doch alle deuten nur an, niemand erzählt die Geschichte, wie sie war. Am wenigsten Nicolas. Für ihn ist das Thema tabu.«
Gloria lächelte wieder. Diese Gloria schien Bea eine kluge Frau, es war sicher angenehm, mit ihr befreundet zu sein.
»Es muß für ihn tabu sein, sonst könnte er nicht mit Ihnen leben, meine kleine Freundin. Und Sie brauchen sich keine Sorgen zu machen. Er liebt Sie sehr, von ganzem Herzen. Das hat er mir selbst gesagt. Außerdem merkt man es an seinen Blicken, seinen Gesten. Nicolas hat eine ganz besondere Art zu lieben. Vernunft spielt dabei für ihn überhaupt keine Rolle, er folgt nur seinem Gefühl. Morgen könnte es die Königin von England sein, vorausgesetzt, sie würde für

ihn die ideale Frau verkörpern. Dabei gibt er sich seiner Leidenschaft mit Haut und Haaren hin, droht jedesmal darin zu ertrinken. Edgar, ça va bien?« Sie wandte sich an ihren Mann, der mit Robert spielte, ihn mit drolligen zupackenden Gesten neckte. Der Kater schlug Purzelbäume vor Vergnügen. Der Exbotschafter war wirklich ein liebenswerter, ein bescheidener Mann. Bea hoffte für ihn, daß er mit Gloria glücklich war.

»Und Olimpia?« fragte sie. »Hat sie diese Liebe verdient?«

»Olimpia?« Gloria dachte nach. »Wissen Sie«, sagte sie dann rasch auf Deutsch, wohl damit niemand von den anderen sie verstand. »Ich mochte diese Frau nicht, nein, ganz und gar nicht. Aber das durfte man Nicolas nicht zeigen. Er hätte auf der Stelle die Freundschaft mit uns abgebrochen, und zwar für alle Zeit. Sie ist eine Hexe. Schon ihr Lachen! Ich konnte es einfach nicht hören. Es klang so irr. Hihihihi.«

»Hahaha«, machte Nicolas zurück, der solo an ihnen vorbeitanzte.

»Voilà, Gloria geht es gut. Wie mich das freut! Und sie hat Freundschaft mit meinem Bébé geschlossen. Das brauchte sie auch, la chérie, denn sie fühlt sich in Paris manchmal sehr allein. Immer nur mit mir altem Mann zusammen, wo ich doch, Gloria, du kannst es bezeugen, alles andere als einfach bin.«

»Einfach bist du nicht«, bestätigte die Botschafterfrau.

»Darf ich dich trotzdem zu einem Slowfox bitten? Du entschuldigst, Bébé?«

Bea entschuldigte, denn sie hatte über soviel nachzudenken, Bilder und Wortfetzen, die ihr im Kopf herumschwirrten. Ein irres Lachen. Gloria, die Olimpia nicht mochte. Niemand schien sie zu mögen. Was hatte dann um Himmelswillen bloß Nicolas an ihr gefunden? Sexuelle Besessenheit? Hörigkeit? Das war es wohl, es konnte gar nichts anderes

sein. Rasende sexuelle Obsession. O, in welches Milieu war sie geraten! Traurig und enttäuscht griff Bea nach der Flasche mit dem Calvados, schenkte sich ein Glas ein und dann noch eines.
Das bittere Ende blieb nicht aus: Als die Gäste mit viel Merci und »Au revoir, à bientôt« und Küßchen hier und da und Suche nach einem Taxi und Verwechslungen von Mänteln und Taschen endlich das Appartement verlassen hatten, legte Bea eine Szene hin wie niemals zuvor in ihrem Leben. Sie schluchzte und heulte und zitterte am ganzen Körper, so daß es Nicolas, der in Ruhe seine Schallplatten aufräumen und eine letzte Zigarette rauchen wollte, angst und bange wurde. Liebevoll versuchte er sie zu beruhigen. »Aber was hast du denn, Chérie? Alles ist doch gut verlaufen. Und die Gäste sind so begeistert von dir. Jeder einzelne hat es gesagt. Beruhige dich, Bébé, ich bitte dich«, doch sie stieß ihn erbittert von sich.
»Rühr mich nicht an, wage nicht, mich anzurühren. Geh zu Olimpia, dort, wo du hingehörst. Wo du hinwillst. Die einzige Frau, die dich wirklich interessiert. Gib es doch zu, du ... du ... Lügner!«
Das erstemal, daß sie in ihrem Zimmer schlief. Halbausgezogen und mit vollem Make-up. Sie vergaß sogar, das Licht zu löschen. Das besorgte dann später Nicolas. Liebevoll beugte er sich über die Schlafende, zog ihr die Wolldecke über die Schultern. Und küßte sie behutsam auf die Stirn.

8

»Bébé, ich habe einen neuen Namen für dich«, verkündete Nicolas geheimnisvoll.
»Wieso, welchen?« Bea war mißtrauisch. »Boche? Sauerkraut?« Franzosen konnten manchmal sehr verletzend sein.
»Wo denkst du hin? Ich nenne dich Pom. P wie prudent (klug), o wie organisé (organisiert) und m wie méthodique (methodisch). Pom.«
»Mhmm«, machte Bea. Nicht gerade ein Riesenkompliment, vom eigenen Liebhaber mit Adjektiven wie »schlau, gut organisiert, stur wie ein Esel, nach einer gewissen Methode vorgehend«, bedacht zu werden. Es hatte so gar nichts Galantes und klang, als sei sie ein tüchtiger kleiner Computer.
Aber Nicolas war begeistert. »Pom, ma Pom«, sagte er immer wieder, nahm ihr Gesicht zwischen seine Hände, drückte einen Kuß auf ihr Haar. »Du bist ma Pom«. Er sprach es weich, zärtlich aus, mit dunkel rollendem Ton. »Oder auch ma pomme, mein Apfel. Pomme d'amour, pomme reinette. Weil du so leuchtend wie ein Apfel, so appetitlich bist, daß man am liebsten in dich hineinbeißen möchte.« Krachend biß er dann in einen rotbackigen Apfel, es war zufällig ein pomme reinette. Was ihn wiederum animierte, von seiner kleinen Königin, der Apfelkönigin seines Herzens, zu schwärmen.
»Apfel, naja.« Allmählich begann sich Bea sogar für ›Pom‹ zu erwärmen. Das war vielleicht doch passender als ›Bébé‹, ein Wort, bei dem jede der gewissen Garde Pariser Verkäuferinnen, gelackt von dem Nagel ihrer großen Zehe bis zum

gefärbten Lockentuff, zusammenzuckte und sich nach einem wirklichen Baby umsah. Doch da stand nur Bea mit hochrotem Gesicht in der Umkleidekabine, wo sie die in der jüngsten Zeit aufgetauchten kleinen Pölsterchen an ihren Hüften, die auch der von Nicolas geforderte und spendierte Bodyleg mehr betonte als kaschierte, notdürftig mit den Armen verdeckte und verzweifelte Zeichen gab, nicht einzutreten. Die ganze Person ein Meter siebzig groß und für Paris nicht repräsentativ genug. Daran gab es nichts zu rütteln, das konnte ihr auch Nicolas nicht ausreden, diese Tatsache wurde ihr von Tag zu Tag klarer. Nun, an Pom würden die Verkäuferinnen nichts auszusetzen haben und in Ruhe ihren Flirt mit Nicolas fortsetzen können. Pom war lustig, war rund, erinnerte an eine fröhliche Karikatur.

»Ich verstehe deine Komplexe nicht«, tadelte Nicolas, wenn Bea ihm ab und zu ihren Seelenschmerz anvertraute. »Du bist doch klug, charmant, liebenswert, du bist schön. Wenigstens für mich«, schränkte er ein, als er Beas zweifelnden Blick sah, »für mich bist du schön. Laß mir doch die Freude, laß mich dich schön finden«, bettelte er wie ein kleiner Junge. »Ah, das genügt dir nicht.« Auf der Stelle schlug seine Stimmung um. »Du willst schön sein für die anderen, kokette Blicke werfen«, er ahmte sie nach, »nach rechts, nach links und dann noch einmal nach rechts. O, macht das Spaß, bewundert zu werden. Madame will allen Männern gefallen, von allen Männern begehrt werden, das ist es.«

Wieder einmal bahnte sich eine Szene an.

Ausnahmsweise ging Bea nicht darauf ein. Weder gab sie eine witzige Antwort, noch machte sie sich die Mühe, Nicolas zu besänftigen, zu sehr bohrte die Formulierung »Für mich bist du schön« in ihr. Für ihn. Nun, das war in diesem Fall nicht schwer. Er betrachtete sie mit den Augen der Liebe, die bekanntlich alles verklärt sahen, hatte für sie galanterweise eine rosarote Brille aufgesetzt. Alle Liebenden taten das. Wie sonst hätte es der gutaussehende Präsident Roosevelt mit seiner gewiß grundgütigen, aber doch überaus pferdegesichtigen Eleonor so lange aushalten können? Oder Prinz Philip mit Königin Elisabeth, in die sich ja – laut Gloria – Nicolas unter Umständen auch hätte verlieben können.

»Für mich bist du schön.« Nicolas baute vor. Auf diese Weise wollte er ihr diskret andeuten, daß die Zeit ihrer Attraktivität unwiderruflich vorbei war. Man mußte schon sehr verliebt in sie sein, um sich weiter an ihrem Anblick erfreuen zu können. Schmeichelhaft, sehr schmeichelhaft. Und in Beas derzeitigem seelischen Zustand – sehr oft war sie traurig – nicht leicht zu verkraften. Eins vor allem hätte sie interessiert: War Olimpia an Nicolas Seite auch so schnell verblüht? Die zwingende Folge, wenn man sich in der Nähe eines zu blendend aussehenden Mannes aufhielt? Es schien zu zehren, beziehungsweise führte in ihrem, Beas, Fall dazu, daß man mehr Fettzellen als notwendig produzierte.

»Mach kein solches Gesicht«, tröstete Nicolas, »lächele. Ich liebe dein Lächeln. Es ist so hübsch an dir.« Aha, jetzt sprach er nur noch von »joli«, das Wort »belle« fiel im Zusammenhang mit ihr bereits weg. »Sei selbstbewußt. Ich möchte einer selbstbewußten Frau mein Herz zu Füßen legen.«

Auch das noch. Was die Männer immer für Forderungen stellten. Walter hatte eine liebe Frau gefordert. »Lieb, sanft, niemals schrill«, so lautete sein inniger Wunsch. Bea hatte ihm den, so gut sie es vermochte, erfüllt, und das war ihrem kleinen Mulikopf nicht immer leicht gefallen. Jetzt also selbstbewußt.

»Pom.« Nicolas tänzelte durch die Tür. In kleinen schwarzen Stiefeletten mit seitlichem Reißverschluß, weil es drau-

ßen nieselte und Nicolas sich gern gegen alle Eventualitäten schützte. »Bist du fertig? Heute lade ich dich ein«, er breitete schwärmerisch die Arme aus, »in das Restaurant le plus formidable von Paris. Nur Fisch und Krustentiere. Und weißt du, warum? Nein, nicht weil ich vielleicht nicht weiß, wohin mit meinem Geld«, da war er wieder, der neue Geizkomplex, »sondern weil heute ein ganz besonderes Datum ist.«
»Dein Geburtstag?« Um Gotteswillen, den hatte sie vergessen.
»Mais non.« Ein tiefenttäuschtes Gesicht. Wie konnte eine Frau, die angeblich von ganzem Herzen liebte, sich im Geburtsdatum eben dieses geliebten Menschen täuschen? »Der ist doch im Februar. Ich bin das beste aller Sternzeichen, ein unabhängiger, frei in die Zukunft blickender Wassermann. Nein, heute feiern wir etwas anderes. Denk nach. Bitte.«
Sie dachte nach, lackierte sich die Fußnägel und dachte nach. Aber es fiel ihr nicht ein.
»Heute feiern wir das große Ereignis, daß vor genau zwei Jahren«, Nicolas erzählte es wie ein Märchen, »ein junges Mädchen – schweig, für mich bist du ein junges Mädchen, nach wie vor – die Abteiltür eines Zuges aufriß, einem hilflosen, verdutzten älteren Herrn ...«
»Kennlerntag.« Natürlich. »Sag, zwei Jahre schon?«
»Und jetzt wird es erst richtig schön.« Er preßte sie trotz ihres Protestgeschreis fest an sich, schaute ihr tief in die Augen. »Von Tag zu Tag, von Jahr zu Jahr immer schöner. Zwei Jahre großer, übergroßer Liebe, zwei Jahre Treue, Glück, Leidenschaft. Ich bin glücklich, wirklich glücklich. Das ist dein Verdienst, Pom. Und dafür möchte ich dir danken.«
»Ach, laß doch.« Etwas verlegen löste Bea seine Arme von ihrem Hals, um eine Perlenkette darum zu schlingen. Es

war eine zarte, alte Kette, das Konfirmationsgeschenk ihres Vaters, nichts Besonderes, kleine Perlen baumelten etwas verloren in einem schlecht geknüpften Faden. Aber sie hing an dem Schmuckstück.

»Wo sind meine goldenen Manschettenknöpfe?« Nicolas raste wie ein Derwisch durch die Wohnung. »Ah, man hat sie mir gestohlen! Ich werde beklaut.«

»Aber nicht von mir«, entrüstete sich Bea, die sich angeklagt fühlte. So viele Personen kamen nicht in das Appartement.

»Habe ich nie gesagt, würde ich nicht eine Sekunde annehmen«, versicherte Nicolas. »Könnte ich sonst mit dir zusammenleben? Nein, es muß doch Adrienne sein. Adrienne und ihre Liebhaber, mit denen sie sich hier vergnügt, wenn wir beide nicht da sind. Pom, ich will dich nicht bevormunden, ich weiß, du bist in diesem Punkt sehr empfindlich, aber bitte hör auf, so vertrauensselig zu sein. Diese kleinen Leute mit ihren Komplexen, sie sind raffinierter als du glaubst. Und ich traue ihnen nicht. Ach, da sind ja die Knöpfe. Gottseidank.« Damit war für ihn das Thema erledigt.

Aber so schnell verließ Nicolas nicht die Wohnung, obwohl er das Taxi (mit vielen Schwierigkeiten wie immer in Paris) bereits bestellt hatte, o nein. Da wurde erst noch durch sämtliche Zimmer gegangen, überall das Licht an (warum an?) und wieder ausgeknipst. Nicolas kontrollierte den Herd, das Bügeleisen, den Wasserhahn, ob er nicht tropfte, die verschiedenen Fernsehapparate, die Wasch- und Spülmaschine, den Toaster, den Kater, das Fressen des Katers, sein Sandkästchen, Ja, er schreckte nicht einmal davor zurück, den Eisschrank zu öffnen und seinen Kopf tief hineinzustecken. Bea sah nur einen in feines dunkelblaues Tuch gehüllten Rücken und dieses geliebte bubenhaft sich rundende Hinterteil.

»Was suchst du denn da? Meinst du, die Diebesbande, die dich umgibt, hat dort deine Dollarvorräte versteckt?« scherzte sie. Nicolas wurde kreidebleich. »Sprich nicht von meinen Dollarvorräten, ich flehe dich an. Hier in Frankreich mußt du mit jeder Bemerkung, die Geld betrifft, vorsichtig sein. Das Finanzamt!« Er klopfte dreimal auf einen Kochlöffel. »O, ich fürchte diese Beamten. Sie sind unnachsichtig, neidisch dazu, geben keine Ruhe, bis du im Gefängnis sitzt. Ganz anders als in Deutschland.«
Aber endlich saßen sie dann doch im Taxi, hörten dem Chauffeur zu, einem älteren Franzosen aus dem Midi, der sich über den Hundedreck auf den Pariser Straßen aufregte, denn um ein Haar wäre Bea in ein frisches Häufchen getappt. »C'est une scandale«, beschwerte sich der gute Mann. »Das hätten Sie dann in meinen Wagen geschleppt, wo ich nicht einmal Zeitungspapier dabeihabe. Aber wer ist schuld daran? Die vielen alten Damen, die ihren Coco oder ihren Michou mitten auf dem Bürgersteig ihr ›gros commission‹ verrichten lassen, statt die Bestie in eine Grünanlage zu führen. Aber dazu sind sie zu faul. Zu faul und zu bequem. Und der Bürgermeister von Paris unternimmt nichts.«
»Da haben Sie recht«, stimmte Nicolas lebhaft zu. »Das ist die große Freiheit bei uns, die Frankreich noch zugrunde richtet. Egalité, liberté, fraternité. Edle Werte zur Zeit der Revolution. Und was ist daraus geworden? Daß die Nichtsnutze sich mit den Fleißigen gleichstellen, von ihnen profitieren. Als Allerneuestes hat unser sehr verehrter Präsident die Parole ›partager‹ ausgegeben. Teilen, mit allen teilen. Mit Asylanten, Arbeitsscheuen, verbrecherischem Gesindel. Damit wird jede Eigeninitiative, jeder gesunde Ehrgeiz nicht nur im Keim erstickt, sondern sogar bestraft.«
Damit fand er allerdings nicht den erwarteten Beifall des Chauffeurs, der wohl meinte, ein Herr, der in dieser hoch-

vornehmen Gegend wohnte, eine Bulgari-Uhr trug und das Taxi zehn Minuten warten ließ, mußte soviel Geld besitzen, daß er leicht teilen konnte.

»Le plus formidable restaurant de Paris« – immer mal wieder ein anderes, momentan war es »Le Jardin de la Mer« – war eingerichtet wie ein Schiff. Die Kellner trugen Matrosenblusen und rote Tücher um den Hals, der Patron eine Kapitänsmütze. Nicolas kannte Loulou, den Patron, den er um einen besonders guten Tisch gebeten hatte. Loulou eilte ihnen aus dem dämmrigen Hintergrund entgegen, umarmte Nicolas, ließ sich Bea vorstellen – ob er auch Olimpia gekannt hatte? –, dann wurde das Paar an den Ehrentisch begleitet.

»Einen Apéritif, Pom?« Bea hob zögernd die Achseln. Das mußte nicht sein. Zuhause hatte sie einen schalen Rest Champagner gesüffelt. Doch Nicolas, überglücklich über den angeblich ausgezeichneten Tisch, drängte ihr einen »coupe de champagne« auf. »Bitte, ich will mit dir auf unsere gemeinsame Zukunft anstoßen. Darf ich das nicht?«

»Aber ja doch.« Bea war nicht bei der Sache. Zu sehr konzentrierte sie sich darauf, stur geradeauszuschauen. Wenn sie nämlich den Kopf nur um dreißig Grad zur Seite drehte, starrte sie geradewegs in ein Wasserbassin, in dem allerlei Meeresgetier herumschwamm, dessen baldiger Tod, da war sie sich sicher, beschlossene Sache war. Sie als zahlender Gast konnte über den Hinrichtungstermin bestimmen, war Herr über Fischtod und Krebsleben. Eine grausame Vorstellung. Warum hatte Nicolas, der ihre Empfindlichkeit kennen mußte, das bei der Wahl des Tisches nicht berücksichtigt?

Bevor sie das Menü auswählten, übergab Nicolas ihr ein kleines schwarzsamtenes Etui. »Das ist mein Geschenk«, kündigte er geheimnisvoll an. »Du wirst jetzt natürlich

wieder sagen: Das brauche ich nicht. Und ich werde es, wie ich dich kenne, niemals an dir sehen. Weil du, und das vergißt du niemals zu betonen, keine von diesen Frauen bist, die sich von oben bis unten mit Schmuck behängen.« Er ahmte ihre Gesten und ihren Akzent nach. »Ich weiß ja, viel lieber spendest du das Geld den Tieren. Trotzdem möchte ich, daß du mein Geschenk trägst. Es ist ... Aber, Chérie, was hast du? Bist du krank?«
Bea war blaß geworden. Loulou, im Kapitänsjackett, hatte sich dem Tisch genähert, in Begleitung eines Leichtmatrosen, der eine riesige silberne Platte trug. Auf der Platte waren malerisch all die toten Fische angeordnet, die er seinen Gästen besonders empfahl, dazu ein großer, lebender Hummer, der in Zeitlupentempo seine Scheren bewegte. Noch war er quicklebendig und graugefleckt, aber wie lange?
Bea kam es vor, als flehte das arme Tier um Erbarmen. Wenn man es wenigstens einigermaßen human töten würde, aber nein, man warf den lebenden Hummer in siedendes Wasser. Einem guten Dîner ordnete man eben alles unter. Und jeder fand das in Ordnung so. Aber sie nicht, niemals! Bea schüttelte den Kopf. Am liebsten hätte sie auf der Stelle das Lokal verlassen.
»Er bewegt sich«, sagte sie ganz leise. Nicolas hüstelte. Das schien ihm auch nicht zu gefallen, andererseits wollte er den Patron nicht in Verlegenheit bringen.
»Mon amie est très sensible«, entschuldigte er sich. Es klang matt.
Eine blitzschnelle Wendung, und die Fischplatte war hinter Loulous kleinem gedrungenen Körper verschwunden. »Ist es jetzt besser, Madame?« Das klang ironisch. Aber das war ihr egal. Jetzt bestellte Nicolas je eine gegrillte Dorade, vorher wurden Crudités, Rohkostsalate serviert. Dazu tranken sie einen sehr guten Wein.

»Wenn du natürlich an meinem Geschenk nicht interessiert bist«, begann Nicolas, der sich inzwischen über Bea zu ärgern schien. Unschlüssig wog er das Päckchen in seinen Händen.
»Aber ich bin interessiert. Sehr sogar.«
Bea, jetzt ganz auf Nicolas konzentriert, sah überrascht, wie er eine rosa schimmernde Perlenkette aus dem Etui hob und ihr in die Hände legte. »Zwei Jahre, deshalb sollten es zwei Reihen Perlen sein. Und mit jedem Jahr unserer Liebe wird es eine Reihe mehr. Sollte aber dein langer schlanker Hals, den ich so gerne küsse, die Last der vielen Reihen nicht mehr tragen können, machen wir mit einem Armband weiter. Dann folgen Ohrringe, eine Brosche ...«
Eine Perlenkönigin. Er machte aus ihr eine Perlenfischerin oder auch -königin. Eine bezaubernde Idee. Deshalb hatte er sie auch in das Lokal mit den Meeresfrüchten geführt. Nicolas dachte sich bei allem, was er tat, etwas oder sogar sehr viel, besonders, wenn es sie, seine Bea, betraf. In dieser Beziehung war er einzigartig. Und sie wußte das auch zu schätzen, aber ja. Wenn ... ja, wenn sich bloß der Hummer nicht so rührend bewegt hätte! Aber falls sie den armen Kerl rettete, ihn diesem Loulou abkaufte (teuer genug, wie sie den Patron einschätzte), mußte ein anderer sein Leben lassen. Sie konnte doch nicht alle Hummer dieser Meere retten, sie in ihre Badewanne setzen und dort fröhlich herumkrabbeln lassen. Obwohl sie nichts lieber als das getan hätte.
»Santé, Chérie. Auf dich, auf uns!« Mit einem kindlich seligen Lächeln (war es die Beleuchtung oder die Freude über den festlichen Abend? Jedenfalls wirkte er jung wie nie) hob Nicolas ihr sein Glas entgegen. »O, ist das ein guter Wein. Ich hoffe, du weißt ihn zu schätzen. Mon compliment, Loulou!«
Die Crudités kamen nicht geraspelt auf einem Teller, son-

dern einer der Leichtmatrosen brachte einen Weidenkorb voller frischer Gemüse. Daraus kreierte er für Bea einen, wie er sagte, ganz persönlichen Salat. »Madame hat einen ausgezeichneten Geschmack.« Dabei hatte sie während der feierlichen Prozedur fast kein Wort gesagt, nur mit großen Augen gestaunt, was Riri – so hieß ihr Betreuer – alles mit den verschiedenen Gemüsesorten anstellte. Fast hätte er eine Schalotte, also eine milde Zwiebel, daruntergezaubert, aber da rief sie erschrocken »Halt«. Zwiebeln niemals! Voilà, der Salat schmeckte frisch, schmeckte gut, bis auf die Sauce, die einen etwas eigentümlichen Geschmack hatte, doch Nicolas meinte, das sei sehr französisch. Er selbst löffelte eine Fischsuppe.

Die Dorade war exzellent, die zweite Flasche Wein auch, desgleichen wohl die Rechnung. Jedenfalls pfiff Nicolas leicht durch die Lippen, als er seine Kreditkarte zückte. Dabei hatte Bea sogar auf das Dessert verzichtet, obwohl es Birneneis gab.

»Zahlt das die Firma?« erkundigte sie sich besorgt.

»Je m'arrange (ich arrangiere mich).« Nicolas knappe Antwort. Er ließ sich nicht gern, besonders was finanzielle Dinge betraf, in die Karten sehen.

Na, wenn schon! Bea zuckte die Achseln. *Sie* hatte das »en vogue«-Restaurant ja nicht ausgesucht. Weshalb machte sie sich auch dauernd Sorgen um Sachen, die sie nun wirklich nichts angingen?

Tierschutz war viel wichtiger.

Der enge Korridor zum Ausgang war dicht mit Fotos berühmter Filmstars und anderer Prominenz behängt. Bea sah den inzwischen verstorbenen Altpräsidenten Pompidou mit einer riesigen Serviette (wie ein Kinderlätzchen) um den Hals, der Loulou die Hand drückte. Ein anderes Foto zeigte die blutjunge Romy Schneider mit Alain Delon. Romy amüsierte sich köstlich mit einem lebenden Hummer in

ihrer Hand. Wie konnte sie nur! Von einem Moment zum anderen war Beas Sympathie für sie verschwunden.
Da Nicolas – mit Recht, er kannte die Pariser Verhältnisse – fürchtete, zu dieser nachtschlafenden Zeit kein Taxi zu bekommen, hatte Michel, der am frühen Abend verhindert gewesen war, das Auto an einer verabredeten Stelle in einer Seitenstraße abgestellt, den Autoschlüssel bei Loulou hinterlegt. Alles in Ordnung, der Service war perfekt. Nicolas, durch den ausgezeichneten Wein in bester Stimmung, lenkte den Wagen mit einer Hand durch die Nacht. Die andere hatte er um Beas Schulter gelegt.
»Hübsch sahst du heute abend aus, très, très jolie. Ich war richtig stolz auf dich. Um es dir noch einmal zu versichern, dir kann keine andere Frau das Wasser reichen. Du bist die einzige, die mich wirklich interessiert. Meinen Kopf, mein Herz, meinen Körper! Oui, vraiment. Deshalb habe ich auch keinen zweiten Blick auf die jungen Schwedinnen am Nebentisch geworfen.«
Junge Schwedinnen am Nebentisch! Dieser Gauner! Hatte er doch wieder das gesamte Lokal unter Kontrolle gehabt, einschließlich sämtlicher schöner Frauen, während sie ihre Aufmerksamkeit, brav wie eine Klosterschülerin, dem emsig schnippselnden Riri geschenkt hatte. Höchste Zeit, daß sie aufwachte.
Sie ließen den Arc de Triomphe hinter sich, der hell angestrahlt durch die Nacht leuchtete, fuhren im Schrittempo die Avenue Foch entlang, Richtung Porte Dauphine. Auf den letzten hundert Metern der Avenue herrschte Hochbetrieb. Junge Männer, elegant oder auch als Sportler verkleidet, schritten wartend auf und ab, viele Afrikaner, Asiaten, Nordländer, einfach alles. Nicolas, leicht beschwipst, drosselte die Fahrgeschwindigkeit noch weiter herunter.
»Kürzlich war ich nachts mit dem Taxi auf dieser Straße unterwegs«, erzählte er lachend. »Der gute Taxichauffeur

war ganz verdutzt, als er die vielen Männergestalten sah. ›Was glauben Sie, was die hier tun?‹ fragte ich ihn. Er dachte nach, dann gab er zur Antwort: ›Monsieur, sie werden Boules spielen!‹ Boules! Hahaha.«
Bea stimmte in sein Lachen ein. Kurios, daß ein gewiefter Pariser Taxichauffeur (und gewieft waren sie alle, was den Preis, die Strecke und auch den Mut anging, eine Fahrt einfach abzulehnen) nicht wußte, daß er sich hier in der sündigsten Meile von Paris befand. Sündigste Meile in Bezug auf das, was sich offen auf der Straße abspielte. Sie suchten Anschluß, die Männer.
»Aber was für Anschluß?« forschte Bea. »Bieten sie sich als Liebhaber an? Muß man dafür zahlen?«
»Sie tun alles, glaube ich«, meinte Nicolas. »Beschäftigen sich mit der Frau, wenn der Mann es wünscht, beschäftigen sich mit dem Mann, wenn die Frau es wünscht, springen als Mann oder Frau ein, wenn es Schwierigkeiten gibt. Sex ohne Grenzen. Aber ich bitte dich, Chérie«, es klang mehr besorgt als entsetzt, »schieb deinen Rock weiter nach unten. Er reicht ja kaum bis zum Oberschenkel.«
Nicolas hatte recht. Entweder hatte Bea abermals zugenommen, oder es waren die Unmengen von Crudités, die sie gegessen hatte (die winzige Dorade konnte es kaum gewesen sein), jedenfalls war ihr normal langer Rock direkt unanständig in die Höhe gerutscht. Die Provokation blieb nicht ohne Folgen. Ein jüngerer Mann mit randloser Brille und keck gebundener Fliege trat näher heran, zog höflich seinen Hut, spitzte anerkennend die Lippen. »Comme ça c'est beau, olàlà, Madame!« Sein Kennerblick blieb an Beas langen schwarzbestrumpften Beinen hängen.
»Non, non, non«, wehrte Bea entsetzt ab. Und auch Nicolas, der interessiert das Geschehen verfolgte, schüttelte ablehnend den Kopf.
»Fahren wir weiter, bitte, schnell!« drängte Bea, in der

Panik aufstieg. Was hatte sie mit ihrem kurzen Rock und Nicolas mit seiner langsamen Fahrerei bloß ausgelöst? Immer neue Männer drängten heran, klopften gegen die Scheibe, machten einladende Bewegungen, nickten ihr auffordernd zu. Und nicht nur das! Jetzt hielt auch ein schneeweißer Sportwagen, ein sehr elegantes Paar, der Herr im Smoking, die blonde Frau im seidenen Abendanzug, stieg aus, näherte sich Nicolas' Peugot. Und was machte der kohlrabenschwarze Neger dort im grünen Baseball-Anzug? Steckte lang und breit seine Zunge heraus – die rosafarbenste Zunge, die Bea je gesehen hatte –, schnellte sie wie ein Chamäleon hin und her, griff an seinen Hosenbund ...
»Nicolas, weg. Bloß weg hier! Ich habe Angst!« Aber Nicolas konnte nicht weiterfahren, so dicht waren sie umringt. Es war wie ein fürchterlicher Alptraum, eine Szene aus einem Fellini-Film. Grinsende, bewundernde, groteske, obszöne Männergesichter, haarige Pranken, schmale blasse gepflegte Hände mit polierten Nägeln, die auf Bea deuteten, ihr wer weiß was begreiflich zu machen versuchten. Auf jeden Fall mußte es etwas ungeheuer Perverses sein, es war gar nichts anderes möglich.
»Das hast du nun von deinem kurzen Rock! Immer die Aufmerksamkeit der Männer erregen wollen! Das hast du nun davon!« zischte Nicolas, der auch nicht wußte, wie er sich der prekären Situation entziehen konnte. Kurzentschlossen griff er nach seinem Regenmantel, der auf dem Rücksitz lag, warf ihn Bea in den Schoß. »Da, bedeck dich damit, aber gründlich.« Dann drückte er kräftig auf die Hupe, fuhr langsam an.
Das elegante Paar wich als erstes zurück, langsam folgten die anderen. Der Mann mit Brille und Fliege begann mit der Frau im Seidenanzug zu verhandeln, ihr Begleiter hörte, eine Zigarette rauchend, zu. Das letzte, was Bea sah, war die hin- und herschnellende Zunge des Farbigen.

O, war ihr mit einemmal übel! War es das seltsame Erlebnis mit diesen absonderlichen Menschen, etwas, was sie noch nie vorher gesehen hatte oder der Fisch bei Loulou – jedenfalls bäumte sich plötzlich ihr Magen auf, würgte es sie in der Kehle. Dazu kamen wahnsinnige Kopfschmerzen! Wie mit einem Hammer klopfte es gegen ihre Stirn. Und das war jetzt ihr zweijähriges Jubiläum, das Nicolas mit soviel Liebe vorbereitet hatte.

Er selbst wirkte verstimmt, gab Bea wohl an diesem Zwischenfall die Schuld. Andererseits hatte ihn – Bea hätte darauf schwören können – die Situation auch ein klein wenig amüsiert. Manchmal entdeckte sie recht eigentümliche Neigungen bei ihm.

»Eigentlich weiß ich gar nicht richtig, was vorgegangen ist«, begann sie mit einem kleinen Lachen, um die Situation zu entspannen. Dabei preßte sie heimlich beide Hände gegen den Magen. »In völliger Harmlosigkeit fuhren wir die Avenue Foch entlang und plötzlich ...«

»Scht«, machte Nicolas, der in die Avenue Bugeaud eingebogen war, »qu'est-ce que c'est ça?« Es klang ehrlich erschrocken.

Bea, die kurz die Augen geschlossen hatte, um den Schmerz besser zu ertragen, wandte den Kopf. Im nächsten Moment stieß sie einen Schrei aus. Durch die Nacht leuchtete ein giftgrüner Baumwollanzug, eine lange rosafleischige Zunge streckte sich ihr entgegen, muskulöse Beine tänzelten hin und her. Und das alles genau vor Nicolas' Haus.

»Allez, allez«, scheuchte Nicolas den aufdringlichen Kavalier weg, »mais un peu vite, s'il-vous plaît«. Ungeduldig riß er Bea aus dem Auto, zog sie mit sich in den Hausgang. »Das hast du nun davon. Jetzt folgen dir deine Verehrer schon bis ins Haus. Paßt mir gar nicht, daß der Typ weiß, wo wir wohnen. Als nächstes trommelt er ein paar Copains für einen Einbruch zusammen.

»Was ist das nur für eine Gegend!« brach es aus Bea heraus. »Angeblich die beste und teuerste von ganz Paris, und dann kann man nicht einmal in Ruhe über die Straße gehen!« Nicolas schloß die Tür zur Wohnung auf. Robert erwartete sie schon. Grüne Unschuldsaugen, die ihnen vorwurfsvoll entgegenblickten (die Herrschaft war lange ausgewesen). Ein anständiges, moralisch untadeliges Wesen, endlich! Mit einem Seufzer der Erleichterung riß Bea den Kater in die Arme, wärmte ihr fröstelndes Gesicht in seinem warmen aufgeplusterten Fell. Nichts wie ins Bett! Falls sie den Weg bis dorthin überhaupt noch schaffte.

»Wenn *dich* mein Geschenk schon nicht interessiert, *ich* habe wenigstens daran gedacht.« Mit zu zwei Dritteln heruntergezogenen Lidern – dem Ausdruck äußersten Beleidigtseins – zog Nicolas das Etui mit der Perlenkette aus seiner Jacke. »Ich muß schon sagen, ich bin sehr enttäuscht ...«

»Ich auch«, hätte Bea am liebsten gesagt, damit aber nicht Nicolas, sondern diesen Loulou gemeint. Hatte er ihr doch einen vergifteten Fisch aufgehängt. Es konnte gar nichts anderes sein, soviel Übelkeit rief ein seelischer Schock allein nicht hervor. Ohne sich für die vergessene Kette zu entschuldigen, rannte sie, den schnurrenden Kater noch immer im Arm, in Richtung Toilette. Vor der Tür setzte sie Robert rasch ab. An dem, was jetzt unweigerlich folgen würde, sollte er nicht teilhaben. Schon als Kind hatte sie es nicht leiden können, wenn ihre Mutter wie wild gegen die Badezimmertür klopfte, darauf bestand, eintreten zu dürfen, um ihrem armen Kind den Kopf zu halten.

Es wurde eine Alptraumnacht. Bea schlotterte vor Kälte, um anschließend die Bettdecke von sich zu werfen, weil sie die Hitze nicht aushalten konnte, wimmerte, schluchzte, schwor sich, Nicolas und allen Heiligen, nie, nie, in ihrem ganzen Leben nie mehr einen Fisch anzurühren.

»Vielleicht war es ja auch der Wein«, gab Nicolas zu bedenken.
»Dafür kann Loulou nichts.«
»Dann muß er eben den Weinlieferanten wechseln, der Salaud!« Bea stöhnte. »Aber nein, es war die Dorade, ich weiß es genau. Und so etwas nennt sich nun Paris' schickstes Fischrestaurant. Une honte.« Une honte. Eine Schande. Nicolas Lieblingsausdruck. Bea brachte es nur flüsternd heraus, der Druck in ihrem Kopf war fast unerträglich.
»Im Januar sollte man vielleicht keinen Fisch essen.« Nicolas' letztes Wort. Dann rollte er sich in seinem kurzen weißen Hemd zur Seite, um zu schlafen. Vorher allerdings hatte er noch – das muß anerkannt werden – seinem armen kranken Liebling Kamillentee ans Bett gebracht und sie mit verschiedenen Pillen aus seiner Hausapotheke gefüttert.
»Keinen Fisch? Es gab ja nichts anderes.« Bea fiel in einen unruhigen Schlaf. Die prallen, unter ihrem Kopf aufgestapelten Kissen erschienen ihr wie Alpspitzen, von denen sie dauernd in unendliche Tiefen abstürzte. Dort kreisten dreist lächelnde Männergesichter sie ein, warfen ihr widerlich obszöne Blicke zu. Schweißgebadet hastete sie weiter, versuchte einen anderen, sicheren Gipfel zu erklimmen, doch immer die gleiche Situation: Männer mit Brillen, mit getupften und gepunkteten Fliegen, die sich ihr näherten, ihr Unverständliches ins Ohr flüsterten.
»Was wollt ihr von mir?« schrie sie verzweifelt. »Sagt doch endlich, was ihr von mir wollt?« Von ihrem Schrei wachte sie auf, drängte sich dicht an Nicolas, um Schutz zu suchen. Er stöhnte wohlig im Schlaf auf, verzog seine Lippen zu einem seligen Lächeln. Dunkel und gebogen lagen die Wimpern über den geschlossenen Lidern, lange dichte Frauenwimpern. Vorsichtig tasteten seine Hände über Beas

Körper. »Olimpia«, flüsterte er, »Olimpia«. Der Rest des Satzes ging in undeutlichem Gemurmel unter.
Mit einem Ruck setzte sich Bea im Bett auf. Sie glaubte, nicht richtig zu hören. »Incroyable«. Unglaublich. Das einzige Wort, das ihr in diesem Zusammenhang einfiel. Das nun war kein Alptraum mehr, das war für sie schreckliche Realität.

9

Mit einem schreienden Michi im Arm, einem lila-orangefarbenen Rucksack über der Schulter und je einer Babyflasche in den weiten Taschen ihres Ponchos, traf Ulrike in Paris ein.
Bea, die sie am Flugplatz Charles de Gaulle abholte, war froh, daß Nicolas diesen zigeunerhaften Aufzug nicht sah. Natürlich – Ulrike war nicht einmal zwanzig, und heutzutage kleideten sich junge Mütter eben so, aber vielleicht wäre es ja auch ein ganz klein bißchen weniger ... bordelique gegangen. Bordelique – ja, das war genau das Wort. Es gab französische Vokabeln, die die Sache im Kern trafen und nicht übersetzbar waren. Aber irgendwo verstand man »bordelique« auch so. Nicolas benutzte es, wenn er die Verhältnisse in Marie-Louises Küche beschrieb. Und Marie-Louise war – das hatte Bea inzwischen erkannt – alles andere als eine ordnungsliebende Hausfrau.
Normalerweise hätte Michel Bea zum Flughafen gefahren, aber leider hatte Nicolas ausgerechnet an diesem regnerischen Mittwoch im Mai ein Arbeitsessen, circa sechzig Kilometer entfernt von Paris, und konnte seinen Chauffeur nicht entbehren. »Du nimmst ein Taxi. Kommst du damit zurecht?« hatte Nicolas mehrere Male ängstlich gefragt. Manchmal behandelte er Bea wie ein kleines Mädchen, das jeden Moment Gefahr lief, sich in der Riesenstadt zu verlieren. Immer war er in höchster Aufregung, wenn sie sich auch nur fünf Minuten verspätete. »Du kannst mich nicht so im Ungewissen lassen«, empfing er sie dann vorwurfsvoll. »Das geht einfach nicht. Dauernd fürchte ich, es

stößt dir etwas zu. O, Pom, ich habe dich bereits in einem Krankenhausbett gesehen. Es war fürchterlich. Versprich mir, daß du mich das nächstemal anrufst, wenn dir etwas dazwischenkommt.«

Natürlich hatte Bea diesmal versprochen, ein Taxi zu nehmen und mit dem Chauffeur kein überflüssiges Wort zu wechseln, und natürlich hatte sie das nicht getan, sondern den Air-France-Bus gewählt, der alle zwanzig Minuten von der Porte Maillot abfuhr. Zwölf Minuten zu Fuß vom Appartement bis dorthin, einfacher ging es nicht. Außerdem kostete das Busticket umgerechnet knapp elf Mark, während sie für die einfache Taxifahrt mindestens 45 Mark hinblättern mußte. Nein, so üppig hatte sie es auch wieder nicht. Wenn sie auch weiterhin fleißig arbeitete – soweit Nicolas ihr Zeit dazu ließ – und bei ihren immer kürzer und seltener werdenden Ausflügen nach Deutschland jedesmal im Verlag ein umfangreiches Manuskript, das sie übersetzt hatte, sowie eine Reihe von Gutachten ablieferte. Doch Buchverlage zahlten nicht besonders gut, und Paris war teuer.

»Mein geliebter Schatz.« Wie eine Amselmutter stürzte sich Bea auf ihren Nachwuchs. Mit »geliebter Schatz« hatte sie vor allem ihre Ulrike gemeint, denn – so reizend der kleine Michi auch war und so sehr ihr alle Leute klarzumachen versuchten, daß Großmutterfreuden dem ganz normalen Mutterglück vorzuziehen seien – Bea sah das anders. Ihre Kinder waren ihre Kinder, basta. Jedenfalls standen sie ihr im Augenblick noch näher als die Enkel. Und da gab es bis jetzt nur einen: Michi. In diesem speziellen Fall kam vielleicht auch dazu, daß sie dem Bengel ein ganz klein wenig übelnahm, einen Vater zu haben, dem erstens jegliches Verantwortungsbewußtsein fehlte, denn nach zwei Monaten Bekanntschaft erwartete Ulrike ein Baby von ihm, ohne daß er eine Sekunde lang daran dachte, sie zu heiraten,

zweitens war er ohne Beruf und drittens ohne jede Bereitschaft, auch nur einen Pfennig für seinen Sprößling zu zahlen.
Um es deutlich zu sagen: Ulrike war in einer miserablen Lage. Kaum neunzehn Jahre alt, hatte sie ein Kindchen, das sie natürlich von Herzen liebte, aber ihrer Ökohof-Kommune überlassen mußte, wenn sie zu ihren Vorlesungen ging. Doch sie hatte es ja nicht anders gewollt. Als sie die entsetzte Bea mit der Nachricht überfiel, sie erwarte ein Baby, hatte sie sogleich hinzugefügt: »Und ich bringe das Kind auf die Welt, denn es ist von Ivo, und ich liebe ihn.« Heftige Einsprüche der Mutter, das Ganze doch noch einmal in Ruhe zu überdenken und sich die Zukunft nicht durch einen falschen Entschluß zu verbauen, waren von Ulrike trotzig begegnet worden. »Ich weiß, was ich tue. Und wir kommen schon durch.« Damals hatte sie noch von »wir« gesprochen, inzwischen war daraus recht kleinlaut »Michi und ich« geworden. Kam sie wirklich durch? Ja, irgendwie wohl schon, vor allem nachdem Bea der Tochter den Anteil aus dem Erbe ihres Vaters, den sie eigentlich erst mit fünfundzwanzig Jahren erhalten sollte, jetzt schon übergeben hatte, aber ewig reichte das auch nicht. Und was kam dann? Gut, Ulrike verdiente sich nebenbei als Stylistin ein bißchen Geld, half bei Fotoproduktionen für die Modebranche, sprang auch als Model ein, doch das war alles nichts Richtiges. Würde sie je zuende studieren?
Noch ein anderes Problem plagte Bea. Wäre die Sache mit dem Kind auch passiert, hätte Walter noch gelebt? Wahrscheinlich nicht, denn Ulrike hatte vor ihrem Vater gewaltigen Respekt gehabt und alles versucht, seine Anerkennung zu gewinnen. Natürlich, man konnte nur spekulieren, aber schließlich suchte Bea die Schuld bei sich selbst. Sie unterstützte die Tochter mit Geld und Geschenken, hielt engen Kontakt zu ihr, half, wo immer sie konnte. Aber manchmal

fürchtete Bea, das genüge nicht. Was konnte sie sonst noch tun? Nicolas, ihre große Liebe, ihr unverhofftes spätes Glück, allein lassen, nach Deutschland zurückkehren und die aufopfernde Großmutter spielen? Viele hätten das an ihrer Stelle getan, Bea nicht. Weil sie unglücklich dabei gewesen wäre, weil sie, wie sie meinte, sich dafür nicht eignete, und auch, weil Ulrike das gar nicht wollte. Heimlich war Bea ihrer Tochter dankbar dafür.

Jetzt wollte sie sich bei ihr revanchieren und alles tun, damit Ulrike eine schöne Zeit in Paris verlebte, vor allem, nachdem dieser unsägliche Ivo ins Ausland verschwunden war. Die Seineluft würde ihrer Tochter guttun, davon war Bea überzeugt. Immer nur Windeln und Babygeschrei, das war doch nichts für ein junges Mädchen. Deshalb durfte sie, Bea, auch nicht egoistisch sein, sich nicht von diesem merkwürdigen Vorfall am Telefon (»Je t'aime, je t'aime, mon amour«) ablenken lassen – sie hatte Nicolas nichts davon erzählt, denn wie üblich hätte er alles abgeleugnet oder sich in Schweigen gehüllt –, das hatte Zeit bis später. Jetzt war Ulrike da, und das allein zählte.

»Hallo, Mama«. Mit einem müden Lächeln sank das Kind ihr in die Arme. Was war aus dem hübschen Geschöpf geworden? Die hellblauen Augen glänzten matt, strähnig hing ihr das Haar ins Gesicht. Das verbarg auch ein schäbiger Männerhut mit breiter Kempe nicht, den sie sich betont kess in die Stirn gedrückt hatte.

Wut packte Bea. Wut auf das Schicksal, die heutige Moral, die Politiker, die den Kindern viel zu früh alle Rechte zusprachen, besonders aber auf diesen Ivo. Doch sie zügelte sich. Was brachte es, gleich bei der Begrüßung Moral zu predigen? Außerdem – hatte sie das Recht dazu?

So hielt sie Ulrike nur fest und küßte sie immer und immer wieder auf die Wange, die Stirn, den Mund. Später wandte sie sich etwas gezwungen Michi zu. Als schien er zu ahnen, daß er nicht der ausgesprochene Liebling seiner Großmutter war, setzte er seinen ganzen Babycharme ein, um sie für sich zu gewinnen, lachte sie mit zwei Milch-Zähnchen an. Dieses Strahlen mußte er – Bea war gerecht genug – von seinem Vater haben. Ulrike war ein eher verschlossenes Kind gewesen. Wie auch immer, Bea schmolz dahin, und nahm ihren Enkel auf den Arm, der sich fröhlich krähend mit einer feuchten Windel revanchierte.

»Draußen wartet der Bus«, drängte sie dann. »Er fährt nur alle zwanzig Minuten. Ich habe die Karten schon gekauft.«

»Bus?« fragte Ulrike gedehnt. »Aber, Mami, ich dränge mich doch mit Michi nicht in einen Bus. Das vertragen wir beide nicht. Wo du jetzt das große Los gezogen hast, ist ein Taxi doch sicher drin.«

Nicolas' gelegentlichen Vorhaltungen über ihre Sparsamkeit zu begegnen, besonders da er neuerdings selbst sehr aufs Geld schaute, hatte Bea inzwischen gelernt, bei Ulrike wollte sie es nicht. So stellte sie sich mit dem feuchten Michi auf dem Arm am Ende der langen Schlange an, die auf ein Taxi lauerte, wartete, bis ein Farbiger im orangefarbenen Overall ihr eines zuwies und gleichzeitig ihren »chariot« mit einem Fußtritt zur Seite beförderte.

»Gibst du ihm kein Trinkgeld, dem Armen? Warte, ich habe was...« Umständlich kramte Ulrike in ihrem Poncho. Was Bea dazu veranlaßte, Michi auf ihre Hüfte zu verfrachten – wo er prompt abermals einen nassen Fleck hinterließ – und nach einer Münze zu angeln. Nochmals fünf Francs. Die Ausgaben summierten sich. Aber Ulrike schien sich über Geld so gar keine Gedanken zu machen. Der Taxichauffeur war ein emigrierter Pole. Nachdem Bea den Fehler begangen hatte, Ulrike dies mitzuteilen, erkundigte sie sich in allen Details nach den Lebensbedingungen des armen Menschen. Vielleicht hauste er irgendwo in einem Hinterhof. In Frankreich, so hatte ihr Volker, einer vom

Ökohof, erzählt, waren die sozialen Unterschiede sehr viel krasser noch als in Deutschland. »Wir müssen ihm ein gutes Trinkgeld geben.«

Wir? Die Tochter hatte Humor. Warum setzte sie ihre Mutter dauernd unter Druck? Und dabei hatte sich Bea so sehr auf ein Gespräch mit Ulrike gefreut. Sie wollte das in aller Ruhe tun, noch bevor die exotische Atmosphäre in Nicolas' Luxuswohnung sie beide in ihren Bann zog. Außerdem wußte man nicht, wie Nicolas auf Babies reagierte. Angeblich liebte er sie, aber tat er das wirklich? Und Robert? Wurde er eifersüchtig? Dann gab es noch das Problem von Ulrikes Schlafstelle zu besprechen.

Natürlich hätte Bea ihr gern ihr eigenes Zimmer zur Verfügung gestellt, da sie es ja nur zum Arbeiten benutzte. Aber das brauchte – darin war Bea altmodisch – die Tochter nicht zu wissen. So war sie auf die Idee mit dem »chambre de bonne« gekommen, dem Dienstmädchenzimmer, das sich, wie in allen französischen Herrschaftshäusern, unter dem Dach befand und über den Dienstbotenaufgang zu erreichen war. Normalerweise ein sehr einfacher, kleiner Raum mit einem Schrank, der aus einem Holzverschlag mit Kleiderstange bestand. Mit einem winzigen Waschbecken und einem Gemeinschaftsklo auf dem Gang.

Bea war entzückt gewesen, als sie von Adrienne hörte, daß zur Wohnung des Monsieur de la Litonnière eine solche »chambre de bonne« gehörte. Wie romantisch! Warum hatte er ihr das nicht selbst erzählt? Auf der Stelle hatte sie sich den Schlüssel geben lassen und war mit Nicolas – der ihr das vergeblich auszureden versuchte – die fünf engen, verwinkelten Treppen hinaufgestiegen. Vorbei an schmutzigen Türen, aus denen es nach Knoblauch, Kardamon und anderen orientalischen Gewürzen roch, an rostigen Waschbecken am Treppenabsatz und kleinen kraushaarigen Kindern, die in den Gängen Fangen spielten. Hier wohnten inzwischen keine armen Mädchen vom Land mehr – wie zu Zolas Zeiten –, die, miserabel bezahlt und noch miserabler behandelt, den vornehmen Pariser Bürgerfrauen die Wäsche besorgten und den »gigot« zubereiteten, sondern Asylanten, die nicht offiziell gemeldet waren. Jedenfalls grüßten sie sehr höflich, als sie den gutgekleideten Nicolas und Bea sahen.

»So ganz pauvre ist das Zimmer nicht«, begann Nicolas zu erklären, als Bea den Schlüssel in das Türschloß steckte. »Ich habe es vor Jahren herrichten lassen. Man kann es als Gästezimmer benützen, als Unterschlupf für deine Kinder. Aber, Pom, müssen wir uns das jetzt wirklich ansehen? Gehen wir nach unten?« –

Zu spät – Bea hatte die Tür aufgestoßen. Nein, ärmlich war es wirklich nicht, wenn auch kleiner, als sie gedacht hatte. Die Wände waren sauber weiß gekalkt, den halben Raum nahm eine breite Bettcouch mit blauweiß gewürfeltem Überwurf ein. Allerdings – von der Decke baumelte eine nackte Birne an einem Kabel. Dafür gab es eine Duschkabine. Hinreißend war vor allem die Aussicht. Bea stützte sich mit den Ellbogen auf den breiten, mit Taubendreck verkrusteten Fenstersims und ließ ihren Blick über die Dächer der Avenue Foch wandern. Gegenüber sah man in einen Dachgarten mit exotischen Grünpflanzen und Bambus-Möbeln. Wenn man ein paar Geranientöpfe auf den Sims stellte und die leeren Wände mit Bildern schmückte ... Komisch, nicht einmal ein billiger Impressionistendruck hing an der Wand, dafür ein mannshoher ovaler Spiegel mit Goldrand.

»Hier schlichen die gnädigen Herren also nachts hinauf, um sich mit ihren Dienstmädchen zu vergnügen. Zola hat es in ›Pot bouille‹ ganz genau beschrieben.« Träumerisch ließ Bea ihre Phantasie schweifen. »Und wenn dann ein Kind kam, wurde die arme Mutter verstoßen. Grausame Zeiten.

Aber irgendwie gefällt mir die Vorstellung von der blutjungen Hausperle, die sich, todmüde von der Plackerei und den wechselnden Launen der Herrschaft, auf ihrem schmalen Bett ausstreckt. Mit Kernseife geschrubbt und in einem kratzigen Leinenhemd, das ihre runde weiße Schulter freigibt. Der Mond scheint durchs Fenster, sie schläft mit offenem Mund. Da klopft es dreimal gegen die Tür. Es ist der Gnädige, in einem seidenen Hausrock, mit Bartbinde und lüsternem Blick. Nanette – ja, sie heißt Nanette – schreit erschrocken auf, doch Monsieur L. hält ihr mit der linken Hand den Mund zu, während seine rechte sich wie zufällig unter ihr Hemd schiebt. ›Pst‹ flüstert er ...«

»Komische Phantasien hast du«, murmelte Nicolas. Achselzuckend wandte er sich ab, rückte den großen Spiegel, der schief hing, mehr nach links. »Was du dir alles so ausmalst.«

»Normalerweise gefallen dir meine Phantasien.« Bea fühlte sich unverstanden. »Aber wenn natürlich in diesem speziellen Fall ...«

»Was heißt spezieller Fall? Mir tut der Fuß weh. Ich muß ihn auf einer dieser hohen Stufen vertreten haben. Können wir jetzt gehen?« Er stand schon an der Tür.

»Wir können.« Und Bea stieg mit hocherhobenem Kopf die Treppen hinab, nickte im Vorbeigehen einem kleinen braunhäutigen Jungen zu, der mit einer Vogelspinne aus Plastik spielte, die er an einem dünnen Schlauch hin- und herzucken ließ. Warum reagierte Nicolas auf einmal so komisch? Hatte sie ihn mit irgendeiner Bemerkung verletzt?

Sie sprachen niemals wieder über die »chambre de bonne«. Erst als sich Ulrikes Besuch ankündigte, fiel Bea das kleine Zimmer unter dem Dach wieder ein. Konnte die Tochter mit dem Baby dort nicht wohnen? »Avec plaisir«, gab Nicolas sein Einverständnis. Und schickte

Adrienne für einen halben Tag die vielen verwinkelten Treppen hinauf, um alles für die Ankunft der Gäste vorzubereiten.
Voilà – die Gäste waren angekommen: Ulrike, ungewöhnlich aufgekratzt und auch, wie ihre Mutter fand, eine Spur aggressiv, sowie Michi, der zur Abwechslung schrie. Soeben hatten sie die hochherrschaftliche Wohnung betreten und standen etwas verloren im Eingang herum.
»Das ist vielleicht große Klasse«, faßte sich Ulrike, sie setzte ihren Rucksack am Boden ab. »Wie in einem Palast. Mama, wo bist du da bloß gelandet?«
In diesem Augenblick wußte Bea, daß sich Ulrikes Aufenthalt schwierig gestalten würde. Vielleicht hatte sie das schon früher gefühlt und deshalb auch nicht – wie es ihre Kinder vielleicht erwartet hatten – mit aller Macht darauf gedrungen, Sohn und Tochter in Paris zu empfangen, doch diesmal war sie praktisch dazu gezwungen gewesen. Ihre kleine Wohnung in München, wo alles an Walter und die vielen glücklichen Familienjahre erinnerte, war eine Sache, Paris eine andere. Denn Paris – das war vor allem und immer wieder: Nicolas.
»Aber, Ulrike, diese Wohnung, all diese Dinge hier gehören mir nicht. Ich bin nur zu Besuch hier.« Daß diese Besuche immer länger wurden, wußte Ulrike, aber daß Nicolas laufend drängte, Bea zu heiraten, mußte sie nicht unbedingt erfahren. »Du hast recht. Es ist schön hier. Sehr schön sogar. Für mich eine ganz neue Welt. Komm, leg ab, das hier ist mein Zimmer. Im Bad kannst du Michi trockenlegen. Ich öffne für uns inzwischen eine Flasche Champagner.«
Robert strich um die Ecke. Mißgelaunt, denn man hatte ihn aus seinem Schlaf geweckt, außerdem wurden die Probleme mit seinem Magen immer schlimmer. Bea hörte ihn oft

nachts husten und würgen, am Morgen fand sie dann Erbrochenes.
»Das ist Ulrike«, redete ihm Bea gut zu, »ein sanftes Mädchen, das Katzen liebt. Besonders wenn sie so schön sind wie du. Und das ist Michi, noch ein Baby, der dir gern einmal übers Fell streicheln möchte. Michi, komm, gib mir deine Hand. Mach eia, eia.«
Michi machte nicht eia, eia, sondern wehrte sich mit lautstarkem Gebrüll, weil Robert, erschrocken über die plötzliche Bewegung, mit ausgefahrenen Krallen über sein Händchen gekratzt hatte. Es blutete. Ulrike verzichtete darauf, ihrer Mutter Vorwürfe zu machen. Sie zog ein Tempotaschentuch hervor und drückte es auf den verletzten Finger. Doch ihre Miene zeigte an, daß sie das alles nicht so schrecklich lustig fand. Bereute sie es schon, nach Paris gekommen zu sein?
Bea geriet in Panik. Es mußte Ulrike hier gefallen, es war so wichtig für sie, Bea. Eine Vierzimmerwohnung mit französischen Stilmöbeln, Kristall und Silber machten eben selbst in Paris noch nicht allein das Glück aus. Ulrike sah das falsch. Vielleicht konnte sie sich ja inzwischen mal das Haar kämmen und ihren Sohn trockenlegen, ehe Nicolas eintraf. Bea wollte doch Staat machen mit ihrer Familie.
»Und wo schlafen wir, Mama?« erkundigte sich Ulrike, während sie in kunterbunten Socken im Zimmer herumlief, jedes Bild an der Wand betrachtete, jedes Möbelstück berührte, die Matratze der Couch blitzschnell ausprobierte. »In deinem Zimmer? Aber irgendwie, entschuldige, ist das nicht wirklich dein Zimmer. Du hast doch einen ganz anderen Geschmack. Mehr so Immensee-Immortellen – und Jasmin – Romantik, nicht diese Indianer-Folklore. Hat hier mal jemand anderer gewohnt?« Ulrike kniff die Augen zusammen, legte den Kopf schief. In dieser Haltung sah sie genau aus wie ihr Vater. Niemals war das Bea so aufgefallen.

»Non, non, das ist das Zimmer von Ihrer Mutter. Und Sie, meine schöne Mademoiselle, schlafen unter dem Dach. Ganz hoch droben wie alle jungen fröhlichen Leute in Paris. Wo Sie die wundervollste Sicht bis hinunter zur Seine haben. Und den Eiffelturm sehen Sie natürlich auch.«
Nicolas stand an der Tür. In einem Kamelhaarblazer mit grauer Hose, alle Ordensbändchen am Revers und leicht nach Williamine duftend. Er schien ausgezeichnet gegessen und getrunken zu haben. Nur wirkte er leider – es konnte an der Beleuchtung liegen oder dem zu üppigen Essen – eine kleine Spur alt.
»Ach, da bist du ja schon.« Bea lief aufgeregt wie eine Glucke hin und her. »Darf ich vorstellen? Das ist Ulrike und ihr kleiner Sohn Michael. Ulrike, das ist Monsieur de la Litonnière.«
»Nicolas«, korrigierte der Angesprochene, »aber warum stellst du so offiziell vor? Wir kennen uns doch schon. Der Münchner Hauptbahnhof ist für mich ein unvergeßlicher Ort. Geht es Ihnen gut, Ulrike? Mit einem Baby immer, natürlich, eine dumme Frage. Ja. Großvater bin ich auch schon, aber leider hat mein Enkel derzeit alles andere im Sinn als mich alten Mann. Wenn Ihre Mutter also nichts dagegen hat, kann ich vielleicht bei Ihnen ein wenig partizipieren.«
Bea traute ihren Ohren nicht. Welch ein Charmeur, ihr Nicolas. Flirtete nicht nur mit jeder einigermaßen ansehnlichen Frau, sondern jetzt auch noch mit ihrer Tochter. Doch Ulrike – von Männern nicht gerade verwöhnt – schien das gut zu bekommen. Sie lachte, daß ihre veilchenblauen Augen funkelten und streckte Nicolas als Antwort ihr Baby entgegen. Viel konnte sie ja nicht sagen mit ihren geringen Französischkenntnissen.
»Charmant, der Kleine«, murmelte Nicolas, »erinnert mich an seine Großmutter. Aber sehr viel braver scheint er zu

sein als Bea, er hat sicher nicht diesen deutschen Dickschädel.« Scherzhaft kniff er ein Auge zu. Und richtig – Michi gab keinen Mucks von sich. In Nicolas' Armen schien es ihm zu gefallen. Zufrieden nuckelte er an dem Finger, der sich ihm entgegenstreckte, senkte mit einem kleinen glücklichen Seufzer die Augenlider mit ihren zarten, langen Wimpern.

»Mich lieben alle Kinder und alle Tiere«, erklärte Nicolas, während er sich sorgfältig ein blasses Blondhaar von Michi vom Ärmel zupfte. »Weil sie merken, daß ich ein gütiger, friedliebender Mensch bin. Mit den Frauen habe ich es schon schwerer. Ja, Ulrike«, er sah ihr ernst in die Augen, »die Frauen – ein kompliziertes Kapitel in meinem Leben. Ungeheuer kompliziert. Aber lassen wir das. Jetzt wird gegessen. Zur Ehre unserer Gäste tischen wir ein großes Dîner auf. Zu früh? Aber nein, Pom, die junge Mutter hat doch Hunger nach einer solch langen Reise. Was hast du anzubieten?«

»Ich wollte erst einkaufen gehen«, entschuldigte sich Bea. »Ich hatte mir vorgestellt, Ulrike würde es Spaß machen, die vielen kleinen Läden in unserem Quartier kennenzulernen.«

»Ich könnte mir Interessanteres denken«, brummelte ihr Geliebter. »Nein, ich gehe jetzt in die Küche und zaubere für euch ein Menü. Das heißt, wenn ich im Eisschrank genug finde. Aber das, Pom, fällt unter deine Verantwortung.« Damit zog er davon.

»Er ist reizend«, erklärte Ulrike begeistert. Mit Michi, der halb über ihre Schulter hing, ließ sie sich auf Olimpias Couch fallen. »Wirklich, ganz reizend. Soooo habe ich ihn mir nicht vorgestellt. Wie liebevoll er mit dir spricht ...«

»Liebevoll?« Bea war da etwas anderer Meinung. Im Augenblick spielte er doch Theater, der Herr de la Litonnière. Wie oft hatte er ihr all die kleinen, feinen Delikatessegeschäfte im 16. Arrondissement ans Herz gelegt und gemeinsam mit ihr die Runde durchs Quartier gemacht. – »Das ist deine Fromagerie, Pom. Merk sie dir gut. Und dort kaufst du künftig den Champagner. Nur die Weine, die überläßt du mir. O, in der Rue de Belles Feuilles gibt es den besten Poissonier von Paris. Zu diesem Boucher dort habe ich kein Vertrauen, aber den daneben kennst du ja bereits, er ist dein Copain. Spricht in höchsten Tönen von dir.« – Und jetzt sollte das alles uninteressant sein? Wollte er Ulrike imponieren und damit ihre Mutter kränken?

»Nur, warum nennt er dich Pom?« sinnierte Ulrike weiter, während sie über ihre Stirn strich. »Ein bißchen seltsam für eine ... nun, sagen wir höflich – eine nicht mehr so ... so schrecklich junge Frau.« Sie lächelte.

Das kam einem leicht über die Lippen, wenn man das Glück hatte, Teenager zu sein und – Abgespannt hin, Babystreß her – die Haut eines Pfirsichs, die Frische eines Sommermorgens besaß. Bea mußte sich gewaltig zwingen, ihren Ärger herunterzuschlucken.

»Willst du dein Dachstübchen gleich besichtigen oder erst nach dem Essen? Das Bett ist gemacht, und Handtücher liegen auch bereit. Für Michi habe ich einen kleinen Wäschekorb zum Schlafen besorgt.« Ja, sie hatte sich, auch wenn Nicolas das anders hinzustellen versuchte, durchaus Gedanken über den Besuch der Tochter gemacht.

»Laß mich noch ein bißchen hier bleiben. Einfach durch die Wohnung gehen und genießen. Das ist ja hier wie in einer Kathedrale mit den hohen Räumen. Schade, daß Ivo das nicht sehen kann«. Und so, als hätte dieser Ivo sie die ganze Zeit über auf rosa Wolken gesetzt, schwebte Ulrike von einem Zimmer zum anderen. Sie schien beeindruckt, verzaubert, hingerissen.

Auf ihrer Wanderung schaute sie kurz bei Nicolas in der Küche vorbei, der, eine große gelbe Schürze vor dem

Bauch, Öl auf dem Herd zum Erhitzen brachte und gleich danach rote Beete schnitt, daß der Saft nur so auf den Boden tropfte. Im Vorbeigehen drückte er ihr ein Glas Champagner in die Hand und schickte sie weiter in den Salon, um sich dort Mozart anzuhören. »Mozart lieben Sie doch, Ulrike, n'est-ce pas? Hat mir Ihre Mutter erzählt. Die Platte liegt bereit.«

»Phantastisch, phantastisch«, murmelte Ulrike, um kurz darauf ihrer Mutter »Du hast vielleicht Glück« unter die Nase zu reiben. Dabei fühlte sich Bea im Augenblick recht unnütz, ja unglücklich. Hier amüsierten sich zwei Menschen, die sie liebte, miteinander, und sie war ausgeschlossen.

Aber in einem hatte die Tochter recht – Nicolas war ein Schatz. Was er da innerhalb einer halben Stunde – allerdings unter Hinterlassung einer total chaotischen Küche, die Bea erstmal notdürftig reinigte, bevor sie sich zum Essen niedersetzten – auf den Tisch zauberte, war eine kleine Meisterleistung, beziehungsweise ein raffiniertes Dîner mit fünf Gängen. Nicolas servierte nacheinander gemischten Salat mit Champignons und gebratenen Speckstückchen, grüne Ravioli in einer cremigen Käsesauce, warmes Huhn mit wildem Reis (beides ließ sich Michi begeistert schmecken, ehe er es wieder zur Hälfte ausspuckte), Käseplatte mit Weintrauben und Crackers, und als krönenden Abschluß feinen Fruchtsalat aus Heidel-, Erd- und Himbeeren. Dazu tranken sie einen Saint-Emilion 1987. Und natürlich gab es hinterher Mokka und Kokosmakronen und Pralinen.

Ulrike langte zu, als hätte sie vierzehn Tage lang nichts zu essen bekommen. Sie, die sich auf ihrem Ökohof nur von selbstgebackenem geschrotetem Brot und Gemüsesäften ernährte und diese frugalen Mahlzeiten als Gipfel aller Gaumenfreuden pries, nahm sich zweimal von den Ravioli, wischte mit einem Stück Weißbrot die Käsesauce vom

Teller, ertränkte ihren Beerensalat in Crème fraîche-Seen. Und trank auch – Bea staunte – kräftig vom Wein. Zu später Stunde hatte sie dunkelrot verschmierte Lippen und blaue Heidelbeer-Zähne und reichte Nicolas, der mäßig aß und trank, ihr Baby, weil es auf ihren Knien nicht mehr ganz sicher war.

»Eßt ihr immer so gut?« erkundigte sie sich. »Na, ihr habt ja hier auch einen begabten Koch. Oder, Mami, stellst du dich auch manchmal an den Herd? Deine Kochkunst in Ehren, aber wenn ich mich recht erinnere, gab es bei uns daheim meist Schnitzel mit Bohnen und Schwarzwurzeln mit Schnitzel und Nudelsuppe und Schinkennudeln und ... Ja, das war's dann schon.«

»Ein sehr schönes Gulasch kocht Ihre Mutter«, erinnerte Nicolas, Michi im Arm. Ansonsten schwieg er sich über die Kochkünste seiner Geliebten aus. Das sprach Bände, fand Bea, das untergrub gefährlich ihre Autorität. Denn wenn sie auch mit einem Franzosen zusammenlebte und damit nicht ganz den landläufigen Moralvorstellungen entsprach, sie war Ulrikes Mutter und wollte das auch respektiert wissen. Ihre Laune verschlechterte sich von Minute zu Minute.

Noch später stiegen sie die krummen Hintertreppen hinauf. Nicolas als letzter, mit Ulrikes Taschen und ihrem Rucksack beladen, aus dem der nimmermüde Michi fröhlich krähte. Ulrike war hellauf begeistert von ihrem Mädchenzimmer.

»Was für eine Aussicht!« rief sie, lehnte sich aus dem Fenster. »Märchenhaft. Warum vermietet ihr den Raum nicht an Studenten? Oder besser noch – ich niste mich hier ein und studiere in Paris weiter. Mami paßt inzwischen auf Michi auf. Aber nein, das geht ja nicht. Ivo wartet auf uns. Was soll der Papa ohne seinen kleinen Sohnemann?« Das klang so ernsthaft und überzeugt, als risse sich dieses traurige Prachtexemplar von Taugenichts sämtliche Arme

und Beine sowie die überreichlich vorhandenen Haare zum Wohle seiner kleinen Familie aus.
»Gute Nacht, mein Liebling. Schlaf gut. Wenn dir irgend etwas fehlt oder du dich fürchtest, melde dich bei mir. Ich gebe dir sicherheitshalber den Schlüssel für die Küchentür. Drei Treppen herunter und dann links. Telefon gibt es hier leider nicht. Und die Toilette ist auf dem Gang.« Bea küßte ihre Tochter. Es tat ihr weh, sie in dem ehemaligen Dienstbotenzimmerchen zurückzulassen, andererseits gab es keine andere Möglichkeit. Bea fühlte sich durch den Besuch etwas angestrengt. Irgend etwas stimmte nicht. Vielleicht war aber auch Nicolas schuld mit seinem übertriebenen Gehabe und den dauernden kleinen Sticheleien.
Schweigend kleidete sie sich aus, schminkte sich ab, verteilte eine Fettcreme ins Gesicht. Nicolas war in seinem Badezimmer beschäftigt. Ewig lange, er kehrte gar nicht mehr zurück. Das brachte Bea, die zum Umfallen müde war, in Rage. Wütend klopfte sie gegen die Tür. Dabei hätte sie am liebsten kein Wort mehr mit ihm gewechselt.
»Jaaa?« Mit erstaunten Blauaugen schaute er ihr entgegen. Splitterfasernackt vor dem bis zur Decke reichenden Spiegel aufgebaut, ein leichtes Öl auf der Haut, das im sanften Lampenlicht schimmerte. »Jaa, Chérie?«
Er sah so schön aus und so sanft, daß es Bea wehtat. Was für ein Bild von einem Mann. Viel zu schade für sie. Gleichzeitig fiel ihr ein, wie er sie in Gegenwart ihrer Tochter behandelt hatte, und Zorn stieg in ihr auf. »Ich wollte nur fragen, ob du heute noch ins Bett gehst?« knurrte sie. »Oder bist du in Gedanken bei meiner hübschen Ulrike, mit deren Jugend ich mich natürlich nicht messen kann. Nicht daß du glaubst, ich sei eifersüchtig ...« Dabei war sie es, natürlich war sie es. Und wie!
»Ob ich ins Bett gehe?« wiederholte er langsam, machte noch größere Blauaugen, fuhr sich mit der Bürste übers

krause Haar. Mit einemmal machte er zwei schnelle Schritte in ihre Richtung, blieb vor ihr stehen. Preßte sie in seine Arme, daß sie fürchtete, zu ersticken, drückte seine weichen Lippen, die nach Pfefferminz schmeckten, auf die ihren. »Ja, ich gehe ins Bett. Auf der Stelle mit dir, hörst du? Und ich werde dich lieben. Lieben, wie ich dich noch nie geliebt habe. Ob du willst oder nicht, ob du müde bist oder nicht, interessiert mich nicht. Ich will dich, nur dich. Hast du verstanden?«
»Denk doch an Ulrike«, flüsterte Bea. »Sie ist im Haus.«
»Was kümmert mich ein junges Mädchen, das viele Stockwerke über uns schläft? Oder vielleicht ist es gerade das, was mich erregt. Denn sie ist nicht nur deine Tochter, sondern auch die von diesem Walter, der das unverdiente Glück hatte, dein Mann zu sein. O, wie du mit ihr sprichst, wie du sie anhimmelst. Du liebst sie sehr?« Er atmete schwer, preßte sie noch fester an sich.
»Aber ja.« Bea versuchte sich freizumachen. »So wie du deine Kinder. Das ist ganz normal. Erinnere dich, wie du mit Anya flirtest.«
»Aber du bist nicht eifersüchtig, und ich bin es. Je suis un jaloux. Vielleicht ein fürchterlicher Fehler, aber ich kann es nicht ändern. Wenn du wüßtest, wie ich heute gelitten habe. Diese verliebten Blicke in Richtung Ulrike, diese dauernden Berührungen. Ha!« Er fletschte wütend die Zähne. »Damit liebkostest du nicht nur deine Tochter, sondern gleichzeitig deinen Mann. Streite es nicht ab, es hat keinen Zweck, ich weiß Bescheid. Ich kenne dich nämlich besser als du dich selbst. Und ich kann es nicht ertragen, wenn du an einen anderen denkst, ich kann nicht.« Das schrie er fast.
»Und deshalb hast du mich so komisch behandelt? Getan, als wenn ich dein Dienstmädchen wäre?« Fassungslos schüttelte Bea den Kopf. Gleichzeitig packte sie tiefes Mitleid mit dem Mann vor ihr, der seinen Leidenschaften

hilflos ausgeliefert war. Oder versuchte er sie für das zu bestrafen, was er durch Olimpia erlitten hatte? Das wäre natürlich der Gipfel der ...

Sie kam nicht mehr dazu, den Gedanken weiterzudenken, denn Nicolas hatte sie aufs Bett geworfen, streifte ihr das Nachthemd fast wütend herunter. Gerade konnte sie noch flüstern »Au, du tust mir weh«, da hatte er ihr schon den Mund mit seinen Lippen verschlossen. Sein Gewicht lastete schwer auf ihr.

Am Morgen war er schüchtern wie ein kleiner Junge, entschuldigte sich für seinen unkontrollierten Ausbruch. Hatte er vielleicht zuviel getrunken? Und Ulrike sollte mit dem Kleinen gleich zum Frühstück herunterkommen oder nein – er brachte ihr den Kaffee hinauf. Mit frischen Croissants, richtig à la parisienne.

»Willst du dir auf den steilen Treppen ein Bein brechen?« scherzte Bea. »Keine Bange. Mein Kind meldet sich schon, wenn es etwas will. Aber vor Mittag wird das nicht sein, Ulrike schläft doch so gern. Soll sie, es sind ihre Ferien.«

Es war nicht gegen Mittag, sondern *schon* halb elf, weil Michi nämlich mit überraschend kräftiger Stimme nach einer Mahlzeit verlangte, aber da war Nicolas bereits nicht mehr im Haus. Bea frühstückte mit ihrer Tochter allein in der Küche. Heute war sie es, die aufgekratzt war, Ulrike mit allerlei lustigen Geschichten aufzuheitern versuchte, während die kaum ein Wort von sich gab. Das habe gar nichts mit ihr, der Mutter, oder Nicolas zu tun, erklärte sie dazu, sie habe auch sehr gut geschlafen, aber irgendwie fehle ihr Ivo. Paris ohne Ivo, das sei einfach nichts. Null.

»Wenn er nun überraschend nach Hause kommt und findet uns nicht vor«, sorgte sie sich. »Und die anderen vom Hof erzählen ihm vielleicht aus Rache nicht, wo wir sind, dann dreht er durch. Haut womöglich für immer ab, einfach aus Enttäuschung.«

Das Beste, was uns passieren könnte, lag es Bea auf der Zunge, aber sie hielt sich zurück. Stattdessen gab sie Ulrike den Rat, in München anzurufen und nach dem Stand der Dinge zu fragen, was von ihr begeistert aufgenommen wurde. »Ivo hat eine Karte geschrieben«, meldete sie nach einem langen Telefongespräch. »Ist das nicht nett?«
Ihre Laune hatte sich schlagartig gebessert, und sie war bereit, mit ihrer Mutter und natürlich Michi mit der Metro an den berühmten Gare Saint-Lazare zu fahren und von da aus einen Bummel durch die Kaufhäuser zu machen.

10

Bea hatte vergessen, wie anstrengend es war, mit einem Baby einkaufen zu gehen. Uff! Sie war völlig erledigt. Besonders, da Ulrike es eisern abgelehnt hatte, sich von ihrer Mutter eine dieser hübschen Matrosenblusen von Christian Aujard schenken zu lassen, die in Paris der dernier cri waren. Lieber suchte sie ein grauweiß gestreiftes Häftlingshemd für Ivo aus. Bea zahlte mit zusammengebissenen Zähnen.

»Für Ulrike muß ein neuer Mann her«, klagte sie abends Nicolas ihr Leid. Mutter und Söhnchen hatten sich frühzeitig zurückgezogen, sie saßen endlich allein vor dem Fernseher. Robert, den Michis gelegentliche schrille Schreie schwer irritierten, kroch aus seinem Versteck hinter der schweren peruanischen Holztruhe hervor. »Kennst du keinen? Du hast doch Söhne.« Die ich bisher nicht kennengelernt habe, hätte sie hinzufügen können, ließ es aber, da sie nicht wußte, ob sie das überhaupt wollte.

»Hugo und Guillermo.« Nicolas strahlte vor Stolz. Wenn er seine Söhne auch nicht oft zu Gesicht bekam, da sie in England studierten und, wie er vorsichtig angedeutet hatte, mehr auf der Seite ihrer Mutter standen, liebte er sie doch sehr und ließ nichts auf sie kommen. »Zwei schöne, junge Männer. Aber, Chérie«, er streifte Bea, die ihr Gesicht in Roberts feinem Fell vergraben hatte und den Kater liebevoll streichelte, mit einem merkwürdigen Blick. »Ulrike hat ein Kind.«

»Na, und?« Bea verstand nicht. »Ist das eine Schande?«

»Habe ich nicht gesagt. Nur stelle ich mir nicht unbedingt

vor, daß sie sich mit einer jungen Mutter zusammentun. Du hast doch auch einen Sohn, du wirst das verstehen.«

»Du meinst, Ulrike ist nur noch zweite Wahl?« Der Gedanke empörte Bea. Unwillkürlich streichelte sie heftiger, was Robert, sensibel wie sein Herrchen, veranlaßte, einen kleinen Schmerzenslaut auszustoßen und fauchend das Weite zu suchen.

»Chérie, bitte, mit mehr Gefühl. Nicht immer so rüde, so ...«

»... so deutsch«, vollendete Bea mit zur Decke geschlagenen Augen. »Ich weiß, ich kenne jedes Wort. Komisch, daß ihr euch immer als so feinfühlig aufspielt, und geht es um die Gefühle anderer, könnt ihr erstaunlich rücksichtslos sein.« Beleidigt lehnte sie ihren Kopf gegen ein Kissen. Die Bemerkung über ihre kleine Ulrike hatte sie sehr verletzt. So verletzt, daß sie am liebsten die Hintertreppen hochgeeilt und ihren Liebling an sich gedrückt hätte. Doch das hätte Ulrike wahrscheinlich gar nicht geschätzt. Lag es an ihrer Enttäuschung über Ivo, die sie allerdings sorgfältig verbarg, oder war es ein anderer Grund, jedenfalls ging sie neuerdings jeder engen körperlichen Berührung vorsichtig aus dem Weg. Was war aus Papas kleiner Schmusekatze geworden?

»Aber du hast recht, Pom. Die jungen Leute sollen sich kennenlernen.« Nicolas, der Beas Verstimmung merkte, lenkte ein. »Schließlich sind sie ja«, er zwang sich zu einem Lachen, »fast miteinander verwandt. Wenn sich schon ihre Eltern lieben ...«

»Lieben«, wiederholte Bea. Es klang nicht sehr überzeugt.

»Red keinen Unsinn, ja? Ich bitte dich. Deshalb schlage ich vor, daß wir eine Party veranstalten. Eine Party für die Jugend. Der Zeitpunkt ist günstig, meine Söhne kommen in diesen Tagen nach Paris. Semesterferien. Ich habe mit Marie-Louise telefoniert.«

»Schön.« Bea bereute bereits, die Rede auf die beiden Jungen gebracht zu haben. Mitleid brauchte Ulrike ganz gewiß nicht.
Doch Nicolas begeisterte sich immer mehr für die Idee der Familienzusammenführung. Ja, die Kinder sollten sich kennenlernen, vielleicht befreundete sich ja einer der Zwillinge mit der süßen, kleinen Ulrike. Er hatte sie doch ins Herz geschlossen, die junge Mutter, der man mit jeder Kleinigkeit eine Riesenfreude machen konnte. Wie hatte sie gestaunt, als er sie in das Bistro »Mère Germaine« führte, wo er gut bekannt war, die dicke blonde Wirtin ihn mit Hallo begrüßte und die »petite nièce«, so hatte er Ulrike vorgestellt, mit mütterlicher Geste an ihren Busen drückte. Sie aßen den »plat du jour« – weiße Bohnen mit Hammelfleisch –, tranken dazu ein Kronenbourg, und hinterher lud Mère Germaine sie zu einem flambierten Apfelkuchen ein. An der Theke standen Möbelpacker in blauer Montur, kippten ihr Viertel »rouge ordinaire«, gaben über jedes Mädchen, das auf der Straße vorbeitrippelte, ihre Meinung in kräftigen Pikanterien zum Besten. (Nikolas übersetzte das, was ihm als zumutbar erschien.) Und Ulrike amüsierte sich königlich. Später hielt ein großer grüner Wagen, man lieferte ein paar Säcke Kartoffeln. Die Wirtin öffnete eine Luke im Dielenboden und dort wurden die Kartoffeln einfach hineingeschüttet.
»Phantastisch«, entfuhr es Ulrike, ihre hellen Augen unter den tiefschwarzen Wimpern strahlten. In diesem Moment erinnerte sie an ihre Mutter, zeigte das gleiche kindlich staunende Lächeln, das man so selten bei anderen Frauen fand.
»Dienstagabend«, verkündete Nicolas einen Tag später. »Hugo und Guillermo kommen avec plaisir und bringen ein paar Freunde mit. Da gibt es eine Menge Cousins und Cousinen aus der Familie ihrer Mutter, die ich selbst nicht

alle kenne. Partie surprise, so sagt man hier dazu. Zum Essen machen wir ein kaltes und warmes Buffet. Schinken und Salate und Käse und vielleicht eine Paella, die wir bei *deinem* boucher in der Rue de Belles Feuilles besorgen. Beim Servieren kann diesmal Adriennes Tochter helfen, die paßt besser im Alter. Und nach dem Essen wird getanzt. Wir rollen die Teppiche zusammen und legen Platten auf. Pom, das wird wunderbar. Du hattest eine ausgezeichnete Idee. Um jung zu bleiben, muß man hin und wieder Jugend um sich haben. Ich beziehe das auf mich, denn du, meine Pom, du bist noch taufrisch, eben erst reif geworden – durch mich! – und appetitanregend wie ein soeben vom Baum gepflückter Apfel.« Dabei machte er ein ganz begehrliches Gesicht und leckte sich die Lippen.

Bea hatte ganz andere Sorgen. Was sollte Ulrike anziehen, damit sie zur Schönsten des Abends erklärt wurde? Sicherlich würde Anya kommen mit ihrem Gazellenkörper, den lässigen Bewegungen, dem schulterlangen gekrausten Haar, außerdem einige dieser raffinierten kleinen Pariserinnen, die – wenn sie auch nicht unbedingt hübsch waren – doch die Kunst beherrschten, ihre Vorzüge meisterlich herauszustreichen. Während Ulrike, von Natur aus wirklich eine Beauté ...

Entschlossen stieg sie am frühen Morgen des nächsten Tages von der Küche aus die Hintertreppen hinauf, vorbei an zerkratzten Türen mit abgeblättertem Lack, an denen bunter Papierschmuck schaukelte (bereiteten die Afrikaner einen Festtag vor?), mitten durch all die fremdartigen Gerüche hindurch und klopfte bei Ulrike an.

»Jaaaa?« Es klang verschlafen. Jemand nieste. Das mußte Michi sein.

»Auf, auf«, sagte Bea ungeduldig, als sich nach einer kleinen Ewigkeit die Tür öffnete. »Wir gehen ins Quartier Latin, kaufen dir etwas zum Anziehen. Und danach besichtigen wir die Impressionisten im Gare d'Orsay. – O, ist das schön.«

Soeben stieg die Sonne hinter dem gegenüberliegenden Haus auf, ergoß sich golden in das kleine Zimmer, ließ Ulrikes noch ungebändigte dunkle Haarflut und den Wäschekorb mit dem Baby aufleuchten. »Das habe ich unten in der Wohnung nicht.«

»Ich habe dir doch gesagt, ich bin in mein Dachkämmerchen verliebt. Und noch was Schönes, ich habe hier eine Bekanntschaft gemacht.« Ulrike, immer noch gähnend, schäumte sich den Mund mit Zahnpasta ein. Dabei lächelte sie ihrem Sohn, der mit offenen Augen in seinem Bettchen lag und offensichtlich auf eine Mahlzeit wartete, liebevoll zu.

»Einen Mann?«

»Nein, sondern eine Prinzessin aus Laos, deren Großvater, bevor das Land kommunistisch wurde, dort König war. Romantisch, nicht? Sie hat auch ein Baby, ein kleines Mädchen. Wir sind uns beim Wäschewaschen auf dem Gang nähergekommen. O, sie ist so hilfsbereit, ganz anders als die Europäer. Wenn wir jetzt in die Stadt fahren, nimmt sie sicher gern für ein paar Stunden Michi zu sich. Du mußt sie unbedingt kennenlernen. Sie heißt Susuma.«

»Das hört sich ja sehr sympathisch an.« Während Ulrike ihre Toilette beendete, streckte Bea sich vorsichtig auf der Bettcouch aus. Gern hätte sie Michi aus seinem Körbchen gehoben, doch die Tochter flüsterte: »Laß es besser, Mutti!«

»Wohnt Susuma schon lange hier? Dann habe ich sie vielleicht schon mal gesehen.«

»Sie kennt dich. Wenigstens hat sie eine hübsche, immer freundliche Frau beschrieben, die mit dem schönen grauhaarigen Herrn zusammelebt, das kannst eigentlich nur du sein. Aber, Mama«, Ulrike machte eine Pause, um den folgenden Worten auch das nötige Gewicht zu geben, »sie hat mir noch was anderes erzählt«.

»Und das wäre?« erkundigte sich Bea, wenig interessiert. Wenn Ulrike in diesem Schneckentempo weitermachte, würden sie nicht vor zwei Uhr im Quartier Latin sein. Sie hatte aber noch an ihren Manuskripten zu arbeiten. Dr. Richler wartete ungeduldig darauf.

»Von einer anderen Frau, die vorher mit Nicolas zusammen war. Aus Peru, glaube ich.« Mit vor Anstrengung gekrauster Stirn malte sich Ulrike die Lippen in einem kuriosen Dunkelviolett an und verteilte die gleiche Farbe auf den Augenlidern. »Sie war sehr oft in diesem Zimmer, sagt Susuma. Manchmal hat sie die Frau weinen hören. Wenn sie dann an die Tür klopfte, um ihr zu helfen, war es still. Mucksmäuschenstill. Susuma glaubt«, hob Ulrike pathetisch zur Pointe ihrer Erzählung an, »der grauhaarige Herr, also Nicolas, hatte sie eingeschlossen.«

»Blödsinn.« Vor Aufregung klang Beas Stimme heiser. So ein Quatsch! Hörten denn die häßlichen Geschichten niemals auf? Jetzt wurden sie ihr schon von der eigenen Tochter ins Haus geschleppt. »Deine neue Freundin in Ehren, aber wahrscheinlich erzählt sie dir ein laotisches Märchen. Als ob Nicolas eine Frau einsperrte! Natürlich hat er vor mir eine andere Freundin gehabt, das ist ganz normal. Schließlich lebt er seit Jahren von seiner Frau getrennt. Können wir jetzt gehen?«

»Sobald Michi seinen Möhrenbrei gelöffelt hat. Ich will dich ja nicht verletzen, aber irgend etwas war seltsam mit den beiden. Jedenfalls hat ihn Susuma manchmal auf der Treppe gesehen, in Kimono und Hausschuhen. Er wandte dann immer sein Gesicht ab und verschwand schnell hier in dem kleinen Zimmer, wo er lange blieb. Komisch, die beiden hätten sich doch auch«, Ulrike lachte. Es klang aber durch-

aus nicht anzüglich, sondern eher kindlich, albern, als amüsierte sie sich köstlich, »in seiner Wohnung versöhnen können. Da ist viel mehr Platz. Susuma meinte auch ...«
»Sei bitte in zehn Minuten unten in der Küche. Ich ziehe mir inzwischen die Schuhe an. Und vergiß bitte nicht abzuschließen.«
Abschließen?! Jetzt war sie von Ulrikes Erzählung so infiziert, daß sie bereits deren Worte wiederholte. Bea war verwirrt. *Eingesperrt?!* Und es gab daraus kein Entrinnen. Da konnte sie versuchen, sich noch so zu zerstreuen, die gute Mutter spielen, die gütige Großmutter, sich um Nicolas' Familie kümmern, seine Freunde treffen, seine Tage und Nächte teilen, eine Party arrangieren, durch die Stadt jagen – immer wieder holte sie seine Vergangenheit ein. Es war schrecklich, nicht mehr auszuhalten. Verzweifelt schlug Bea die Hände vors Gesicht. Sie hatte sich so sehr auf den Bummel mit Ulrike gefreut, und jetzt war ihr alles verdorben.
Überraschenderweise zeigte sich Ulrike durchaus einsichtig, was die modischen Vorstellungen ihrer Mutter betraf. So stürmte sie weder alle Jeansgeschäfte noch jene Läden, wo man knittrige indische Baumwolle anbot, sondern folgte Bea artig in die seriösen Boutiquen. Nach verschiedenen Modellen und Anproben, so unter anderem: einem weißen Schößchenkostüm, das dauernd in die Reinigung müßte, sowie einem dieser typischen Pariser Kleidchen mit Puffärmeln und Pensionatsschleife, an denen man sich rasch satt sehen würde –, kristallisierte sich dann etwas Maximales heraus: ein einteiliger wadenlanger Matrosenanzug aus Jersey. Modell: Kenzo. Bea holte tief Luft, als sie den Scheck ausschrieb. Jetzt konnte sie sich den Besuch bei einem Starcoiffeur abschminken, obwohl Nicolas seit Wochen darauf bestand. Aber viel wichtiger war, daß Ulrike ihren großen Auftritt hatte. Ließ sie, Bea, sich eben bei ihrem

nächsten Besuch in München die Haare wieder beim Friseur um die Ecke schneiden. Das war jahrelang sehr gut so gegangen.
Ulrike hatte ihren Auftritt! In ihrem wollenen Anzug mit dem braven weißen Kragen, der einen so reizvollen Gegensatz zu dem offenen nachtschwarzen Haar und den blauen Augen bot, sah sie reizend aus. Auf Beas Zureden hatte sie nur ganz wenig Make-up aufgelegt. »Unterscheide dich ruhig von den Französinnen, kleistere dir das Gesicht nicht zu. Ungeschminkt wirkst du am besten.«
Und wie sie wirkte! Wunderschön! So schön war sie selbst – Bea mußte es neidlos gestehen – als junges Mädchen nicht gewesen, damals, als sie sich in Walter verliebte. Nein, Ulrike war etwas Besonderes. Ob das allerdings so bleiben würde? Um sich bis ins hohe Alter hinein gut zu halten, brauchte es etwas mehr als nur regelmäßige Gesichtszüge und einen Teint wie Milch und Blut. Schönheit der Seele nämlich, Phantasie sowie ein begeisterungsfähiges mitfühlendes Herz. Vielleicht besaß Ulrike dafür zu wenig Tiefe, wie die meisten jungen Mädchen dieser Zeit.
»Elle est jolie, très jolie«, signalisierte Nicolas – in Cordhosen und offenem Hemd, es war ja eine »partie surprise« –, als Ulrike mit verlegenem Lächeln den Salon betrat, wo wilde Musik tobte und sich die ersten Gäste mit ihren Getränken beschäftigten. »Pom, ich bin richtig stolz auf deine Tochter. Vraiment.«
Das sagte sich leicht, wenn man selbst ein Juwel wie Anya besaß. Die jedoch – Bea jubelte heimlich – ließ sich am Telefon entschuldigen. Kopfschmerzen. Vielleicht wollte sie ja auch nicht zuviel Kontakt mit der Freundin ihres Vaters haben – man wußte es nicht. Dafür tauchten Hugo und Guillermo auf. Nicolas' Söhne. Obwohl sie Zwillinge waren, hatten sie keine große Ähnlichkeit miteinander. Guillermo, dreiundzwanzig Minuten älter als sein Bruder,

wie er stolz verkündete, wirkte sehr südamerikanisch mit den fast schwarzen Augen, dem dichten Schnurrbart und den blendendweißen Zähnen, Hugos Augen dagegen waren blaugrau, seine Haare schimmerten dunkelblond, etwas sehr Schüchternes ging von ihm aus. Ja, er wirkte so unsicher und gehemmt, daß man ihn kaum für Nicolas' Sohn gehalten hätte. Wie die Fotos im Schlafzimmer doch täuschen konnten.

Als Nicolas seinen Sohn umarmen wollte, fiel Bea, die abwartend im Hintergrund saß, dessen merkwürdige Reaktion auf. Es schien fast, als überlegte er, ob er sich von seinem Vater auf die Wange küssen lassen wollte. Dabei hatte er ein so bescheidenes, einnehmendes Lächeln. Aber solche Männer waren nichts für Ulrike. Mit denen besprach sie dann nächtelang ihre Probleme und versank in Weltschmerzstimmung. Guillermo war da richtiger. Entschlossen machte sie die beiden miteinander bekannt und führte sie zum Buffet, das im Salon aufgebaut war. »Am besten sprecht ihr Englisch miteinander. Guillermo studiert doch in England. Ulrike, da kannst du ihm gleich von unseren Ferien mit Papa an der Themse erzählen.«

So, das wäre geschafft. Ulrike bedachte sie mit einem großen mißtrauischen Blick. Der hieß: Achtung, Mama war wieder einmal überaktiv!

Dauernd strömten neue Gäste herein. Gäste, die, wie Nicolas Bea ins Ohr flüsterte, er selbst nicht kannte, Freunde seiner Söhne. »Typisch für Guillermo, halb Paris einzuladen«, ärgerte er sich. »So war er schon immer. Da gibt es kein Bescheiden, kein Mittelmaß, immer geht der Bengel gleich aufs Ganze.«

»Besser als umgekehrt«, tröstete Bea, die auf ihren Favoriten nichts kommen lassen wollte. Genau so einen Mann brauchte Ulrike. Der packte mit Sicherheit auch im Beruf richtig zu. »Oder willst du einen Zauderer?«

»Und wenn sie meine Silbersachen mitgehen lassen?« klagte Nicolas weiter. Wie ein großer verärgerter Junge sah er aus in seiner Cordhose, mit einem angebissenen Käsebrot in der Hand. »Wir hätten das Besteck aus der Küche nehmen sollen, dazu die alten Gläser. Da läutet es schon wieder. Wer, mon dieu, kommt denn noch alles?«

Es war Thierry, ein Neffe von Marie-Louise, achtzehn Jahre alt, in schwarzer Lederjacke und Cowboystiefeln, begleitet von einer Gruppe von Freunden. »Ça va?« begrüßte er Bea gönnerhaft, als wäre er seit Jahren mit ihr bekannt, klopfte Nicolas kumpelhaft auf die Schulter. »Tu as des problèmes, mon vieux?« Das bezog sich auf Nicolas' finstere Miene. »Comment – es gibt nur Wein? Und was ist mit Champagner? Champagner habe ich mindestens erwartet.« Dabei kniff er die kleine Sylvie, die sehr nett und mit viel Sorgfalt servierte, in die Wange. Silvie kicherte geschmeichelt.

»Mon dieu, mon dieu«, stöhnte Nicolas. »Dieser Thierry. Ich konnte ihn noch nie leiden. Aber Marie-Louise entschuldigt alles bei ihm. Seine Mutter, ihre Halbschwester, hat sich nie richtig um ihn gekümmert. Ich glaube, er hat nicht mal die Schule zuende besucht. Aber was geht mich das an? Non, non, Thierry, laß Robert in Ruhe und zwar sofort.« Seine Augen funkelten böse. »Robert déteste ça.« Das bezog sich auf einen Salto rückwärts, den der Kater nach Thierrys Willen machen sollte. Robert spuckte und entwich mit gesträubtem Fell. Später traf Nicolas Thierry am Eisschrank, aus dem er eine Flasche Champagner genommen hatte. Großzügig bot er Sylvie davon an.

»Aber ich habe gedacht, das hier sei eine Partie surprise? Zwar sehe ich viele hübsche Mädchen, aber wo bleiben die surprises? Bringe ich eben ein bißchen Schwung in den Laden. Olalà, wer ist diese kleine Beauté?«

Es war Ulrike, die sich am Spülbecken zu schaffen machte, einen Saucenfleck aus ihrem Anzug wusch.

»Amüsierst du dich?« Wie eine Glucke stürzte sich Bea auf sie. »Wir haben die Party doch für dich veranstaltet. Jedenfalls möchte ich dir ein Kompliment machen. Du wirkst fabelhaft. Aber das hat dir Guillermo sicher auch gesagt.«

»Der nicht, aber sein Bruder.« Ulrike lachte. Sie sah glücklich aus, ein richtiges strahlendes junges Mädchen. Die jungen Leute um sie herum schienen ihr gut zu tun. »Hugo. Er ist viel netter. Sensibel und gefühlvoll, fast wie Ivo. Er möchte unbedingt Michi kennenlernen. Vielleicht unternehmen wir morgen zu dritt einen Ausflug in den Bois de Boulogne.«

»Wie schön.« Bea ärgerte sich. Warum liefen die Dinge niemals so, wie sie sich das vorgestellt hatte? Hugo. Naja. Ebenfalls Nicolas' Sohn, aber dennoch. War ihre Tochter wieder bei einem Träumer gelandet. Sie wollte ja nicht vorzeitig urteilen, aber das hatte doch keine Zukunft. Während Guillermo ... Wo war er bloß? Eh bien, er hatte sich bereits getröstet. Pflegte hautnahen Kontakt mit Peggy, der niedlichen Eurasierin, die zu Thierrys Gefolgschaft gehörte. Konnte höchstens fünfzehn sein, la petite, ein zartes Geschöpf mit mandelförmigen, sorgfältig ummalten Augen. Gegen sie wirkte Ulrike richtig mütterlich, was in ihrem Fall – Bea seufzte, um gleich darauf zu lächeln – nicht einmal so verwunderlich war. Heute mußte man fünfzehn, sechzehn sein, um vor den kritischen Augen der Männer bestehen zu können, alles darüber zählte nicht. Direkt erstaunlich, daß Nicolas sich bei diesem weltweiten Trend noch nicht in Teenager-Richtung orientiert hatte.

Die Platten waren geleert, die Gläser wurden laufend nachgefüllt, Kristall zerkratzte die Tischplatte. Zigarettenasche zerkrümelte am Boden. Überall hatten sich Grüppchen gebildet, hockten am Boden, entspannten sich lässig auf den Polstern. Guillermo hatte Reggae-Musik aufgelegt und tanzte mit Peggy.

»Er tanzt wie sein Vater«, dachte Bea, »sie haben die gleichen geschmeidigen Bewegungen. Und schön sind sie beide. Trotzdem gibt es da einen großen Unterschied zwischen Vater und Sohn. Dem Sohn fehlt die ... ja, die Sensibilität. Deshalb stimmt auch der Kontakt zwischen beiden nicht. O, was der Vater für ein Gesicht macht!«

Nicolas war wütend. Die Party war ihm aus der Hand geglitten, sie verlief ganz anders, als er sich das vorgestellt hatte. Er hatte sie zu Ehren der kleinen Ulrike inszeniert, jetzt waren es die viel Jüngeren, die den Ton angaben. Sie maulten, daß er keine Schallplatten von Madonna besaß und man die Musik nicht lauter drehen durfte, außerdem fehlte – allgemeines Wehklagen – der Champagner. – Den hatte Nicolas inzwischen, listig wie er war, in seinem Badezimmer versteckt. – »Le plus grand enmerdeur« war Thierry. Eine Schirmmütze von Nicolas auf dem Kopf, ließ er die kleine Sylvie nicht in Frieden, verfolgte sie, wie ein Känguruh hüpfend, den Korridor entlang bis ins Schlafzimmer, wo sie ein Handtuch holen wollte. Das brachte Nicolas auf eine Idee.

»Ça suffit, hein?« herrschte er seinen Neffen an, der, die Hände an der Hosennaht, dümmlich grinsend vor ihm strammstand. »Ich mache einen Vorschlag in Güte. Ihr jungen Leute zieht euch in mein Schlafzimmer zurück, wo ihr euch unterhalten und euren Unsinn treiben könnt – aber in allen Ehren, verstanden? –, wir Älteren bleiben im Salon.«

»Sie können doch in mein Zimmer gehen«, raunte ihm Bea zu, die das Schlafzimmer als Spielzimmer für ausgelassene Halbwüchsige deplaciert fand. Aber das wollte Nicolas nicht. »Dein Zimmer? Jamais! Ich habe es abgesperrt, damit niemand seinen neugierigen Kopf da hineinstecken kann. Non, non, ich überlasse ihnen das Schlafzimmer. Die einzige Möglichkeit, damit nicht noch mehr Unfug angestellt wird. Wir legen eine Decke über das Bett, und ich räume unsere Fotos beiseite. Dann kann nichts Schlimmeres passieren. Was soll ich sonst tun?« Seine Stimme stieg hysterisch in die Höhe. Nicolas liebte doch all die Dinge, die ihm gehörten, pflegte sie, behandelte sie mit äußerster Sorgfalt. Wehe, wenn jemand nur wagte, sie anzufassen. »Rauswerfen kann ich sie nicht. Es sind Hugos und Guillermos Freunde.«

Der Vorschlag wurde mit Beifall aufgenommen. Völlig unerwartet schloß sich Guillermo den ganz Jungen an, zog mit seiner ständig unergründlich wie Mona Lisa vor sich hinlächelnden Peggy ins Schlafzimmer, während sein Zwillingsbruder bei den Erwachsenen blieb.

Jetzt kehrte wieder Ruhe in den Salon ein. Nicolas legte eine Platte mit Wiener Walzern auf, unterhielt sich mit Thierrys älterer Schwester, die einen recht vernünftigen Eindruck machte. Ulrike war ganz von Hugo in Beschlag genommen. Einmal versuchte sein Vater, ihn kurz in eine Diskussion zu verwickeln, aber damit hatte er kein Glück. Hugo schien Angst oder zumindest Scheu vor ihm zu haben. Jedenfalls senkte er den Kopf, während er mit ihm sprach, gab kaum eine Antwort und rauchte hastig eine Zigarette nach der anderen. Seine Schuhe waren ungeputzt, stellte Bea fest.

Sie begann die schmutzigen Schüsseln in die Küche zu tragen, leerte halbvolle Gläser, schüttete die Asche weg, denn Sylvie hatte sich schon verabschiedet. Dabei spitzte sie die Ohren in Richtung Schlafzimmer, wo man albernes Gekicher hörte, immer wieder unterbrochen von Thierrys dröhnender Stimme. Dann war es plötzlich still.

Nicolas, dem das verdächtig vorkam, machte sich auf, um nachzusehen. Auf Zehenspitzen schlich Bea hinterher. Sie, die hier nur Gast war, wollte nicht die strenge »maîtresse de la maison« spielen, obwohl Nicolas das ganz in Ordnung gefunden hätte. Die Situation war eindeutig. Guillermo lag langausgestreckt auf dem Bett, hatte die kleine Eurasierin über sich gezogen. Beide waren vollbekleidet, küßten sich auch nur, trotzdem – Nicolas sah rot. Die Zornesader auf seiner Stirn schwoll gefährlich an, er holte tief Luft. Dazu kam, daß Thierry, immer noch mit Nicolas' Mütze auf dem Kopf, ein Buch aus seiner Bibliothek genommen hatte und, irgend jemand imitierend, laut daraus vorlas. Die anderen brüllten vor Lachen. »Ça suffit.« Mit einem Satz war Nicolas bei Thierry, riß ihm das Buch aus der Hand. Im nächsten Moment zog er mit einer so plötzlichen Bewegung die Decke vom Bett, daß Guillermo und seine Freundin auf den Boden kugelten. Niemand lachte mehr, dazu war die Situation zu ernst.

»Aber, Papa.« Langsam half Guillermo Peggy auf, strich sich über die Haare, die dicht und lackschwarz an dem schmalen Kopf lagen. »Je ne comprends pas.« Er warf Bea einen haßerfüllten Blick zu, als sei sie an allem schuld.

»Das brauchst du auch nicht. Ich sage nur eines: Lernt endlich, euch wie Erwachsene zu benehmen. Die Dinge sind nicht da, um sie zu zerstören, schon gar nicht, wenn sie das Eigentum anderer sind. Lernt erst einmal, selbst Geld zu verdienen.«

»Monnaie, monnaie«, murmelte Guillermo, der auf einmal gar nicht mehr aussah wie ein südamerikanischer Held, sondern wie ein Häufchen Unglück. »Das Einzige, was dich interessiert. – Außer ... Olimpia. Olimpia Vargas.« Den Namen stieß er zwischen zusammengepreßten Zähnen hervor. Bea hatte ihn trotzdem verstanden. Sie warf einen Blick auf Nicolas, der sich kalkweiß verfärbt hatte. Wären da nicht die anderen jungen Leute gewesen – wer weiß, vielleicht hätte er seinen Arm gegen den Sohn erhoben.

»Alors«. Nicolas zwang sich zur Ruhe. »Kommt mit in den Salon. Wir trinken noch ein letztes Glas zusammen. Vielleicht finden wir ja noch eine Musik, die euch gefällt. Kommt, kommt!«
Eine halbe Stunde später war die Wohnung leer. Mit viel Gelächter und »Merci« hatte die wilde Jugend das Appartement verlassen, drängte sich johlend in den Fahrstuhl oder polterte die Treppen herunter. Ulrike, ihren schlafenden Sohn auf dem Arm, den sie herzte und küßte, als hätte sie ihn seit Tagen nicht gesehen, war in ihrem Dachzimmerchen verschwunden. Nicolas und Bea blieben allein zurück. Nervös rauchte Nicolas eine Zigarette und schenkte sich einen Whisky ein. Er wirkte sehr erregt. »Gewiß, es sind meine Söhne und ich liebe sie, aber zwischen uns herrscht keine Harmonie. Vielleicht ist es ja meine Schuld. Ich habe sie, als sie im schwierigsten Alter waren, allein gelassen, bin meine eigenen Wege gegangen. In dieser Zeit waren sie ganz unter dem Einfluß ihrer Mutter, die ihren Schmerz über meine Untreue bei ihnen ausweinte. So etwas hinterläßt Spuren. Aber trotzdem – warum sind sie nicht so wie andere Söhne: ihrem Vater gegenüber respektvoll, daran interessiert, sich von ihm raten zu lassen? Ich könnte ihnen soviel sagen. Nie rufen sie mich an, nie! Und wenn ich sie dann einmal sehe, passieren Dinge wie heute. Gut, ich habe Fehler gemacht. Anya war immer mein Lieblingskind. Tochter und Vater, das ist etwas Besonderes. Aber sie war auch die Einzige von den dreien, die sich um mich bemühte.« Nervös zog er an seiner Zigarette.
»Was sich inzwischen auch geändert hat. Heute bist du es, der hinter ihr herläuft«, dachte Bea, hütete sich aber, das laut zu sagen. Dafür versuchte sie zu trösten. »Hugo ist doch sehr nett. Ein bißchen still und schüchtern zwar, aber auf mich wirkt er sehr sympathisch.« Und ich habe einen Prachtjungen, meinen Ullrich, triumphierte sie innerlich.

Der ruft mich dauernd an, er hängt an mir. Wenn sein Vater »auch nur« – wie Nicolas das wohl sah – der brave Walter war. »Ulrike ist von ihm auch ganz begeistert. Die beiden wollen sich wiedersehen.«
»Ach so?« machte Nicolas. Es klang interessiert. »Ja, deine Ulrike ist ein liebes Ding. Gott sei dank, daß sie nicht an Guillermo hängengeblieben ist. Der hat sich vielleicht neuerdings ein Benehmen zugelegt! Ich bin entsetzt. Lernt man das in englischen Schulen? Eine Schnapsidee, die beiden Jungen unbedingt auf ein englisches College schicken zu müssen. Auch so ein Spleen von Marie-Louise, für die das Feinste immer gerade gut genug ist. Natürlich, zahlt alles der Papa.« Er lachte bitter.
»Mein Liebling.« Bea legte zärtlich die Arme um seinen Hals. Er tat ihr leid. »Mein Guter, Braver ...«
»Danke, danke, kein Mitleid.« Ein rascher Schluck aus seinem Glas. »Aber ich stelle immer wieder fest, daß du die einzige normale Frau in meinem Leben bist. Une femme vraie. Praktisch, sparsam, ordentlich ...«
»Raisonable«, vervollständigte Bea, die die Aufzählung kannte.
»Und, nicht zu vergessen, sinnlich, très sensuelle. Apropos sinnlich, ich gehe ins Bett. Schon gleich zwei. Die Nacht wird kurz.«
Wie immer verbrachte er vorher noch eine halbe Stunde im Bad. Bea, die nicht einschlafen konnte, wanderte derweil im Schlafzimmer herum, schüttelte Kissen zurecht, betrachtete Bilder, nahm diesen und jenen Gegenstand in die Hand.
Das Foto, auf dem Nicolas sie zärtlich umarmte, mußten die jungen Leute gesehen haben. Unnötigerweise. Nicolas hatte versäumt, es wegzuräumen. Kein Spielzimmer für halbe Kinder, dieses »chambre à coucher«, nein, wahrhaftig nicht, dazu gab es zuviele Bilder mit nackten oder halbnack-

ten Frauen an den Wänden. Wie immer mit einem gewissen Widerwillen näherte sie sich dem Regal von Olimpia. Es wirkte weniger ordentlich als gewöhnlich.
Vorsichtig knipste sie das Licht an, um besser sehen zu können. Ah, etwas war umgekippt. Mit spitzen Fingern griff sie hinter eine buntglasierte Tonvase, in die Tierzeichen eingebrannt waren, und zog eine Figur aus Keramik hervor. Eigentlich waren es zwei Figuren, ein Liebespaar mit asiatischen Gesichtszügen, das sich selbstvergessen umschlungen hielt. Diese Figur hatte Bea bei ihrer täglichen Inspektion mit Absicht kaum beachtet, da sie ihr zu privat erschien. Jetzt fiel ihr etwas daran auf. Das Figurenpaar war auseinandergebrochen, sie hielt zwei Personen in der Hand, einen Mann und eine Frau. Das Erschreckende: Der Frau fehlte die Nase und ein Stück vom Fuß. Die Bruchstellen sahen neu aus.
»Nicolas«, rief Bea. Es klang, als riefe sie um ihr Leben.
Er stürzte aus dem Bad, die Ölflasche in der Hand. »Ouiiii?«
Sprachlos hielt sie ihm die Figuren hin. Sein Gesicht erstarrte, er nahm sie vorsichtig in die Hand, fuhr mit dem Finger über die beschädigten Stellen, atmete tief durch. »Dieser Thierry«, sagte er nach einer kleinen Weile, es klang voller Verachtung. »Kann seine schmutzigen Hände von gar nichts lassen. Und hat nicht einmal den Mut, seine Fehler einzugestehen.«
»Thierry?« Bea staunte. Wie kam er auf Thierry? Sie glaubte viel eher, daß diese Zerstörung auf Guillermos Konto ging. Und ob das zufällig passiert war, war auch die Frage.

11

»Pom, niemals treibst du Sport.« Nicolas schüttelte mit sanfter Mißbilligung den Kopf. »Ich dachte, ihr Deutschen seid sportlich. Aber nein, immer nur Kaufhäuser, der Gare Saint-Lazare, Nightclubs ...« Er grinste, wußte er doch, daß er ihr unrecht tat.
»Ist das meine Schuld?« brauste Bea auf. Wenn er wüßte, wie sie ihr fehlte, die frische Luft. So herrlich Paris war mit seinen alten Häusern, den Brücken, den Lichtern, Boulevards, Museen und Cafés – so richtig durchatmen konnte man hier nicht. Das war in München schon anders. Dort freilich auch nicht direkt in der City, zwischen Hauptbahnhof und Marienplatz, aber doch ein paar Kilometer vor der Stadt, im wunderhübschen Voralpenland, wo man sich immer gleich wie im Urlaub fühlte. So etwas fand man in Paris nicht. »Außerdem – mit einem Baby ...«
Der Besuch von Tochter und Enkelkind begann mehr und mehr an ihren Nerven zu zehren. Gewiß, es war schön, einen Teil Familie um sich zu haben, aber doch nicht so lange, so ohne jedes absehbare Ende. Wäre Bea jemand gewesen, dem einige Personen mehr in der Wohnung nichts ausmachten, der das mit leichter Hand und Humor bewältigte, hätte die Sache anders ausgesehen, aber so ... Tatsache war: Bea arbeitete sich für ihren Besuch auf. War Ulrike zufrieden, langweilte sie sich auch nicht, bot man ihr wirklich genug? Dabei wollte Ulrike gar nicht, daß man soviel Umstände ihretwegen machte, sie hatte das mehr als einmal geäußert, aber Bea konnte nicht über ihren Schatten

springen. Sie war in dieser Beziehung – da mußte sie Nicolas recht geben – ganz und gar deutsch.
Nun war ja das Wunder, le miracle, eingetroffen, daß sich Ulrike mit Hugo befreundet hatte. Dem ersten Ausflug im Bois de Boulogne folgte ein Besuch in Versailles, dann ein Bummel durch die Pariser Museen. Die beiden verabredeten sich ständig miteinander, von Ivo war nicht mehr die Rede.
Als Bea sich einmal vorsichtig erkundigte, zuckte Ulrike bloß mit den Achseln. »Keine Zeile. Aber, ehrlich gesagt, ich bin fast froh darüber. Wenn ich mir vorstelle, was der Michi antut. Eine Null von einem Vater. Während Hugo ... Du müßtest einmal sehen, wie der mit Kindern umgehen kann. Ganz anders als Nicolas. Der hat sich, wie Hugo erzählt, früher auch nicht besonderes um seine Kinder gekümmert. Immer nur seine Arbeit und später dann ... diese andere Frau.« Dabei heftete sie ihre Veilchenaugen neugierig auf ihre Mutter, als erwarte sie gespannt deren Reaktion.
Bea biß sich auf die Lippen. Mischte sich die Tochter nun auch schon in Nicolas' Vergangenheit? Auf einmal bereute sie, diese Party veranstaltet zu haben. Ulrike hätte ja auch, jung und hübsch wie sie war, einen anderen Mann kennenlernen können, zum Beispiel im Louvre oder auf einer Parkbank, nicht gerade Nicolas' Sohn. Dazu kam, daß sie jetzt schon ein paarmal bei Marie-Louise gewesen war.
»Wie hat Hugo dich dort eingeführt?« wollte Bea wissen. »Als Tochter von wem?«
»Als Tochter von gar niemandem, einfach als Ulrike. Guillermo und Anya haben deinen Namen auch nicht erwähnt. Alle drei hängen sehr an ihrer Mutter, sie wollen ihr nicht wehtun. Sie muß Nicolas immer noch sehr lieben.«
Wieder dieser Blick, der besagte, daß sie Nicolas – abgesehen von seinen unzweifelhaften Qualitäten – als miesen

Casanova einstufte und Bea irgendwie nicht das Recht hatte, ihn seiner Familie wegzunehmen. Das wurmte Bea. »Wie ist sie denn, diese Marie-Louise? Den Fotos nach zu urteilen recht hübsch.«
»Sehr hübsch, sehr. Sehr weiblich. So weich und weiblich, wie man das heute nur noch selten findet. Heute wollen alle Mütter intellektuell und tough sein, fürchterlich. Marie-Louise ist das Gegenteil davon. Lächelt immerzu und macht sich über die ganze Welt lustig. Aber nicht, daß sie etwa auf den Kopf gefallen wäre. Im Gegenteil. Sie interessiert sich sehr für Kunst. Ich habe ein paar Aquarellzeichnungen von ihr gesehen. Alle Achtung! Einmal hat sie Nicolas gezeichnet, als er noch jung war. Ein Raubtier von einem Mann. ›Nicolas der Löwe‹ hat Hugo auf den Rand der Zeichnung gekritzelt. Das hat mich irgendwie berührt. Ich glaube, er hat seinem Vater gegenüber Komplexe.«
Nicolas hob nur die Schultern, als Bea ihm davon erzählte. »Komplexe, Komplexe. Seit Jahren höre ich das. Was habe ich getan? Schwer geschuftet, um meiner Familie ein angenehmes Leben zu ermöglichen, und darüber vielleicht ein bißchen die Kinder vergessen. Dafür haben sie nie finanzielle Sorgen gehabt.«
Ulrike schilderte das anders. »Marie-Louise scheint wenig Geld zu haben. Hugo sagt, sie kann sich nicht einmal ein neues Auto leisten, dabei hat sie mit ihrem Rheumatismus in der Schulter große Schwierigkeiten, das Lenkrad ihres uralten Renault zu drehen. Könntest du nicht mal Nicolas zuflüstern, er sollte ...«
»Nein, kann ich nicht.« Jetzt hatte Bea endgültig genug. Was denn noch alles? Nicolas wußte schon, was er tat. An sie verschwendete er sein Geld jedenfalls nicht. Langsam wurde ihr Paris zu familiär. Wenn Ulrike noch lange blieb, würde sie, die Mutter, womöglich für einige Zeit nach München zurückkehren. Wenn sie auch den Gedanken an

eine Trennung von Nicolas kaum ertragen konnte, hing sie doch mehr denn je an ihm.
Eine weitere Schwierigkeit war das Baby. Ulrike konnte bei ihren Unternehmungen mit Hugo den kleinen Michi nicht immer gebrauchen. Der blieb dann – nachdem die Freundschaft mit der Prinzessin von Laos in die Brüche gegangen war – bei Bea. Sie hatte nichts dagegen. Der Kleine entwikkelte sich prächtig, machte ihr Freude, wenn er sie aus seinen blauen Kissen heraus anlachte, eifrig nach ihren Fingern grapschte, doch seinem Schreien gegenüber war sie machtlos. Und wie Michi schreien konnte! Als würde man ihn grausamsten Torturen aussetzen. Dabei überschlug sich seine Stimme, ging in ein fürchterliches Kreischen und Quieken über, sein Gesichtchen färbte sich rot und blau. In Panik preßte Bea die Hände auf die Ohren, wußte nicht, wie sie die Schreierei abstellen sollte. Gleichzeitig kam Wut gegen Ivo in ihr auf.
»Das hast du von deinem Vater«, sagte sie zu ihrem Enkel. »Meine Kinder haben nicht so geschrien, Ulrike schon gar nicht. Ja, dein Vater macht es sich einfach. Setzt sich ab in die weite Welt und überläßt mich deinem Schreien.«
Wenn sie dann Tränen in den rotgeweinten Augen des Kleinen sah, bereute sie sofort ihre harten Worte. Hob rasch das Baby aus seinem Körbchen, preßte es fest an ihre Brust, küßte ihm die Tränen von den Wangen.
Und in diesem ganzen Tohuwabohu sprach Nicolas von Sport. Aber andererseits sollte sie für diesen Anstoß dankbar sein. Sie wollte, mußte sich mehr bewegen, sonst rostete sie noch total ein. Zum Schwimmen im Club war sie auch eine Ewigkeit nicht mehr gekommen, das rächte sich. Neuerdings trug sie die Blusen über der Hose, was Nicolas, so wie sie ihn kannte, durchaus registrierte, wenn er dazu auch schwieg. Noch schwieg.
Also fingen sie an, regelmäßig an den Wochenenden früh in

den Bois de Boulogne zu gehen, der nur fünf Minuten von der Wohnung entfernt lag. Gemächlich Hand in Hand, als hätten sie alle Zeit der Welt. Junge Männer in Jogginghosen überholten sie, blieben dann unvermittelt stehen, um die Arme kreisen zu lassen, umtollt von ihren großen Hunden. Japaner fotografierten alles, was ihnen vor die Linse kam: die Aussicht auf den kleinen See, ihre Kinder, die Radfahrer, die Ehefrau mit einem Blütenzweig in der Hand. In dem spärlichen Gras lagerten Araberfrauen auf Handtüchern, die Röcke wegen der Hitze leicht nach oben geschlagen. Einmal war es eine ganze Familie mit Großmutter und Babies, die viel zu warm eingemummelt waren. Ein paar Burschen machten Musik.

Erstaunt wies Bea auf eine üppige Brünette in superkurzen Shorts und mit weißen Zirkusstiefeln, die auf der Straße, die quer durch den Bois führte, an einem Lastwagen lehnte und eine Zigarette rauchte. Langsam fuhr ein anderer Lastwagen vorbei, hielt. Der Fahrer beugte sich aus dem Fenster zu der Frau herunter.

»Une poule«, sagte Nicolas leichthin. »Qu'est-ce que tu veux? Der Bois ist voll davon. Vor allem nachts. Da haben die Transvestiten ihren großen Auftritt. Einmal habe ich eine wunderschöne Frau im weißen bodenlangen Nerzcape gesehen. Als ich an ihr vorbeiging, öffnete sie weit ihr Cape. Sie trug nichts darunter außer einem winzigen schimmernden Slip. Später erzählte man mir, das sei ein Mann.«

Bea erkundigte sich nicht, mit wem er nachts im Park spazieren gegangen war, denn allein unternahm Nicolas kaum etwas.

»So, und nun laufen wir ein bißchen. Un, deux, trois.« Nicolas trabte los. Bea folgte ihm. Schweigend und keuchend liefen sie nebeneinander her. Staub wirbelte auf, die Sonne stach ihnen ins Gesicht.

»Das-tut-gut«, stöhnte Nicolas, dem der Schweiß in hellen Tropfen über die Stirn rann, »o-wie-gut-das-tut. Chérie, ich kann nicht mehr, ich kann wirklich nicht mehr. Nicht einmal lieben könnte ich dich jetzt, und das, Pom, sei ehrlich, kommt ganz, ganz selten vor. O doch, vergiß, was ich gesagt habe. Natürlich könnte ich dich lieben, auf der Stelle, denn du siehst so reizend aus mit deinem kleinen Kindergesicht und den blauen Augen darin. Nur ein bißchen blaß, sehr blaß sogar. Ist dir nicht gut?« Er zog sie an sich, musterte besorgt ihr Gesicht.

Bea wich ihm aus, berührte nur flüchtig seinen Arm. Selbstverständlich sah sie blaß aus, denn sie hatte kein Gramm Make-up aufgelegt, nicht einmal Lippenstift. Sie glaubte, das täte ihrer Haut gut. Aber in diesem Zustand mußte ihr Geliebter sie nicht unbedingt so genau studieren. Er sollte lieber auf seine Gesundheit aufpassen, denn er schnaufte schwer, schnappte immer wieder nach Luft.

»Komm, laß mich rudern«, bot sie an, als sie beim Bootsverleih nach einem Boot fragten. »Darf ich?«

»Wenn du unbedingt willst, Bébé.« Nicolas, immer noch angestrengt atmend, half ihr ins Boot, reichte ihr die Ruder. »Wenigstens für den Anfang. «

»Weit ausholen, flach durchs Wasser ziehen und das in einem beständigen Rhythmus«, hatte Walter eine Ehe lang gepredigt, den Kindern und ihr. Bea hatte unter seiner Aufsicht die Kunst des Ruderns recht gut beherrscht, das war schon ein paar Jahre her. Jetzt versuchte sie sich an das Gelernte zu erinnern, kam dabei einem Boot, das von einer schwatzenden Japanerfamilie besetzt war, gefährlich nahe. Dort waren die Kinder am Werk, ein kleiner Junge und seine noch kleinere Schwester betätigten jeweils ein Ruder.

Jetzt stießen die beiden Boote zusammen. Die Japaner kicherten und verbeugten sich entschuldigend. Nicolas, dem die Sache peinlich war, machte ein indigniertes Gesicht. »Das fängt ja schön an. Ich glaube, es wäre doch besser, wenn ich ...«

»Nein.« Bea ruderte weiter. Jetzt gerade nicht! Sie überholte einige Boote, kam rasch vorwärts. Das Beste war, nahe am Ufer zu bleiben. So hielt sie sich nur ein paar Meter entfernt von den Rasenflächen, auf denen sich junge Pärchen umarmten und in die Sonne blinzelten. Bis sie im See eine Insel entdeckte und energisch darauf zuhielt.

»Pas si vite, Pom. Was hetzt dich denn so? Schau, all die Enten und Schwäne, die hübschen exotischen Vögel. Rudere langsam, damit ich sie in Ruhe betrachten kann. Tu es terrible. Hast einfach keinen Blick für die Natur.« Er rollte die Augen, um gleich darauf in laute Rufe des Entzückens auszubrechen, hatte er doch eine Entenmutter mit ihren sieben Jungen entdeckt. Bea, obwohl schwer mit ihrer Ruderei beschäftigt, konnte den Blick nicht von ihm wenden. Wie war er hinreißend, wenn er sich freute. Sein Gesicht hatte dann etwas unendlich Sanftes, Kindliches, war irgendwie von innen erleuchtet. Es schüttelte ihn richtig vor Vergnügen. »Nein, sind sie niedlich. Und so zutraulich. Ich liebe die Vögel mit ihrer Sehnsucht nach Freiheit, der Gabe, jederzeit aufzubrechen und alles hinter sich zu lassen, ihrer Unabhängigkeit. Das haben sie uns Menschen voraus oder sagen wir Menschen wie dir.« Der zweite Vorwurf, registrierte Bea, die immer besser, immer gleichmäßiger ruderte, brav ein langsameres Tempo anschlug.

»Aber du willst ja nur Katzen.« Bravo. Vorwurf Nummer drei. Mit unbewegtem Gesicht zog Bea die Ruderblätter flach durchs trübe Wasser. »Vögel waren immer meine Lieblingstiere. Ganz sicher bin ich in einem früheren Leben ein Adler oder eine Möwe gewesen. La paloma. Ich habe das Zimmer, in dem du jetzt wohnst, am Anfang mit einer Vogeltapete ausstatten lassen, da nämlich ...« Er hielt inne,

betrachtete aufmerksam und auch ein wenig irritiert den Vogelschwarm um sich herum. »Nicht einmal Brot haben wir dabei. C'est bête. Daran hättest du wirklich denken können.«
Vorwurf Nummer vier. Nicolas übertraf sich heute selbst.
»Und trotzdem bin ich fröhlich und genieße die Sonne, das Wasser, die frische Luft«, lobte Bea sich selbst. »Das muß wohl ein Zeichen der Reife oder auch des Alters sein, daß man nicht mehr jedes Wort auf die Goldwaage legt. Soll er reden, was tut das schon? Ich liebe ihn, und er liebt mich. Allerdings, diese Andeutung hinsichtlich der Tapete ...«
Sie hing ihren Gedanken nach, während sie um die Insel ruderte, auf der sich Ausflügler sonnten, beschloß, eine perfekte Acht zu rudern, um dann exakt nach einer Stunde wieder in den Hafen einzulaufen. Nicolas würde über ihre Sparsamkeit entzückt sein.
»Sieh mal, unsere Kinder.« Aufgeregt wies sie auf ein Boot etwa zwanzig Meter entfernt von ihnen, das sich der Insel näherte. »Das ist doch nicht möglich. So klein ist Paris. Soll ich ihnen ein Zeichen geben oder das junge Glück besser nicht stören?«
Wohl besser keine Störung. Hugo, der Ruderer, in abgeschnittenen Jeans und einem grünen Hemd, hatte bereits am Inselufer angelegt und reichte Ulrike die Hand, um ihr aus dem Boot zu helfen. Sie griff nach einer Tasche, in der sich Michi befinden mußte.
»Aha, man zieht sich aus, um sich zu sonnen.« Nicolas setzte seine geschliffene Sonnenbrille auf, um besser sehen zu können. »Das T-Shirt auch, wie ich annehme. Sicher hat Ulrike einen sehr hübschen Busen.« Er nickte anerkennend mit dem Kopf.
»Womit du dich so beschäftigst!« Bea ruderte hastig weiter. Einerseits freute sie sich, daß Ulrike sich offenbar gut

amüsierte, andererseits störte sie Nicolas' Bemerkung. Ulrike war schließlich noch ein Kind.

»Natürlich nicht so schön wie deine entzückenden kleinen Brüste, mon amour«, setzte Nicolas nach einer kleinen Weile mit Honigstimme hinzu. »Sie sind in der Tat einmalig. Kannst du noch, Chérie? Oder soll ich dich ablösen? Un moment, ich gebe dir meinen Pullover, du zitterst ja wie ein Blatt im Wind.«

Trotzig schüttelte Bea den Kopf, rackerte sich weiter ab mit dem Ruder. Die Begegnung mit Ulrike hatte sie bewegt.

Punkt dreizehn Uhr fünfundzwanzig – genau neunundfünfzig Minuten nach dem Start – liefen sie wieder im Bootshafen ein. Dort kam es noch zu einem kleinen Zusammenstoß mit der Uferbefestigung, den Nicolas nach Beas Meinung etwas zu ausführlich mit dem Bootsverleiher diskutierte! »Mon amie, la petite allemande, toujours un peu trop forte. Hahaha.« Das war seine Rache dafür, daß sie ihn nicht an die Ruder gelassen hatte.

»Laufen wir noch ein bißchen?« Sie nahm Nicolas an die Hand.

Er sah sie groß an. »Und das Déjeuner? Zu essen bekomme ich wohl gar nichts. Jetzt sind wir zwei Stunden unterwegs. Ich habe Hunger, großen Hunger.« Letzteres schrie er richtig.

»Aber wir haben doch erst gegen zehn ausführlich gefrühstückt«, lag es Bea auf der Zunge zu sagen. Sie unterließ es. Ein Franzose würde sich niemals damit einverstanden erklären, eine Mahlzeit ausfallen zu lassen, non, jamais! Auch Nicolas nicht, obwohl er sich so gern international gab. Und wenn es nur eine aufgeschnittene Tomate war und zwei Scheiben Schinken, die er zu sich nahm, das Ganze mit einer Flasche Wasser – er machte eine kleine Zeremonie daraus, hatte das Gefühl, zu dem Riesenheer der déjeunierenden Franzosen zu gehören, kein Außenseiter zu sein. So begann auch die Planung eines Tages mit der Frage: »Wo essen wir?«, alles andere gruppierte sich herum. Nicht eine Partie Golf war wichtig, sondern das Essen davor oder danach, wobei lange und breit die Qualität des entsprechenden Restaurants diskutiert wurde.

Da kein Bistro in der Nähe war, kehrten sie in die Wohnung zurück, wo Bea zwei tiefgekühlte Hacksteaks in die Pfanne warf, während Nicolas – mit gewechseltem Hemd – sich um den Wein und das Dessert kümmerte. Komisch, was Fertigprodukte betraf, waren die Franzosen viel weniger pingelig, als Bea das angenommen hätte. So aßen sie ohne Murren die rötlich fettige Sauce aus der Flasche, die man hier in allen Lokalen über den grünen Salat oder den Salat frisée kleckste, tauten sich Fische oder Pizzas auf. Walter, obwohl kulinarisch von seiner Frau nicht gerade verwöhnt, hätte nicht einen Bissen davon angerührt. Doch Nicolas schmeckte das vorgefertigte Fleischpflanzerl sichtlich, hinterher aß er noch Brie-Käse und löffelte eine Crème caramel aus dem Becher. Dazu tranken sie ausnahmsweise Rosé-Wein.

»Une sieste, une petite sieste avec ma belle maîtresse«, murmelte Nicolas weinselig, breitete voller Sehnsucht die Arme aus. Beinahe wäre er auf seinem Küchenstuhl eingeschlafen, so erschöpft war er. Und auch Bea fielen andauernd die Augen zu. Aber nein, ein Besuch auf dem Flohmarkt stand noch auf dem Sonntagsprogramm und – »Pläne müssen strikt eingehalten werden, das habe ich von meiner kleinen deutschen commandeuse gelernt. N'est-ce pas?« Bea konnte nur müde nicken.

Zweimal war sie bereits allein aufgebrochen, um den Pariser Flohmarkt, den berühmten »marché aux puces«, kennenzulernen, jedesmal war sie enttäuscht zurückgekehrt. Sie hatte sich, nach alldem, was sie darüber gelesen hatte, Tische und notdürftig errichtete Buden unter freiem Himmel vorge-

stellt, wo die Händler ihre Waren anboten; unentdeckte Schätze zu einem sagenhaft billigen Preis. Vielleicht, daß sie dort den Kauf ihres Lebens machte, eine unbekannte Degas-Skizze etwa oder auch nur die fantastische Kopie einer Seine-Landschaft von Seurat. Drehorgeln dudelten in ihrer Vorstellung, und eine neue Piaf sang sich das Herz aus dem Leib. Nichts dergleichen. Nur Schwarze von der Elfenbeinküste, die Holzplastiken um sich aufgebaut hatten, Türkinnen mit einem größeren Angebot an Strickmützen und verwaschenen Kinderjeans, Chinesen mit den bekannten Kitschfiguren. Und die berühmten skurrilen französischen Typen? Die hatten auf einem Tisch vor sich eine Auswahl an Küchenmessern liegen, dazu Schöpfkellen und Rührlöffel aus Holz. Das war schon alles. Ansonsten hatte sie nur kleine sündteure Geschäfte gefunden, wo es schöne Antiquitäten und nicht ganz so schöne Bilder zum gleichen Phantasiepreis gab wie in der »Village Suisse« oder bei den »Antiquitaires du Louvre«. Da war der Portobello Market in London oder auch der römische Markt an der Porta Portese malerischer und auch lohnender.
»Nicht der Markt an der Porte de Clignancourt, sondern der an der Porte de Ouen ist richtig«, hatte sich Michel eingemischt, als Bea mit Nicolas das Problem diskutierte. »Madame, meine Frau hat dort ...«
Welche seiner vielen? War er nun noch verheiratet oder mit welcher Freundin lebte er augenblicklich zusammen? Michels Privatleben entwickelte sich immer komplizierter. Neuerdings verbrachte er viel Zeit in einem Blumengeschäft, wo Nicolas immer einmal wieder rote Rosen für Bea bestellte. Dort bediente eine kokette kleine Brünette.
Also Porte de Ouen, wo sich durch Zufall sogar ein Parkplatz fand. Auf der Suche nach der richtigen Atmosphäre schlängelten sie sich an auf dem Boden hockenden Arabern vorbei, die vor sich ein Taschentuch mit ihren Habseligkei-

ten ausgebreitet hatten. Von allen Seiten stieß und drängelte es.

»Attention, ton sac«, warnte Nicolas. Er hatte sich für den Flohmarkt umgezogen, trug zu dem Lodenmantel, den Bea ihm zum Geschenk gemacht hatte, aus unerfindlichem Grund einen breitrandigen Sombrero. Damit sah er aus wie ein südamerikanischer Pflanzer, betonte das noch durch eine dicke schwarze Zigarre. »Außerdem – s'il-te plaît – ich brauche deine Hand. Gibst du mir nicht deine Hand? Nein? Darf ich deine Haut nicht fühlen?«

Artig gab Bea erst ihre Hand und hängte sich dann die Tasche vor den Bauch, um sie besser im Auge zu haben. Also – der richtige Flohmarkt war das auch noch nicht. Nichts als Tische, auf denen Gürtelschnallen, Halstücher, Ohrringe und ähnlich billiger Kram angeboten wurde, wie man ihn vor jedem Kaufhaus rund um den Gare Saint Lazare fand, dazu fahrbare Schnellimbisse, aus denen der Geruch nach gebratenen Zwiebeln und abgestandenem Fett drang. Endlich zweigten kleine Straßen nach links ab.

Jetzt wurde es schon interessanter. Nach einer schäbigen Jeans- und einer Leder-Passage, wo Nicolas überraschend anhielt: »Pom, ich kaufe dir, wenn du willst, eine Jacke. Da, gefällt dir nicht die schwarze?« – Er hatte heute einen überaus schlechten Geschmack oder war er nur von den Discountpreisen fasziniert? – stießen sie auf malerische kleine Lädchen, in denen es Spaß machte, zu kramen. Nach alten Puppen und anderem Spielzeug, nach Silbersachen und auch nach Drucken und Bildern. Bea schwindelte es, sie fühlte sich in ihrem Element. Was für eine Auswahl! Vielleicht fand sie jetzt endlich die zwei, drei Bilder, die ihr noch für ihr, ach, es war doch Olimpias Zimmer fehlten. Es mußten durchaus keine Originale sein, doch sie ansprechen, Wärme ausstrahlen, ihre Phantasie anregen.

Zu ihrer tiefen Enttäuschung sah sie nichts als billige Kleck-

sereien im Stil des Impressionismus. So sehr sie die großen Meister des Impressionismus liebte, auf einmal konnte sie es nicht mehr ertragen, das kunterbunte Farbflirren der Provence, Seerosen wieder und wieder, Frauen mit Sonnenschirmen, die unter blühenden Bäumen spazierten, besonders wenn es so lieblos heruntergemalt war wie hier.
»Oh, formidable!« Nicolas hob enthusiastisch beide Arme. Um ein Haar wäre ihm die Zigarre aus dem Mund gefallen. »Chérie, dieses Bild schenke ich dir. Eine Gasse in Paris, wahrscheinlich auf dem Montmartre, mit Boucherie, Epicerie und einem schmutzigen kleinen Hotel. Siehst du die poule, die an dem Laternenpfahl lehnt? Das gefällt mir, das reizt mich, das hat Atmosphäre. Ça m'excite.«
Bea, ihr Täschchen wie die Geldtasche eines Schaffners um den Hals gehängt, antwortete nicht. Sie hatte das Bild eines Fischers enteckt, der traumverloren an einer Böschung saß und die Angel in den Fluß hängte. Bestimmt war der Maler kein bekannter Künstler, vielleicht nicht einmal ein großer, aber irgend etwas Besonderes hatte es, das Bild.
»C'est comment?« fragte sie den Händler, einen mageren jungen Mann mit schulterlangem Haar.
»Un moment, Madame.« Er drehte das Bild herum. »Zwölfhundert, ich gebe es Ihnen für tausend.«
Tausend Francs? Das waren etwa dreihundert Mark. Nicht viel, soviel zahlte man auch für einen guten Druck. Und das Bild war bereits gerahmt.
»Bien, ich nehme es. Packen Sie es mir sorgfältig ein. Nicolas, gefällt es dir?« Glückstrahlend wandte sie sich um. Der sah sie aus zusammengekniffenen Augen an, was ganz und gar komisch zu seinem Sombrero aussah, der sonst sehr attraktiv sein ausdrucksvolles Profil betonte. »Un pêcheur? Das soll wohl Walter sein? Du kaufst es, um eine Erinnerung an Walter zu haben. Bon, wie du willst. Ich sage nichts, kein Wort, aber ich finde es nicht sehr höflich.

Naturellement, tu es libre, du kannst tun, was du willst ...« Er sprach sich mehr und mehr in Zorn und Enttäuschung hinein, hörte gar nicht mehr auf. »Du kaufst dir deinen pêcheur, ich mir la poule. Chacun à son goût.«
Bea blieb stehen. Kummer schnürte ihr die Kehle zu. Sie konnte kein Wort mehr hervorbringen, so enttäuscht war sie. Warum war er so, ihr Nicolas? Er konnte ein Engel sein, ein Heiliger, wie ein Vater, ihr bester Kamerad, der all ihre kleinen Sorgen verstand, sie beruhigte und tröstete, und dann, mit einemmal, verletzte er sie, wie sie niemand jemals zuvor verletzt hatte. Tränen traten ihr in die Augen.
»Nicolas!« Sie berührte seinen Arm.
»Was willst du? Komm, kauf dein Bild, beeil dich. Ich will einen Kaffee. Soll ich vielleicht den ganzen Nachmittag herumstehen? Was kostet diese Pariser Szene? Was sagen Sie? Achtzehnhundert? Fünfzehnhundert, keinen Franc mehr. Ja, ja, sie ist sehr hübsch«, er bemühte sich um ein Lächeln, »aber wer, junger Mann, hängt sich schon eine Prostituierte in den Salon? Und du, Bea, hast du bezahlt?«
Bea schüttelte den Kopf. »Ich nehme das Bild nicht. Es interessiert mich nicht mehr.«
»Natürlich nimmst du es, du mußt doch Walter um dich haben. Aber ich bezahle es nicht. Ist das klar?« Er sah ihr mit verwundeten Augen ins Gesicht.
Schweigend bezahlte Bea, sie wagte nicht zu widersprechen. Mit gesenktem Kopf trottete sie hinter Nicolas her, der sich sein Bild unter den Arm geklemmt hatte und keine Miene machte, ihr beim Tragen zu helfen. Ein schöner Sonntagnachmittag! Und dabei hatte alles so friedlich begonnen. Was habe ich eigentlich falsch gemacht, grübelte Bea, während sie sich durch das Gedränge, das immer dichter wurde, einen Weg bahnte. Daß ich mir ein Bild kaufen wollte, auf dem zufällig ein Angler war?
»Nicolas«, fing sie wieder an.

Er tat, als ob er nicht verstand. »Da, dort ist ein Café. Ist es zumutbar, daß du mir eine Sonntagszeitung kaufst, während ich inzwischen zwei Plätze suche? Ich will die neuesten Rugby-Ergebnisse wissen.«
»Es ist zumutbar«, gab sie patzig zurück. Plötzlich hatte sie es satt, wie ein unartiges Kind behandelt zu werden. Was fiel ihm eigentlich ein, ihr eine solche Szene zu machen? Bei Olimpia hätte er das sicher nicht gewagt, die war seine Heilige, sein unantastbarer Schatz. Sie rauchten, tranken ihren Kaffee, starrten schweigend vor sich hin.
»Wo willst du das Bild hinhängen?« fragte Nicolas nach einer kleinen Weile. Es klang frostig.
Bea überlegte, ob sie ihm eine Antwort geben sollte. »In mein Zimmer in München natürlich«, sagte sie dann.
»O, très intéressant.« Er richtete sich erstaunt auf. »In München. Du richtest dir dort deine Wohnung neu ein, bereitest dich auf deine Zukunft vor. Paris kann dir ja nichts bieten.«
»Das habe ich nicht gesagt«, gab Bea heftig zurück. »Ich habe gar nichts gesagt und getan, gar nichts. Ein Bild gekauft, das war alles. Wenn ich es in Paris aufhänge, machst du mich fertig, weil du glaubst, ich will Walter um mich haben, obwohl das purer Blödsinn ist. Und wenn ich von München spreche, unterstellst du mir Pläne für die Zukunft, die nichts mit dir zu tun haben. Eine schwierige Situation.«
»Sehr schwierig«, kommentierte Nicolas. Er hatte den Sombrero abgenommen und fuhr sich mit der Hand durchs Haar. »Ungeheuer schwierig sogar. Armes Mädchen. Noch viel schwieriger, einen so schrecklichen Menschen wie mich zu heiraten. Aber davon willst du ja nichts wissen, seit Monaten ist nicht mehr die Rede davon.«
»Nicolas.« Sie sah ihm in die Augen, die so groß, so schön, so meerblau waren wie immer, doch voller Trauer. Einer

Trauer, die sich in Aggression äußerte. Wie gern hätte sie ihm geholfen, aber sie konnte nicht. Er war nicht in der Verfassung, sich helfen lassen zu wollen. »Im Augenblick haben wir doch andere Sorgen, ich mit Ulrike, du mit deiner Familie. Außerdem – der Tod von Walter liegt noch nicht lange zurück. Ich kann, ich kann im Augenblick nicht. Es wäre gegen meine Natur. Aber das geht vorüber, ich schwöre es dir. Und dann ist da noch ...« Sie hielt inne.
»Wer?« Er musterte sie mißtrauisch. »Was?«
Sie nahm all ihren Mut zusammen. »Olimpia. Sie steht zwischen uns.«
Er schwieg, sagte kein Wort. Und endlich flüsterte er: »Das bildest du dir ein, willst du dir einbilden. Eine fixe Idee von dir.« Mit zusammengekniffenen Lippen winkte er dem garçon, ihm die Rechnung zu bringen, nahm seinen Hut und sein Bild und verließ das Café. Wie er so dahinschritt, ohne sich ein einziges Mal nach ihr umzusehen, die breiten Schultern gut eingepackt im Lodenmantel, der ihm so vorzüglich stand, mit seinem leicht wiegenden Gang, die Frauen, die Männer ihn mit neugierigen Blicken streiften, wurde es Bea ganz elend zumute. Vielleicht hatte sie ihn schon verloren und wußte es nicht. Vielleicht würde es niemals wieder so zwischen ihnen sein wie all die Wochen und Monate zuvor. Vielleicht hatte er von ihr jetzt endgültig genug.
Sie wollte es nicht, aber sie begann zu weinen. So laut und so hemmungslos, daß sich die Leute nach ihr umdrehten. Auch Nicolas blieb stehen, wartete, bis sie auf seiner Höhe angekommen war.
»Aber was ist denn, Chérie?« Er beugte sich zu ihr herunter. »Weine doch nicht. Sieh, all die Leute ...«
»Du liebst mich nicht mehr«, preßte Bea schluchzend hervor, »ich fühle es genau.«
»Ich liebe dich nicht mehr? Aber, mon amour, Pom, du bist

es doch, die nichts mehr von mir wissen will. Hör auf zu weinen, ich bitte dich. Zwischen uns ist alles gut.«
»Ich kann nicht«, weinte Bea weiter. Sie konnte wirklich nicht. Zuviel hatte sich in ihr angestaut. Nicht nur Nicolas' oft so schwieriges Verhalten, auch die Erkenntnis, daß sie ihm nicht gerecht wurde, ihn nicht verstand, er sie immer würde leiden lassen. Wie lange konnte sie das noch ertragen?
»Mon bébé, mon choux, mon petit oiseau.« Er nahm ihr das schwere Bild ab, klemmt es mitsamt dem seinen zwischen seine Beine. »So viele Tränen, ein so trauriges Herz. Entschuldige, bitte, entschuldige, ich war schrecklich, ich weiß, fürchterlich. Aber so bin ich doch nur, weil ich eifersüchtig bin. Auf deine Vergangenheit, deine Zukunft, alles. Versteht meine petite chatte das?« Er beugte sich tiefer zu ihr herunter, berührte ihr Ohr mit der Zungenspitze, küßte jeden Zentimeter ihres Gesichts.
Bea dachte nach. »Nein«, sagte sie dann, »das verstehe ich nicht.«
Er seufzte, löste seine Lippen von ihr, begann dafür zart ihre Wangen zu streicheln. »Weil du nicht eifersüchtig bist, sondern vernünftig. Aber ich, Pom, ma Pom, ich bin ein jaloux. Qu'est-ce que tu veux? C'est mon problème.« Er zuckte blitzschnell mit den Schultern. »Ich liebe dich. Ja, mon chou, ich liebe dich. Infiniment. Und ich bin so glücklich, daß es dich gibt. Weine jetzt nicht mehr, ma petite, ich bitte dich. Niemals mehr will ich dir wehtun, ich schwöre dir das. Ab heute ändere ich mich. Ehrenwort.« Er wiegte sie in seinen Armen, bedeckte ihr Haar mit Küssen. Dabei war es ihm völlig egal, daß die Leute stehenblieben und die beiden erstaunt musterten, die weinende Frau in dem viel zu großen blauen Lederblouson (er gehörte Nicolas) und den mächtigen Mann mit Sombrero und Lodenmantel. Er war gerade mit seiner Liebe im Paradies.

12

Das Bild mit dem Angler blieb in Paris. Nicolas hängte es noch am Abend eigenhändig auf, allerdings in eine Ecke. »Das genügt. Für die große Wand werden wir etwas anderes finden. Und jetzt willst du vielleicht Ulrike besuchen, nein? Du mußt ihr doch vom Flohmarkt erzählen. Ich bereite inzwischen für euch beide ein choucroute vor, ein choucroute à la française, also nicht derb deutsch, sondern fein mit Champagner. Robert darf von dem schönen Fleisch essen, das ich dazu gekauft habe.«
Wenn der Kater überhaupt etwas zu sich nahm. Seine Zahnspange im Mäulchen saß nicht mehr fest, bereitete ihm beim Fressen anscheinend Schmerzen, denn er verweigerte immer öfter die Nahrung, verkroch sich stundenlang in eine Ecke. Nicolas, der das nicht länger mitansehen konnte, hatte ihn für den nächsten Tag in der Tierklinik angemeldet. Dort sollte ihn der berühmteste Tierarzt von Paris operieren.
Leichtfüßig lief Bea die schmale Treppe zum Mädchenzimmer hinauf. Wie gut, daß die Krise mit Nicolas wieder bereinigt war, sie konnte einfach nicht in Unfrieden leben. Aber es war nicht leicht mit dem Mann, nein, bei Gott nicht. Viele, viele Nerven würde er sie noch kosten, von den Tränen ganz zu schweigen. Besaß sie die Kraft, das auf Dauer mitzumachen?
Hinter einer der Türen miaute es. Dort wohnte, wie Bea wußte, ein kleiner Siamkater, der sehnsüchtig sein Frauchen erwartete, eine Arzthelferin, die den schönen Sonntag wohl mit ihrem Freund außerhalb von Paris verbracht hatte. Um

diese Stunde drängten sie alle zurück aus den Vororten, der Campagne, der wenig ansprechenden Umgebung von Paris, die Bürger der Stadt, wo sie üppig gegessen und getrunken und vielleicht einen kleinen Spaziergang unternommen hatten, zurück in die City. Morgen begann wieder der Alltag in der lauten, von Abgasen erfüllten Stadt. Trotzdem war Paris so schön, einfach unvergleichlich. Das erstemal wohl, daß sich Bea hier wie zu Hause fühlte, vielleicht, weil sie ihren Sonntag ganz auf Pariser Art verbracht und sich mit Nicolas versöhnt hatte.
»Ulrike, ich bin es, Mama.« Sie klopfte an die Tür. Einmal, zweimal. Nichts rührte sich, nicht einmal das Baby weinte. War Ulrike also noch nicht zurückgekehrt und aß mit Hugo noch irgendwo außerhalb? Eigentlich war es nicht gut für das Baby, wenn es so unregelmäßig zum Schlafen kam. Oder hatte Marie-Louise sie zu sich eingeladen?
Etwas weniger leichtfüßig stieg Bea zur Küche hinunter. Irgendwie fühlte sie sich enttäuscht. Wie gern hätte sie Ulrike beim Essen gegenübergesessen, besonders nachdem Nicolas dieses choucroute zubereitet hatte, das bestimmt délicieux war. Bea lächelte. Jetzt fing sie auch schon an, französische Vokabeln in ihr Deutsch zu mischen, es ergab sich von ganz allein. Bei anderen hatte sie das immer kritisiert.
Das Sauerkraut köchelte auf dem Herd vor sich hin. Der Tisch war gedeckt, für vier. Neben Ulrikes Teller hatte Nicolas ein Tellerchen hingestellt, das war für Michi. Und unter dem Tisch stand, ebenfalls auf einem kleinen Tellerchen, Roberts Fleisch. Wie er doch an alles dachte, ihr Nicolas. Er überlegte, ließ sich etwas einfallen, Lustiges oder Liebes, nichts war ihm zuviel.
Im Salon hörte sie seine Stimme. Er schien zu telefonieren, mit seiner Familie möglicherweise, wie er es oft tat, wohl um sein Gewissen zu beruhigen. Sie hatte nichts dagegen,

hätte an seiner Stelle das gleiche getan, ging auch immer aus dem Zimmer bei diesen Gesprächen, obwohl er das niemals verlangte. Nur seltsam, heute klang seine Stimme ganz anders als sonst, viel weicher, zärtlicher. Sprach er mit einem kleinen Mädchen, einer seiner Nichten?

Auf Zehenspitzen schlich sie näher. Nicht um zu lauschen, nein, ganz gewiß nicht, es interessierte sie nur einfach alles, was mit Nicolas zusammenhing. Vorsichtig preßte sie ihr Ohr gegen die geschlossene Tür. Und dann mit einemmal wußte sie, warum seine Stimme so anders klang. Er sprach spanisch. Und er sprach – Bea hielt den Atem an – mit Olimpia. Ein Mißverständnis war ausgeschlossen, gerade hatte er ihren Namen ausgesprochen.

Das war infam. Mit weichen Knien schlich Bea in die Küche zurück, ließ sich auf einen Stuhl fallen. Infam? Nein, viel schlimmer. Das war verlogen. Da verdarb er ihr den ganzen Nachmittag mit einer Szene, der famose Herr, die völlig grundlos, völlig aus der Luft gegriffen war, mimte darauf kurz den Zerknirschten und besaß letztendlich die Unverschämtheit, sie hinauf in die Dachkammer zu schicken, um in Ruhe mit seiner großen Liebe telefonieren zu können. Infam.

Wie gelähmt saß Bea auf ihrem Stuhl. Ohne sich zu rühren, ließ sie das Sauerkraut anbrennen, das Kartoffelwasser überkochen, ja, sogar Robert sich übergeben und dann hingebungsvoll in seinem Kästchen kratzen, um ein zweites kleines Malheur zu verscharren. Sie fühlte sich zu gar nichts fähig. Erst als Nicolas mit rotem Kopf vor ihr stand und sie etwas verwundert fragte, warum sie nicht wenigstens die Herdflamme abstellte, wo er sich doch soviel Mühe mit dem Essen gegeben hatte, hob sie langsam den Kopf. »Ich konnte nicht.«

»Und warum nicht?« Er versuchte seine Gereiztheit zu zügeln, griff nach einem Lappen, um das Kartoffelwasser aufzuwischen. »Hattest du nicht einmal einen Blick für den armen Robert? Das hat er wahrhaftig nicht verdient, wenn ich auch verstehe, daß du auf mich noch wütend bist. Nun, macht nichts. Ich schütte das choucroute in einen anderen Topf.«

»Du hast mit Olimpia telefoniert«, sagte Bea langsam. »Lüge nicht, ich weiß es.« Das Herz tat ihr weh über seinen Verrat.

Nicolas wischte und wischte und wurde gar nicht mehr fertig damit. Das Wasser vom Herd, die Tropfen in der Spüle, schließlich Roberts Spuren.

»Bon, ich gebe es zu. Ich habe mit ihr telefoniert. Sie hat heute Geburtstag.« Er wischte weiter.

»Herzlichen Glückwunsch«, sagte Bea bitter. »Ich hoffe, du hast auch von mir gegrüßt. Hast du das?«

»Habe ich nicht, denn ich will ihr nicht wehtun. Sie wird wissen, daß ich inzwischen eine andere Liebe habe. Bestimmt haben ihr das all die schwatzhaften, neugierigen Weiber, die dich hier gesehen haben, hinterbracht, aber ich muß sie nicht mit der Nase darauf stoßen.«

»Weil du sie noch immer liebst.«

Kein Wort. Nicht oui, nicht non, gar nichts. »Ich liebe dich«, sagte Nicolas nach einer kleinen Weile mit heiserer Stimme. »Das eine ist vorbei, das andere ist heute. Très simple, n'est-ce pas? Und wer«, er versuchte einen scherzhaften Ton anzuschlagen, »hat mir erst heute gesagt, daß er nicht eifersüchtig sei? War das nicht ein vorwitziges kleines Mädchen namens Pom?«

»Das ist keine Eifersucht«, widersprach Bea. »Ich möchte nur Klarheit über deine Gefühle haben, das ist alles.« – War keine Eifersucht? Und warum bäumte sich dann alles in ihr auf? »Aber die bekomme ich nicht. Nie, und wenn ich dich auf Knien darum bitte. Darum ist alles umsonst.«

Nicolas wurde leichenblaß. »Was ist umsonst?« fragte er tonlos.
Bea holte tief Luft. Wenn sie auch voller Wut und Enttäuschung war, sie durfte jetzt keinen Fehler machen, sonst konnte sie im wahrsten Sinne des Wortes auf der Stelle einpacken. Andererseits war sie nicht bereit, weiterhin Kompromisse zu machen. Jetzt ging es um alles.
»Unsere ...«
»Möchtest du nicht vielleicht die Tür öffnen? Es hat geläutet, und meine Hände sind feucht«, wurde sie, ehe sie das schicksalhafte Wort »Liebe« aussprechen konnte, von Nicolas unterbrochen. Sein Gesicht war so fahl, daß die Lippen darin wie geschminkt wirkten.
Die Tür öffnen? Für eines seiner Familienmitglieder oder vielleicht eine schöne Frau aus seiner Vergangenheit, die alte Erinnerungen auffrischen wollte? Widerwillig ging sie durch den Korridor.
»Mama! Oh, Mama!« Eine völlig entnervte, völlig erschöpfte Ulrike warf sich ihr in die Arme, übergab ihr die Tasche mit dem Baby, das friedlich schlummerte. Erst als Bea, entsetzt über den Anblick der Tochter, die Tasche unsanft auf dem Boden aufsetzte, begann Michi zu schreien. Bea ließ ihn schreien. Ulrike war jetzt wichtiger.
»Aber, mein Liebling, was ist dir denn passiert? Du blutest ja. Und dein Auge! Wie schrecklich! Hat dir jemand einen Faustschlag versetzt? Doch nicht – Hugo?« In dieser Familie war alles möglich.
»Hugo?« Ulrike starrte sie entsetzt aus einem geschwollenen Auge an. »Der doch nicht. Wie kommst du darauf? Nein, der wäre ganz außer sich, wenn er wüßte, was passiert ist. Du sagst ihm nichts, nicht wahr, Mama? Er nimmt alles so schwer.« Sie packte ihre Mutter fester am Arm.
»Dazu müßte ich erst mal wissen, was eigentlich passiert ist.

Komm herein, mein Kleines, nimm vielleicht erst mal ein Bad, beruhige dich. Dann sehen wir weiter. Aber was ist das? Deine Bluse ist ja ganz zerrissen. Und da ... das Knie! Voller Blut! Liebling, wo ist deine Tasche?«
»Geklaut. Das ist es ja.« Ulrike begann zu weinen. Mit schmutzigen Fingern fuhr sie sich übers Gesicht und versuchte die Tränen wegzuwischen. »Man hat mich überfallen. In der Metro. Dabei bin ich sogar erster Klasse gefahren. Scheiß-Paris!«
»Und dein Paß?« Der Paß war immer das Wichtigste.
»Hatte ich nicht dabei. Gott sei Dank. Keinen Paß und keinen Führerschein und keine Scheckformulare. Aber dafür ist mein ganzes Geld futsch. Und das goldene Armband von Oma, das ich während des Sonnenbads abgelegt hatte und vor der Heimfahrt in die Tasche räumte.«
Schade! Das Armband von Walters Mutter war ein altes, besonders filigranes Familienstück, das an gehäkelte Spitze erinnerte und mit vielen winzigen Brillantsplittern übersät war. Bea hatte es Ulrike nur überlassen, weil sie sich mit ihrer Schwiegermutter nicht so besonders gut verstanden hatte und Ulrike eine schöne Erinnerung an ihre Oma haben sollte. Nun war der Schmuck weg.
»Die Hauptsache ist, daß dir nichts Schlimmes passiert ist und vor allem auch dem Baby nicht.« Jetzt wurde Bea allmählich klar, in welcher Gefahr Michi geschwebt hatte. Und er hatte friedlich wie ein Engel geschlafen, der Süße. In Gedanken tat sie ihm Abbitte für ihre gelegentliche Ungeduld. »Komm, Kind, zieh meinen Bademantel an und versuche dich zu entspannen. Nicolas hat extra für dich ein choucroute vorbereitet, das zwar«, sie mußte lächeln, »durch ein Mißgeschick angebrannt ist, aber trotzdem noch genießbar. Willst du erst essen oder lieber ein Bad nehmen?«
»Essen, bitte sehr. Und mit Nicolas sprechen.« Mit hängen-

den Schultern folgte Ulrike ihrer Mutter in die Küche, wo Nicolas Kartoffeln schälte, immer noch mit sehr blassem Gesicht. Er hatte Ulrikes Erzählung halb mitbekommen.

»Ma pauvre petite«, begrüßte er das junge Mädchen, gab ihm einen Kuß. Bea, die in ihrem Zimmer Michi aus den Windeln pellte, hörte es durch die offene Tür. »Du hast ja Schreckliches durchgemacht. Aber irgendwie ist es auch deine Schuld. Wie oft habe ich dir und deiner Mutter gesagt, nicht die Metro zu nehmen, schon gar nicht abends.«

»Aber ich konnte kein Taxi bekommen, obwohl Marie-Louise es fast eine halbe Stunde lang probiert hat. Sonntagabend in Paris, da ist es noch aussichtsloser als sonst, die totale Katastrophe. Ich war nämlich bei deiner Frau. Deiner von dir getrennt lebenden Frau«, berichtigte sie schnell. Bestimmt mit Rücksicht auf Bea, was diese rührte.

»Schön, sehr schön«, stimmte Nicolas zu und öffnete mit lautem »Plob« eine Flasche Rotwein. »Wir haben dich auf dem See im Bois de Boulogne gesehen, deine Mutter und ich. Wir ruderten gar nicht weit von dir. Aber wir wollten euch nicht stören, außerdem war deine Mutter zu sehr mit dem Rudern beschäftigt.«

»Schuft«, murmelte Bea, zog Michi ein neues Hemdchen über. Er lachte sie fröhlich an.

»Ihr habt uns gesehen? Auf der kleinen Insel habe ich mit Hugo und dem Baby den ganzen Nachmittag verbracht. Es war fantastisch. Schau mal hier, meinen Sonnenbrand. Nur schade, daß man im See nicht baden kann.«

»Nein, denn er ist künstlich, das Wasser erneuert sich nicht«, dozierte Nicolas.

»Später haben wir dann bei Marie-Louise Tee getrunken. Das ganze Haus war voll. Thierry kam vorbei und die kleine Chinesin, dann noch ein paar Freunde aus Südamerika. Sie haben Musik gemacht, und Marie-Louise hat einen Rum-

punsch dazu gereicht. Ich wäre gern noch länger geblieben, so gemütlich war es, aber das ging wegen Michi nicht. Hugo wollte mich nach Hause fahren, doch sein Auto sprang nicht an. Und da wir kein Taxi bekommen konnten, habe ich eben die Metro genommen. Und dann dieser Überfall. Es war fürchterlich.« Ihre Stimme versagte. Sie begann kläglich zu weinen. »Nicolas, einfach fürchterlich!«
Bea konnte das nicht länger mit anhören. »Und warum hat dich Hugo nicht in der Metro bis nach Hause begleitet?« Mit einem Ruck riß sie die Küchentür auf. »Das ist doch wohl die Aufgabe eines Kavaliers. Besonders wenn man weiß, wie gefährlich es im Metrobereich ist.«
»Er hatte doch all die Freunde«, nahm Ulrike den jungen Mann in Schutz, während Nicolas etwas plan- und ratlos »le petit chou« murmelte. Das bezog sich mit Sicherheit auf Hugo, seinen Sohn, und nicht etwa auf Michi, Beas Enkel.
»Freunde, Freunde. Das waren ja noch sein Bruder, seine Mutter und wahrscheinlich seine Schwester, die sich um die Freunde kümmern konnten. Ist mir auch egal, interessiert mich nicht. Jedenfalls finde ich es unverantwortlich, eine junge Mutter mit Kind auch nur den Metrobahnhof allein betreten zu lassen. Unverantwortlich!«
Je mehr sie darüber nachdachte, umso wütender wurde sie.
»Il ne se faut pas exagérer«, hörte sie Nicolas leise sagen. Das hieß auf gut deutsch »Keinen Grund, sich aufzuregen« und war bei allem Humor eine Unverschämtheit. Aber so waren sie, die de la Litonnières: von sich eingenommen, hochfahrend, egoistisch bis zum Gehtnichtmehr. Zwar äußerlich von umwerfendem Charme und blendender Liebenswürdigkeit, aber dahinter ... Typisch für alle Franzosen oder nur für diese Familie?
»Waren es Farbige?« versuchte Nicolas abzulenken. »Ha-

ben sie dir die Tasche aus der Hand gerissen, oder was ist passiert?«

»Ich vermute, daß es Marokkaner waren. Drei Typen, einer mit einem Gesicht voller Pickel und einer grünen Nylonjacke. Der war der Schlimmste. Sie gingen, während ich auf meinem Platz in einem Buch las, an mir vorbei, und der Picklige nahm mir wie nebenbei die Tasche aus der Hand. So ganz selbstverständlich. Beziehungsweise – er versuchte es, aber ich gab sie nicht her. Da schlug er mir die Faust ins Gesicht. Ich rutschte vom Sitz. Als ich hochschaute, waren die drei mitsamt meiner Handtasche und Omis Armband verschwunden. Der Picklige lachte noch hinter mir her.« Bei der Erinnerung fing sie wieder an zu weinen.

»Ça c'est une honte. Eine Schande ist das in Paris. Keine Frau kann sich abends mehr aus dem Haus wagen.« Nicolas, ein Glas Wein in der Hand, redete sich in Rage. Vielleicht tat er das aber auch nur, um von dem Versagen seines Sohns abzulenken. »Marie-Louise wurde auch schon mal überfallen und Anya sogar mit dem Messer bedroht. Und die Umstehenden greifen aus Angst nicht ein. Kann man sogar verstehen. Nicht sehr lustig, ein Messer in die Brust zu bekommen. Mais non.«

»Was ist denn das für eine Auffassung?« empörte sich Bea. »Ich erwarte von einem Mann, daß er sich für eine bedrohte Frau einsetzt, es ist einfach seine Pflicht. Wie schäbig, immer nur an sich zu denken, seine eigene Haut als erstes retten zu wollen.« Und noch schäbiger, eine Metrofahrt zu scheuen und Ulrike mitsamt ihrem Baby mutterseelenallein ins Gefahrengebiet hinauszuschicken, fügte sie in Gedanken hinzu.

»Eh bien – was geschehen ist, ist geschehen. Daran läßt sich nichts mehr ändern. Ulrike, ma petite héroine. Iß in aller Ruhe mein choucroute, das ich speziell zu Ehren der kleinen bavaroise zubereitet habe, und dann gehen wir

beide zur Polizei. Die wird zwar nur mit den Schultern zucken und von hundert ähnlichen Vorfällen am heutigen Sonntag sprechen, aber versäumen sollten wir es trotzdem nicht. Sonst zahlt dir die Versicherung womöglich keinen Pfennig zurück. Kann ich servieren?«
Bea, den kleinen Michi auf dem Schoß, aß lustlos, was Nicolas ihr aufgab. Nicht, daß es ihr nicht schmeckte – das Sauerkraut war sogar ganz ausgezeichnet, doch war ihr der Appetit vergangen. Sie streichelte Robert, der sich in einem Anfall von Zärtlichkeit an ihre Beine schmiegte, als ahne er, was ihn morgen erwartete. Ulrike und Nicolas besprachen inzwischen ausführlich das schreckliche Erlebnis. Und kein Hugo, der anrief, um sich danach zu erkundigen, ob seine Freundin auch gut zu Hause angekommen war. Une honte! Jawohl, sehr geehrter Monsieur de la Litonnière mit den vielen Ordensbändchen, das war eine Schande! Und hatte nichts mit den desolaten Verhältnissen einer Metropole zu tun, sondern mit der charakterlichen Veranlagung eines verwöhnten Aristokratenjungen.
»Prost, ihr Lieben!« Ironisch lächelnd hob Bea ihr Bierglas.
»Salut.« Nicolas prostete zurück. Ahnte er, daß sie in einem Anfall lächerlicher Verzweiflung auf Olimpia anstieß, die viele, viele tausend Kilometer von hier entfernt ihren Geburtstag feierte, glücklich über den Telefonanruf ihres Geliebten?

13

»Monsieur le Président und seine schöne Eleonore sind von dir so begeistert, daß sie uns unbedingt zum Dîner einladen wollen. Bisher wehrte ich ab, weil du mit deiner Tochter zu beschäftigt warst, aber jetzt nach ihrer Abreise hast du ja mehr Zeit. Das Dîner findet am nächsten Dienstag statt. Zum Wochenende geht es nicht, weil Monsieur da ja, wie du weißt, zu seiner Familie zurückkehrt.« Nicolas, einen silbernen Drehbleistift in der gepflegten Hand, ging das Programm der kommenden zwei Wochen in seinem Terminkalender durch.

»Ja, ja«, sagte Bea nur. Am liebsten hätte sie abgelehnt, denn sie sah einen äußerst steifen, hochoffiziellen Abend auf sich zukommen, wo sich wieder alles um die Titel der mehr oder weniger ehrwürdigen Gäste und die Sitzordnung drehte, wo man das Essen, soweit es gut war, nicht loben durfte und die meisten Speisen lauwarm aufgetragen wurden. Doch Nicolas hätte eine Absage sehr übel genommen. Er war doch so stolz, feststellen zu können, daß man seine deutsche Freundin peu à peu in Paris akzeptierte. »Elle est très drôle« (sie ist drollig) oder »elle est sympathique« (sie ist sympathisch) lauteten die Komplimente, die man ihr machte. Von Eleganz oder gar Schönheit war nicht die Rede, eher noch von einem gewissen Charme. Das jedoch nur sehr vorsichtig, denn man gestand den »boches«, den respektierten und doch mit einem gewissen Mißtrauen betrachteten Deutschen, zwar Tüchtigkeit, Arbeitskraft sowie eine geradezu beängstigende Energie zu, doch keinen

Charme. Den, glaubten die Franzosen, hätten allein sie gepachtet.

»Kommt Anya auch?« erkundigte sich Bea, die Roberts langes Seidenfell bürstete. Dabei erfühlte sie ein paar Haarknoten, die sie kurzentschlossen herausschnitt. Seine Operation, die ein Heidengeld gekostet hatte – »alles ist teuer in Frankreich. Sogar ein Krankenhausbett für eine Katze!« hatte Nicolas gestöhnt und den Tierarzt einen Halsabschneider genannt – war gottseidank erfolgreich verlaufen. Jetzt trug der Kater eine neue Zahnspange im Mund, die hoffentlich nicht so schnell verrutschen würde.

»Nein, sie ist zu beschäftigt. Mais figure-toi, Chérie«, Nicolas stach lebhaft mit seinem Bleistift in die Luft, »daß Eleonore auch Marie-Louise einladen wollte. Oui, oui. Die beiden sind miteinander befreundet. Pom wird nichts dagegen haben, meinte das hübsche Kind. Sie nennt dich Pom, weil ihr der Name so gut gefällt. Ich sagte, bestimmt hättest du nichts dagegen, denn du seist frei von jeder Eifersucht, aber für mich sei die Situation etwas kompliziert. Das hat sie schließlich akzeptiert.«

»Ihre Situation ist nicht einfacher, oder?« grummelte Bea. Sie war nicht gerade allerbester Laune. Ulrike mit dem Kleinen fehlte ihr, ganz gewaltig sogar. Das alte Lied. Zwischendurch war ihr die Tochter auf die Nerven gegangen, manchmal hätte sie sie am liebsten ins nächste Flugzeug gesetzt, jetzt trauerte sie ihr nach. Ulrike war zufrieden nach München zurückgekehrt, um sich auf ihr Studium vorzubereiten, randvoll mit neuen Eindrücken, intensiv mit ihrer Liebe zu Hugo beschäftigt. Er wollte sie in den nächsten Semesterferien in Deutschland besuchen, bis dahin würden sie sich schreiben.

»Hat er sich nicht über dein blaues Auge gewundert?« konnte Bea sich nicht enthalten zu fragen.

»Erst ist es ihm nicht aufgefallen, dann hat er geglaubt, ich sei die engen Treppen hinuntergefallen. Komischerweise findet er es nicht in Ordnung, daß ihr mich in das Dachzimmer einquartiert habt. Aber das sagt er vielleicht bloß, um seinem Vater eins auszuwischen.«

»Ulrike, mein Kind.« Bea legte beide Hände auf die schmalen Schultern ihrer Tochter, sah ihr ernst in die Augen, die die Farbe des Pariser Morgenhimmels hatten. Ebenholzfarben fielen die schräggeschnittenen, mit farbigem Spray fixierten Ponyfransen darüber. Ulrike hatte sich einen mondäneren Look zugelegt. »Bitte, versprich mir eines. Vielleicht habe ich nach Papas Tod in eurer Erziehung versagt – schüttle nicht den Kopf, ich muß einiges falsch gemacht haben –, aber eines möchte ich dir sagen: Sei den Männern gegenüber nicht immer so alles verzeihend und auch – entschuldige, aber es ist wahr – so naiv. Du machst es ihnen zu leicht. Stell ruhig einmal Ansprüche, verlange etwas, andere Frauen tun das auch. Du bist so hübsch, daß du jeden Mann haben kannst. Glaub mir das, Liebling. Ich möchte, daß du endlich zu einem normalen, einem dir entsprechenden Leben findest.«

»Aber das finde ich doch vielleicht mit Hugo, warum nicht?« Unsicher zupfte Ulrike an ihren Haaren. »Er ist wirklich ein ganz besonderer Mensch, redet nicht so hochgestochen daher wie Ivo. Das hat mich an ihm immer gestört, aber irgendwie habe ich's weggedrängt. Und was heißt – ein dir entsprechendes Leben? Glaubst du, das Leben, das du hier führst, entspricht dir so ganz richtig?«

Darauf wußte Bea nun nichts zu sagen. Vor allem da Ulrike noch hinzufügte, sie fände, die Mami wirke in Paris irgendwie unfrei, wie bedrückt, in München sei sie eine ganz andere. Sollte sie ihr von Olimpia und Nicolas' unveränderter Liebe zu dieser Frau, die ihre Vorgängerin gewesen war, erzählen? Ulrike hätte die Hände über dem Kopf zusammengeschlagen und ihrer Mutter geraten, auf der Stelle die

Finger von Nicolas zu lassen. Aber das eben konnte diese nicht. Noch nicht.

»Bon, also Dienstag bei Eleonore.«

Bis dahin verbrachte Bea die Nachmittage mit langen Spaziergängen entlang der Seine, wo das Laub sich allmählich weinrot färbte und die billigen Paris-Drucke der Bouquinisten, mit Büroklammern aneinandergeklemmt, im sanften Septemberwind flatterten. Sie fütterte die Spatzen im Jardin du Luxembourg, freute sich über die artigen kleinen Mädchen in den wadenlangen Rüschenkleidern, die, bewacht von ihrer Bonne, mit Bällen spielten, durchstreifte die alten Viertel von Paris, die sie bisher immer ein wenig links hatte liegen lassen. Jetzt erst begann sie die eigentliche, die ein wenig verstecktere Schönheit der Metropole zu entdecken. Das waren keineswegs nur die breiten, von Autos durchrauschten Boulevards, der majestätische Triumphbogen, der Place de la Concorde mit dem Obelisken, Notre Dame – nein, das waren auch oder vor allem die wunderschönen versteckten Hotels rund um den Place des Vosges, von denen jedes einzelne seine Geschichte hatte, die verwinkelten Gäßchen auf dem Butte de Montmartre, die bürgerlichen Quartiers mit dem Boucher an der Ecke, der Boulangerie und der Bimbeloterie (was für ein Name!), das Universitätsviertel, um nur einiges zu nennen. Durch Zufall lernte Bea einen alten deutschen Professor kennen, der Kulturausflüge durch das vieux Paris organisierte, ihm schloß sie sich an. Weniger denn je verstand sie, daß das Hauptvergnügen der meisten Paris-Besucherinnen darin bestand, durch die Rue Faubourg St. Honoré oder die Avenue Montaigne zu flanieren, bei Chanel die Schaufenster zu inspizieren, wo es doch soviel Reizvolleres in der Seine-Stadt zu besichtigen gab.

Das war ihr, Beas, kleines privates Paris-Abenteuer, von dem sie Nicolas natürlich erzählte und an dem er auch, wie

er sagte, ab und zu gern teilgenommen hätte, oder nein, eigentlich immer (»mit dir Hand in Hand ... quel plaisir!«). Das tröstete und versöhnte mit vielem.
Doch dann kamen wieder die Pflichten, wie Adrienne dazu anhalten, endlich die Fenster zu putzen und die Küchenschränke innen auszuwischen, den Inhalt des Eisschranks unter Kontrolle zu halten und – die Einladung bei Eleonore und ihrem Geliebten.
Dienstagabend. Um jede Kritik auszuschalten, zog Bea ein marineblaues Kleid mit Goldknöpfen und weißem Bubikrägelchen über. Der Rock reichte bis zur Mitte des Knies. Eine Chanel-Kopie, sehr adrett, sehr artig, mehr gab es dazu nicht zu sagen.
»Hm.« Nicolas sagte auch nicht mehr dazu. Bis auf die Bemerkung, daß er doch jetzt endlich einmal mit Bea einen großen Shopping-Bummel unternehmen müßte. »Bei Laroche und Lepage geben sie mir Prozente, mindestens zehn.«
Er hatte als Gastgeschenk wunderschöne weiße Blumen und ein Riesenparfum – aus eigener Produktion – eingepackt. »Wenn man mir schon nichts mitbringt ... Ich jedenfalls will nicht als kleinlich gelten.«
Vorher gab es noch eine Auseinandersetzung mit Michel. »Nicht die erste«, wie sein Patron bemerkte, »neuerdings stellt er Ansprüche, ist mit seiner Stellung nicht mehr zufrieden. Mit seinem Gehalt natürlich auch nicht. ›Michel‹, habe ich zu ihm gesagt, ›es steht Ihnen frei zu kündigen. Aber eines versichere ich Ihnen: einen Chef, der sich Nachmittage lang nicht darum kümmert, was Sie tun, und Sie stundenlang von seinem Auto aus telefonieren läßt, finden Sie nicht so leicht wieder.‹«
Darauf verhielt sich Michel eine Zeitlang still, doch am Tag der Einladung begehrte er wieder auf. Nicolas' Anweisung, Bea und ihn gegen neun Uhr in die Wohnung von Eleonore

zu fahren, paßte ihm nicht. Es überzöge seine Arbeitszeit. »Dafür gibt es Gesetze, Monsieur.«
Er besaß den Mut, das zu sagen, obwohl Nicolas ihm gerade eine Flasche Champagner zu seinem Geburtstag geschenkt und Bea eine bildschöne Krawatte (aus dem Ricci-Club) beigesteuert hatte. Nicolas hatte eine längere, ernste Unterredung mit ihm. Das Ergebnis: Michel chauffierte, den Blick starr geradeaus gerichtet, und gab nur knappe Antworten.
Eleonores Appartement lag am Boulevard Raspail, in einem mächtigen, eleganten Haus aus der Jahrhundertwende, zum Eingang mußte man ein paar Stufen hinaufklettern. Klavierspiel perlte durch das Treppenhaus, während Nicolas und Bea auf den Fahrstuhl warteten, an den Wänden waren Spiegel angebracht, vor denen Bea rasch die Augen niederschlug. Wie gut, daß ein sanftes Dämmerlicht herrschte.
»Olalà, Eleonore empfängt uns mit dem Triumphmarsch aus ›Aida‹«, scherzte Nicolas, der sich bemühte, den Ärger mit Michel herunterzuschlucken. »Was für eine Frau! Könntest du das auch?«
»Natürlich. Ich habe fünf Jahre lang Klavierunterricht gehabt«, konterte Bea. »Allerdings nur mit mäßigem Erfolg.«
Nicolas machte große Augen. »Das wußte ich nicht, das hast du vor mir geheim gehalten. Pom mit ihren vielen Geheimnissen. Schweig, ich will nichts wissen. Gleich fängst du an, mir die Liste deiner Liebhaber herunterzurasseln. Willst du mir den Abend verderben? Bon soir, ma chère Eleonore. Comme tu es belle!«
Er begrüßte sie mit soviel Charme und Galanterie, daß es Bea einen empfindlichen Stich gab. Himmelherrgott, warum setzte er seine Unwiderstehlichkeit, wann immer es sich um eine schöne Frau handelte, nur so treffsicher ein? Und Eleonore war eine Beauté, o ja. Hatte das knabenkurze Haar klösterlich streng nach hinten gebürstet, trug – weni-

ger klösterlich – einen hautengen Lederrock und eine durchsichtige schwarze Bluse. In ihren Ohrläppchen steckten große grüne Steine, die mit Sicherheit – darauf hätte Bea schwören können – keine Kristallklunker waren, nicht einmal Turmaline. Nein, hier handelte es sich um hochkarätige Smaragde.

»Mon cher Nicolas. Quel plaisir ...« Undsoweiter undsofort blablabla oder, wie man auf Französisch sagte, ningningning. Nachdem Bea Bussis auf beiden Wangen und eine flüchtige Umarmung von Eleonore sowie einen trockenen Handkuß des Präsidenten entgegengenommen hatte, sah sie sich neugierig in der Wohnung um. Das war ja wie in einem Schloß. Ob im Stil von Louis XVI., seines Vaters oder Großvaters, konnte sie nicht sagen, so genau kannte sie sich in den Epochen nicht aus, jedenfalls handelte es sich um eine Ansammlung schwerer Kommoden mit vergoldeten Füßen, Sekretären und Schreibtischen, über und über verziert, Gemälden, die Könige, Herzöge oder deren Mätressen darstellten – die Männer nicht weniger weibisch als ihre Gespielinnen mit ihren vollen Lippen und der gezierten Gestik –, Spieltischchen, massiven Stühlen, goldenen Vasen und Nippes. Eleonore wirkte inmitten der königlich französischen Pracht wie eine moderne Garçonne, die sich ins falsche Jahrhundert verlaufen hatte. Doch sie schien den Luxus zu genießen, lief hin und her, brachte Getränke, war dauernd in Bewegung, um vielleicht – so argwöhnte Bea – auch ihre gertenschlanke Figur so richtig zur Wirkung zu bringen. Nicolas betrachtete sie jedenfalls mit Wohlgefallen, um dann, wohl in einem Anfall von Mitleid, Pom die Apfelwange zu küssen. »Ma pomme, ma pomme. Wie du mir gefällst! Et comment marchent tes affaires, Eugène?«

Eugène, der Präsident, eine blaue Rosette und ein rotes Fädchen auf dem Revers, hob vielsagend die Schultern. Er machte ein bedeutendes Gesicht. Die ganze Noblesse riß

sich, wie er andeutete, um ihn. So war er kürzlich im Elysée-Palast eingeladen gewesen, die Woche darauf ging er auf eine Jagd in Rambouillet, der Marquis de X wünschte ihn als Taufpaten für seinen Sohn, und demnächst reise er mit einer offiziellen politischen Delegation nach Japan. Und die Geschäfte? Die liefen natürlich auch hervorragend, gerade hätten sie einen deutschen Konkurrenten aus dem Feld geschlagen. Er lachte meckernd.
»Du mußt wissen, Pom«, erklärte Nicolas mit einem Gintonic in der Hand, als Eugène außer Hörweite war, »der Präsident ist ein wichtiger Mann. Das merkst du schon, wenn du sein Büro betrittst. Die Ranghöchsten eines so großen Unternehmens wie des seinen – Telekommunikation, auf diesem Gebiet sind wir ja in Europa führend – sitzen nicht nur hinter einem stilechten Schreibtisch, sondern bekommen jeden Tag frische Blumen, und auf ihrem Kaminsims steht eine wertvolle Uhr. Eine Stufe darunter gibt es dann nur wöchentlich einmal frische Blumen, und die Uhr fehlt. Das, ma chérie, wirst du in deiner Natürlichkeit niemals begreifen. Aber in Frankreich spielen derartige Dinge eine große Rolle.«
Weitere Gäste trafen ein. Eine nicht mehr junge Vicomtesse mit frisch geliftetem Gesicht und kläffendem weißen Pudel, der ein funkelndes Halsband trug, ein schwuler Innenarchitekt mit violettgepunkteter Fliege, ein berühmter bulgarischer Chirurg mit schweigsamer Frau und dann ... Teresa. Ihr Auftritt, überlegte Bea, war auf die Minute kalkuliert. Während man, ein Glas in der Hand, ein verbindliches Lächeln auf den Lippen, Hungergefühl im Magen – wann, bitte, wurde endlich zu Tisch gebeten? Oder gab es gar nichts zu essen? Bea hatte bei aller Aufmerksamkeit nirgends eine gedeckte Tafel entdecken können –, von einem zum anderen ging, Komplimente austauschte, Bea zum vielleicht fünftenmal bestätigte, daß es ihr ganz ausgezeich-

net in Paris gefiele, sie aber – ein Blick auf Nicolas, der gespannt lauschte – augenblicklich beruflich noch in München gebunden sei, wurde die Tür geöffnet und sie trat ein: Teresa.
Zunächst glaubte Bea, man habe Sydne Rome eingeladen, so sehr glich die junge Frau der amerikanischen Schauspielerin. Die Nase leicht gebogen, ein großer Mund, strahlendweiße Zähne, tiefblaue Puppenaugen. Dazu eine überaus wohlproportionierte Figur, die geschickt in schwarze Wolle gewickelt war. Zunächst fürchtete Bea, das wollene Gewand müsse jede Minute auseinandergesprengt werden bei solcher Explosivkraft der Formen, dann schämte sie sich für die Kühnheit der Trägerin, danach verspürte sie Neid.
Wie reagierte Nicolas? Er unterhielt sich mit dem homosexuellen Innenarchitekten, der verzückt Hände und Füße gebrauchte, um die ganz und gar hinreißende Atmosphäre eines Landhauses zu beschreiben, das er soeben in der Normandie einrichtete. Er schien die Frau in Schwarz nicht weiter zu bemerken. Teresa war ihr Name. So jedenfalls rief der Präsident, der auf sie zueilte, um ihr die Wange zu küssen, so stellte sie sich jedem einzelnen der Gäste vor.
»Sie kenne ich«, rief sie strahlend, als sie vor Nicolas stand. »Ich habe Sie einmal in Ihrem Büro aufgesucht, um Ihnen eine Anzeige für das Air-France-Journal zu entlocken. Sie erinnern sich?«
Er dachte nach, mit zusammengezogenen Augenbrauen. »Oui, oui«, nickte er dann, »das war ... vor drei Jahren?«
»Vor zwei. Und Sie waren schrecklich nervös. Schenkten mir sogar drei Anzeigen, nur um mich loszuwerden.« Alle lachten, am lautesten der Designer. Er schnarrte wie ein Papagei. »Etwas später habe ich Sie dann auf der Straße mit einer Frau gesehen. Da verstand ich Ihre Nervosität.«

Wieder lachten alle, bis auf Bea, die sich verzweifelt an ihrem Glas festhielt, ihr Gewicht verlegen von einem Fuß auf den anderen verlagerte. Himmel, diese Pariserinnen, die sich dauernd in Szene setzten! So etwas hatte sie befürchtet, deshalb hatte sie diesem Abend auch mit Bangen entgegengesehen.

»Chers amis, das Buffet ist eröffnet.« Eleonore, einen spitzen Hut auf die kurzen Haare gestülpt, die Hände in den weiten Blusenärmeln verborgen, verbeugte sich steif. »Klingelingeling. Wir haben es chinesisch angerichtet, ganz amical. Jeder bedient sich selbst. Mais vite, s'il-vous plaît vite, sonst werden die Köstlichkeiten kalt.«

Bea war die erste, die sich Richtung Korridor begab, wo das chinesische Buffet aufgebaut war. Erstens, weil sie ziemlichen Hunger hatte, und zweitens, weil sie nicht länger mitansehen wollte, wie diese Teresa Nicolas umgarnte. Ihr Dekolleté klaffte bereits bis zum Bauchnabel auseinander. Wenn sie in diesem Tempo weitermachte, endete der Abend mit einem Striptease. Wie lange würde Nicolas, der Frauenkenner, widerstehen? Bea nahm sich Ente süßsauer und lauwarm, Huhn mit Nüssen, zwei Frühlingsrollen, knittrige Morcheln, Sauce, die wie Hustensaft aussah und auch so schmeckte, klebrigen Reis, schaufelte alles auf einen Pappteller. Paris war wirklich voller kulinarischer Mysterien. Ein solches Fertigessen, bestimmt beim Chinesen an der nächsten Ecke geholt, hätte sie sich kaum getraut, ihren Münchner Freunden anzubieten. Und das jetzt im Haus eines Präsidenten, der, wie er herumtönte, im Elysées-Palast ein- und ausging!

Nicolas unterhielt sich noch immer mit Teresa, als Bea in den Salon zurückkehrte. Er machte keine Anstalten, das Gespräch zu unterbrechen, erhob sich erst sehr viel später, um zunächst Teresa und dann sich selbst zu bedienen. In ihrer Verzweiflung hatte sich Bea in eine Unterhaltung mit der gelifteten Vicomtesse gestürzt und streichelte dabei den kleinen Pudel.

»Ça va, Pom?« erkundigte sich Nicolas ein einziges Mal, eine Frühlingsrolle zwischen den Zähnen. »Bien sur«, gab Bea frostig zurück.

»Pom, du hast Pom gesagt?« rief Teresa – aha, man duzte sich bereits! – »Wieso Pom?« Auffordernd streckte sie ihre Brüste Nicolas entgegen, streifte damit sein dunkelblaues Jackett. Bea mochte nicht länger hinsehen.

Im weiteren Verlauf des Abends trafen zwei Ballettänzer ein, die direkt von einer Vorstellung kamen und kichernd berichteten, was sich dort Aufregendes zugetragen hatte, außerdem eine sonnenverbrannte Südamerikanerin sowie Eleonores Mutter, eine liebe, schüchterne Dame.

Mit dem Dessert in der Hand, einer Eistüte, promenierte man von Sitzgelegenheit zu Sitzgelegenheit, machte da ein wenig Konversation, warf dort ein Wort in die Diskussion über ein soeben eröffnetes Restaurant, lobte das neue Stück im »Théâtre Bouffe«, mokierte sich über das fransenbehängte Abendkleid, das Hélène de Rothschild bei der letzten Lido-Premiere getragen hatte: »ein Theatervorhang oder die Sofadecke ihrer Concierge«. Das typische Pariser Party-Bla-bla (im Grunde auch nicht anders als in München oder Berlin). Politische Themen, besondes soweit sie den heimlich bewunderten Erbfeind Deutschland betrafen, ließ man – wohl mit Rücksicht auf Bea – aus. Nur der Innenarchitekt deutete leise neidisch an, daß es der deutschen Wirtschaft einfach unverschämt gutginge. Was wohl das Erfolgsrezept sei? »Des femmes comme mon amie.« Nicolas deutete auf Bea. Man berührte aber mit keiner Silbe deutsche Vergangenheit – sonst ein Lieblingsthema der Franzosen.

»Ma petite chérie.« Nicolas, von Kopf bis Fuß in Teresas Parfum gehüllt, rückte näher an Bea heran. »Geht es dir gut? Ich freue mich, daß du Freundschaft mit einem kleinen Hund geschlossen hast.«

Wie rührend. »Was blieb mir anderes übrig?«

Er sah sie groß an. »Aber all die Männer hier. Sie warten doch nur darauf, dir den Hof machen zu dürfen.«

»Wer? Der schwule Designer oder die noch schwuleren Tänzer? Oder dein Freund, der Präsident, für den ich leider nicht aristokratisch genug bin und auch nicht jung genug? Oder weißt du jemanden?« Die traurige Wahrheit: Es gab hier nicht einen Mann, der sich auch nur andeutungsweise für sie interessierte.

»Pom, du mußt auf die Leute zugehen, dich nicht verstekken. Hier ist alles sehr freundschaftlich, très amical. Mir gefällt das. Ja, ja, eine solche gelockerte Atmosphäre findet man eben auch in Paris.« Und très amical beziehungsweise ausgesprochen lässig legte er den Arm um Teresa, die langbewimperte Augen zu ihm aufschlug. Bea wandte sich ab.

»Wer war diese Frau, mit der ich dich damals auf der Straße sah?« hörte sie Teresa fragen. »Deine Freundin? Oder deine Frau?«

»Meine Freundin«, gab Nicolas brav Antwort. Hier also blätterte er seine Geheimakten über Olimpia auf, spielte nicht den Schwerhörigen. In Bea kochte es.

»Sie hat mir gefallen, hatte etwas sehr Besonderes, obwohl ich mir eine Frau an deiner Seite eigentlich anders vorstelle.«

Ja, wie wohl? sinnierte Bea und angelte zornig mit der Zunge den letzten Eisrest aus der Waffeltüte. So wie ich aussehe, bestimmt auch nicht. Teresa denkt wohl mehr an ihren eigenen Typ. »Ganz, ganz anders. Wenn ich mich recht erinnere, hielt deine Freundin einen Fotoapparat in der Hand, sie machte Aufnahmen. War das beruflich oder privat?«

»Beruflich. Sie ist Fotografin.« Bea fiel fast die Eistüte aus der Hand, die sie eigentlich noch aufessen wollte. Was sie seit Monaten, ja, fast Jahren zu enträtseln versuchte, das Geheimnis Olimpia, hier fiel es einer Wildfremden wie eine reife Frucht in den Schoß. Einer, die gar nichts damit anfangen konnte, die das nichts anging, einer ... einer Unwürdigen.

Gottseidank hatte auch dieser Abend – es war der scheußlichste, den Bea in der feinen Gesellschaft von Paris je erlebt hatte – ein Ende, allerdings erst gegen drei Uhr morgens. Vorher hatte sich Bea mit Cocotte, dem kleinen Pudel, der ihr nicht mehr von der Seite wich, in eine Ecke zurückgezogen und kurz geschlummert. Niemand vermißte sie. »Tout Paris« war zu sehr mit sich beschäftigt. Küßchen links und Küßchen rechts. »Wohnen Sie immer in Paris?« wollte Teresa mit unschuldigem Augenaufschlag wissen, als sie Bea gegenüberstand. Ihr Mund verkrampfte sich zu einem Lächeln. Bea spürte Nicolas' Blick, er war wie eine Speerspitze, der sich in ihren Nacken bohrte. Trotzig sah sie Teresa ins müde, um mindestens zehn Jahre gealterte Gesicht. Sie hätte lügen können, aber sie wollte es nicht. Im Gegenteil, es reizte sie, dieser Frau den Weg zu ebnen. An Nicolas würde es dann sein, sie abzuwehren. »Ich wohne hauptsächlich in München und komme ab und zu nach Paris«, sagte sie fest. »Mein Herz ist in München. Ich weiß nicht, aber hier fühle ich mich immer, als sei ich zu Besuch.«

»Das ändert sich schon noch. Paris ist doch sehr schön«, tröstete Teresa, sichtlich erleichtert. So erleichtert, daß sie die erstaunte Bea flüchtig an ihren Busen drückte. Bea spürte viel weiches Fleisch sowie einen intensiven Nelkenduft. Von Nicolas verabschiedete sich das Vollblutweib dann schon ausführlicher. Man umarmte sich, als wollte er eine Reise in ferne Länder antreten.

»Incroyable«, sagte Nicolas im Fahrstuhl, in dem Bea und

er allein waren. Die anderen Gäste hatten aus einer Laune heraus beschlossen, noch einen Night-Club zu besuchen, telefonierten hin und her. So kam es, daß sie allein waren.
»Incroyable zu behaupten, dein Herz weile in München. Das war ein Affront gegen mich und eine Aufforderung für Teresa, die meint, du hättest dort einen Liebhaber. Jetzt kann ich mich vor Anrufen dieser Frau nicht mehr retten.«
»Was du ja herausgefordert hast«, gab Bea bissig zurück. Diplomatie hin und her – die Auseinandersetzungen zwischen Nicolas und ihr häuften sich in letzter Zeit –, doch war sie nicht länger bereit, jedesmal die Schuld auf sich zu nehmen.
»Herausgefordert? Kann ich vielleicht dafür, daß sich diese Frau wie eine Klette an mich hängt?! Ich habe dir ja gesagt, so sind die Pariserinnen. Den meisten von ihnen fehlt der Mann. Obwohl ich mir das bei Teresa nicht vorstellen kann. Dazu ist sie zu hübsch.«
»Hübsch? Meinst du vor oder nach Mitternacht? Nach Mitternacht hätte sie nämlich ihre eigene Mutter sein können. Außerdem – so nuttenhaft kleidet man sich nicht, wenn man nur ein bißchen Klasse hat. In Deutschland wäre das unmöglich.«
»Ich habe nicht gesagt, daß sie Klasse hat, sondern nur, daß sie hübsch ist. Besonders hübsch sogar. Das kannst du nicht abstreiten.« Mit fester Hand stieß Nicolas das Portal auf und ließ Bea mit einem gemurmelten »Pardon« auf die dunkle Straße hinaustreten.
»Pardon, immer nur pardon«, begann Bea sich in Hitze zu reden. Der Abend war einfach unerträglich gewesen. »Das einzige, was ihr Franzosen sagen könnt. Da flirtet ihr auf Teufel-komm-raus mit einer fremden Frau und sagt dann ›Pardon‹ zu eurer eigenen, betrügt eure Geliebte und sagt ›Pardon‹. Pardon, pardon.« Sie spuckte das Wort wie ein Kirschkern auf den Gehsteig.

»Bea, Pom, fait attention, du wirst vulgär. Das, par ... – verzeih, daß ich das sage, steht dir gar nicht gut.« Nicolas' Gesicht zeigte an, daß er an dieser Verwandlung fast körperlich litt. Gleichzeitig griff er wie beschwichtigend nach Beas Arm, den diese ihm mit einer heftigen Bewegung entzog. »Ah, Madame a des caprices. Comme tu veux.« Er winkte einem Taxi auf der Gegenseite, das eine Kehrtwendung machte, mit quietschenden Reifen hielt.

Während der Fahrt herrschte Grabesstille, niemand sprach ein Wort. Als der Taxifahrer, ein älterer Mann mit Baskenmütze, dann in die Avenue Bugeaud einbog, hielt Bea es nicht länger aus. Sie mußte das Thema anschneiden, das ihr so schmerzhaft auf den Nägeln brannte. »Olimpia ist also Fotografin. Das hättest du mir eigentlich erzählen können.«

»Hast du mich danach gefragt? Außerdem – was ist daran so interessant?« Nicolas war eingeschnappt. So gründlich und endgültig eingeschnappt, daß er ein ganz komisches Gebaren an den Tag legte. Sorgfältig räumte er in der Küche die stehengebliebenen Gläser auf, sprach lange und zärtlich auf Robert ein, zelebrierte in gemächlichem Rhythmus sein mehrteiliges Pflegeprogramm. Bea sah nur einen breiten, in schwarzes Frottee gewickelten Rücken. Sie beschäftigte sich inzwischen mit ihren Dingen, ging Nicolas geflissentlich aus dem Weg. Wie zwei Fremde oder auch wie zwei Marionetten, gesteuert von ihrem Zorn und ihren verletzten Gefühlen, bewegten sie sich aneinander vorbei, litten und waren doch zu trotzig, um sich zu versöhnen.

14

»Hat Teresa dich schon angerufen?« erkundigte sich Bea zwei Tage später. Nicolas verneinte. Mit Bedauern in der Stimme, wie sich Bea einbildete.
Zu schade, daß sie ihm diese Chance vermasselt hatte, vor allem, da dieses rassige Geschöpf, wie sie inzwischen erfahren hatte, hochwohlgeborene Freunde in aller Welt besaß, heute bei Prinz Alfonso von Hohenlohe in Marbella eingeladen war, morgen bei Egon von Fürstenberg in New York und wenige Tage später bei den Arembergs in Punta del Este (Uruguay). Ein wahrhaft internationales Leben, jet-set at its best. Damit konnte sie, Bea, so gar nicht aufwarten.
»Du hättest dir eben doch ein Play-girl suchen sollen und nicht eine sentimentale Witwe«, philosophierte Bea und schnitt voll Selbstmitleid Kartoffeln in die Pfanne, um Nicolas sein neues Lieblingsgericht »Berliner Bratkartoffeln mit Speck« zuzubereiten. »Aber wenn du es bereut hast, sag es schnell, ganz schnell. Wenn mir auch das Herz dabei bricht«, sie schluckte, »ich bin nicht die Frau, die einem Mann sein Glück verbauen will.« Sie salzte und pfefferte, daß die weißen und grauen Körner flogen.
»Pom, wie kannst du so etwas sagen?« Und Nicolas, der am Küchentisch Zeitung gelesen hatte, nahm sie bei den Schultern, drehte sie zu sich herum, bedeckte ihr Gesicht mit unzähligen kleinen Küssen. »Tu es mon grand amour, tu sais? C'est toi, seulement toi, qui j'aime.«
Sie hielten sich in den Armen, versenkten ihre Blicke ineinander, atmeten schwer und beobachteten mit einem kleinen Lächeln Robert, der mit der Zahnspange klapperte,

weil er zwei Tauben am Fensterbrett entdeckt hatte. Hinter der Küchentür tappten schwere Schritte die Dienstbotentreppe hinunter, unten brauste der Verkehr. Sophie würde ihre Runden drehen, mit einer jungen Blondine, die sie anlernte. Neuerdings trug sie – wohl wegen der Hitze (der September war heiß) – so tiefausgeschnittene Corsagen, daß sich sogar die patrouillierenden Polizisten nach ihr umdrehten. Und im Café gegenüber saßen die abgekämpften Tennisspieler vom Bois de Boulogne bei Perrierwasser und Steak avec frites, während die Frau im Zeitschriftenkiosk ihre Magazine ordnete. Auf der Suche nach einem Parkplatz – in diesem Quartier fast seltener noch zu finden als eine Wohnung – umkreisten große und kleinere Wagen das Rondell, die letzten Baguettes wurden unter dem Arm nach Hause getragen. Paris. Sie, Bea, war in Paris. In Paris! Und doch war das alles – von dieser Umarmung einmal abgesehen – längst nicht mehr so wunderbar.
Nicolas begann, Bea mehr und mehr in die Pariser Gesellschaft einzuführen. Neuerdings bildete er sich ein, Bea ersticke in ihren vier Wänden, wolle hinaus in die Welt, nicht länger versteckt gehalten werden. Wie Männer sich doch irren konnten!
So schleppte er eine Einladung nach der anderen heran, für Kunstausstellungen, Cocktails, Geschäftseröffnungen, alles, was ihm auf den Schreibtisch kam. Bea begleitete ihn folgsam überall hin, nun doch in ein paar neuen Kleidern, nicht zu eng, nicht zu kurz, die Nicolas für sie ausgesucht hatte, in denen sie sicherlich ganz chic aussah, aber, wie sie meinte, nicht mehr sie selbst war, nicht mehr Bea.
Die meisten der Abendveranstaltungen waren ganz amüsant, aber gleichzeitig mit Stress verbunden, bildete Nicolas sich doch in seiner Verliebtheit ein, die Traube von Fotografen, die auf der Suche nach geeigneten Objekten die Räumlichkeiten durchstreifte, hätte nichts anderes im Sinn, als ein

Foto von seiner angebeteten kleinen Deutschen zu schießen. »Une petite sourire, ma chérie«, flüsterte er ihr zu, sobald einer der Fotografen nur den Apparat hob. »Man fotografiert uns, das aufregendste Paar des Abends. Übermorgen findest du unser Bild im ›Figaro‹. Ich wußte doch, daß Paris dir zu Füßen liegt. Ah, quel surprise! Ça va bien, Marthe?«
Mit gerötetem Gesicht vom Scheinwerferlicht wandte er sich an eine blondgefärbte Fünfzigerin, die winzige griechische Amphoren als Ohrschmuck trug und ihren Körper wie fröstelnd in ein Riesencape gehüllt hatte. Jede Pariserin, die etwas auf sich hielt und es sich leisten konnte, trug in diesem Herbst ein solches Cape, vorzugsweise in Signalrot, die Boulevards waren damit überschwemmt. Nicolas hatte Bea auch eines kaufen wollen, doch sie lehnte ab. »Dann kann ich mir auch mein Lodencape umhängen.« Was gar keine so schlechte Idee war, hatte die Pariser Mode den Austrian Look doch ebenfalls für diesen Herbst neu entdeckt.
Mit falschen Zähnen nickte Marthe strahlend, sandte einen scharfen Blick in Richtung Bea, musterte sie blitzschnell von Kopf bis Fuß. Ein Blick, wie ihn nur eine Frau abschießen konnte. Die Musterung schien zu Marthes Zufriedenheit sprich Erleichterung auszufallen. Dieses harmlose Wesen an Nicolas' Seite, das so wenig französisch wirkte, schien zwar ganz nett, aber keine erstzunehmende Gefahr.
»Nicolas, mon ami. Tu as des nouvelles de Marie-Louise?«
Im Zeitlupentempo drehte sich Bea auf dem Absatz herum, schlenderte weiter. Sie wollte sich die Gemälde des haitischen Künstlers ansehen. Im Mittelpunkt seines Werks stand eine giftgrüne Sonne, sie leuchtete auf jedem seiner Bilder, manchmal mit sternförmigen Strahlen, so wie Kin-

der die Sonne malen. Der Künstler selbst, ein Zweizentnergewicht mit vielen Muschelketten um den Hals, grellbuntem Hemd und zu einem dicken Zopf geflochtenem Haar, stand inmitten einer Schar wildgestikulierender Verehrer, unter denen Bea den Friseur Alexandre und einen Baron Rothschild erkannte. Um nicht gar zu verloren dazustehen, stellte sie sich dazu, nahm ein Glas Orangensaft, das vorbeigetragen wurde, zerbiß zwei Pistazien.
Die sogenannte Pariser Gesellschaft, nicht sehr verschieden von der in München. Auf den ersten Blick glanzvoller zwar, erlesener, nicht so neureich aufgemotzt wie an der Isar, doch hatte man ihre Zirkusveranstaltungen ein paarmal mitgemacht, waren auch hier die hübschen leeren Larven immer die gleichen, langweilte man sich nicht anders als in München, fragte man sich, was man hier eigentlich verloren hatte.
»Das war Marthe, eine Freundin von Marie-Louise und Patentante von meinem kleinen Guillermo«, erklärte Nicolas später, bedankte sich mit einem Nicken bei einem der Fotografen, der ein Foto von Bea und ihm geschossen hatte. »Obwohl sie dich an meiner Seite gesehen hat – sie findet dich übrigens reizend –, außerdem weiß, daß ich dem Gesetz nach noch mit Marie-Louise verheiratet bin, wird sie mich mit ihren Anrufen bombardieren. Diese bonnes femmes, sie kennen keine Hemmungen. Marthe ist mit Gott und der Welt bekannt. Sie hat mir von dem Rennen in Chantilly erzählt, das jedes Jahr von dem Modehaus Hermès veranstaltet wird. Ich war früher einmal dort, da findest du nun wirklich die ganz feine Gesellschaft. Da ich möchte, daß du diese Atmosphäre einmal erlebst, habe ich um zwei Einladungen gebeten. Aber attention, chérie, für Damen herrscht Hutzwang, und Herren müssen einen Zylinder tragen.«
Wieder sich herausputzen müssen und schädliches Make-up

auflegen und wie eine Schaufensterpuppe lächeln und stets gegenwärtig sein, daß eine so atemberaubende Schönheit auftauchte, daß man am liebsten im Erdboden versinken möchte. Aber wenigstens fand die Veranstaltung im Freien statt, man konnte also durchatmen, in der Nähe eines großen Waldes, wie Nicolas erzählte. Und dann gab es da noch ein altes Schloß mit einem Pferdemuseum, das man besichtigen konnte. Pferde hatten Bea immer fasziniert. Zu ihren späten Träumen gehörte es, eines Tages reiten zu lernen. Bisher hatte das nur Ullrich geschafft.

Sie lieh sich von Eleonore einen breitkrempigen gelben Hut voller Margeriten, der, wie sie fand, ihr Gesicht recht hübsch zur Geltung brachte, dazu wählte sie ein schwarzes Seidenkostüm mit einer Margerite im Knopfloch. Nicolas trug einen Glencheckanzug mit grauem Zylinder und sah in dieser Grandseigneur-Verkleidung so hinreißend, so unwiderstehlich zum Verlieben aus, daß es Bea das Herz zusammenzog. Heute hätte eine Frau wie Teresa an seine Seite gehört oder wenigstens Anya oder Eleonore oder auch Olimpia. Die, während er durch das Fernglas die Pferde beobachtete, die Zuschauer fotografierte.

»Was macht sie eigentlich für Fotos? Ich meine Olimpia?« begann Bea mit gedämpfter Stimme – Michel brauchte die Unterhaltung nicht zu hören –, als sie in Richtung Chantilly rollten. Seit dem fatalen Abend bei Eleonore hatten sie das Thema Olimpia nicht mehr berührt.

Und siehe da – Nicolas, den Zylinder wegen der Hitze in den Nacken geschoben, wo er keck auf dem lockigen Nackenhaar wippte, ein blütenweißes Taschentuch in der Hand, mit dem er sich ab und zu das Gesicht abtupfte, gab bereitwillig Auskunft. »Vorwiegend Schwarzweiß-Fotos. Landschaften, Tiere, Kinder, bizarre Dinge aus der Natur. Von ihr gibt es wunderbare Aufnahmen, zum Beispiel von Vogelschwärmen. Und dann die Dünen am Meer, die

Olimpia besonders liebt. Man könnte meinen, es handle sich um das Foto einer Mondlandschaft.«
»Also eine Künsterlin«, stellte Bea fest und tastete nach ihren Margeriten am Hut.
»Natürlich eine Künstlerin, eine große sogar. Was hast du geglaubt?« Aus runden Augen sah er sie verwundert an. Bea kam ins Sinnieren. Fotografinnen waren doch meist blasse, abgehetzte Frauen, die Haare mit einem Gummiband zusammengefaßt, ganz und gar nicht mit ihrem Äußeren beschäftigt, sondern nur mit dem, was sie auf den Film bannen wollten. Seltsam. Paßte gar nicht zu einer zigeunerhaarigen Südamerikanerin, die Nadeln in Puppen steckte.
Neben dem eigentlichen Rennplatz mit der Vielzahl von Tribünen hatte man eine weiße Zeltstadt aufgebaut, durch die eine Vielzahl eleganter Paare promenierte. Damen in farbenprächtigen, teilweise knöchellangen Kleidern und mit geradezu phantastischen Hutcréationen, die meisten der Herren in Cut und Zylinder. Seitlich davon war ein großes Stück Wiese als Edel-Picknickplatz reserviert. Hier hatten sich Mitglieder der alten Familien Frankreichs zum »Déjeuner en l'herbe«, natürlich der feinsten Art und ungeheuer stilvoll, niedergelassen. Altertümliche Kutschen und spiegelnd blankgeputzte Oldmobiles bildeten den dekorativen Hintergrund für ein weißes Tafeltuch im Gras, auf dem kostbares Porzellan dekoriert war, schimmerndes Kristall, die herrlichsten kulinarischen Köstlichkeiten. Rotwein leuchtete in edel geschliffenen Gläsern, Kaviar perlte in zartem Grau, soeben wurde eine Hasenpastete angeschnitten.
Zwei Jagdhunde hatten sich in respektvollem Abstand niedergelassen, umtollt von den jüngsten Sprößlingen, die sich, in adretten Matrosenanzügen und mit Schmetterlingsnetzen in der Hand, gegenseitig ein Körbchen mit Erdbeeren abjagten.

»Jedes Jahr wird hier das erlesenste Picknick prämiert«, erklärte Nicolas, beugte sich zu einem der Hunde herab, tätschelte ihn. »Und dort... regarde, Pom... der kleine Boy mit dem Palmwedel, der seinem Patron, ich glaube, ich erkenne den Herzog von Chambreuil, im Kolonialanzug und mit Safarihut, frische Luft zufächelt. Ravissant. Und gleich daneben das junge Paar in langen Staubmänteln mit Lederkappen. Sie scheinen mit dem alten Horch angekommen zu sein. Ja, hier findest du die wirklich Reichen und Feinen Frankreichs.«

Sie speisten unter einem blumengeschmückten Zeltdach, tranken Beaujolais, ließen sich von dem Schauspieler Jean-Claude Brialy, der hier den »maître de plaisir« spielte, zunächst die Ehrengäste vorstellen, dann kamen die Rennpferde und ihre Besitzer an die Reihe. Bea lehnte sich zurück, ließ ihren Blick schweifen. Sie konnte sich nicht sattsehen an dem Geflimmer der Farben vor dem ruhigen Grün der Waldkulisse, dem Gewirr der Sonnenschirme und wagenradgroßen Hüte, dem Gewoge von langen Röcken und duftigen Volants. Es war wie in einer anderen Zeit, der Belle Epoque vielleicht, oder auch wie in einem aufwendig inszenierten Film, jedenfalls sehr unwirklich und sehr, sehr schön, ein wahres Fest fürs Auge.

»Ich hätte Lust zu wetten.« Lachend griff sich nach ihrer Tasche, in der sich das Portemonnaie befand. »Zwar kenne ich die Pferde nicht, ich gehe einfach nach den Namen.« Aufmerksam studierte sie die Wettliste, die Nicolas ihr reichte, überlegte, zögerte und entschied sich dann für »Robert's Proud« – zu Ehren des Katers.

»Und du, auf welches Pferd setzt du?« Vergeblich versuchte sie einen Blick auf Nicolas' Zettel zu werfen. Er hielt ihn eng an sich gepreßt, hatte sich halb zur Seite gedreht. »Ach, ich weiß schon. Nicht schwer zu erraten, wer dein Favorit ist. Es kommt nur einer in Frage.«

»Nämlich?« Er beugte sich weit nach vorn.
»Olympic. Sehr witzig.« Sein Gesicht verriet ihr, daß sie richtig getippt hatte. Sollte er doch, wenn es ihm Spaß machte. Hauptsache war, daß »Robert's Proud« »Olympic« schlug, denn sie hatte hundert Francs gesetzt, für sie eine Menge Geld.
»Robert, Robert«, schrie sie, als die Pferde vorbeistoben wie Wotans wilde nächtliche Jagd. Erdbrocken wirbelten durch die Luft, Rennpeitschen zuckten, dann war die bunte Meute hinter der nächsten Biegung verschwunden.
»Olympic, Olympic«, schrie Nicolas dagegen.
Sie erfuhren das Ergebnis durch den Lautsprecher. »Numéro un: Olympic.«
»Gratuliere.« Nicolas lächelte zufrieden. Weil er es grundsätzlich liebte zu gewinnen, weil er um ein paar hundert Francs reicher geworden war oder einfach, weil er alles, was nur entfernt mit seiner großen Liebe zu tun hatte, an der Spitze sehen wollte? Bea wußte nicht, was dahintersteckte, jedenfalls ärgerte sie sein Sieg.
»Mon petit Nicolas. Wie wirkst du zufrieden! Zufrieden und jung wie nie. Kein Wunder bei einer so bezaubernden Dame an deiner Seite.« Ein stämmiger, braungebrannter Mann, mit schwarzem Backenbart und kragenlosem Hemd, packte ihn am Arm.
»Pablo.« Nicolas trat einen Schritt zurück, als traute er seinen Augen nicht. »Du? Ja, um alles in der Welt, was machst du hier? Seit wann begibst du dich unter die oberen Zehntausend?«
Der Mann mit dem Namen Pablo spuckte aus. »Bestimmt nicht aus Neigung, das kannst du mir glauben. Nein, ich bin dabei, eine Serie von Pferdeplastiken zu gestalten, dabei muß ich die Rösser beim Galopp studieren. Das kann ich am besten hier. Und da mir jemand eine Eintrittskarte offerierte ...« Er zuckte mit den Schultern, um sich im gleichen

Moment nach einem blutjungen Mädchen umzudrehen, das im blauen Supermini und mit straußenfederbesetztem Tüllhut an ihnen vorbeispazierte. Bei jedem Schritt wippte ihr knappumspanntes Hinterteil aufregend hin und her.

»Immer noch der alte Casanova«, wandte sich Nicolas an Bea, die bisher kein Wort gesagt hatte. »Pablo kann es nicht lassen, es liegt ihm im Blut. Er kommt aus Korsika, weißt du, und da sind die Männer vom Sex besessen. In ganz Peru war er verschrien. Wie viele Kinder hast du dort gezeugt, mon vieux?«

Pablo dachte mit schiefgelegtem Kopf nach. »Vier«, sagte er dann, »drei Mädchen, einen Sohn, alle von wundervollen Müttern. Indianerinnen. Ich besuche sie regelmäßig, wir haben ein prächtiges Verhältnis zueinander. Aber sonst sieht es in Peru finster aus. Korruption, Drogen-Mafia, die Indios krepieren vor Hunger. Eine Katastrophe! Was ist nur aus unserem schönen Peru geworden? Sie, bezaubernde Unbekannte, kennen es auch?« Er heftete seine flinken schwarzen Augen auf Bea.

»Bea«, stellte Nicolas rasch vor, »Beatrix oder auch Pom, meine große Liebe. Pardon, ich vergaß, euch miteinander bekanntzumachen.«

»Ob ich Peru kenne?« fragte Bea mit einem freundlichen Lächeln. Irgendwie fand sie diesen Pablo sympathisch. »Nein, nein, gar nicht.« Ich werde nur bis in meine Alpträume davon verfolgt, hätte sie am liebsten hinzugefügt. »Ein wunderschönes Land, wie mir Nicolas erzählt.«

»Ich habe noch ein Haus in Lima. Meine geschiedene Frau wohnt dort, sie will das Land nicht verlassen. Genauso wie die Vargas. Du hast Neuigkeiten von ihnen?«

Vargas? Bea horchte auf. Das war doch Olimpias Familie.

»Nein, nein«, sagte Nicolas schnell »von Peru höre ich gar nichts mehr. Darf ich dich, cher ami, zu einem coupe de champagne einladen, oder läßt dir das Studium der Pferde keine Zeit dazu?«

»Für einen Drink immer.« Sie begaben sich an eine der vielen Bars, wo rotgekleidete Mädchen Champagner ausschenkten.

»Pablo ist Künstler«, erklärte Nicolas. »Zuerst war er Maler, jetzt ist er anscheinend zur Bildhauerei übergegangen. Un sculpteur. Angefangen hat er allerdings als Immobilienhändler. Dann machte er eine sehr reiche Heirat.« Er grinste.

Pablo grinste zurück. »Was heißt reiche Heirat? Ich habe Viola geliebt, sie ist immer noch eine prachtvolle Frau. Nur leben kann ich nicht mit ihr. Gottseidank hat sie das eingesehen, sie spielt jetzt Bridge.« Er zwinkerte dem Mädchen an der Bar zu, signalisierte mit der Hand, ihm ein zweites Glas Champagner einzuschenken. »Nicolas wird es bezahlen, er ist ein reicher Mann. Der reichste von uns allen aus der damaligen Zeit.«

Nicolas lächelte etwas gequält. Dieses Thema liebte er nun gar nicht. »Was heißt reich? Gewiß, ich verdiene nicht schlecht, aber ich habe auch viele Ausgaben, außerdem«, er stöhnte, »der Staat. Er nimmt dir das letzte Hemd. Gottseidank habe ich diese kleine Deutsche hier, die mich Sparsamkeit gelehrt hat. N'est-ce pas, amour?«

Bea wollte protestieren, doch er legte ihr lachend die Hand auf den Mund.

»Die kleine Deutsche.« Pablo betrachtete sie nachdenklich. »Nicolas, alter Freund, ich muß dir ein Kompliment machen. Diese Frau gefällt mir. Normalerweise kann ich die Deutschen nicht ausstehen mit ihrer verdammten Tüchtigkeit und ihren großen Mäulern, aber Beatrix gefällt mir. Da hast du ausnahmsweise guten Geschmack bewiesen. Viel mehr als bei dieser«, er machte eine Pause, »bei dieser Ziege.«

»Comment?« Mit lautem Klirren stellte Nicolas sein Glas auf die Bar. »Wen meinst du damit?«
»Nun, diese Vargas, dieses hysterische Weib. Ich will deine innigen Gefühle nicht verletzen, aber sie stellt wirklich nichts dar. Gar nichts. Doch durfte man dir das damals nicht sagen, du warst ja wie verrückt, blind und taub. Und das alles wegen dieser Ziege.« Er lachte, es klang nicht sehr nett.
»Pablo, wenn du kein alter Copain von mir wärst, würde ich dir jetzt eine Ohrfeige geben. Worauf du dich verlassen kannst. In jedem Fall weise ich deine Worte energisch zurück. Wenn Olimpia eine Ziege ist, ist deine Frau ...« Er suchte nach einem passenden Wort.
»Schluß jetzt«, mischte sich Bea ein, die merkte, daß die feinen Herrschaften um sie herum anfingen, die Ohren zu spitzen. Das war ja wie im Kindergarten. »Hört doch bitte auf zu streiten. Sich wegen ...«
»... einer Ziege zu streiten«, vollendete Pablo, sah Nicolas fest in die Augen.
»Genug.« Der griff nach seinem Zylinder, den er neben sich gelegt hatte, streifte seine Handschuhe über. »Das lasse ich mir nicht länger gefallen. Pablo, du warst schon immer ein Elefant im Porzellanladen, hast dich nicht geändert. Mademoiselle, ich zahle zwei Champagner, der Herr zahlt für sich selbst. Salut.« Er zog Bea mit sich.
»Das kannst du nicht machen«, protestierte die, »du hast ihn doch eingeladen.«
»Er wird es überleben, schließlich ist er reicher als wir beide zusammen. Nein, Pablo ist ein netter Kerl, aber total verrückt. Mit allen hat er sich angelegt, niemand wollte noch etwas mit ihm zu tun haben. Ich habe ihn immer verteidigt. Der Dank? Jetzt attackiert er mich.« Nicolas war blaß vor Ärger, wischte sich erregt über das Gesicht.
»Adios, Nicolas«, rief Pablo hinter ihnen her, schwenkte

sein Glas. »Ruf mich gelegentlich an, ich stehe im Telefonbuch. Ich möchte dir meine Plastiken zeigen, habe in Auteuil eine ganze Lagerhalle voll davon. Bring deine Freundin mit. Ich meine diese hier, nicht die Vorgängerin, die Zie... Hahaha.«

»Idiot. Crétin. Aber das ist typisch Pablo. Der kann lange warten, bis ich mir seine sogenannten Kunstwerke antue. Sehr lange.« Immer noch zornig lenkte Nicolas seine Schritte zum Ausgang. »Und jetzt habe ich genug von all den lieben Menschen hier. Verprassen wir mein gewonnenes Geld lieber in einem guten Restaurant.«

»Excusez.« Eine nicht mehr junge Dame mit grellrot übermalten Lippen stellte sich ihnen in den Weg. »Monsieur, würden Sie mir einen Gefallen tun?«

»Avec plaisir«, versicherte Nicolas, ließ Beas Hand los.

»Würden Sie sich mit mir fotografieren lassen. Es wäre mir eine Ehre. Sie sind ein so gutaussehender Mann.« Sie winkte einem jungen Fotografen, der gehorsam herbeieilte.

Nicolas lächelte geschmeichelt. »Wenn es sonst nichts ist. Bitte, Madame, reichen Sie mir Ihren Arm.« Er stellte sich in Pose, machte sein Fotografiergesicht, das ihm wohl Olimpia beigebracht hatte.

Bea schlenderte weiter. Sie wollte nicht stören. Eigentlich eine ziemliche Unverschämtheit, ihr Nicolas einfach von der Seite zu nehmen. Pariser Sitten? Und Nicolas hatte sich nicht eine Sekunde gesträubt. Im Augenblick schien sich wirklich die gesamte französische Nation gegen sie verschworen zu haben. Sie streichelte ein Pony, das an einen Pflock gebunden war, suchte nach einem Stück Zucker. Wie feucht die weichen Lippen waren, wie warm die Nüstern. Tiere versöhnen mit allem, was weniger vollendet auf der Welt ist als sie selbst.

Als sie sich nach längerer Zeit entschloß, zu Nicolas zurückzukehren, wurde der gerade von einer verschleierten

Dame mit durchsichtigen Pluderhosen wild umarmt. Unter dem Schleier erkannte Bea Teresa.

»Nein, nein, ich bin nicht allein hier. Meine Freundin begleitet mich. Nein, nicht die mit dem Fotoapparat, sondern die aktuelle, die du kennengelernt hast. Nein, ich bin nicht mir ihr verheiratet. A bientôt!« Er winkte lachend. Teresa ergriff, als sie Bea sah, eilig die Flucht.

»Wo warst du nur? Ich habe dich überall gesucht, habe mich richtig lächerlich gemacht«, überschüttete Nicolas Bea mit Vorwürfen. »Wie ein Verrückter, un fou, bin ich herumgelaufen. Übrigens – das war Teresa.«

»Habe ich wohl bemerkt. Auch wenn ich vielleicht ein wenig einfältig wirke, mir entgeht so schnell nichts.« Bea warf ihm einen mehrdeutigen Blick zu.

»Einfältig, einfältig. Was sich diese Frau so alles einbildet.« Und kopfschüttelnd geleitete Nicolas seine Freundin – die aktuelle – zurück zu seinem Auto, das weit entfernt und dazu ziemlich unglücklich in eine Wagenkolonne eingeklemmt geparkt war. Kein Meisterstück von Michel. Aber der Aufbruch verzögerte sich noch, denn es wurde ein letztes Rennen gestartet, das genau an ihnen vorbeiführte. Aufsichtspersonal versperrte den Weg. Smaragdgrün, royalblau und rubinrot jagten die Trikots der Jockeys vorbei, das Donnern der Hufe schwoll an, klang ab. Dann eine aufgeregte Stimme im Lautsprecher, laute Hurrarufe.

»Mademoiselle, wäre es Ihnen vielleicht möglich, die Autotüre zu schließen?« Eine junge Frau, kaum halb so alt wie Bea, raffte ihren Reifrock zusammen, um ungeniert das offene Auto passieren zu können. Dabei hatte sie mindestens zwei Meter Platz.

»Ziege«, sagte Bea. Sie sagte es so vor sich hin. Es war notwendig, sonst wäre sie geplatzt. Nicolas hob den Kopf, krauste die Stirn.

15

»Ich möchte nach München zurück«, verkündete Bea leise beim Frühstück. »Der Verlag hat wichtige Dinge mit mir zu besprechen. Außderdem habe ich meine Kinder eine Ewigkeit nicht gesehen. Ich weiß schon gar nicht mehr, wie mein Ulli aussieht. Und dann Michi. Jetzt ist er ja bald kein Baby mehr, sondern ein richtiger kleiner Mann. Ist es dir also recht, wenn ich Ende der Woche reise?« Sie trank in umständlichen kleinen Schlucken Kaffee aus ihrer Schale, um Nicolas nicht in die Augen sehen zu müssen.
»Du willst verreisen?« fragte Nicolas. Es klang erstaunt, beleidigt, anklagend. »Das trifft sich schlecht, denn ich muß eine Geschäftsreise antreten. Leider ist sie unaufschiebbar.«
»Wohin?« fragte Bea, und ihr Herz klopfte.
»Nach Mexico-City, wir wollen dort unser neues Herrenparfum lancieren. ›Macho‹ ist in Südamerika bisher nicht auf dem Markt. Ich bin gespannt,« er lachte heiser, »wie die wirklichen Machos darauf reagieren. Bei uns ist der Duft ja un succès incroyable. Mein Repräsentant in Mittel- und Südamerika hofft jedenfalls auf meine Unterstützung. Meine Anwesenheit, so meint er, würde die Einführung des Produkts gewaltig erleichtern.«
»Mexico-City«, wiederholte Bea und dachte an Peru. »Ich war noch nie in Mittelamerika.« Und in Südamerika auch nicht, setzte sie in Gedanken hinzu.
»Ich würde dich ja gern mitnehmen, Pom, aber das ist mir zu riskant. Deine Gesundheit ist so empfindlich, so fragil...«
»Comment?« wunderte sich Bea. Sie – fragil?

»Ja, immer regst du dich gleich auf, nimmst alles so schwer, das hat mit deiner Psyche zu tun«, dozierte Nicolas, der es liebte, sich lang und breit über medizinische Themen auszulassen, und öffnete einen Becher mit Apfelkompott. »Mexico-City aber ist ein gefährliches Pflaster. Die Stadt mit der größten Pollution – Luftverschmutzung, sagt man, glaube ich, in Deutschland dazu – der Welt, dazu sehr hoch gelegen. Sogar ich habe dort bei der Ankunft Kreislaufbeschwerden. Und, Pom, ich bleibe nur drei Tage.«
»Gut, fährst du großartig nach Mexico-City und ich ganz bescheiden nach Bayern. Vielleicht tut uns ein bißchen Abstand voneinander ganz gut.« Und in München bleibe ich länger als drei Tage, vielleicht drei Wochen oder auch drei Monate, hielt sie Zwiesprache mit sich selbst. So jedenfalls kann ich mit Nicolas nicht weiterleben. Es steht zuviel Unausgesprochenes zwischen uns.
»Uns tut Abstand gut? Wie kannst du das sagen, die angeblich so große Liebende?« Empört warf Nicolas seinen Plastikbecher beiseite. »Wie kann ma petite chérie, ma petite chatte das nur sagen? Nach drei Jahren leidenschaftlicher Liebe? Und ich glaubte, wir bleiben jetzt für immer zusammen, heiraten eines Tages, beenden unser Leben gemeinsam?«
»Unternimm erst mal deine Reise«, milderte Bea, zu erschöpft für eine Auseinandersetzung, die sie die letzten Kräfte kosten würde. »Dann sehen wir weiter.« Gestern hatte Teresa bereits in der Wohnung angerufen, und Nicolas hatte mit ihr gesprochen, als würde Bea gar nicht existieren. Über eine halbe Stunde hatte dieses dreiste Weib über Rückenschmerzen geklagt, sich Nicolas' besorgte Ratschläge angehört. So konnte das nicht weitergehen. Außerdem wollte Bea endlich die ganze Wahrheit über Olimpia erfahren. »Du fährst, ich fahre, und danach veranstalten wir ein großes Palaver.«

»Und unser kleiner Robert?« Nicolas beugte sich zu dem Kater herunter, der ihn unbeweglich aus Sphinxaugen fixierte. »Der soll also allein bleiben, der leichtsinnigen Adrienne ausgeliefert? Eine schöne Katzenmutter bist du. Dem armen Tier bricht das Herz vor Heimweh. N'est-ce pas, mon chou?« Traurig zog Nicolas ihn auf seine Knie, kraulte ihn hinter den haarigen Ohren.
»Gut, bleibe ich eben.« Mit einem abgrundtiefen Seufzen gab Bea nach, wieder einmal. »Ich kümmere mich um den Kater und beaufsichtige die Wohnung und nehme die diversen Anrufe deiner diversen Verehrerinnen entgegen. Alles, wie Monsieur befiehlt.«
»Anrufe? Die wird es nur von mir geben, und zwar stündlich.« Leichthin ging Nicolas über Beas Spott hinweg. »Mir tut bereits jetzt das Herz weh, wenn ich daran denke, daß ich meine kleine Pom so lange nicht sehe. Komm her«, drängte er mit liebesumflortem Blick, »ich halte es ohne dich nicht mehr aus. Ich muß dich in meine Arme nehmen. Ja, so ist es gut, sehr gut!« Er dehnte und streckte sich in Beas Armen, die sie ihm bereitwillig öffnete. Einerseits genoß sie die Umarmung, andererseits traute sie diesem Zärtlichkeitsausbruch nicht. Nicolas war, das hatte sich inzwischen immer deutlicher herauskristallisiert, beileibe nicht nur der Engel, der Heilige, der zu sein er so gern vorgab. Ihr gemeinsames Glück hatte einen gehörigen Sprung. Wenn nicht bald etwas Entscheidendes passierte, würde die Beziehung in Scherben gehen. Ja, so fast unvorstellbar das klang: Die Wahrheit war, Bea gab dieser himmelstürmenden Liebe keine große Zukunft mehr.
Sie half Nicolas beim Kofferpacken, wunderte sich, was er alles mitnahm. Nicht nur den ganz großen Koffer aus Schweinsleder, sondern auch die schwere gestickte afrikanische Reisetasche. Und das alles für drei Tage? »Sieben tadellose feine Hemden. Brauchst du doch gar nicht in der

schmutzigen Stadt. Ich würde an deiner Stelle lieber ein paar Polo-Shirts einpacken. Und, bitte sehr, was ist das?« Sie hob ein Samtetui, geschmückt mit einer grünen Schleife, in die Höhe. »Ein Geschenk für eine schöne Frau?«
»Für die Frau des Repräsentanten. Ob sie schön ist, vermag ich nicht zu sagen, denn ich kenne sie nicht. Das ist bijoux fantaisie, den wir jetzt auch in der Firma herstellen, ein Armband mit dazu passenden Ohrringen. Hätte ich dir längst geschenkt, doch wer, ma petite Mademoiselle, sagt immer, er hasse auffälligen Schmuck? Wenn du willst, öffne ich das Etui, damit sich meine kleine Detektivin von der Richtigkeit meiner Worte überzeugen kann.« Das klang süffisant.
Bea winkte ab, stapelte schweigend seine Wäsche aufeinander. Ihr blutete das Herz, wenn sie sich vorstellte, daß er all die Hemden, die Shorts, die Taschentücher viele, viele tausend Kilometer von ihr entfernt wieder auspackte, allein in einen Schrank stapelte. Allein, ja, hoffentlich, vielleicht, aber wie lange?
Sie begleitete ihn zum Flugplatz, wo er sie zum Kaffee einlud und ihr zwischen all den gähnenden, nervös rauchenden Passagieren – es war sieben Uhr morgens – eine Liebeserklärung machte. »Ich liebe dich, Pom, nur dich«, seine überraschend hellwach strahlenden Augen senkten sich in ihre, die vom zu kurzen Schlaf geschwollen waren, glänzten feucht. »Ich möchte, daß du das nie vergißt. Nie. Du bist die einzige Frau auf der Welt, die mich interessiert, die mich glücklich machen kann. Tu sais ça, n'est-ce pas?«
Sie nickte tapfer. Wenn sie es nur glauben könnte! Sie wollte es doch so gern, hatte sie diese große Liebe, zu der er fähig war, doch wieder in das Leben zurückgeholt, aus ihr eine so unbeschreiblich glückliche Frau gemacht. Aber jetzt diese Reise. Zu der er sie nicht einmal aufgefordert hatte, obwohl er, wie er ihr hundertmal versicherte, sich nichts Schöneres

vorstellen konnte, als mit ihr die entlegensten Teile der Welt zu besuchen. Ja, aber nicht Südamerika. Und Südamerika fing bei ihm schon in Mexiko an.
»Du rufst mich an? Ich werde meistens zuhause sein.«
»Aber nein, geh aus, verabrede dich mit Eleonore oder mit Slavitza, sie möchte dich unbedingt wiedersehen. Wandere die Wege, die wir gemeinsam gegangen sind, und denk dabei an all die Worte der Liebe, die ich dir unterwegs ins Ohr geflüstert habe. Aber nicht mit fremden Männern sprechen, hörst du? Mit Blicken um dich werfen und die naive kleine Deutsche spielen.« Sein Gesicht verfinsterte sich.
»Aber nein, niemals, was glaubst du? An einem Mann habe ich wirklich genug.« Und nicht einmal mit dem werde ich fertig, fügte sie in Gedanken hinzu. Liegt es nun an ihm oder an mir? Vielleicht bin ich wirklich nur für einen unkomplizierten Typ wie Walter geschaffen. Ich hätte es bei ihm belassen sollen, meine überschüssigen Gefühle in die Literatur, in Grünpflanzen oder vielleicht ins Klavierspielen investieren sollen. Doch die Liebe zu Nicolas war einfach zu verführerisch gewesen. Und jetzt? Jetzt zapple ich wie ein Fisch an der Angel.
»Au revoir, mon amour. Pense à moi, hein?« Sie lagen sich in den Armen, küßten sich immer wieder, bis die Umstehenden begannen, das unersättliche Liebespaar mit einer Mischung aus Neugier und Irritation zu mustern. Man befand sich doch im rationalen zwanzigsten Jahrhundert, nicht wahr? Wie sollten sie auch wissen, daß dies eine ganz außergewöhnliche Liebe war und – vielleicht auch ein Abschied für immer. Bea jedenfalls wurde dieses Gefühl nicht los, als sie Nicolas in der Menge untertauchen sah. Er schritt, seinen eleganten schwarzen Aktenkoffer in der Hand, den schmalen Gang entlang, lächelte der Stewardess zu, die seine Bordkarte abriß, drehte noch einmal den Kopf

nach Bea, winkte, warf ihr eine Kußhand zu, formte mit den Fingern in der Luft ein großes Herz, dann war er verschwunden. Kurze Zeit später hob sich der große Vogel in die Luft.

Die Heimfahrt verlief schweigend. Bea hatte keine Lust, mit Michel Konversation zu machen, nur um nicht unhöflich zu wirken, kam es ihr doch vor, als betrachte er sie mit einem gewissen Mitleid. Weil er wußte, daß sein Patron diese weite Reise nicht ausschließlich aus beruflichen Gründen antrat? Wer weiß, vielleicht vertraute Nicolas seinem Chauffeur ja gewisse Privatdinge an, von Mann zu Mann, ließ sich nur zum Schein bei Bea über Michels Nachlässigkeit aus, um keinen Verdacht aufkommen zu lassen.

An diesem Morgen war es neblig. Bizarr ragten die Bäume entlang der Avenue Foch aus den grauen Schwaden heraus, die Autos fuhren mit Licht. Selbst Sophie war von weitem nur silhouettenhaft zu erkennen, obwohl sie einen roten Lackmantel trug und weiße Spitzenstrümpfe. Ihre junge Kollegin, jetzt schon viel selbstsicherer, saß in einem Auto und hatte die Tür einladend geöffnet. Bea kaufte im Laden an der Ecke etwas Schinken und ein paar Eier ein, dazu ein halbes Kilo Tomaten. Sie mußte lange warten, denn ein paar Hausfrauen vor ihr diskutierten mit dem Verkäufer, einem kraushaarigen Marokkaner, über die Frische eines Salatkopfes, sicher konnten sie sich gar nicht vorstellen, daß für manche das Einkaufen eine eher lästige Sache war, die man rasch hinter sich bringen wollte, besonders wenn das Herz weh tat.

Der Tag hatte es in sich. Um nicht untätig in der Wohnung herumzusitzen, nahm Bea eine lauwarme Dusche, bereitete sich einen Kaffee, zog sich mit einem Roman von Dino Buzzati, den sie schon immer mal lesen wollte, auf die Couch im Salon zurück. Robert sah das als Aufforderung an, sein einsames Junggesellenlager gegen einen behagliche-

ren Platz einzutauschen. Schnurrend und mit einem leicht schielenden Blick schlich er heran und ließ sich mit einem kleinen Seufzer auf Beas Busen nieder.
»Du Treuloser«, warf Bea ihm vor, während sie ihn ein bißchen höher rückte, »kommst auch nur zu mir, weil außer mir niemand da ist. Und wenn das große Wunder geschähe, daß Olimpia, deine, eure Olimpia plötzlich das Zimmer beträte, wäre ich doch auf der Stelle vergessen. Obwohl sie dich aus dem Fenster geworfen und was weiß ich noch alles Schlimme mit dir angestellt hat. Diese Frau hat Zauberkräfte. Apropos ... kannst du mir bitte sagen, warum dein Herr und Meister nicht anruft?«
Das war jedoch nur schwer möglich, denn noch befand er sich in der Luft, und noch hatte es sich bei allem technischen Fortschritt nicht durchgesetzt, einfach mal so vom Flugzeug aus zu telefonieren. Bea wußte das, trotzdem war sie unglücklich, fühlte sich von Gott und der Welt verlassen. Natürlich, sie hätte ihre Kinder anrufen können, ankündigen, daß sie spätestens nächste Woche in München einträfe, komischerweise verspürte sie keine Lust dazu. Nicolas, es drehte sich alles um Nicolas.
Sie wanderte in sein Badezimmer, wo sein Parfum in der Luft hing, die Badematte noch die feuchten Spuren seiner Füße aufwies, hüllte sich in seinen Kimono, den schwarzen mit der roten Sonne auf dem Rücken. Warm war der Mantel, weitgeschnitten und seidenweich. So weich wie seine Arme, wenn er sie an sich preßte, so warm wie seine Lippen, wenn sie ihren Nacken berührten, ihre Schläfe, die kleine Kuhle neben ihrem Ellenbogen. Er entdeckte immer neue, noch unerforschte Plätzchen an ihrem Körper, die er liebkoste.
Vielleicht, fuhr es Bea plötzlich durch den Kopf und ihre Knie zitterten, vielleicht kam er ja gar nicht mehr zurück, setzte sich nach Südamerika ab, wo sein Herz in Wahrheit

weilte. Überließ ihr die Wohnung, den Kater sowie die Verpflichtung, sich um seine persönlichen Angelegenheiten zu kümmern. Aber nein, da würde schon Marie-Louise einschreiten oder dieser arrogante Guillermo. Auch Anya war trotz aller Freundlichkeit nicht zu unterschätzen. Ja, deshalb hatte der Herr soviel Gepäck mitgenommen, das war der Grund. Wer weiß, womöglich hatte er ja auch schon Kisten mit seiner persönlichen Habe vorausgeschickt, das Tafelsilber vor allem, das er bewachte wie Alberich den Nibelungenschatz, richtete sich in Südamerika eine neue Wohnung ein, übernahm dort den Direktorposten seiner Filiale.

In Bea kam Panik auf. Sie besaß großes Vertrauen in ihren sechsten Sinn, da sie die Erfahrung gemacht hatte, daß ihr aufkeimendes Mißtrauen in den allerwenigsten Fällen unbegründet war. Hastig riß sie Schubladen und Schränke auf, kramte mit fliegenden Händen zwischen Nicolas' Kleidungsstücken. Penibel ordentlich hatte er alles aufgeräumt, sie fand all die T-Shirts, die Polohemden, Shorts und Pullover wieder, die sie ihm im Laufe der gemeinsamen Jahre zum Geschenk gemacht hatte, geordnet nach Winter- und Sommersaison. Nein, wie es schien, war noch alles vorhanden. Nur an den Silberschatz kam sie nicht heran, das Fach war sorgfältig abgeschlossen, und der Schlüssel dafür baumelte, Bea erinnerte sich, an Nicolas' persönlichem Schlüsselbund. So würde er also, wenn er schon Trennungspläne schmiedete, wenigstens noch einmal zurückkommen, alles Wertvolle an sich nehmen. Dann aber würde sie sich, kaum hatte er die Wohnung betreten, an seinen Hals hängen, ihm Abbitte für all ihre Untaten leisten, ihn niemals wieder mit ihrem Mißtrauen plagen, Olimpia, Teresa und wie sie alle hießen, stillschweigend in Kauf nehmen. Sie würde sich so elegant wie möglich machen, topgepflegt sein von Kopf bis Fuß, und zwar jeden Tag und nicht nur, wenn er sie in eines seiner vornehmen Restaurants führte. Auf der Stelle würde sie die ersten grauen Haare an der Schläfe wegtönen, sich in den Parfums baden, die er besonders liebte, und wenn sie ihr noch so große Kopfschmerzen bereiteten. Außerdem würde sie ...

Das Telefon läutete. So schrill, daß Robert, den Bea auf ihrem Inspektionsgang mit sich herumgetragen hatte, zusammenzuckte und erschrocken von ihrem Arm sprang. Dabei verletzten sie seine Krallen, ein paar Blutstropfen erschienen. Himmel, und das alles vermutlich für eine arrogante Frauenstimme, die Nicolas, den petit cher Nicolas, sprechen wollte und sie, Bea, wie ein Dienstmädchen behandelte. »Richten Sie Monsieur aus ... Sie haben meinen Namen verstanden?« Vielleicht war es ja wieder einmal Teresa.

Aber es war Nicolas. Er meldete sich von Madrid aus, wo sein Flugzeug überraschend zwischengelandet war, voller Zärtlichkeit, voller Sehnsucht und auch voller Müdigkeit (einmal gähnte er laut), berichtete, daß er ihr soeben eine Mantilla gekauft habe. »Für eventuelle Stierkämpfe. Ach, die siehst du dir ja gar nicht an. Habe ich vergessen. Comme je suis bête! Dann für kühle Sommerabende in Paris oder München, wohin ich dich das nächste Mal begleiten werde. Liebende dürfen sich nicht trennen. Oder wir fahren nach Griechenland, das ich dir schon immer zeigen wollte. Die griechischen Inseln in der untergehenden Sonne, ein Boot mit roten Segeln, darauf du in der Mantilla! Chérie, ich sehe dich vor mir, Amazone im Abendlicht. Eine so hinreißende Vorstellung, daß ich ganz traurig werde, weil du nicht bei mir bist. Und wie geht es meiner Pom? Hütet die Wohnung? Denkt an mich?« Beides konnte Bea mit ruhigem Gewissen bejahen. Gleich darauf gab es einen Knacks in der Leitung, Nicolas' Stimme war weg.

Wenigstens fühlte sich Bea jetzt beruhigter, sie fand es

selbstverständlich, daß ihr Liebster angerufen hatte. War doch wohl das Mindeste, oder? Und jetzt stürzte sie sich endgültig in ihren Roman. Er hieß »Amore«, eine Liebesgeschichte, die in Rom spielte, von einem etwa fünfzigjährigen Mann handelte, der sich in eine blutjunge Gelegenheitsnutte verliebte. Aus Interesse wurde Anhänglichkeit, dann Leidenschaft, dann besessene, ja rasende Liebe. Das Mädchen, Laide hieß es, verwirrt durch die ihr entgegengebrachten, viel zu starken Gefühle, betrog den Mann, wob ein Netz aus Lügen und kläglichen Ausreden, in dem sie sich meist hoffnungslos selbst verfing, ließ ihn leiden. Die seelische Qual des Dorigo war so eindringlich, so sensibel geschildert, daß Bea gepackt war. Sie konnte von dem Buch nicht mehr lassen, las es bis zur letzten Seite durch. Hinterher brummte ihr der Kopf. Mißgelaunt stocherte sie in ihrem Eier- und Schinkengericht herum, begann beim Essen darüber nachzugrübeln, wie es möglich war, daß ein Partner derart lügen konnte, ohne daß es der andere merkte. Nein, kein einziges Mal kam Dorigo wirklich dahinter, daß Laide ihn betrog. Es gab nur so viele Anzeichen dafür.
Und wenn Nicolas nun das gleiche Spiel mit ihr trieb? Sie beruhigte, besänftigte, weil er noch immer an ihr hing, ihr nicht wehtun wollte, sich aber gleichzeitig da und dort tröstete? Zum Beispiel jetzt in Mexiko-City bei einer wilden Carmencita oder – ihr Herzschlag setzte für den Bruchteil einer Sekunde aus – bei Olimpia, die sich in der Metropole ein Rendezvous mit ihm gab? Um noch einmal Vergleiche zu ziehen zwischen seinen beiden Geliebten und dann endgültig Schluß mit der kleinen Deutschen zu machen? Die – da gab es keinen Zweifel – in Paris nicht reüssiert hatte, sich einfach keine Mühe gab, dort heimisch zu werden.
Unruhig lief Bea hin und her. Es hielt sie nicht auf ihrem Stuhl. Warum hatte sie das Buch nur so schnell ver-

schlungen? Gerade eben war sie noch so zufrieden mit dem Anruf gewesen, und nun diese Depression! Ach, es war schrecklich. Sie fühlte sich so verloren, so unsicher, Hunderten von Zweifeln ausgesetzt. Gut, Nicolas hatte sich auf Geschäftsreise begeben, sein gutes Recht, das gehört zum Alltag eines jeden erfolgreichen Geschäftsmannes. Kein Grund, sich aufzuregen. Auch damals, als sie ihn im Zug kennenlernte, war er beruflich unterwegs, hatte nur, wie er ihr einmal mit leisem Vorwurf erklärte, seitdem sie in Paris weilte, alle Geschäftsreisen zurückgestellt, um in ihrer Nähe zu sein. Fraglos ein weiterer Liebesbeweis. Und diesmal war der Anlaß eben so wichtig, daß er keine Vertretung schicken konnte. Klang alles einleuchtend, passierte jeden Tag, Millionen Frauen mußten damit leben. Und trotzdem war Bea voller Zweifel.

Sie kuschelte sich unter ihre Bettdecke, ließ die Tür offen, in der Hoffnung, Robert würde sich in der herrenlosen Wohnung einsam fühlen, zu ihr zwischen die Laken schlüpfen. Aber kein Robert und schon gar kein Nicolas. Ruhelos wälzte sie sich herum, stapelte die zahlreichen Kissen immer wieder neu, rieb ihre Nerven an dem Autolärm auf der Straße. Allein, ohne einen starken, tröstenden, beruhigenden Mann an der Seite, war Paris nur schwer zu ertragen. Gegen Morgen schlummerte sie schließlich ein.

Ein Anruf zu früher Stunde, der sie aus dem Schlaf riß. Nicolas. Er war soeben in Mexico-City angekommen und rief bereits vom Flugplatz an, todmüde: »J' étais très sage, habe mich für die Höhenlage gut vorbereitet.«

J'étais très sage – ich war sehr artig. Wollte er damit ausdrücken, daß er sich bisher in kein Abenteuer gestürzt hatte? Wäre ja durchaus möglich gewesen. Die südamerikanischen Fluglinien haben attraktive Stewardessen. Auch Olimpia hätte sehr gut in seinem Flugzeug sein können.

Bea nahm sich vor, die Frostige zu spielen, brachte es dann

aber doch nicht fertig. Schließlich und endlich würde Nicolas es nicht verstehen und verletzt sein. Die mögliche Konsequenz: Er rief gar nicht mehr an. Also deutete sie mit schlaftrunkener Stimme ihre etwas komplizierte Seelenlage an, lobte Robert in den höchsten Tönen, das Wetter etwas weniger, ließ sich einige Male versichern, daß er sie nach wie vor liebe. »Plus que ma vie«, schwor er von den Höhen Mexico-Citys herunter, »chaque jour un petit peu plus. Ist das nicht schrecklich?«

War es nicht, nur ein ganz, ganz großes Geschenk an Bea. Sie wünschte ihm einen guten Verlauf seiner Präsentation, versprach, das Licht nicht unnötig brennen zu lassen, und schickte einen lauten Kuß durchs Telefon. Im besten Hotel der Stadt, dem »Camino Real«, sei er untergebracht, verriet Nicolas noch, dann war das Gespräch beendet.

Die Tage verstrichen in grauer Einförmigkeit. Der Nebel fraß sich in Paris fest, brachte den ganzen Flugplan durcheinander und förderte die Depressionen. Drei Menschen hatten sich an einem Tag von den Seine-Brücken gestürzt, las Bea morgens in der Zeitung, und alle zehn Minuten stießen in der Innenstadt Autos zusammen. Nun, sie versuchte sich davon nicht beeinflussen zu lassen, organisierte, so gut sie es vermochte, ihr kleines einsames Leben. Sie machte Einkäufe, suchte sich an der Metrostation mit geschlossenen Augen eine Station aus, zu der sie dann fuhr, um auch die weniger bekannten Ecken von Paris kennenzulernen, ging ins Kino, besuchte Museen. Und arbeitete nebenbei fleißig an der Übersetzung eines Bestsellers aus Australien, der sie mitten in den Busch, zwischen Dornenbüsche und Koalabären entführte. All das ging ihr recht flott von der Hand und wurde immer wieder unterbrochen von Nicolas' regelmäßigen Anrufen.

»Die Präsentation war ein sensationeller Erfolg. Man hat mich fast mehr als den Flakon fotografiert. Ich habe drei

Zeitungen vor mir liegen, in denen ich ein paarmal abgebildet bin. Einmal sogar auf Seite drei.«

»Allein?«

»Nein, mit einer Riesenflasche ›Macho‹. Der Verkauf läuft ausgezeichnet. Und du? Genießt du das Alleinsein?«

»Ich gebe mir alle Mühe. Heute habe ich außer mit Robert noch mit niemandem gesprochen, Adrienne ist bei einer Beerdigung. Wann genau kommst du in Roissy an?«

»Nicht in Roissy, diesmal in Orly. Das weiß ich noch nicht. Gebucht habe ich für morgen mittag, aber es könnte sein, daß ich den Abflug verschieben muß. Señor Pozzo hat noch ein Mittagessen mit den Repräsentanten angesetzt. Je suis très faché...« Es klang bedrückt und, wie Bea herauszuhören glaubte, auch aufgeregt.

»Was? Du bleibst länger? Das habe ich mir gedacht. Das habe ich mir von Anfang an gedacht.« Auf einmal war alles wieder wie weggeschwemmt, ihr Optimismus, ihr guter Wille, die Zeit bis zu seiner Rückkehr vernünftig zu nutzen, ihr Vertrauen in ihn. Er sucht Ausflüchte. »Sag doch gleich, daß du überhaupt nicht wiederkommst.« Das warf sie ihm wie eine Kokosnuß aus ein paar tausend Kilometer Entfernung an den schönen Kopf. Sie wunderte sich richtig, daß es keinen gewaltigen Knall gab.

»Ne dis pas des bêtises. Pom, je t'enprie.« Da war wieder sein professoraler Ton, den er neuerdings mit Vorliebe pflegte. Sicher rauchte er eine der rabenschwarzen südamerikanischen Zigaretten dabei, die das Herz zum Trommeln brachten, trug einen hellen breitkrempigen Hut schief auf seinem lockigen Haar, war braungebrannt und – einfach unwiderstehlich. Bea sah ihn wie eine Fotografie vor sich.

»Wie kannst du das nur denken? Gerade bin ich in der Zona rosa, einem wunderhübschen kleinen Einkaufsviertel, und habe dir einen schönen bemalten Holzfisch gekauft. Ich rufe dich von einer Telefonzelle aus an. Hier herrscht eine mörderische Hitze, man kann kaum atmen. Dazu diese Abgase aus all den Autos – die Hölle. Gegenüber von meiner Zelle gibt es einen Schmuckladen, dort habe ich etwas Bezauberndes für dich gesehen. Im Augenblick ist der Laden leider geschlossen, ich warte im Schatten, bis der Besitzer zurückkehrt. Ein kleiner buckliger Mann, ich habe ihn weggehen sehen.«

»Erzähl mir nichts von buckligen Männern und Fischen und Juwelierläden. Das ist doch alles gelogen«, schrie Bea ins Telefon. Sie fühlte sich am Rande eines Nervenzusammenbruchs.

»Gelogen?« Es klang entsetzt. Ein tiefes erregtes Prusten, dann war die Verbindung unterbrochen.

Nicolas rief noch einmal an. Von einem mexikanischen Folklorelokal. Bea hörte im Hintergrund die Mariachimusik, hellschmetternde Trompeten, bis Gitarren und Gesang melancholisch einsetzten. Lebhaft berichtete er, daß er die besten Tortillas seines Lebens, gefüllt mit Krabben, gegessen hätte und sich Sorgen um Robert machte. Zog Bea auch die Vorhänge in der Küche zurück, damit das arme Tier die Tauben beobachten konnte?! Als Bea ihn unterbrach und mit Tränen in der Stimme wissen wollte, wann er nun endgültig zurückkäme – schließlich, so erklärte sie fast entschuldigend ihre Ungeduld, müßte sich ja auch Michel darauf einrichten –, murmelte er ein paar Worte, die sie nicht verstand. Heller und fröhlicher noch als das erstemal schmetterten die Trompeten. Seine Antwort ging in lautem Lachen unter. Nicolas schien von einer Gruppe Menschen umgeben zu sein, darunter auch Frauen. Eine Frau lachte ganz nahe neben dem Anrufer. Das Lachen klang heiser und, wie sich Bea einbildete, sinnlich. Ebenso heiser und sinnlich hatte Olimpia in den Apparat geschluchzt, damals, als sie Nicolas verlangte. War sie also doch bei ihm?

Aufschluchzend warf Bea den Hörer auf die Gabel, schlug

die Hände vors Gesicht. Sie hatte es gewußt, sie hatte es wirklich gewußt. Jetzt war alles aus. Nicolas war zu seiner großen Liebe zurückgekehrt, ihre Tage hier in Paris waren gezählt. Daß sie noch in dieser feudalen Luxuswohnung hauste, von Limoges-Porzellan aß, über schwere Perser schritt, eine Rassekatze streichelte, hatte gar nichts zu besagen. Das Silber hatte er ihr ja bereits entzogen, das war der Anfang. Er begann mit silbernen Löffeln, ach nein, viel, viel schlimmer... Wären es doch nur Löffel gewesen, aber nein, er begann mit dem Entzug seines Vertrauens, seiner Liebe, seiner – o Gott! – seiner Treue.

16

Wie eine Besessene lief Bea in der Wohnung herum. Sie dürstete nach Rache, verlangte nach mehr Beweisen. Beweise, daß er sie von Anfang an hintergangen, an der Nase herumgeführt hatte, daß er, während sie sich in Sicherheit sowie im siebten Himmel wähnte, eine ständige Verbindung zu Olimpia hielt. Einen infamen Plan hatte er sich da ausgedacht. Olimpia sollte sich von Frankreich eine Pause gönnen, sich zu Hause in ihrer Heimat in aller Ruhe überlegen, ob sie nicht doch endgültig zu Nicolas, dem Mann ihres Lebens, zurückkehren wollte. In Paris zu leben, schien dafür gar nicht mehr die Bedingung zu sein. Nein, Nicolas suchte für sie und sich ein Domizil in Südamerika, dort, wo sie beide daheim waren, wo ihre Herzen weilten.

Im Salon stand ein schwarzes chinesisches Schränkchen mit vielen kleinen Schubladen, die silberne Scharniere besaßen. Quer über den Schrank waren exotische Figuren in langen flatternden Gewändern gemalt. Bea hatte sich diesem Möbel kaum je genähert, wußte nur, daß Nicolas dort seine privaten Dokumente aufbewahrte. Ab und zu sah sie ihn mit zusammengezogenen Augenbrauen darin herumkramen, immer ein bißchen voller Mißtrauen, jemand hätte daraus etwas entnommen.

»Also, ich war es nicht«, sagte Bea einmal laut und deutlich, als er nach einem Schlüssel suchte. Da hatte er ihr einen beleidigten Blick zugeworfen und über ihr mangelndes Vertrauen geklagt. Wie könnte sie je annehmen, er nähme

an... undsoweiter undsofort. Trotzdem waren beide erleichtert gewesen, als sich der Schlüssel wieder gefunden hatte.
Heute gab es für Bea kein Tabu mehr. Sie wollte Beweise, Beweise! Und wenn ihr Schmerz dann auch noch viel fürchterlicher war und wenn sie anschließend auf der Stelle das Haus verließ, sie verlangte nach Klarheit. Nichts war schlimmer als diese bohrende Ungewißheit. Mit zitternden Händen begann sie Schublädchen für Schublädchen aufzuziehen, eines nach dem anderen. Dabei kam sie sich wie eine Diebin vor, wandte immer wieder den Kopf, ob sie nicht vielleicht jemand bei dieser schmutzigen Arbeit beobachtete. Aber nein, Adrienne hatte mit dem Tod ihres Schwiegervaters zu tun, Sylvie ebenfalls. Und Michel, der sich den Schlüssel zur Wohnung leicht hätte von Adrienne besorgen können, war seit Tagen unsichtbar. Angeblich machte er den Führerschein fürs Motorrad. Nicolas, der Wohnungsinhaber aber, war weit weg, vollauf mit seiner Olimpia beschäftigt.
Bea biß die Zähne aufeinander, um ein Schluchzen zu unterdrücken. »Nicolas, Nicolas«, flüsterte sie, während sie immer ungeduldiger in den Schubladen wühlte. Irgend etwas mußte sie doch finden. »Nicolas, verzeih, daß ich in dein Allerheiligstes dringe, aber ich muß es tun. Ich liebe dich nämlich. Hörst du? Mehr als du je verstehen wirst. Deshalb darfst du mich nicht betrügen. Hörst du? Du darfst es einfach nicht. Du hast kein Recht dazu.« Jetzt begann sie wirklich zu weinen. Tränen stürzten ihr aus den Augen, liefen über ihr Gesicht, es gab kein Halten mehr. Robert, der sie neugierig beobachtete, suchte fluchtartig das Weite. Er haßte es, wenn geweint wurde.
In einem Punkt hatte Nicolas nicht gelogen: Es waren seine privaten Dokumente, die er in dem Schrank verbarg. Ein alter Paß von Marie-Louise – der Himmel wußte, warum er

hier aufgehoben werden mußte –, den Erbschein seiner Mutter, Briefe, die mit seiner Befreiung vom Kriegsdienst zu tun hatten, Zeugnisse, Währungen verschiedener Länder, die Anzeige seiner eigenen Geburt, verschiedene, teilweise verrostete Schlüssel, das war schon alles.
Halt, nein, da war noch etwas. Bea kramte unter einem alten Reiseprospekt einen Briefumschlag hervor, er war vergilbt. »Rodi« stand darauf. Sie öffnete ihn. Mehrere Fotos fielen ihr in die Hand, Fotos eines dunkellockigen kleinen Jungen, der einen Hund auf seinem Arm hielt. Die Fotos waren an einem Fenster aufgenommen, der Junge schaute träumend in die Ferne, während der Hund eingeschlafen war. Wie ein Baby hatte er die Pfoten um den Jungenhals geschlungen. Etwas Rührendes, auch Verlorenes ging von dem Kind aus, etwas fast Engelhaftes, dem sich Bea mit ihrem Hang zur Sentimentalität normalerweise nicht hätte entziehen können, wäre da nicht ihr Schmerz und ihr Mißtrauen gewesen. Natürlich, diese Fotos hatte Olimpia aufgenommen, die begabte Fotografin. Kinder und Tiere waren ihre bevorzugten Objekte, wie Nicolas voller Bewunderung erzählt hatte. Und er hatte gerade diese Bilder behalten, weil sie – ja, weil sie seinen Sohn darstellten, Rodi, der Sohn von Olimpia und Nicolas. Die beiden hatten zusammen ein Kind, ein Kind der Liebe. Deshalb wirkte es wie ein Engel. Es hatte die dunklen Augen seiner Mutter geerbt und – ja, was hatte es von seinem Vater? Die Stirn vielleicht, die Nase, obwohl sie hier noch wenig ausgeprägt, nur angedeutet war, vielleicht auch die Fähigkeit zum Täuschen, zum Hintergehen? Bea mußte sich beherrschen, das Foto nicht zu zerfetzen, mitten durch dieses unschuldige Gesicht, in dem schon die Lüge herrschte, wenn auch noch versteckt, einen starken Riß zu machen. Sie hatten ein Kind, die beiden. Damit sie auf immer miteinander verbunden waren. Und sie, Bea? Ihr hatte er nicht einmal den Vorschlag gemacht, ihm ein

Kind zu schenken. War nicht gut genug, die kleine Deutsche.
O, würde sie ihn mit einem Berg Vorwürfe überhäufen, wenn er wieder anrief, der feine Mann. Würde sie ihn anschreien, anklagen, ihm all das ins Gesicht werfen, was sie quälte, ihr schon so lange auf dem Herzen lag. Er sollte Farbe bekennen, endlich! Monsieur de la Litonnière. Mit geballten Fäusten kehrte sie auf die Couch zurück, um dort seinen Anruf abzuwarten.
Sie wartete Viertelstunden, sie wartete Stunden, sie wartete halbe Tage, sie wartete Tag und Nacht. Nichts rührte sich, niemand rief an. Nicolas hatte seinen Telefonrhythmus unterbrochen, mindestens fünfmal wäre sein Anruf fällig gewesen. Doch – einmal klingelte das Telefon mit seinem neuerdings so unangenehm schrillen Ton, da war sie atemlos herbeigestürzt, bereit, alles zu verzeihen. Hauptsache, sie konnte seine Stimme hören, wissen, daß er sie noch nicht vergessen hatte, doch niemand meldete sich. Stumm wurde der Hörer aufgelegt.
Bea rührte sich kaum mehr von der Couch fort. Stadien der Apathie wechselten mit Verzweiflungsausbrüchen ab. Einmal überlegte sie, das gesamte Mobilar zu zerschlagen, dann, als sie die Bilder des Jungen zum vielleicht hundertstenmal in die Hand nahm, aus dem Fenster zu springen. Beides unterließ sie. Sie war zu nichts mehr fähig, gerade noch, dem Kater sein Essen zu geben und selbst ab und zu eine Tomate oder ein Ei herunterzuwürgen. Nur bei Adrienne meldete sie sich, bat sie, in den nächsten Tagen nicht in die Wohnung zu kommen, sie wollte allein sein, arbeiten. Höchst verwundert nahme Adrienne den Vorschlag an. Eh bien ... Monsieur de la Litonnière wünsche normalerweise, daß sie, auch wenn er im Urlaub weilte, die Wohnung in Ordnung hielt. Durch die Beerdigung sei sie ein paar Tage in Beschlag genommen gewesen, aber jetzt...

»Monsieur de la Litonnière mag wünschen, was er will. Ich jedenfalls erkläre Ihnen ...«, schrie Bea ins Telefon. Die Nerven gingen mit ihr durch. Sollten die anderen von ihr denken, was sie wollten. Hier ging es immerhin um ihre Zukunft, ihr Leben, nein, wichtiger noch, ums Überleben. So, nun blieb sie hoffentlich in ihrem Elend ungestört, mußte keine mitleidigen Fragen beantworten. Robert machte ihr Kummer. Er lehnte die Büchse mit den Wildstückchen ab, auch Nierenragout war nicht nach seinem Geschmack. Erst als Bea einen halben Camembert aus den Tiefen des Eisschranks hervorzauberte, geruhte er, vor seinem Schüsselchen Platz zu nehmen und langsam seine Zahnspange in Bewegung zu setzen. Auch ihm schien ein gewisser Nicolas abzugehen. Aber der scherte sich ja einen Dreck um unschuldige Kreaturen, ordnete alles seinem grenzenlosen Egoismus unter. Seinem Egoismus und – dieser Frau.
Einen Fingerbreit Whisky im Glas, rasch heruntergespült, zu rasch, und Bea fing an, klarer zu sehen. Um zu retten, was noch zu retten war (falls es überhaupt noch etwas zu retten gab), durfte sie jetzt nicht den Kopf verlieren, mußte planmäßig vorgehen. Die nicht wegzudiskutierende Tatsache: Nicolas war verschwunden. Um ihn wiederzufinden, mußte man dort beginnen, wo er sich als letztes aufgehalten hatte, bei seiner letzten festen Adresse. Das war das Hotel »Camino Real« in Mexiko-City. Also erfragte Bea die Telefonnummer per Auskunft, wählte vielleicht ein dutzendmal, bis sie dann endlich nach mehreren Mißverständnissen und falschen Teilnehmern, die sich schläfrig meldeten (Bea hatte die Zeitverschiebung nicht einkalkuliert), das Hotel am anderen Ende der Leitung hatte. Aus den weitschweifigen, in miserablem Englisch abgegebenen Erklärungen kristallisierte sich schließlich heraus: Señor de la Litonnière hatte das Zimmer aufgegeben. Sei abgereist mit –

darauf schien der Portier besonderen Wert zu legen – bezahlter Rechnung. In welche Stadt, in welches Land? Aber, Señora – der geschwätzige alte Mann geriet in ziemliche Aufregung – das wisse er natürlich nicht, der Herr hätte nichts hinterlassen. Wenn Señora unbedingt wollte, könnte man ihr ja die Heimatadresse von Señor de la Litonnière nennen. Paris sei es wohl. Un momento...

Bea dankte, er sollte sich nicht bemühen. Zu gern hätte sie ja noch gewußt, ob er allein abgestiegen war, ob er ein Doppelzimmer bezahlt hatte oder nur ein Single, doch um das zu fragen, reichte ihr Mut nicht aus. Also muchias gracias und buenos dias.

Der nächste Anruf galt der Sekretärin von Nicolas, Mademoiselle Martine, mit der Bea bisher nicht viel zu tun gehabt hatte. Wenn sie Nicolas anrief, immer unter seiner direkten Nummer. Wie sie herausgehört hatte, verurteilte die strenggescheitelte unverheiratete Dame die Affäre ihres Chefs (noch dazu – Skandal! – mit einer Deutschen). Doch auf solche Empfindlichkeiten konnte Bea im Augenblick keine Rücksicht nehmen. Ein weiterer Fingerbreit Whisky – und sie war zu allem bereit.

»Bonjour, c'est Madame Berenson«, meldete sie sich kühn am Telefon. »Je m'excuse de vous déranger... aber vielleicht können Sie mir sagen, wann Monsieur de la Litonnière in sein Büro zurückkehrt?«

Eine kurze Pause. Mademoiselle Martine schien das Ansinnen, Auskunft über den Terminplan ihres Chefs zu geben, als empörend, ja, direkt unverschämt zu empfinden. Wenn er seine Lebensgefährtin über seine Absichten im Unklaren ließ, würde er seine Gründe haben. »Pardon« – schon wieder pardon, dieses schreckliche, alles und nichts (letzteres vor allem) besagende Wort – »Pardon, mais je n'ai pas de nouvelles de Monsieur de la Litonnière.« Was soviel hieß wie, daß sie keine Nachricht von ihm hätte.

Nach einer weiteren – verzweifelteren – Rückfrage Beas kristallisierte sich dann heraus, daß er am gleichen Tag, als er mit Bea sprach, auch in seinem Büro angerufen hatte. Um mitzuteilen, seine Ankuft würde sich verzögern. Wie lange, das wußte Mademoiselle Martine auch nicht.
Der Hörer wurde aufgelegt. Damit war Beas letzte Chance vertan, denn wer konnte mehr über Nicolas' Verbleib wissen als seine Sekretären? Monsieur Pozzo in Mexiko City vielleicht. Aber um an dessen Adresse heranzukommen, hätte Bea nochmals Mademoiselle Martine anrufen müssen, und danach stand ihr nun wahrhaftig nicht der Sinn. Daran änderte auch ein dritter Whisky nichts.
Was also tun? Sich doch noch aus dem Fenster stürzen oder weiter warten? Warten wie lange und worauf? Daß sich Nicolas endlich meldete, mit erschöpfter (von Olimpia erschöpfter) Stimme murmelte, es wäre aus zwischen Bea und ihm. Das hielt sie nicht aus, das konnte niemand von ihr verlangen, sechsundfünfzig volle Stunden wartete sie inzwischen. Wenn nicht auf der Stelle etwas passierte, drehte sie durch.
Der Himmel hatte ein Einsehen mit ihr. Das Telefon klingelte. »Hallo?« Sie keuchte vor Erregung, preßte den Hörer an ihr Ohr, daß es schmerzte.
»Hallo.« Eine männliche Stimme, eine rauhe, also nicht Nicolas. Am liebsten hätte Bea aufgelegt, nur ihre Apathie hielt sie davon ab. »Hier ist Pablo.«
Der alte Freund aus Lima mit dem krausen schwarzen Bart, der sich mit Nicolas in Chantilly in die Wolle gekriegt hatte, der Olimpia – Bea erinnerte sich – eine Ziege genannt hatte. Ein Gesinnungsgenosse also. Warum nicht mit ihm sprechen?
»Nicolas ist nicht da«, teilte sie mit, »er ist verreist. Kann ich Ihnen helfen?«
»Verreist?« tönte es verwundert zurück. »Le crétin. Läßt

eine so bezaubernde Frau allein in Paris zurück. Wo ist er denn?«
»In Südamerika«, platzte es aus Bea heraus. Mexiko, Südamerika, war doch alles das gleiche.
Kurze Pause. »In Südamerika?« klang es dann zurück. »Vielleicht bei dieser Olimpia? Unglaublich, der Kerl lernt auch nichts dazu.«
Bea hätte es ableugnen können, besaß sie doch nicht einen wirklich stichhaltigen Beweis, doch es fehlte ihr die Kraft dazu. Deshalb sagte sie gar nichts, hörte sich stumm Pablos Temperamentsausbruch an, der sich gar nicht mehr beruhigen konnte. Niemals, niemals könnte er Nicolas verstehen, obwohl er im Grund ein so lieber Kerl sei. Nur dieser Frau, dieser Ziege (das sagte er tatsächlich noch einmal) sei er hoffnungslos verfallen, was niemand, der Olimpia kannte, verstehen könnte. Unbegreiflich.
Da raffte sich Bea zu einer Frage auf. »Wieso, wie ist sie denn? Sehr, sehr schön?«
»Schön?« Pablo lachte verächtlich. »Wenn man das unter schön versteht. Schon einmal dieses Lachen! Obwohl Armida Jiminez, ihre beste Freundin und fast genauso verrückt wie sie, sagt, das läge in der Familie. Olimpias Mutter hätte genauso gelacht. Nein, Nicolas ist un fou. Incroyable. Übrigens – wollen Sie sich nicht meine Plastiken in der Lagerhalle ansehen? Ich habe gerade fünf neue Tierfiguren fertiggestellt. Darunter Katzen. Sie lieben doch Katzen?«
Ah, hier war es also nicht die Briefmarkensammlung, mit der man eine Frau in seine Wohnung lockte, man fuhr im wahrsten Sinne des Wortes schwerere Geschütze auf. Bea bedankte sich, brach das Gespräch ab. Innerlich aufgewühlt und gleichzeitig nachdenklich legte sie sich in die Kissen zurück, spielte mit den Fäden, die Robert aus dem Couchpolster gezupft hatte. Es war dämmrig geworden, der

Abend fiel über Paris, vor dem Fenster gurrten die Tauben. Aber Robert war nicht da, um das Schauspiel zu genießen, er schlief tief und fest in Beas Zimmer. Langsam trank sie den Rest des Whiskys, er schmeckte bitter und gleichzeitig schal. Auf einmal wußte sie, was sie zu tun hatte. Es gab nur einen Weg, um die Liebe zwischen Nicolas und ihr zu retten. Sie mußte Olimpia sehen, mit ihr sprechen. Ihr von Angesicht zu Angesicht gegenüberstehen, in die Augen blicken, sie fragen, was sie mit Nicolas noch im Sinn hatte. Das war die einzige Möglichkeit, etwas anderes gab es nicht. Mit trotzigem Warten und den-Kopf-in-den-Sand-stecken erreichte sie gar nichts – außer, daß sie noch völlig die Nerven verlor.

Beas Schultern strafften sich, sie setzte sich sehr gerade auf. Ja, das war es, das war die Lösung. Vor allem jetzt keinen Fehler machen, sie mußte alles sehr genau vorbereiten. Punkt eins: Olimpias Adresse und Telefonnummer herausbekommen. Das erwies sich als leichter, als sie gedacht hatte. Die Auskunft zeigte sich sehr kooperativ. Vargas gab es zwar viele in Lima, aber nur eine Olimpia Vargas. Unter ihrem Namen war eine Nummer eingetragen. Irrtum ausgeschlossen. Das wäre geschafft. Bea atmete auf. Allerdings – wenn Olimpia nicht zu Hause war, sondern mit Nicolas durch Südamerika reiste, auf der Suche nach einem Standplatz für ihr gemeinsames Haus? Dann wäre die ganze Reise umsonst. Es blieb nichts übrig: Sie, Bea, mußte sich vorher vergewissern.

Sie war erstaunt über sich selbst, daß sie ganz ruhig war, als sie die lange Nummer wählte. Weit, weit weg, zwischen Andenschnee und Schrei des Condors, zitterte ein dünner Ton, so dünn und zerbrechlich, daß Bea fürchtete, er könnte jeden Moment verstummen. Aber nein, er hielt aus, lange hielt er aus, und dann war da auch mit einemmal eine Frauenstimme: »Ola.« Es klang zart und schläfrig, wie von

einem ganz jungen Mädchen. Das mußte Olimpias Tochter sein – so sie eine hatte – oder auch das Hausmädchen.
»Verzeihung, aber könnte ich Señora Olimpia Vargas sprechen«, sagte Bea auf Englisch laut und deutlich ins Telefon. Sie sprach den verhaßten Namen das erstemal offiziell aus. Damit war diese Frau nicht länger ein Phantombild, eine Schöpfung ihrer überreizten Phantasie, sondern eine tatsächlich existierende Person.
Das Mädchen schien sich besinnen zu müssen. Kostbare Sekunden verrannen. »Momento. Voy a ver si esta«, klang es dann gemächlich zurück. Der Hörer wurde irgendwo hingelegt. Ihre Schritte waren zu hören. Sie eilte zu Olimpia, die in einem Stübchen unterm Dach ihre Hexensprüche aufsagte, einem weiblichen Püppchen mit blauen Augen (Bea) eine Nadel ins Herz stieß? Bea schauderte. Fast angewidert warf sie den Hörer in die Gabel.
Nun, bald würde sie mehr wissen, dem Mysterium Olimpia endlich auf die Spur gekommen sein. Wenn es nicht schon zu spät dazu war! Jedenfalls durfte sie keine Zeit mehr verlieren, langsam kam es auf jede Stunde an.
Wieder einmal war ihr der Himmel gnädig. In Dingen wenigstens, die nicht unbedingt mit Nicolas' Liebe zu tun hatten, zeigte er ein Einsehen mit ihr. Air France konnte ihr – für unanständig viel Geld – einen Flug nach Lima reservieren. Ja, auch schon für morgen abend, wenn es absolut dringend war. Könnte sie gleich im Flugbüro an der Porte Maillot vorbeikommen?
Natürlich, und sie ging die zehn Minuten auch zu Fuß, um ein bißchen frische Luft zu schnappen, den Whiskynebel aus dem Kopf zu verscheuchen. Der Nebel hatte sich verzogen, dafür regnete es. Wie jeden Abend am Wochenende wanderten die Männer auf Kontaktsuche die Avenue Foch auf und ab. Heute hatten sie wenig Glück. Kaum jemand hielt, die Autos rasten vorbei, daß die Pfützen

aufspritzten. Alles wollte nach Hause vor den Fernsehapparat, wo, das hatte Bea sogar mitbekommen, ein wichtiges Fußballmatch zwischen dem französischen Meister Marseille und Montpellier übertragen wurde. Nicolas hätte es sich sicher auch angeschaut, ein Glas Rotwein in der Hand, Bea neben sich.

Sieben Uhr abends. Die Boutiquen im Palais de Congrès waren dabei zu schließen. Ein junges Paar verließ ein Geschäft, in dem Silber und Kristall verkauft wurde, eine große grünglänzende Plastiktüte in der Hand. Das Mädchen war fast zwei Meter groß und schlank wie eine Gazelle, eine bildschöne Farbige, die einen getigerten Overall trug und herrliche Zähne beim Lachen zeigte. Bewundernd sah ihr Begleiter zu ihr auf.

Ihr Begleiter? Das war doch – Hugo. Bea gab es einen Ruck. Um ein Haar wäre sie stehengeblieben, um Nicolas' Sohn zu begrüßen, dann kam ihr das Absurde der Begegnung zum Bewußtsein, und sie hastete weiter. Hugo, der angeblich in England weilte und Ulrike inzwischen mit Briefen tröstete, die kleine, naive Ulrike. War auch nicht klüger als ihre Mutter. Beide waren sie auf den Charme der de la Litonnière hereingefallen, ließen sich anlügen und betrügen. Himmelherrgott, eine Schande! Aber diesen Fall würde Bea später klären, erst einmal mußte sie ihr Flugbillett haben. Sollte sich die Tochter noch ein wenig länger in Illusionen wiegen, vielleicht kam sie dem Fiesling ja selbst auf die Schliche.

Eine Stunde später. »Wozu man aus Liebe doch alles fähig ist«, murmelte Bea, während sie ihren kleinen Koffer aus dem Schrank hob. »Ich fahre nach Lima. Ich fahre tatsächlich bis ans andere Ende der Welt, setze mich auf Olimpias Spuren. Und deren kleiner Kater«, sie bückte sich, um Robert, der an ihren Füßen schnupperte, flüchtig über die Ohren zu fahren, »bleibt hier. In der Obhut von Adrienne.

Muß er eben mal in Kauf nehmen. Auch für einen Kater besteht das Leben nicht nur aus Annehmlichkeiten. Verstehst du das, Robert? Wer weiß, vielleicht treffe ich sie ja beide, Nicolas und Olimpia. Was soll's? Ich habe vor der Begegnung keine Angst.«
Und warum zitterte sie dann an Händen und Füßen, daß ihr der Koffer beinahe zu Boden fiel?

17

Verzweifelt lehnte Bea den Kopf gegen den harten Sitz, versuchte die Beine einigermaßen auszustrecken. Vergeblich. Der Sitz war zu eng. Noch dazu hatte ihr Vordermann seine Lehne geradezu unverschämt weit nach hinten gekippt. Und wenn sie sich ein wenig zur Seite neigte? Brachte auch nichts, denn ihr Nachbar zur Linken war ein Schwergewicht, der, hätte er eine Spur Verantwortung gehabt, eigentlich zwei Sitze hätte buchen müssen statt einem einzigen. Wuchtig lastete sein rechter Arm auf dem gemeinsamen Armpolster, so daß Bea sich gezwungen sah, die ihren anzuwinkeln und die Hände in ihrem Schoß zu falten, wo sie immer schwerer wurden und langsam einschliefen. Die Dame rechts aber hatte sich von Kopf bis Fuß mit einem so betäubenden Parfum eingesprüht, daß es Bea regelrecht den Atem verschlug. Der Kopf tat ihr weh, im Magen regte sich Übelkeit. Und mit solchen miesen Duftwässerchen verdiente Nicolas seinen Lebensunterhalt. Am liebsten hätte sie die Dame nach dem Namen des Parfums gefragt, um ihn Nicolas dann triumphierend unter die Nase zu reiben.

Nicolas... Schon wieder Nicolas. Immer und allein Nicolas. Sicher hatte er sich nicht in die Touristenklasse der Boing 747 nach Lima geklemmt, sondern war First Class gereist. Mit Champagner, genügend Platz für die Füße und jede Menge Zeitschriften. Ihr dagegen hatte man nicht einmal eine »Marie Claire« bewilligt. Als sie beim Einsteigen in einem offenen Regal danach greifen wollte, war ihr die Stewardess nicht unfreundlich, aber bestimmt entgegengetreten. »Das ist für die First-Class-Passagiere.«

Also versuchte Bea wenigstens zu schlafen, doch auch das erwies sich als unmöglich. Blieb nichts übrig, als mit geröteten Augen (von der Müdigkeit und – ja, auch vom Weinen. Aus Trauer, als ihr beim Verlassen der Wohnung Robert vorwurfsvoll hinterherstarrte, hatte sie ein heftiger Weinanfall übermannt. Er schien zu ahnen, was da an Einsamkeit auf ihn zukam. Bis zum Fahrstuhl hatte sie sein klägliches Miauen verfolgt. Aber war sie vielleicht glücklicher?) vor sich hinzustarren, unfreiwillig der Unterhaltung der parfümierten Dame zu lauschen. Sie sprach mit ihrem Mann, der hinter ihr saß. Beide trafen Freunde in Lima, wollten dann weiter nach Paracas, wo es hinreißend schöne Landschaften geben mußte. Wann hatte der irische Konsul die Geburtstagsparty für sie geplant? Sie waren so voller Pläne, voller Urlaubsfreude... Während sie, Bea, alles andere als freudig erwartet wurde. Im Gegenteil – eine Welle der Feindseligkeit würde ihr entgegenschlagen. Wer weiß, vielleicht ging diese Olimpia in ihrem ungezügelten Temperament sogar auf sie los, unterstützt von Nicolas, der erwog, die Polizei zu holen, um den Eindringling aus dem Haus zu weisen. Alles war möglich, nur nichts Angenehmes. Bea stürzte sich hier wirklich in ein Abenteuer mit ungewissem Ausgang. Und doch – sie seufzte auf, versuchte ihren Kopf ein bißchen weicher zu betten – gab es für sie keine andere Lösung. Auch heute hatte Nicolas wieder nicht angerufen.

Cocktails wurden serviert. Im Schneckentempo schoben sich die Wägelchen den Gang entlang, jeder Passagier wollte einen besonders ausgefallenen Drink, da – wie die Stewardeß bedauernd mitteilte – nicht genügend Champagner da war. Hatten sich die Passagiere der ersten Klasse wahrscheinlich bis zum Hals damit eingedeckt. Es herrschte keine Brüderlichkeit unter den Menschen – selbst in Frankreich nicht, wo man diese Tugend einmal so groß ausgerufen hatte. Also eine Bloody Mary, falls noch genügend

Tomatensaft vorhanden war, wenn die Stewardeß Beas Reihe, die eine der letzten war, erreicht hatte.
Das Abendessen war alles andere als einladend. Geschnipselte Karotten, mit Zwiebeln gewürzt, dazu ein kaltes Hühnerbein und diese mysteriöse Gemüsepastete, auf die Bea schon bei ihren kurzen Flügen zwischen Paris und München regelmäßig verzichtete. Lieber begnügte sie sich mit einem Brötchen, dekorierte es mit einem Stück Käse. Dazu trank sie Rotwein, um sich schläfrig zu machen. Doch mit dem Schlaf würde es nicht so schnell klappen. Jetzt diskutierte die Parfumdame mit zurückgewandtem Kopf einen eventuellen Abstecher nach Bolivien, wo abermals liebe Freunde sie erwarteten und – o Freude – der dritte Sohn mit seiner zweiten Frau wohnte. Alle lebten sie in so ausgezeichneten, so geregelten Verhältnissen, hatten hervorragend geratene Kinder... Nein, Bea durfte nicht ungerecht sein, die besaß sie auch. Was bei ihr drohte, in eine Katastrophe auszuarten, war einzig und allein ihre Partnerschaft. (Von Liebe wagte sie in Zusammenhang mit Nicolas schon gar nicht mehr zu sprechen.)
Der Rotwein, gemischt mit zwei Beruhigungstabletten, zeigte Wirkung. Bea nickte ein. Das Verkaufsgespräch zwischen dem Schwergewichtigen, der sich für eine Rasiercreme interessierte und sie unbedingt auf seiner behaarten Hand ausprobieren wollte, und der Stewardeß weckte sie wieder auf. Sie blinzelte. Ihre Nachbarin zur Rechten las bei angeknipstem Licht. Eine Strapaze, dieser Flug, sie hatte es ja geahnt. Dabei hatte sie höchstens ein Sechstel der Flugzeit hinter sich.
Bea schlummerte ein. Die Beine hochgezogen, den Kopf höchst unbequem auf die Schulter gelegt. Einmal wachte sie auf, weil das Flugzeug schwankte, wie sie den Eindruck hatte, in die Tiefe sank. Da wurde ihr klar, daß sie sich etwa zehntausend Meter über dem Meer befand, und sie hatte

Angst. Das erstemal in ihrem Leben, daß sie eine so lange Flugreise machte. Und niemand, der ihre Hand hielt, ihr Mut zusprach, eine Decke über ihre Schulter legte.
Da mußte sie nun vierzig Jahre alt werden, zwei Kinder großziehen, eine himmelhochjauchzende Liebe erleben und stand letztendlich doch allein da. Viel mehr allein, als sie jemals zuvor gewesen war.
Zwischenstop in Cayenne. Die Teufelsinsel, auf die man in früheren Zeiten französische Schwerverbrecher deportierte, die Hölle, die der ehemalige Sträfling Papillon weltbekannt gemacht hatte, als er ein Buch darüber schrieb. Heute wurde die Insel in der Hauptsache für Forschungsprojekte benutzt, die Franzosen bereiteten hier ihre technische Zukunft vor. Zwei Stunden waren als Aufenthalt vorgesehen, die Passagiere wurden gebeten, das Flugzeug zu verlassen.
Eine schwüle Hitze schlug Bea entgegen, als sie den Gangway entlangschritt. Sie zog die Jacke aus, rollte die Strümpfe herunter. Ein Blick in den Spiegel des Waschraums zeigte ihr ein übermüdetes, von dem Wein leicht gerötetes Gesicht. Tiefe Schatten lagen unter ihren Augen. Sie fühlte sich klebrig, vermißte eine Dusche. Vielleicht würde ein Kaffee über das Schlimmste hinweghelften.
Draußen war es dunkle heiße Nacht, riesengroße Sterne funkelten am Himmel. Die Halle wirkte ärmlich, aber sauber. Es roch nach einem scharfen Desinfektionsmittel und billiger Seife. Neger in Uniformen machten sich an den Abfertigungsschaltern zu schaffen, sie sprachen ein drolliges Französisch, das fast wie Singen klang. Wenn sie lachten, sah man ihren hellrosa Gaumen. Die Hitze schien ihnen nichts auszumachen. Bea stellte sich vor, wie die Strafgefangenen, mürbe von tagelanger Reise auf dem Meer, hier angekommen waren, ohne Hoffnung auf Zukunft, ganz dem mörderischen Klima und einer mörderischen Arbeit

ausgeliefert. Kein Wunder, daß sie, solange sie dazu noch fähig waren, Fluchtpläne wälzten, die so gut wie immer scheiterten und in die Hölle zurückführten. Papillon war einer der wenigen, die es geschafft hatten. Wenn Bea wieder in München war, wollte sie sein Buch noch einmal lesen. Wenn sie wieder in München war ... Und bis dahin? Was würde da alles geschehen? Wider Willen lächelte sie, fühlte sie sich doch selbst wie eine Deportierte.
Sie wanderte umher, ließ ihren Blick durch die Flughalle schweifen. Dabei fiel ihr auf, daß sich eine lange Schlange gutgekleiderter Europäer vor dem Air France-Schalter gebildet hatte, alle wollten sie wohl nach Lima reisen. Geschäftsleute vielleicht, auf den südamerikanischen Markt spezialisiert.
Einer der Männer sprach Bea auf Englisch an, fragte, ob das Flugzeug in Paris Verspätung gehabt hätte. Er warte schon seit mehr als einer Stunde. Er sagte das so liebenswürdig und so ohne jede Aufdringlichkeit, daß sie die schnippische Antwort, die ihr auf der Zunge lag, herunterschluckte. War so wohltuend, wenn ein Mann freundlich zu ihr war.
»No, no, I ... je ne crois pas.« Jetzt war sie schon wieder ins Französische verfallen. Es war bedauerlich, doch ihr Englisch hatte durch den langen Parisaufenthalt stark gelitten. Manchmal fielen ihr die einfachsten Vokabeln nicht mehr ein.
»Warum sprechen wir nicht Deutsch? Ich glaube, das können wir beide am besten.« Der Mann, in blauen Jeans und weißem Hemd mit aufgerollten Ärmeln, lächelte, bückte sich nach ihrer Jacke, die ihr vom Arm geglitten war.
»Ach ja. Sind Sie auch Deutscher?« Eine neugierige Frage. Nicolas hätte sie mit Blicken dafür getötet.
»Nicht ganz, doch ein Nachbar. Ich bin Österreicher,

genauer gesagt, Wiener. Sehr schlimm?« Er lacht sie spitzbübisch aus schmalen braunen Augen an, imitierte den schläfrigen Wiener Tonfall.
Bea sah ihn sich genauer an. Beinahe hätte sie gelacht, denn er erinnerte sie stark an Rudolf Lenz, den »Förster aus dem Silberwald«, für den sie als junges Mädchen kurzzeitig geschwärmt hatte, bevor sie dann zu Gary Cooper überwechselte, besaß den gleichen weichen Schnurrbart, die vollen Lippen. Und so etwas traf man im Flughafen von Cayenne.
»Dr. Toni Havlacek«, stellte er sich vor. »Geboren am Neusiedler See, aufgewachsen in Wien und mit dem Herzen nach wie vor dort zuhause. Nur mein Beruf, der führt mich um die ganze Welt.«
»Wieso? Was machen Sie denn?« Bea stellte die Frage mehr aus Höflichkeit denn aus tatsächlichem Interesse. Dazu war sie schlichtweg zu müde. Außerdem – was kümmerte sie der berufliche Werdegang eines wildfremden Menschen angesichts ihrer Probleme? Sie erwog, mit einem kurzen Nicken weiterzugehen, vielleicht am besten gleich auf ihren miserablen Platz im Flugzeug zurück, doch irgendwie wagte sie es nicht.
»Ich bin Ingenieur, spezialisiert auf Energieversorgung. Und da man auf diesem Gebiet hier sehr Interessantes auf die Beine stellt, hat es mich für ein Jahr nach Cayenne verschlagen. Abkommandiert auf die Teufelsinsel.« Er lachte, es klang weich, herzlich. »Und mit wem, bitte schön, habe ich das Vergnügen?«
Bea stellte sich vor. Sagte nicht, was sie hierher führte, nannte nur ihren Namen, fügte noch »aus München« hinzu. Und fand, daß das schon zuviel war.
»Eine Münchnerin? Wie nett. An München habe ich die besten Erinnerungen. Dort habe ich mein Studium absolviert. Mit Fasching und Biergarten und Skiausflügen an den

Spitzingsee, halt alles, was so dazugehört. Ist Schwabing immer noch das, was es einmal war?«
Bea mußte passen. Darüber war sie nun wirklich nicht orientiert. Die Schwabinger Amüsierlokale hatte sie seit ihrer Abiturzeit nicht mehr besucht. Ja, wenn es Paris gewesen wäre...
»Und was treibt Sie nach Cayenne? Beziehungsweise nach Lima, denn dorthin geht ja der Flug. Ist es sehr neugierig, wenn ich Sie danach frage?« Er führte sie an die Bar, winkte dem Burschen, zwei Kaffees zu servieren. »Zwei kleine Braune«, wie er lachend hinzufügte. »Aber ohne Schlagobers.«
Ja, was führte sie nach Lima? »Eine Frau zur Rechenschaft ziehen«, hätte sie antworten können, »die Frau, die mein Leben, meine Liebe vergiftet, mir den Mann wegnimmt. Diese Frau finden, zur Rede stellen und den Mann dazu. Das heißt, wenn er sich überhaupt in Lima befindet. Gar nicht so sicher. Im Grunde habe ich nicht die geringste Ahnung, wo er ist.«
Doch all das hörte sich so wirr und so ungereimt an und war dazu so persönlich, daß Bea zunächst schwieg, dann etwas von »Freunde besuchen« murmelte. Die Schweißtropfen standen ihr auf der Stirn. Sie nahm die Serviette, um sich das Gesicht abzuwischen. »Eine Hitze ist das.«
»Ja, aber draußen im Freien erst. Die Wälder geben da nicht viel Schatten. Obwohl Cayenne französisch verwaltet wird und die Franzosen sehr stolz auf dieses Territorium sind, besitzt der Flughafen nicht einmal eine Klimaanlage. Dabei wird die Insel immer wichtiger für ihre technischen Zukunftsprojekte. Ich bin hierher gekommen, um mich über die Wasserversorgung zu informieren. Jetzt weiß ich genug, um in Peru damit zu beginnen. Höchste Zeit für das von Katastrophen heimgesuchte Land.«
Er sprach weiter, erzählte von der miserablen politischen

Situation Perus, der großen Armut, die immer mehr Indios von den Bergen herab nach Lima trieb. Dort errichteten sie am Rande der Stadt Unterkünfte aus Karton, Stroh und gepreßter Erde, versuchten irgendwie zu überleben.
Bea fühlte sich wie im Taum. Einerseits war sie so müde, daß sie auf der Stelle hätte einschlafen können, andererseits lauschte sie dieser weichen Stimme, die so liebenswürdig auf sie einsprach. Der Österreicher gab sich alle Mühe, sie zu unterhalten, ein wenig aufzuheitern, denn obwohl sie sich gerade ein paar Minuten kannten, konnte es ihm nicht entgangen sein, daß sie sich am Rand einer Nervenkrise befand. Trotz seines legeren Äußeren – er trug indianischen Perlenschmuck um Hals und Handgelenk – wirkte er sensibel, nachdenklich. Und – das Angenehme – er sprach Deutsch, dachte und handelte auf die ihr bekannte Art. Bei ihm mußte man nicht Theater spielen, sich nicht jedes Wort zweimal überlegen.
Der Flug nach Lima wurde aufgerufen. Bea raffte ihre Sachen zusammen, bedankte sich für den Kaffee, machte sich auf, ihren Platz wieder einzunehmen. Vielleicht hatte sie ja Glück, und ihre Nachbarn waren ausgestiegen.
Sie hatte kein Glück. Im Gegenteil. Die Dame war dabei, sich neu mit ihrem Parfum einzusprühen, der fette Mann schwitzte so stark, daß sein Hemd ganz feucht war. Und zwischen diesen Leuten sollte sie nun die Nacht verbringen! Dabei gab es da und dort freie Plätze.
»Wäre es Ihnen sehr unangenehm, neben mir zu sitzen?« Auf einmal stand Dr. Havlacek neben ihr, beugte sich zu ihr herunter. »Sie hätten es bequemer. Hier können Sie doch kein Auge schließen.«
»Ja, gern. Wenn es möglich ist.« Bea erhob sich halb.
»Es ist möglich. In diesen Ländern ist mit einem ordentlichen Trinkgeld fast alles möglich. Nebenbei kenne ich die Stewardeß.«

Eine großgewachsene Brünette mit einer Narbe auf der Wange und grünlichen Augen, die Bea allerdings etwas mißbilligend musterte, als sie in die »business class« einzog.
»Ich habe gesagt, der Platz sei für meine Cousine«, flüsterte der Österreicher Bea ins Ohr. »Wahrscheinlich hat sie sich ein krummes altes Weibchen vorgestellt.«
Bea lächelte. Wieder einmal eine eifersüchtige Französin. Langsam hatte sie sich daran gewöhnt. Aber dieser Platz war tatsächlich um vieles angenehmer. Wenigstens konnte man seine Beine ausstrecken und bekam auch gleich einen Orangensaft serviert. Wenige Minuten später war sie eingeschlafen.
Sie träumte, sie lag in ihrem großen Bett in Paris, neben sich Nicolas, der sie streichelte, beruhigte. Sie fühlte seine Haut, sah in seine riesengroßen blauen Augen, roch sein herbes Parfum und den Duft seiner Haare. »Es gibt keine Olimpia«, sagte er immer wieder, »es gibt keine andere Frau, es gibt nur dich.«
Sie wollte es glauben, wollte es so gern glauben, doch sie wußte, daß er log. Verzweifelt begann sie zu weinen. Der Druck seiner Hand wurde fester.
»Nicht weinen«, sagte eine Stimme neben ihr, »schlafen Sie ruhig weiter, ich passe auf Sie auf. Kein Kummer ist es wert, daß man ihm seinen Schlaf opfert. Geht es Ihnen wirklich so schlecht?«
Sie sah in die Augen des Österreichers, in denen warme goldenen Lichter tanzten, so wie manchmal bei Nicolas. Am liebsten hätte sie genickt, weil sie spürte, daß ihr Nachbar es ernst mit ihr meinte. So aber schüttelte sie nur mit einem müden Lächeln den Kopf, bettete sich zur Seite, um weiterzuschlafen. Seine Hand ließ sie auf ihrem Arm. Es war so beruhigend und – da gab es keinen Nicolas, der ihr aus Eifersucht die Hölle heiß gemacht hätte.
Morgen in Lima. Nebel lag über der Stadt, grau, bleiern,

bedrückend. Beas erster Eindruck. Dabei hatte sie sich eine bunte, fröhliche, von Sonne überflutete Stadt vorgestellt, die in Blumen und exotischen Farben fast ertrank. Schäbig auch der Flughafen, ja, richtig schmutzig. Männer mit indianischen Gesichtszügen lungerten herum, einige schliefen auf dem Boden. Eine Mutter mit schwarzen steifen Zöpfen, Arme und Gesicht braungegerbt, kauerte, gegen eine Wand gelehnt; auf ihrem Rücken, in ein großes buntes Tuch eingeschlagen, rollte ein Baby traumverloren seine schwarzen Kulleraugen. Es roch nach Armut, und – ja, es roch auch ein wenig nach Gefahr. Jedenfalls hielt jeder Europäer seine Tasche dicht an sich gedrückt.
Bea folgte dem österreichischen Ingenieur, der zu spüren schien, daß sie trotz der drei Stunden Schlaf im Flugzeug völlig übermüdet war, und sie mit seinen Fragen in Ruhe ließ, was sie ihm hoch anrechnete. Im Augenblick war sie wirklich nicht in der Lage, auf Wiener Charme und überflüssiges, wenn auch gutgemeintes Geplauder einzugehen. Erst einmal wollte sie ihren Koffer haben, dann entscheiden, was sie als nächstes tun wollte.
»Beatrix – darf ich Sie so nennen? Wir sind jetzt in Südamerika, und dort nennt man sich beim Vornamen, duzt sich sogar normalerweise – hier, diesen Weg. Wir passieren jetzt Paß und Zoll, das nimmt leider einige Zeit in Anspruch. In Südamerika kennt man keine Eile, das werden Sie schnell lernen. Sagen Sie mir, wenn Sie mit den Beamten nicht zurechtkommen. Ich spreche ein ganz passables Spanisch.«
Bea lächelte dankbar. Sie reichte einem kleinen älteren Mann in schlechtsitzender Uniform ihren Paß, füllte unendlich viele Fragebogen aus, war bereit, ohne Aufforderung ihre Handtasche zu öffnen und später dann auch ihren Koffer, hatte sie doch nichts zu verbergen. Hier warten und abermals warten auf das Gepäck an einem rollenden Band,

das nicht funktionierte, und dann endlich stand sie am Ausgang des Flughafens, fühlte sich verlassen, verloren, tiefunglücklich. Das also war die Stadt, in der Nicolas und Olimpia ihre große Liebe erlebt hatten (und vielleicht wieder erleben würden), hier in dieser Flughalle voller Papierfetzen und Zigarettenstummel am Boden hatten sie sich umarmt, geküßt, sich baldiges Wiedersehen geschworen. Ihr verwöhnter Nicolas in dieser armseligen Umgebung? Kaum vorstellbar, aber wie Nicolas immer wieder erzählte, sei Lima ja zu seinen Zeiten anders gewesen. Erst in den letzten Jahren war die Stadt so heruntergekommen, herrschte im ganzen Land Hunger, Armut, Terror.

»Tun Sie Lima nicht Unrecht.« Toni (so nannte Bea ihn heimlich, war viel weniger kompliziert als Dr. Havlacek) war an ihre Seite getreten, nahm ihr den Koffer aus der Hand. »Es hat auch seine schönen Seiten. Im siebzehnten Jahrhundert war die Hauptstadt Perus eine der reichsten Städte des Kontinents, lebte von ungeheueren Goldfunden und vor allem vom Handel. Sie können sich gar nicht vorstellen, was hier für ein Prunk herrschte. So ließen die Kaufleute zur Ankunft des neuen Vizekönigs zwei ganze Straßenzüge, über die die Kutsche des Repräsentanten der spanischen Krone rollen sollte, mit fünf Zentimeter dicken Silberbarren pflastern. Solche Geschichten gibt es viele. Tempi passati. Heute ist das Land von Drogen und Korruption durchsetzt, die Indios haben kaum noch etwas zum Leben.«

»Und man kann gar nichts dagegen tun? Warum hilft Europa nicht?« Bea war nicht bereit, die Misere Perus als unabwendbares Schicksal hinzunehmen.

»Europa hat mit sich selbst zu tun, außerdem ist es mit einer Wirtschaftshilfe nicht getan. Die Veränderung muß hier anfangen, zum Beispiel bei der Regierung. In Südamerika ist es nun einmal gang und gäbe, daß sich ein Staatschef erst einmal persönlich aus der Staatskasse bedient, bevor er an sein Volk denkt. Man darf das allerdings nicht verallgemeinern. Im Augenblick ist eine Garde junger ehrgeiziger und auch pflichtbewußter Männer dabei, in vielen südamerikanischen Staaten die Macht zu übernhemen. Wenn sich dieser Trend durchsetzt, wird auch Peru eines Tages davon profitieren. Aber wenden wir uns aktuelleren Themen zu. Wohin darf ich sie fahren lassen, Beatrix? Zu Ihren Freunden? In ein Hotel?«

»In... in ein Hotel.« Natürlich, zunächst einmal mußte sie sich ein Zimmer nehmen, konnte nicht, müde und schmutzig wie sie war, geradewegs zu Olimpia stürmen. Sonst war sie von Anfang an auf der Verliererseite. So sehr es sie auch drängte, ihre Rivalin zur Rede zu stellen, so war sie doch vernünftig genug einzusehen, daß sie dazu vor allem einen kühlen Kopf benötigte. Mit unnötiger Eile erreichte sie gar nichts. »Aber ich weiß nicht, in welches.«

»Machen Sie sich keine Sorgen, Beatrix, schließen Sie sich mir an. Ich habe für mich ein Zimmer in einem kleinen, aber guten Hotel in Miraflores reserviert. Miraflores – das heißt auf deutsch: die Blumen betrachten, hübsch, nicht wahr? – ist eines der elegantesten Viertel von Lima. Sicher finden wir dort auch eine Bleibe für Sie. Geld müssen Sie nicht wechseln. Sicher haben Sie Dollars bei sich, und die werden hier mit Handkuß genommen.«

Er zog sie in ein Taxi, nannte dem Fahrer, einem gleichgültig wirkenden Chinesen, die Adresse seines Hotels. Bea betrachtete verwundert die Autoscheiben, die voller Sprünge und Risse waren, Klebestreifen waren kreuz und quer darüber gepflastert.

»Es wird gebeten, die Tür vorsichtig zuzuziehen«, übersetzte Toni den Text eines Pappschilds, der auf die Rückenlehne geklebt war. »Wohl, damit das Auto nicht auseinan-

derfällt. Aber ich rede zuviel, Beatrix. Wenn Sie müde sind, schließen Sie die Augen. Ich wecke Sie rechtzeitig auf.«
»Aber ich bin nicht müde,« beharrte Bea fast trotzig. »Ich will doch etwas sehen vom Land. Sie müssen wissen, das ist das erstemal, daß ich einen anderen Kontinent besuche. Meistens war es nur England, Österreich natürlich, die Schweiz und in den letzten Jahren dann Paris. Mein Mann – er lebt nicht mehr – liebte keine langen Flüge und meinte immer, in Europa sei es am schönsten.« Das erstemal, daß sie etwas von sich erzählte, doch sie hatte das Gefühl, sie müßte das tun. Was gab sich dieser Mann, den sie doch kaum kannte und dem sie einen alles andere als erfreulichen Anblick bot, doch für Mühe mit ihr!
Toni sah sie nachdenklich an, nickte. Er machte sich nicht lustig über sie wie all die anderen Weitgereisten, wenn sie gestand, daß sie ziemlich reiseunerfahren war, sondern er versuchte sie zu verstehen. Das sah sie seinen Augen an. Komisch, viele Jahre lang hatte sie etwas gegen braune Augen gehabt (die von Walter waren, obwohl sein Haar dunkel war, grünlichgrau gewesen), jetzt mit einemmal gefielen sie ihr. Waren nicht so verlogen wie die meerblauen Augen von Nicolas, die so unschuldig wirkten.
Das Taxi ratterte über die löchrige Straße. Staub wirbelte auf, vermischte sich mit der Luft, die genauso grau wirkte. Das lag am Himmel, der dicht verschleiert war, nicht der winzigste Sonnenstrahl zeigte sich. Im Gegenteil, Nebel kam auf.
»Ich dachte, hier kommt man vor Hitze um«, wunderte sich Bea, »in diesem Kontinent, wo die Sonne zu Hause ist.«
»Sie dürfen nicht vergessen, es ist Winterzeit. Der Sommer findet hier zwischen Dezember und März statt. Dann scheint die Sonne sehr, sehr heiß, und die Strände sind übervölkert. Die anderen Monate über aber liegt Lima im Nebel. Ah, die Barriadas, es sind noch mehr geworden seit

dem letzten Mal. Schauerlich. Ich frage mich, wie all die Menschen überleben wollen.«
Er wies auf eine Ansammlung kläglicher Behausungen, die sich entlang der Straße hinzogen. Behausung war bereits zu hochtrabend ausgedrückt, es waren Notunterkünfte der allerarmseligsten Art, errichtet aus Papier, Karton und getrockneter Erde (jedenfalls wirkte es aus der Entfernung so), eine dicht an die andere geklebt. Einige, etwas weitergelegene, zeigten bereits Ziegelsteine, auch Fernsehantennen waren zu erkennen.
»Und wenn es kalt wird?« Bea war von Mitleid gepackt.
»Frieren die Kinder, denn Kinder haben die Indios reichlich.« Toni zuckte mit den Achseln. Nicht gleichgültig, sondern mit dem Ausdruck aufrichtigen Bedauerns. »Frieren, und manchmal sterben sie auch vor Hunger. Ja, Peru ist ein bitterarmes Land. Höchste Zeit, daß hier der Fortschritt einzieht, der Fortschritt für alle, und – das vor allem – daß die richtigen Männer an die Macht kommen. Aber wenn es Sie interessiert, machen wir einen kleinen Umweg und fahren durch die Innenstadt, damit Sie mehr von Lima sehen.«
Bea nickte, setzte ihre Sonnenbrille auf und lehnte sich in den zerlöcherten Sitz zurück. Im Zentrum der Stadt sah man kaum einen Europäer, nur Farbige oder Menschen mit harten indianischen Gesichtszügen, in endlosen Schlangen auf die Busse wartend, die bereits überfüllt waren. Kinder verkauften Lose oder Gemüse, andere boten ihre Dienste als Schuhputzboys an, magere Hunde schnupperten im Straßenstaub nach etwas Eßbarem, was sie wohl kaum finden würden. Alles schrie und gestikulierte heftig, und doch lag eine unheimliche Ruhe über der Stadt. Und in dieser so überaus deprimierenden Atmosphäre hatte Nicolas gelebt und geliebt. Unvorstellbar, in der Tat. Lebte und liebte vielleicht bereits wieder. »Nicht daran denken«, häm-

merte sich Bea ein, »nicht daran denken, sonst werde ich noch ganz verrückt.« Was Olimpia betraf, so war sie vielleicht eine Indianerin? Und wo wohnte sie? In diesem schmutzigen Häuserdurcheinander?
»Die reichen Leute sieht man kaum mehr auf der Straße.« Toni schien ihre Gedanken erraten zu haben. Er erriet überhaupt sehr viel von dem, was Bea beschäftigte. »Und wenn, dann nur in ihren Autos. Jetzt lassen Sie sich von diesem Straßenbild nicht zu traurig machen, gleich kommen wir in eine bessere Gegend. Sehen Sie, da ist schon Miraflores.«
Ein sauberer Platz mit großen Appartementhäusern und vielen kleinen Geschäften, der zumindest einigermaßen gepflegt wirkte, dann schmale Straßen, die, wie Toni erklärte, alle Blumennamen trugen. Dort fanden sich hübsche pastellfarbene Villen, umgeben von Gärten, in denen die Blumen nur so wucherten. Das Taxi hielt vor einem solchen Haus. »Casa Lucinda« stand daran geschrieben.
»Wir sind angekommen.« Toni half ihr aus dem Auto. »Ein ordentliches Hotel, wie ich Ihnen gesagt habe. Ich bin schon mehrere Male hier abgestiegen. Sicher gibt es noch Platz für Sie. Und wenn nicht, stelle ich Ihnen mein Zimmer zur Verfügung und ziehe zu meinen Freunden.«
Die Sorge stellte sich als unbegründet heraus. Es gab noch genügend freie Zimmer. Wer reiste schon nach Lima? Um Geschäfte zu machen, vielleicht, aber gewiß nicht, um seinen Urlaub dort zu verbringen. Wie Toni gewarnt hatte, war man auch hier nicht vor Überfällen sicher. Deshalb war es besser, ohne große Geldsummen und auffallenden Schmuck auf die Straße zu gehen.
»Richten Sie sich in Ruhe in Ihrem Zimmer ein. Dann darf ich Sie vielleicht zum Essen einladen? Oder wollen Sie lieber schlafen? Ich kenne Ihre Pläne nicht und möchte sie auf gar keinen Fall durcheinanderbringen, aber es wäre mir – Hand

aufs Herz –« er preßte die Faust tatsächlich auf seine linke Brusttasche – »ein ganz außerordentliches Vergnügen, Sie noch ein klein bisserl länger neben mir zu haben.« Dabei sah er sie so lieb und aufrichtig an, daß Beas Abwehr dahinschmolz.

Aber Vorsicht – sie war nicht hier, um einem zugegeben außergewöhnlich zuvorkommenden Mann die Zeit zu vertreiben. Was sie nach Lima geführt hatte, war ein ganz anderer Grund. Und diesen Grund durfte sie auf keinen Fall aus den Augen verlieren. Andererseits – war es vielleicht nicht tatsächlich besser, erst einmal etwas zu essen, um für das, was sie vorhatte, genügend gestärkt zu sein? Ja, dieses eine Mal wollte sie noch nachgeben, teilweise auch aus Höflichkeit, doch dann war es allerhöchste Zeit, daß sie sich ihren persönlichen Angelegenheiten widmete.

»Avec plaisir.« Bea zwang sich zu einem Lächeln. »Ich nehme dankend und mit Vergnügen an. In zwanzig Minuten finden Sie mich in der Halle.«

18

Das Zimmer war recht hübsch, aber bescheiden eingerichtet. Schwarze geschnitzte Möbel, ein bunter gewebter Teppich mit Lamamuster, eine Lampe in Form eines großen verwundert schauenden Fischs. So ähnlich hatte Olimpias Zimmer in Paris ausgesehen, bevor Bea es bezogen und ihrem Geschmack angeglichen hatte.
Sie duschte, bürstete sich das Haar, wechselte die Kleidung. Wie gut, daß sie wenigstens ein einigermaßen repräsentables Kostüm mitgenommen hatte, jetzt tat es seinen Dienst. Es war weiß, aus Leinen und, wie Nicolas wohl moniert hätte, mindestens eine Handbreit zu kurz (was wieder einmal heftig übertrieben war), dazu trug sie eine rotweiß gemusterte Bluse und rote Schuhe. So mußte sich Dr. Toni Havlacek nicht gar so arg für sie schämen. Noch rasch einen Blick ins Telefonbuch, um Olimpias Telefonnummer zu vergleichen – ja, sie stimmte bis zur letzten Ziffer, unter der gleichen Adresse war noch ein Jorge Vargas eingetragen, das konnte ihr Bruder sein oder auch ihr Mann –, dann schritt Bea die Treppe herunter, wo ihr Begleiter schon wartete. Auch er hatte sich umgezogen, trug jetzt einen sandfarbenen Baumwollanzug und eine blau-beige getüpfelte Krawatte und sah so ausgeruht aus, als hätte er zwölf Stunden hintereinander tief geschlafen.
»Wir gehen in den Club Amado«, teilte er ihr mit, während er sie mit einem bewundernden Blick streifte. »Wie hübsch Sie aussehen. Rot steht Ihnen ausgezeichnet. Sie müßten es immer tragen. Paßt so gut zu Ihren Augen.«

»Die rotgeweint sind«, spöttelte sie, wußte nicht, was sie mit diesem Kompliment anfangen sollte.
»Aber nein doch. Dazu besteht bei einer so reizenden Frau wie Sie es sind, überhaupt kein Grund. Aber jetzt will ich Sie nicht länger in Verlegenheit bringen mit meinen Komplimenten – die, nebenbei, durchaus ernst gemeint sind. Gehen wir essen. Das Taxi wartet vor der Tür.«
Unterwegs erzählte Toni, daß er zwar kein Mitglied im Amado Club sei, aber dort bestens bekannt. »Die Clubs sind hier sehr geschlossen, müssen Sie wissen. Man will unter sich sein, die Europäer und reichen Einheimischen vor allem. Sie werden sich wundern, wie verschieden das Ambiente der Clubs von dem gewöhnlicher Restaurants in Lima ist. Ungerecht vielleicht, aber anders wäre das Leben für die Oberschicht hier nicht auszuhalten. Gerade heute nicht.«
Wieder Barriadas, weitläufiger und elender noch als am Flughafen, mit einer Menge zerlumpter Kinder und noch mehr Hunden, denen die Rippen durchs struppige Fell stachen, dann hatten sie den Club erreicht. Eine weiße Toreinfahrt, die sich, nachdem Toni mit dem Pförtner verhandelt hatte, langsam öffnete. Bea schnupperte.
»Es riecht nach Meer«, stellte sie fest.
»Das ist der Pazifik. Er beginnt nur etwa hundert Meter hinter dem Clubgelände. Aber zum Baden ist es in dieser Jahreszeit zu kalt, außerdem sind die Wellen meterhoch. Sehen Sie jetzt den Unterschied zum grauen Lima?«
Toni hatte recht, innerhalb des Clubgeländes war alles grün. So unerwartet grün, daß es einem richtig den Atem verschlug. Büsche wucherten, herrliche Blumen sprießten üppig und in allen Farben. Ein Gärtner sprengte den Rasen, ein anderer machte sich an einem Strauch mit goldgelben Blüten zu schaffen, die einen betäubend süßen Duft verströmten. Bea wandte sich ab. Das Parfum der Dame im

Flugzeug hatte ihr genügt. Lieber bewunderte sie die Vielfalt der Anlage, die wahrhaftig alles bot, was sich ein Sportler nur wünschen konnte. Ein Tennisplatz reihte sich an den anderen – im Ganzen waren es vielleicht zehn –, außerdem gab es drei Swimmingpools verschiedener Größe. In der Ferne flatterten die gelben und roten Fähnchen eines Golfplatzes, daneben weideten Pferde, ein Springplatz war angelegt. Kein Zweifel, in dieser Umgebung ließ es sich aushalten.

Sie waren so ziemlich die einzigen Gäste im Clubrestaurant, das modern und großzügig eingerichtet war. Im Hintergrund langweilten sich die Kellner, alle in weißen Jacken und schwarzen Hosen, die aber irgendwie schäbig wirkten. Der Chefober führte Bea und Toni an einen kleinen Tisch, reichte die Speisekarte.

»Möchten Sie ein normales Steak oder eine typische peruanische Spezialität?« erkundigte sich Toni.

»Wohl besser letzteres. Aber vielleicht ist es möglich, erstmal etwas zu trinken?« Obwohl draußen die Luft kühl gewesen war, hatte Bea Durst.

»Eine ausgezeichnete Idee.« Toni hob die Hand. Ein Kellner schlenderte gemächlich heran. »Zwei Pisco sour per favor und zweimal Cebiche de corbina.«

Der Pisco sour wurde in kleinen Gläsern serviert, zu klein, wie Bea fand. Mit zwei, drei Schluck hatte sie den Apéritif getrunken. Er schmeckte harmlos, pikant und – machte Appetit auf mehr. Toni, der sie amüsiert beobachtete, bestellte zwei neue Gläser. »Aber mehr nicht, sonst kann ich nicht für Ihre Sicherheit garantieren. Das Zeug, gefertigt aus Zuckerrohr, Sirup und Zitrone, wirft den stärksten Mann um. Drei Gläser und Sie«, er zwinkerte, »sinken mir bewußtlos in die Arme. Gegen letzteres hätte ich natürlich nichts einzuwenden.«

O ja, Bea merkte bereits die Wirkung. Das Blut stieg ihr in

die Wangen, die Angst fiel von ihr ab, sie hörte auf, dauernd den Kopf zu drehen und zu wenden, in der Furcht, Nicolas könnte auftauchen. Nicolas, der mit Sicherheit nicht allein war. Und wenn er sie hier sah, in Begleitung dieses unbestritten attraktiven und – ja, das auch – wesentlich jüngeren Mannes, als er es war, würde er einen Skandal machen, sich schneeweiß verfärben und mit der typisch spitzen Nase das Restaurant verlassen. Na, wenn schon! Er hatte gerade Grund dazu. Entschlossen griff sich nach ihrem Besteck und begann zu essen.

»Schmeckt gut. Scharf und pikant und dann auch wieder süß. Ich tippe auf Fisch und ...«

«Es ist Fisch. Marinierter Fisch und süße Kartoffeln. In Peru liebt man die Kontraste. In den Farben, in der Landschaft, in der ganzen Art zu leben.«

«Und zu lieben«, vollendete Bea trocken. Dann wurde sie sich ihres Ausrutschers bewußt. »Pardon. Bitte, entschuldigen Sie.«

Er machte eine großzügige Handbewegung, sah ihr dabei eindringlich in die Augen. »Vielleicht haben Sie recht. Das auszuprobieren hatte ich noch keine Gelegenheit. Aber wer weiß – die Zukunft ist voller Geheimnisse.«

Das bezog sich doch hoffentlich nicht auf sie. Bea widmete ihr ganzes Interesse dem Fisch, versuchte, den Alkoholnebel aus ihrem Kopf zu verscheuchen.

Von draußen her klang das Geräusch eines harten Balls, der gegen eine Betonwand sprang. Bea beobachtete einen gut gebauten Mann in schilffarbenen Shorts, der mit einem besonderen Schläger temperamentvoll einen Ball gegen die Wand schlug, abwechselnd mit einer jungen Frau, deren schwarzes Haar im Wind wehte.

»Das ist Fronton«, erklärte Toni, »ein Sport, typisch für Peru. Ich habe mir schon überlegt, ob man ihn nicht auch in Europa einführen könnte. Man braucht nichts als eine

Wand dazu. Es übt die Reaktionsfähigkeit, ist ungeheuer schnell und macht nebenbei großen Spaß. Am Strand spielt man dagegen Paletta, manchmal stundenlang. Besonders die jungen Burschen sind Meister darin, genau wie im Wellenreiten. Ich beobachtete einmal...«

Er sprach weiter, aß seinen marinierten Fisch, nippte von seinem Pisco sour, sprach und sprach, ohne daß Bea ihm zuhörte. Ihr klopfte das Herz bis zum Hals. War das nun Nicolas, der dort Fronton oder wie das nicht gerade besonders abwechslungsreiche Spiel sonst hieß, spielte oder war er es nicht? Durch die Scheibe, die spiegelte, konnte sie das nicht genau erkennen. Andererseits – der Körperbau stimmte und auch die Bewegungen, wenn die von Nicolas vielleicht eine Kleinigkeit eleganter waren. Doch hatte sie diesen Mann wahrscheinlich immer zu edel gesehen, seinen Körper und vor allem seinen Charakter. Aha, man amüsierte sich hier mit seiner »petite amie«, beziehungsweise seiner »grand amour«, bei sportlichen Betätigungen, suchte Abwechslung vom intensiven Liebesspiel ...

»Salaud«, murmelte Bea. In diesem Moment wandte der Mann sein Gesicht, lachte durch die Scheibe. Er war es nicht, nein, Nicolas war es gottseidank nicht. Gottseidank, wirklich Gott sei gedankt. Sie hätte das Zusammentreffen nicht ertragen. Trotz Pisco sour nicht und nicht trotz ihres hübschen Kostüms (das er noch nicht kannte) und auch nicht mit dem gutaussehenden Mann an ihrer Seite. Sie konnte nicht, sie war nicht stark genug, sie hätte gelitten wie ein Hund.

»Und das Meer«, sagte sie etwas hilflos, um zu der Unterhaltung eine Kleinigkeit beizusteuern. »Kann man darin baden?«

Toni sah sie erstaunt an. Darüber hatte man doch schon gesprochen.

»Im Augenblick nicht, doch zwischen Dezember und

März, also während der Sommermonate, ist der Strand voll. Übrigens können wir auch heute Sonne finden. Wenn wir nur ein paar hundert Meter höhersteigen, was mit dem Wagen kein Problem ist, lichtet sich der Nebel, und es herrscht strahlender Sonnenschein. Wollen wir uns den Spaß machen?«

Was, noch ein Ausflug? Und dann wieder ein Essen und wieder Unterhaltung und zwischendurch ein paar Komplimente, und so gingen die Tage dahin. Nein, deshalb war sie, Bea, nicht nach Lima gekommen, hatte sich nicht in dieses enge Flugzeug geklemmt, unverhältnismäßig viel Geld ausgegeben. Sie mußte Olimpia ausfindig machen, das einzige, was wichtig war.

»Verzeihen Sie.« Bea lächelte mühsam. Wie brachte man es einem so liebenswürdigen, so rührend bemühten Mann bei, daß man andere Verpflichtungen hatte, die noch dazu mit einem anderen Mann zusammenhingen? »Aber eigentlich ...«

»Ihre Freunde warten. Natürlich«, half ihr Toni, winkte dem Kellner, die Rechnung zu bringen. »Ich verstehe das. Sie haben mir schon soviel Zeit geschenkt, was ganz entzükkend von Ihnen war. Auch ich habe einiges zu erledigen. Aber wenn Ihnen Ihre Verpflichtungen zwischendurch ein paar Stunden lassen, würde ich mich außerordentlich freuen, Sie mit Ihnen zu verbringen. Ich glaube, ich kann Ihnen von Peru einiges zeigen.«

Wie war er nett, nein, in der Tat, wie war er nett. Bea kamen fast schon wieder die Tränen. Diesmal nicht aus Verzweiflung wie während der letzten Tage, sondern aus Rührung über einen Mann, der sich laufend überlegte, was er ihr Liebes tun konnte. Normalerweise wäre sie darauf eingegangen, hätte sich verwöhnen lassen, mit Freuden sogar, hätte ihr das Schicksal nicht vorher einen Franzosen namens Nicolas beschert. Nicolas ...

»Um eines möchte ich Sie noch bitten.« Toni hielt ihre Hand lange fest, als sie sich vor ihrer Zimmertür von ihm verabschiedete. »Rufen Sie mich an, wann immer Sie mich brauchen. Ich hinterlasse beim Portier, wo ich zu erreichen bin. Scheuen Sie sich nicht, ich bitte Sie. Der Fall könnte eintreten, wo Sie auf Hilfe angewiesen sind. Und da Sie die Verhältnisse hier nicht kennen... Es wäre mir eine große Ehre, Beatrix.« Jetzt zog er ihre Hand an seine Lippen, küßte sie. Seltsam, irgendwie gefiel ihr dieser Handkuß. Nicht, daß er sie erregte wie eine Berührung von Nicolas, der sie schon erzittern ließ, wenn er nur in ihrer Nähe war, aber immerhin – es war sehr, sehr angenehm.
»Danke, ich werde daran denken. Und viel Erfolg bei Ihren Unternehmungen.« Damit zog sie die Tür hinter sich zu.
Endlich allein. Endlich Zeit, sich an die »Arbeit« zu machen. Viel zuviele Stunden hatte sie schon verloren. Und sich dazu betrunken. Was für ein Leichtsinn! Toni hatte recht, dieser Zuckerrohrdrink war gefährlich. Sie mußte höllisch aufpassen, daß sie jetzt keinen Fehler beging. Was sollte sie als erstes tun? Ein Taxi bestellen und geradewegs zu Olimpia fahren, dort läuten und die Señora verlangen? Und wenn diese sich weigerte, sie zu empfangen, ihr die Tür vor der Nase zuschlug? Nein, zunächst einmal mußte sie sich vergewissern, daß Olimpia Vargas zu Hause war. Dann würde sie sich schon Einlaß zu verschaffen wissen.
Sie wählte die Telefonnummer, wartete. Niemand meldete sich. Das war eigentlich nicht möglich, wenigstens eine Hausangestellte mußte sich in der Villa befinden. Bea wählte ein zweitesmal. Wieder kein Glück. Sie ließ es so lange läuten, bis der Ton nach exakt zwei Minuten von allein verstummte. Niemand war im Haus. Olimpia war nicht da. Vielleicht schon in Europa, in Paris, in der Avenue Bugeaud, um zu entscheiden, ob sie das Leben dort nicht doch aushalten könnte? Mit Nicolas im Arm, den kleinen

Robert auf dem Arm? In Bea brach Panik aus. Dann war der ganze Aufwand umsonst gewesen, hatte sie die lange, ermüdende Reise nur gemacht, um einen liebenswürdigen Wiener kennenzulernen, der sie in die Geheimnisse der peruanischen Küche und Kultur einführte. Recht interessant, aber absolut nicht lebensnotwendig.
Mit einem schmerzlichen Aufseufzen ließ Bea sich aufs Bett fallen, stützte den Kopf in die Hand. »Nur nicht die Nerven verlieren«, hämmerte sie sich ein. Vielleicht sah sie ja in ihrer Phantasie und dem Zuckerrohrrausch Gespenster. Sie mußte absolut herausbringen, wo sich Olimpia befand. Doch wer konnte ihr das sagen? Olimpias Nachbarn? Keine sehr verlockende Vorstellung, dort zu klingeln und nach Señora Vargas zu fragen. Vor allem, wenn sie niemand verstand. Die Hausmädchen würden kaum Englisch oder Französisch verstehen. Nein, sie mußte sich an irgendwelche Verwandte oder Freunde von Olimpia wenden, aber an wen?
Natürlich, sie konnte der Reihe nach sämtliche Vargas anrufen, vielleicht daß sich darunter ein Bruder oder eine Cousine von Olimpia befand. Doch das war zu aufwendig, irgendwie kurios. Gab es nicht irgend jemanden, der über Olimpias Leben genau Bescheid wußte, eine gute Freundin vielleicht?
Bea hob den Kopf. Pablo hatte doch von einer Freundin gesprochen, eine Freundin, die genauso verrückt sei wie Olimpia. Wie war bloß ihr Name gewesen? Irgend etwas mit L. Nein, mit A. Auch nicht, es war ein J gewesen. Haargenau – ein J. Der Name hatte Bea an ein Mädchen erinnert, eine Brasilianerin, mit der sie ein paar Jahre lang die gleiche Schulklasse besucht hatte. Ein Mädchen, das immer leuchtendbunte Schleifen in ihren Zöpfen trug. Lida Jiminez war ihr Name gewesen. Und Jiminez hieß auch Olimpias Freundin. Aufgeregt blätterte Bea im Telefon-

buch den Buchstaben J auf. Jiminez gab es hier hoffentlich nicht so zahlreich wie Vargas. Nein, gottseidank, nur spärliche drei, und bei einem waren die Vornamen Juri und Armida vermerkt. Armida Jiminez, das mußte Besagte sein. Hätte es nur eine Minibar gegeben. Kater hin und her – Bea hätte sich trotz der leichten Kopfschmerzen, die der Pisco sour hinterlassen hatte, noch einen Schluck genehmigt, einfach um sich Mut zu machen. Aber eine Bar gab es in diesem Zimmer nicht. Also mußte es auch so gehen. Sie wählte.

Langes Läuten, wieder einmal. Dann diesmal nicht eine schläfrige »muchacha« (das war in Südamerika die ranghöchste der Angestellten – Toni hatte sie das Wort gelehrt –, die alle anderen Hausmädchen und -boys unter sich hatte), sondern ein Mann, der sich meldete. »Ola.«

Bea schluckte. »Entschuldigen Sie, aber könnte ich bitte Señora Armida Jiminez sprechen?« Sie sprach Englisch, und der Mann antwortete auch auf Englisch, mit einem eigenartig harten Akzent, der keineswegs spanisch klang, eher osteuropäisch. »One moment please.«

Lange bange Sekunden, Minuten fast. Hier schien man sich für alles unendlich viel Zeit zu lassen, oder die Räume lagen weit verstreut auseinander oder beides. Endlich eine Frau. »Ola.«

Ein wenig stotternd brachte Bea ihr Anliegen vor. Sie sei durch Zufall in Peru, für einige Tage nur, und hätte so gern – da schluckte sie wieder, zu schrecklich war es, diesen Namen über die Lippen zu bringen – Olimpia Vargas gesehen, in deren Haus sich aber niemand meldete.

»Wen? Olimpia?« Lange Pause, wieder einmal. Bea lief der Schweiß über die Stirn, nervös begann sie an ihrer Nagelhaut zu kauen. Hatte diese Armida aufgelegt, oder fand sie die Bitte, über den Aufenthaltsort ihrer besten Freundin Auskunft zu geben, als gar zu dreist, eine unerhörte Zumutung? Gerade wollte Bea noch einmal nachfragen oder auch – fast neigte sie mehr dazu – auflegen, da tönte es zurück: »Sagen Sie, Madame, sind Sie Beatrix Berenson aus Deutschland?« Die Stimme klang sanft und süß, als gehöre sie einer sehr schönen Frau.

Beinahe wäre Bea der Hörer aus der Hand gefallen. Das war doch nicht die Möglichkeit, das gab es doch gar nicht! Woher kannte diese Frau sie? Hatte Nicolas, der seine Pom kannte, eventuell argwöhnte, daß sie ihm nachgefahren war, sämtliche Freunde von Olimpia vorgewarnt, daß da eine hysterische Deutsche, rabiat bis ins Herz hinein, im Anzug war? Angst packte Bea, sie begann zu zittern. Was, lieber Himmel, hatte sie denn nur getan, daß Nicolas sie derart haßte, daß sich die ganze Welt gegen sie verschworen hatte?

»Ja«, sagte sie leise, »das bin ich. Warum?«

»Weil ich mit Ihnen sprechen möchte. Ganz dringend sogar, bevor Sie einen entscheidenen Fehler machen. Bitte, tun Sie mir den Gefallen, geben Sie mir die Gelegenheit zu einem Rendezvous mit Ihnen. Wo sind Sie? In Miraflores? Dort kenne ich ein kleines Café. Können Sie dort in einer Stunde sein? Café Pepe heißt es, jeder Taxichauffeur kann Sie dort hinführen. Aber kommen Sie, liebe Beatrix, kommen Sie bestimmt. Es geht um das Schicksal eines Menschen. Ich bitte Sie von ganzem Herzen darum. Also Punkt vier Uhr.«

Bea war völlig aufgelöst. Ratlos wälzte sie sich auf ihrem Bett hin und her, starrte die Decke an. Was wollte ihr diese Frau, die anscheinend einiges von ihr wußte, so Wichtiges sagen? Daß Nicolas und Olimpia auf Hochzeitsreise waren, still und heimlich geheiratet hatten? Möglich war alles in diesem infamen Dreieck. Oder schüttete ihr Armida in Olimpias Auftrag vielleicht gar Säure ins Gesicht?

»Ich gehe nicht, ich gehe einfach nicht hin«, beschloß Bea, um im nächsten Augenblick den Entschluß zu widerrufen. Ihre Neugier war zu groß. Und wenn sie Toni bat, sie zu begleiten, diskret im Hintergrund Platz zu nehmen, während die beiden Frauen miteinander verhandelten, sozusagen als Bodyguard? Dann war sie gezwungen, ihm auch von ihrem Drama zu erzählen, denn nur von ihm zu profitieren, das wäre nicht fair. Nein – entschlossen sprang sie auf, strich die Bettdecke glatt – sie würde allein gehen. Soviel Mut mußte sie aufbringen. In jedem Fall würde sie hinterher klüger sein.
Sie bestellte beim Portier, der damit beschäftigt war, Wettscheine auszufüllen, ein Taxi. Bis zu dem Café war es wirklich nur ein Katzensprung. Ein kleines Café, simpel, fast improvisiert wie alles hier. Nichts vom verschnörkelten Charme einer Pariser Patisserie, auch nicht die rauchige Atmosphäre eines Wiener Kaffeehauses. Nur wenige Tische waren besetzt. Zwei Männer hockten über einem Brettspiel, an einem Ecktisch tranken zwei junge Mädchen in beigefarbenen Pullovern, in die Lamas und große Vögel eingestrickt waren, Coca-Cola, hatten sich viel und anscheinend sehr Lustiges zu erzählen. Bea suchte ein Tischchen in einer Nische, von dem aus sie den Eingang beobachten konnte, bestellte Kaffee mit Milch. Ob sie sich noch einen Pisco sour genehmigen sollte? Besser nicht, denn – so sagte sie sich mit Galgenhumor – was sollte sie dann hinterher nehmen, nach dem Schock, den Armida ihr mit hundertprozentiger Sicherheit verpassen würde.
Zu gern hätte sie den Waschraum aufgesucht, doch sie wagte es nicht, aus Angst, ihre Rendezvouspartnerin zu verpassen. Lustlos stellte ihr ein Mädchen den Kaffee auf den Tisch, nahm den überfüllten Aschenbecher nicht weg, wischte nicht einmal über die verschmutzte Tischplatte. Eine ältere Frau mit Stock, eine Strickmütze auf dem Kopf,

trat ein, dann ein Junge, der Zeitungen verkaufte. Niemand sonst, schon gar keine schöne junge Frau. Die Gehbehinderte bestellte belegte Brote, die kichernden jungen Mädchen stießen ihr Colaglas um, daß es klirrte und der braune Saft auf den Boden tropfte. Und immer noch keine Armida. Nein, sie würde nicht kommen, hatte diese Verabredung längst bereut. Es war bereits zwanzig Minuten über der Zeit.

»Komm, bitte, komm«, flehte Bea stumm, krümmte sich vor Magenschmerzen, die psychisch sein mußten, denn so schlecht war der marinierte Fisch nicht gewesen. »Hörst du? Ich befehle es dir.«

Langsam öffnete sich die Tür. Eine ältere Frau mit kurzgeschnittenem grauen Haar trat ein, sah sich suchend um. Sie trug eine Männerhose und einen blauen Männerpullover, war alles andere als hübsch. Ihr Gesicht ähnelte dem eines Frosches. Bea sah ihr entgegen, machte eine halb einladende, halb hilflose Geste. Sie wollte um Gotteswillen keine wildfremde Person ansprechen. Aber nein, die Frau kam mit entschlossenen Schritten auf sie zu. Überhaupt wirkte sie sehr resolut.

»Sie sind Beatrix?« Ja, das war sie, die so süße, so sanfte Stimme, hinter der Bea ein sylphidenhaftes Wesen vermutet hatte. »Ich bin Armida Jiminez. Entschuldigen Sie die Verspätung, aber Juri, mein Mann, mußte mir unbedingt noch das Bild zeigen, das er heute früh gemalt hat. Ja, Sie sind Beatrix. Ich weiß es, Sie müssen es einfach sein. Nicolas hat sie nicht beschrieben, aber es gibt keine andere Möglichkeit, Sie müssen so aussehen.«

»Warum?« fragte Bea perplex. Die Rätsel häuften sich. »Ach ja, und guten Tag.«

»Buenos dias, Beatrix.« Armida atmete heftig, als sei sie zu schnell gelaufen. Sie wirkte nicht gesund. Ihr Gesicht war grob, strahlte aber ungeheuer viel Wärme aus. »Ich freue mich, Ihre Bekanntschaft zu machen, nachdem Nicolas mir soviel von Ihnen erzählt hat.«

»Sie haben Nicolas gesehen? Wann? In den letzten Tagen?« Dann hatte Bea recht gehabt, war er doch hier gewesen, dieser ... dieser ... Schuft.

»Ja, vorgestern war es, ungefähr um die gleiche Zeit wie heute. Da saß er bei mir im Patio, sah Juri beim Malen zu und sprach von Ihnen. Er liebt Sie sehr, wissen Sie das?« Ihre Augen musterten Bea eindringlich.

»Liebt mich sehr, liebt mich sehr. Und deshalb fährt er, ohne mir einen Ton davon zu sagen, nach Peru, läuft dieser – entschuldigen Sie, es ist ja Ihre Freundin – also Olimpia Vargas nach. Betrügt mich, nachdem er mich schon die ganze Zeit über belogen und betrogen hat. Lacht heimlich über mich ...« Bea versagte die Stimme, Tränen traten ihr in die Augen. Es war einfach zu infam, was sich da abgespielt hatte.

»Immer langsam, meine liebe, kleine Beatrix.« Armida legte ihr beruhigend die Hand auf den Arm, wie eine Mutter, die ihr erregtes Kind besänftigt. »Jetzt geht das Temperament oder auch die Phantasie mit Ihnen durch. Normalerweise sagt man das uns Südamerikanern nach. Nicolas hat Olimpia nicht getroffen. Er wollte es, ja, aber ich habe es ihm verboten.«

»Hat Olimpia nicht getroffen? Und aus welchem Grund nicht? Wo er doch an nichts anderes denkt.«

»Erstens stimmt das nicht, und zweitens hat er eingesehen, daß es das Beste ist, Olimpia in Ruhe zu lassen, heute und in alle Zukunft. Sehen Sie, Olimpia hat sehr, sehr gelitten durch diese Liebe zu Nicolas, so sehr, wie ein Mensch nur leiden kann. Ich habe sie zweimal vor dem Selbstmord gerettet«, jetzt traten Armida die Tränen in die Augen, »ich kann Ihnen nur sagen, es war fürchterlich. Diese Liebe war von Anfang an zum Scheitern verurteilt, weil Olimpias

Mann ein krankhaft stolzer Mexikaner ist, der schwor, alles zu tun, daß seine Frau in der neuen Verbindung unglücklich wird. Er hat ihr die Kinder entfremdet, verfolgte seine Frau bis nach Paris – ich will Sie nicht mit Einzelheiten langweilen –, aber er machte Olimpia das Leben zur Hölle. Deshalb ist sie auch wieder nach Peru heimgekehrt, obwohl ihr der Abschied von Nicolas fast das Herz brach. Lange Zeit war sie in therapeutischer Behandlung, aß nichts mehr, arbeitete nicht, ließ alles mit sich geschehen. Olimpia ist eine sehr depressive, selbstzerstörerische Natur, das hat sie von ihrer Mutter. Aber jetzt hat sie nach vielen, vielen Kämpfen und noch mehreren Rückfällen endlich ihr innerliches Gleichgewicht gefunden. Sie fotografiert wieder, schreibt Gedichte und Novellen, sehr hübsche sogar, beschäftigt sich viel mit ihren Kindern.«

»Mit Rodi«, sagte Bea bitter, »Nicolas' Kind.«

»Nicolas' Kind?« Armida lachte. »Aber nein doch, Rodi ist sechzehn. Er war längst auf der Welt, bevor sich die beiden das erstemal trafen. Nur litt Rodi am meisten von Olimpias drei Kindern, als sich seine Mutter in einen Fremden verliebte. Er lief weg, in die Berge, zu den Indios. Nicolas hat ihn dort gefunden und zurückgeholt, obwohl er sich heftig dagegen sträubte. Auf dem Rückweg wären sie fast bewaffneten Rebellen in die Hände gefallen. Es war eine sehr aufregenden Geschichte.«

Aha, deshalb also bewahrte Nicolas das Bild des Jungen auf. Aber aus welchem Grund war er nach Lima gekommen, wenn nicht, um seine Liebe zu Olimpia aufzufrischen? Warum hatte er kein einziges Mal angerufen?

»Als Nicolas das letztemal mit Olimpia sprach, das war, glaube ich, an ihrem Geburtstag, hatte er das Gefühl, etwas sei geschehen. Sie war so seltsam am Telefon – wenigstens erzählte er mir das –, sprach von Seelenwanderung und Wiedergeburt, schien wie in einer anderen Welt zu leben.

Sie so friedlich zu sehen – früher hatte sie ihm stets die heftigsten Szenen am Telefon gemacht –, beruhigte ihn, gleichzeitig traute er dem Frieden nicht. Deshalb wollte er sich mit eigenen Augen davon überzeugen, daß es ihr gut geht, um dann endlich, endlich mit Ihnen ein neues Leben zu beginnen.« Armida nahm einen Schluck Kaffee, holte Tabak und dünnes weißes Papier aus ihrer Tasche, drehte sich eine Zigarette. »Sie müssen verstehen, er fühlt sich verantwortlich für Olimpias Unglück. Gleichzeitig möchte er die Last der Vergangenheit endlich los sein. Deshalb nützte er seine Reise nach Mexiko, um anschließend hierher zu kommen und einen Schlußstrich unter die letzten zehn Jahre zu setzen. Vorher sprach er mit mir. Doch ich riet ihm davon ab, Olimpia zu sehen. Sie ist jetzt glücklich oder sagen wir, zufrieden, doch ich weiß nicht, wie Nicolas' Anblick auf sie wirken würde. Vielleicht wirft sie das wieder weit in ihrer seelischen Entwicklung zurück.«
»Ich verstehe«, sagte Bea langsam. Ja, sie verstand wirklich, vieles wurde ihr mit einemmal klar. Armida war wirklich eine phantastische Frau.
»Deshalb möchte ich auch Sie, Beatrix, bitten, keinen Kontakt mit Olimpia aufzunehmen. Sie weiß nicht, daß Nicolas eine neue Liebe gefunden hat. Vielleicht ist es ihr gleichgültig, aber vielleicht tut es ihr auch sehr weh.«
Bea nickte. Nein, sie wollte nichts zerstören, schon gar nicht Olimpias so labilen Seelenfrieden. Andererseits – wer hatte auf sie Rücksicht genommen?
»Trotzdem – ein einziges Mal hätte er mich anrufen können«, beharrte sie trotzig. »Wo er mich doch kennt und weiß, wie sehr ich darauf gewartet habe.«
Durch den Zigarettenqualm hindurch warf Armida ihr einen amüsierten Blick zu, der gleichzeitig etwas Verschwörerisches und auch Humorvolles an sich hatte. Gewiß wirkte sie auf manche Männer recht anziehend. Ein russi-

scher Maler jedenfalls hatte sich mit ihr verheiratet. »Das habe ich Nicolas auch gesagt. Und wissen Sie, was er darauf antwortete? ›Armida, du kennst die Deutschen nicht. Einerseits kann Pom wie ein verängstigtes Vögelchen sein, das man am liebsten in seine Hände nehmen und beschützen möchte, und dann wieder hat sie die Mentalität eines Panzers. Ich zwinge mich dazu, sie in der zweiten Rolle zu sehen. Denn was, wenn ich sie anrufe, soll ich ihr sagen, wo ich bin? Für eine Lüge ist sie mir zu schade.‹«
Ein Panzer. Pom mit der Mentalität eines Panzers. Das war wieder typisch Nicolas. Trotz ihrer Wut und Enttäuschung mußte Bea lachen. Wo steckte er eigentlich, der ungetreue und doch auch wieder treue, gehaßte und gleichzeitig über alles geliebte Übeltäter?
»Er ist direkt nach München zurückgeflogen.« Armida schien Gedanken lesen zu können. »Vom hiesigen Flughafen aus wollte er Sie anrufen, aber da waren Sie vielleicht schon unterwegs. Sicher sitzt er jetzt in seinem – pardon, in Ihrem gemeinsamen Appartement und macht sich Sorgen um Sie. Ganz fürchterliche Sorgen sogar. Ich würde Ihnen raten, melden Sie sich ganz schnell bei ihm. Kommen Sie, gehen wir. Lassen Sie, ich erledige die Rechnung.«
»Ich möchte Ihnen danken, von ganzem Herzen danken.« Bea, die bereits an der Tür war, kam noch einmal zurück, streckte Armida ihre Hand entgegegen. »Sie können sich gar nicht vorstellen, wie sehr Sie mir geholfen haben. Wäre ich nicht durch Zufall auf den Gedanken gekommen, Sie anzurufen – was hätte ich Schreckliches angerichtet! Nicolas hat Recht, manchmal bin ich wie ein Panzer. Schließe die Augen und stürme einfach los, egal, was passiert.« Schon war sie wieder an der Tür. »Was ich Ihnen noch sagen wollte, Armida.« Sie wandte den Kopf. »Sie sind eine wundervolle Frau. Ich beneide Olimpia um ihre Freundin.«

19

Draußen hatte sich der Nebel etwas gelichtet, trotzdem war es nicht heller geworden, die Luft wirkte noch genauso trübe und grau. Leere Zigarettenschachteln lagen in der Straßenrinne, die Müllsäcke, die an den Häuserwänden lehnten, waren aufgebunden, zur Hälfte geleert. Kinder wühlten darin herum, streckten Bea bettelnd ihre schmutzigen Hände entgegen. Da – ein paar Francs. Anderes Geld fand sie in der Eile nicht, doch die Kleinen würden damit schon etwas anzufangen wissen. Und was gab sie dem mageren Hund, der leise hechelnd unter einem zerbeulten Auto lag? Kurzentschlossen betrat Bea eine Metzgerei, wo nur wenig und, wie ihr schien minderwertiges Fleisch angeboten wurde, kaufte ein paar Knochen mit Fettresten daran, warf es dem Hund zu. Ein einziger Schnapper – und alles war weg.

Eine gute Tat wenigstens, wollte Bea ihre Freude doch teilen. Denn eine freudige Nachricht war es, die Armida ihr mitgeteilt hatte, wenn es da auch noch eine Menge gab, das Bea nicht verstand. Der Sachverhalt der ganzen Geschichte war so kompliziert, daß sie erstmal in Ruhe über alles nachdenken mußte. Eines jedoch hatte sie verstanden: Nicolas hatte Olimpia nicht getroffen, würde sie auch in Zukunft nicht wiedersehen. Jedenfalls nicht, wenn es nach Armida Jiminez ging.

Aber einmal angenommen, Armida hatte nicht in allen Punkten die Wahrheit gesagt, ging es Bea durch den Kopf, während sie die Straße entlanglief. Sie begann zu grübeln.

Wenn Nicolas sie zum Beispiel dringend gebeten hatte, alles daran zu setzen, Bea zu beruhigen, damit sie sich nur ja nicht auf die Spur von Olimpia setzte? Diese mysteriöse Olimpia, die so schön, so aufregend sein mußte, daß ein Mann wie Nicolas, der weiß Gott genug interessante Frauen gekannt hatte, fast den Verstand darüber verloren hatte und immer noch verlor.

»Ich will sie sehen«, murmelte Bea zwischen zusammengebissenen Zähnen, schlug einen schnelleren Schritt an. Unruhe kam in ihr auf, der alte Zweifel. »Ich muß diese Frau sehen, ein einziges Mal wenigstens, sonst finde ich nie meine Ruhe. Olimpia Auge in Auge gegenüberstehen, mir mein Urteil über sie bilden. Anders geht es nicht. Pardon, Armida, ich habe dir zwar fast mein Wort gegeben, Olimpia in Ruhe zu lassen, aber ich nehme es zurück. Es geht um meine Zukunft, meinen Seelenfrieden, ob du es verstehst oder nicht. Pardon auch, Nicolas, du mußt dich noch ein klein wenig gedulden. Ich rufe dich gleich hinterher an. Erst einmal Olimpia.«

Avenida Paloma 14, Taubenstraße Nummer vierzehn – Bea kannte die Adresse auswendig. Sie sprach einen Taxifahrer an, der in seinem Wagen vor sich hindöste, winkte mit Dollarscheinen. Si, si, Señora – der Krauskopf räkelte sich hoch – Avenida Paloma, sei ihm bekannt. Eine feine Gegend, eine sehr feine Gegend, muy elegante.

Und sehr weit entfernt. Zurück in Richtung Amado Club und damit zurück ans Meer und dann eine schmale Küstenstraße entlang, auf der das Auto rutschte und schlingerte, daß sich Bea am Sitz festhalten mußte. Allmählich ging es hinauf, immer weiter hinauf. Da war sie auch schon, die von Toni angekündigte Sonne, wenn sie auch nur sparsam schien, und da lagerten sie im satten Grün, umgeben von blühenden Hecken und Büschen, die weißen Villen der Reichen. Kein Mensch war auf der Straße zu sehen, alles wirkte schläfrig, eine verblichene Pracht, die von vergangenen, glanzvolleren Zeiten träumte. Hier also wohnte das Fabelwesen Olimpia. Komisch – Bea hätte sie sich eher in einer Felsenhöhle vorgestellt, mit einer zahmen Eule auf der Schulter.

»Avenida Paloma 14.« Das Auto hielt mit einem so plötzlichen Ruck, daß Bea, mit den Gedanken ganz woanders, gegen den Türgriff fiel, sich das Knie anstieß. »Fünfzehn Dollar per favor.« Der Krauskopf kratzte sich am Ohr, ganz wohl war ihm nicht bei dem Preis.

»Ich geben Ihnen jetzt zehn und dann nochmal dreißig, wenn Sie auf mich warten«, machte sich Bea mit Händen und Füßen und einem kleinen Wörterbuch verständlich, das sie in weiser Voraussicht eingesteckt hatte. »Das muß nicht hier sein. Fahren Sie, wohin Sie wollen. Aber seien Sie bitte in einer halben Stunde zurück. Also fünf Uhr.« Sie streckte fünf Finger in die Luft.

Bis dahin hatte sie hoffentlich erreicht, was sie so unbedingt erreichen mußte, nämlich die Herrin dieser blaßrosa Villa zu sehen. Der Krauskopf nickte, um sein Einverständnis zu signalisieren, brauste ab. Mutterseelenallein stand Bea auf der Straße, die mit weißen Blütenblättern übersät war, als hätte man hier eine Hochzeit gefeiert.

Sie stieß das Tor auf, das zu ihrer Überraschung unverschlossen war, entdeckte an dem abgeblätterten rosa Hausputz einen Klingelknopf. Sollte sie läuten? Dazu fehlte ihr der Mut. Denn was – bitte sehr – sollte sie sagen, wenn ihr die weißgekleidete »muchacha« gegenüberstand, nach ihren Wünschen fragte? Welchen Namen nennen, welchen Grund ihres Besuchs? Sie wollte ja, das hatte sie Armida fest versprochen, Olimpia keineswegs schockieren, und es wäre auch in höchstem Maße unfair gewesen, sie aus ihrem so schwererkämpften Frieden reißen – sie wollte ihr nur eben einmal von Angesicht zu Angesicht gegenüberstehen.

Wie fing man das am besten an? Unruhig strich Bea um das Hausportal herum. Sie hatte sich für das Treffen mit Armida umgezogen, trug eine bunte Leinenhose und ein weißes T-Shirt. Seltsam – trotz der Angst vor den »guerilleros«, die, wie Toni erzählt hatte, das ganze Land unsicher machten –, gab es hier keine verschlossene Gartentür, nicht einmal einen Zaun. Jeder ungebetene Besucher konnte das Besitztum der Familie Vargas ungehindert betreten, so auch Bea (die von allen vielleicht am allerungebetensten war). Und wenn sie jemand ansprach? Dann würde sie eben in einem Kauderwelsch aus Englisch und Französisch von ihrer kleinen Katze erzählen, die sich in den Gärten verlaufen hätte.
Der Garten war üppig bepflanzt, wirkte aber ziemlich verwildert mit seiner ungezügelten Blumenpracht und den wuchernden Büschen, was Bea jedoch gefiel, weil sie für wie mit Lineal und Zirkel angelegte Beete und sauber gezupfte Rasen so gar nichts übrig hatte. Leben sollte ein Garten, leben und atmen und auch den Tieren Unterschlupf bieten.
Mühsam hangelte sie sich zwischen tiefhängenden Zweigen und schier undurchdringlichem Gebüsch hindurch, fühlte Kletten in Haar und T-Shirt sowie einen Dornenriß im linken Oberarm, stand mit einemmal in einem weiträumigen Patio. Ein Springbrunnen versprühte einen dünnen Strahl, Korbmöbel mit bunten Kissen und ein weißes Tischchen standen herum, auf dem Boden stapelten sich Bücher und Zeitschriften. Auch hier war alles ein bißchen verblichen, chaotisch, aber durchaus sympathisch, hatte so gar nichts von europäischem neureichem Glitzerluxus.
»Buenos dias, Señora, buenos dias«, schnarrte nicht weit von Bea eine Stimme. Etwas Hartes schlug gegen Metall, ein Glöckchen bimmelte, dann brabbelte die Stimme Unverständliches vor sich hin. Bea zuckte zusammen. Jetzt war es soweit, hatte man sie entdeckt, mußte sie Farbe bekennen.

»I am vraiment very sorry, mais mon petit chat...« murmelte sie nervös vor sich hin. Am liebsten wäre sie davon gelaufen. Eine Schnapsidee, hierherzukommen! Und wenn Olimpia einen Hund auf sie hetzte oder dank ihrer Zauberkräfte einen Bann aussprach...?

»Bravo, Coco, bravissimo.« Jetzt war es eine etwas heisere Frauenstimme, die sprach. Bea wandte sich um, erblickte eine ungewöhnlich große, ungewöhnlich schlanke Gestalt in einem bodenlangen indianischen Gewand, die einen Papagei koste, ihm zärtlich den kobaltblauen Kopf küßte. Auf ihrer Schulter saß ein anderer, ein kleinerer Papagei, ein dritter war dabei, aus einer großen weißen Volière zu spazieren, deren Tür weit geöffnet war. Aha, es war also ein Papagei gewesen, der sie angesprochen hatte. Bea atmete auf. Doch wer war diese Frau? Olimpia konnte es nicht sein, denn dieses edle Wesen hier war hell-, fast weizenblond, trug das Haar so kurzgeschnitten wie damals Jean Seberg in ihrem berühmten Film »Außer Atem«. Komisch, daß man einen solchen Frauentyp hier in Peru, der Heimat der Indios, fand. Auch ihre Haut war von einem beneidenswert schimmernden Marmorweiß, ein paar zarte Sommersprossen waren wie zufällig darüber gestreut. Vielleicht war es die Gouvernante der Kinder oder sogar schon der Enkelkinder von Olimpia?

Bea konnte sich nicht von dem Anblick der Frau lösen, die mit den Papageien spielte, ihnen mit ihren schlanken weißen Fingern Leckerbissen in den Schnabel schob, sie streichelte und liebkoste. Es war sicher keine schöne Frau, nicht einmal im landläufigen Sinn hübsch, auch ihr Alter war schwer zu bestimmen, doch ging eine solche Anmut, ein solch süßer Zauber von ihr aus, daß Bea wie gebannt stehenblieb. Am auffallendsten waren die Augen, tief in den Höhlen liegende, strahlendblaue Augen mit ungewöhnlich großen Pupillen, die dem Gesicht etwas kindlich Staunen-

des, fast Rührendes gaben. »Irgendwo habe ich diese Frau schon einmal gesehen«, überlegte Bea. »Sie erinnert mich an jemanden. Wenn ich bloß wüßte, an wen.«
»Señora Olimpia.« Eine alte Frau im rosaweiß gestreiften Kleid mit strengem schwarzen Knoten trat aus dem Haus, reichte der blonden Dame einen Wollknäuel, der auseinandergerissen war, nur noch aus einzelnen Fäden bestand. »El gato...« Sie machte eine aufgeregte Gebärde.
Die Blonde nahm den Knäuel, wiegte ihn in ihren Händen hin und her, lachte. Bea zuckte zusammen. Und wie sie lachte! Ein so hohes, fast irres Lachen hatte sie noch nie gehört, in ihrem ganzen Leben nicht. Es war ein richtig hexenhaftes Lachen. Das war also Señora Olimpia! Das war sie, die Gesuchte, Gehaßte, Gefürchtete, tausendmal Verfluchte, die rabenschwarze Indianerin, die Katzen aus dem Fenster warf, Puppen durchbohrte, sich von ihrem Geliebten in ein Dachzimmer einsperren ließ, ihn dort empfing. Eine Verrückte, eine Besessene, von der Liebe wie vom Haß. Und gleichzeitig ein blonder Engel, der wie ein Kind mit Papageien spielte, sich köstlich über ein Knäuel Wolle amüsierte, mit dem wohl ein Kätzchen gespielt hatte. Auf dem Absatz kehrt und nichts wie weg von diesem verwunschenen Ort! Bea hastete zum Portal. Gottseidank wartete das Taxi schon vor der Tür. Und der Fahrer – Bea hielt ihm einen Extra-Zehndollarschein unter die Nase – fuhr, als ginge es um sein Leben. Wahrscheinlich hielt er die europäische, völlig aufgelöste Señora für hoffnungslos verrückt, die zuerst still im Auto saß, die Augen geschlossen, um sich dann mit einemmal mit einer heftigen Bewegung aufzurichten und »Jetzt weiß ich es« zu rufen. »Ich weiß, wem diese Olimpia ähnlich sieht. Mir, ja, mir. Auch das Alter stimmt. Nur daß ihre Haare viel heller sind.«
»Aber sie ist ja blond. Warum hast du das nicht gesagt?« hämmerte Bea wie irr auf Nicolas ein, als sie ihn eine halbe

Stunde später – endlich, endlich – am Apparat hatte. Er war völlig fassungslos.

»Wer, amour, wer?«

»Na, Olimpia, deine Olimpia. Blond wie eine schwedische Lichterkönigin mit Augen so blau wie die norwegischen Fjorde.«

»Sie ist doch Finnin, habe ich das nicht erzählt? Eine Finnin, die in Peru geboren wurde. Sind damit alle Fragen beantwortet? Aber hör endlich auf, dauernd von Olimpia zu sprechen, wie geht es dir? Pom, ma Pom? Bist du gesund, hat dir keiner etwas getan? Sei nur vorsichtig, wenn du aus dem Haus gehst, Lima ist so gefährlich. Ach, mach ich mir Sorgen! Und wie ich mir Sorgen mache! Was fällt dir nur ein, eine so weite Reise anzutreten und das ohne mich! Ich verstehe dich nicht, non, je ne te comprends pas. Und niemand weiß, wo du steckst. Nicht Adrienne, nicht Michel, nicht einmal deine Tochter Ulrike. Ich habe in München angerufen, ja, das habe ich getan, weil ich es vor Angst nicht mehr ausgehalten habe...« Seine Stimme überschlug sich, so aufgeregt war er.

»Und ich?« gab Bea heftig zurück. »Was war mit mir? Wer hat mich stunden-, tage-, nächtelang warten lassen, ohne ein Lebenszeichen von sich zu geben. Ja, wer wohl?«

»Pom, Pom Chérie«, flötete Nicolas mit dem ganzen Schmelz seiner warmen Stimme zurück, »ich bekenne mich schuldig. Das war ganz unüberlegt, was ich da angestellt habe. Glaube mir, amour, ich habe mindest so gelitten wie du. Aber das war doch noch lange kein Grund, einfach wegzufahren und dann so weit! Die Männer in Peru – sicher sind sie alle wie die Teufel hinter dir her.«

»Die aus Peru nicht, aber einer aus Wien«, lag es Bea auf der Zunge, triumphierend in den Hörer zu rufen, aber sie unterließ es. Zu groß war ihre Erleichterung, Olimpia begegnet zu sein, die so ganz anders war, als sie sich das

jahrelang ausgemalt hatte. Weniger gefährlich und dann andererseits in einer gewissen Weise auch wieder sehr gefährlich, denn sie besaß – zumindest in ihrem jetzigen Zustand – dieses Engelhafte, gegen das man machtlos war.
»Kein Mensch ist hinter mir her, im Gegenteil, am Anfang fühlte ich mich hier sehr verloren. Langsam fange ich an, mich mit Land und Leuten auseinanderzusetzen. Wenn auch alles sehr deprimierend ist, so entdeckt man mit der Zeit doch einen gewissen Reiz...«
»Mein Land ist schön, n'est-ce pas?« Stolz sprach aus Nicolas.
Bea, über das ›mein Land‹ irritiert, beschloß, ihn ein bißchen zappeln zu lassen. »Lima nun nicht gerade, aber mehr kenne ich bisher nicht. Ich möchte tiefer hinein ins Landesinnere, auf die Berge. Cusco zum Beispiel soll wundervoll sein. So bin ich gerade am Überlegen, ob ich nicht noch ein bißchen bleibe.«
»Du bleibst?« Nicolas verschlug es fast die Sprach. »Und ich, Robert, unsere Wohnung? Weißt du nicht, daß die ganze Wohnung ohne dich wie ausgestorben ist, Robert ißt seit zwei Tagen nichts mehr, le pauvre? Wie ein Ausgestoßener streiche ich durch die Räume, knipse in deinem Zimmer alle Lampen an, setze mich ein wenig auf die Couch, um an dich zu denken...«
»Nicht an Olimpia?« hätte Bea fast gefragt. Nein, diese Bemerkungen wollte sie künftig unterlassen. Der Fall Olimpia war ausgestanden, gehörte endgültig der Vergangenheit an. Jetzt kam es nur noch auf das Verhältnis zwischen Nicolas und ihr an und – auf ihre Fähigkeit, in Paris heimisch zu werden.
»Weißt du, Pom, daß mir dein Zimmer von allen Räumen am besten gefällt? Es ist so klein, so intim, wirkt so privat. Du mußt es nur anders einrichten, das Interieur paßt nicht zu dir. Gleich wenn du wieder in Paris bist, fährt Michel uns

in die Stadt, und wir suchen schöne neue Möbel aus. Vielleicht einen Sekretär im Biedermeierstil – Biedermeier ist doch très allemand, n'est-ce pas? –, an dem du Tagebuch schreiben kannst und Briefe, Briefe natürlich nur an mich, die ich dann beglückt am Morgen lese, während du unter der Dusche stehst oder das Frühstück mit frischen Croissants im Bett einnimmst.«
Und der Kaffee roch heiß und würzig, obwohl er Bea immer ein bißchen zu stark war und sie bis heute nicht herausbekommen hatte, wieviel Milch in eine »bowl« gehörte, vor allem, da die »bowls«, aus denen man den Kaffee schlürfte, so schrecklich groß waren, kein Vergleich mit deutschen Tassen. Und die Croissants schmeckten nach Butter, zerkrümelten bei der leisesten Berührung, waren am besten, wenn man sie in Marmelade tauchte. Und später dann, wenn sich Bea unter dem starken Strahl der Dusche drehte und wendete, erblickte sie im Fenster gegenüber mit schöner Regelmäßigkeit eine Frau, die, ein reizend rosa Häubchen über das Haar gestülpt, in ihrem Badezimmer ihre Toilette vollendet. Ganz bezaubernd war dieses Bild, fast wie ein Gemälde von Monet. Manchmal tauchte diese Frau auch in der Küche auf, beugte sich über die dampfenden Töpfe oder las auf ihrer geblümten Chaiselongue ein Buch, die Beine angezogen. Das war Paris auch, und es wärmte das Herz.
Und all die kleinen Straßen im Universitätsviertel mit den alten Buchläden und Geschäften voller Antiquitäten und die liebenswürdigen alten Fräuleins mit Brille und einer adretten Schleife am weißen Kragen, die Knöpfe verkauften und farbige Bänder und so zuvorkommend zu der Fremden waren, daß diese sich für ihr stotteriges Französisch schämte. Und die Bänke im Park, auf denen junge Mädchen saßen, einen Apfel in der Hand und in ihre Lektüre vertieft, freundlich für den Neuankömmling zur Seite rutschten.

Und die Sonntagmorgen in der Avenue Foch, wenn die alten feinen Herrschaften ihre Wohnungen verließen, die Damen in Spitzen und mit Strohhütchen, die graugekleideten Herren mit dem roten Bändchen im Knopfloch, sich zum gemeinsamen Essen mit den Kindern begaben, ganz aufgeregt vor Vorfreude. Ja, das war Paris genauso, und dieses Paris liebte Bea, hatte es ins Herz geschlossen. Das alles fehlte ihr auf einmal.
»Ich komme, ich eile«, jubelte Bea ins Telefon. »Ich nehme das nächste Flugzeug der Air France, das nach Paris fliegt. Ich werde mich gleich danach erkundigen. Erkundige du dich auch. Bis dahin beaucoup d'amour, plus d'amour que jamais und tausend bises. Ich küsse dich.«
»Heute abend zweiundzwanzig Uhr«, teilte ihr die Air France mit. »Also in knapp drei Stunden starten wir nach Orly. Un moment . . . ja, wir haben noch einen freien Platz. Allerdings erster Klasse.«
Würde sie eben erster Klasse fliegen – warum nicht? Sie hatte allen Grund zu feiern, und außerdem kam sie auf diese Weise ausgeschlafen in Paris an. Nun rasch die Sachen zusammenpacken und die Rechnung bezahlen. Sollte sie Armida noch einmal anrufen? Besser nicht, es gab im Augenblick nichts zu sagen. Toni hingegen – das war eine andere Sache. Sie würde ihm beim Portier eine Nachricht hinterlassen.
Sie stieß fast mit ihm zusammen, als sie mit dem kleinen Koffer in der Hand die Treppe hinunterlief. Er hatte sich umgezogen, trug eine Wildlederjacke über die Schultern gehängt, nahm ihr auf der Stelle den Koffer ab. »Hallo, Bea, was für eine Freude, Sie zu sehen. Gerade wollte ich Sie anrufen, zum Abendessen einladen. Aber Sie wirken bereits so reisefertig. Ist etwas passiert?« Es klang weniger neugierig als vielmehr beunruhigt. Er schien sich wirklich Gedanken über sie zu machen.

Sie holte tief Atem. »Ja, Toni, es ist viel passiert.« Sie konnte nichts dagegen tun, aber ihre Augen strahlten. »Viel, sehr viel sogar. Jedenfalls bin ich jetzt nicht mehr unglücklich, die Dinge haben sich auf erfreuliche Weise gelöst. Aber wenn Sie mir nicht so liebenswürdig beigestanden hätten, hätte ich hier eine ganze Menge Dummheiten angestellt. Danke, wirklich vielen Dank.«
Er konnte seine Enttäuschung nicht verbergen, sie merkte es deutlich. Dann nahm er sich zusammen, reichte Bea die Hand. »Schön, daß es Ihnen gut geht, Beatrix. Ich freue mich aufrichtig darüber. Möge alles so werden, wie Sie sich das wünschen. Wenn nicht – ich kehre in einem halben Jahr nach Wien zurück. Dort finden Sie mich. Ist von München aus ja nur ein Katzensprung. Auf Wiedersehen, Servus, behüt sie Gott – Adieu sage ich mit Absicht nicht – und gute Heimreise.« Er zwang sich zu einem Lächeln.
Da konnte sie nicht anders. Sie legte ihm die Arme um den Hals, küßte ihn links und rechts auf die Wange. Sie mußte das einfach tun. Was für ein rares Prachtexemplar von Mann! Schade, daß sie ihm so spät begegnet war, zu spät. Aber, wer weiß – meldete sich gleich darauf ihr gesunder Menschenverstand zu Wort –, vielleicht war er ja verheiratet, lebte getrennt und hing immer noch an seiner Frau, hatte eine blutjunge Freundin. Männer wie er waren selten allein, jeder trug ein Stück Vergangenheit mit sich herum. Aber noch einmal den Kampf gegen eine Rivalin aufzunehmen – nein, dazu fehlte ihr wirklich die Kraft. Nicolas war der letzte und auch der Richtige.
»Nicolas«, sang sie leise im Flugzeug beim Einschlafen vor sich hin, ein halbvolles Glas Champagner in der Hand. »Nicolas« träumte sie, und »Nicolas« flüsterte sie, als sie am Morgen in Paris-Orly ankam, einigermaßen ausgeschlafen und sehr glücklich. »Nicolas.« Und da stand er schon, in seinem Lodenmantel mit einem weichen, grauen Hut,

machte ein so erwartungsvolles, ein so beunruhigtes Gesicht, daß ihm ihr Herz entgegenflog. Der Mann, der sich ganz und gar der Liebe auslieferte, oft dabei verlor, doch die Hoffnung nicht aufgab. In seiner Hand trug er eine langstielige rote Rose und einen kleinen Korb.

Als er Bea erblickte, glätteten sich die Sorgenfalten, leuchtete sein Gesicht, es war, als wenn die Sonne darin aufging. Er winkte heftig, öffnete den Korb. Und – Bea glaubte, nicht richtig zu sehen – dem Korb entstieg Robert, eine lange blaue Leine an sein Halsband geknüpft, deren Ende Nicolas hielt. Robert, der stolze, eigensinnige Kater, der Einzelgänger. Unruhig sah er sich um.

»Robert«, rief Bea. Tränen stiegen ihr in die Augen. »Robert.« Er horchte auf, spitzte seine haarigen weißen Ohren, dann setzte er sich in Bewegung, lief, rannte fast an seiner Leine Bea entgegen, die er bisher immer nur zögernd akzeptiert hatte. Als er sich durch Berge von Gepäck und unzähligen Menschenbeinen seinen Weg gebahnt hatte, bei ihr angekommen war, sah er mit seinen großen schönen Mandelaugen zu ihr auf, miaute.

»Robert, mein Liebling, mon amour.« Und Bea bückte sich, nahm den Kater auf, liebkoste ihn, und die Menschen um sie herum betrachteten das seltene Schauspiel mit Staunen und amüsierten sich.

»Un chat charmant«, sagte eine ältere Französin mit stark blondiertem Haar und einer Tigerbluse. Liebevoll fuhr sie Robert über den Kopf.

»Charmant comme sa maman.« Das war eine junge Frau, ein Typ wie Eleonore, und sie meinte mit der charmanten Mama – Bea. Bea lachte, lachte den Kater, lachte all die anderen Frauen an, und – siehe da, sie lachten zurück. Fanden die große Deutsche mit dem verwurschelten Haar, das Gesicht voller Katzenhaare, die sich so freute, mit einemmal gar nicht mehr komisch, sondern akzeptierten sie als eine der ihren. Wer weiß, vielleicht war es ja ihre, Beas, eigene Schuld gewesen, war sie den Französinnen nicht so, wie diese es wünschten, entgegengegangen, hatte sie mit einem gewissen Trotz oder auch mit einer gewissen Arroganz ihr Anderssein betont.

»Und ich? Mich gibt es wohl gar nicht?« beschwerte sich eine Stimme hinter Bea. Nicolas. Sie warf sich ihm in die Arme, preßte sich an seine starke Brust, umhalste Mann und Kater gleichzeitig. »Dernier appel pour les passengers du vol AF 489 à destination de Buenos Aires«, schallte es durch den Lautsprecher. Kinder brüllten, Schoßhunde fiepten, ganze Clans von farbigen Familien drängten sich mit Paketen und Berge verschnürter Koffer durch die ankommenden Fluggäste. Ein einziges Chaos.

»Pom, ma Pom«, sagte Nicolas voller Inbrunst. Seine Augen leuchteten wie Sterne an einem wolkenklaren Himmel. »Daß du nur wieder da bist. Daß du nur wieder bei uns bist. Bienvenu à Paris.«

»Aber«, er hüstelte, sah irritiert an ihr herunter, »dein Rock ist ein bißchen sehr kurz, findest du nicht? Und die Beine voller Kratzer. Wo du dich wohl herumgetrieben hast? Nein, will ich nicht wissen. Ich will gar nichts wissen. Das Kapitel Peru ist für mich abgeschlossen. Fini, fini pour toujours. Aber Michel wird sich wer weiß was denken, wenn er dich so sieht. Michel – ich glaube, er hat jetzt doch une affaire mit Adrienne angefangen, in unserer Wohnung. Mir fehlt eine Flasche Champagner, und es kam mir vor, als sei da ein fremder Parfumduft in unserem Bett. Pom?«

»Ja?« Verliebt wandte Bea den Kopf.

»Pom, ich habe une surprise für dich.«

»Nein, was denn?«

»Ich lerne jetzt Deutsch. A l'université. Habe mich schon angemeldet.

»Aber wieso denn. Das ist doch nicht nötig.«

»Ist doch nötig. Naturellement.« Erregt blies Nicolas die Luft durch die Nase. »Schließlich will ich die Sprache der Frau, mit der ich mich verheirate, verstehen können. C'est normal, n'est-ce pas? Einen Satz spreche ich schon.«
»Und welchen?« Bea drückte ihm die Hand. Küßte ihn auf die Wange, rieb ihren Kopf an seiner Schulter, wußte gar nicht, was sie dem großen, stattlichen Mann noch Liebes tun konnte.
Nicolas dachte genau nach, konzentrierte sich. Es mußte ein furchtbar schwerer Satz sein. »Guten Tag, Madame de la Litonnière«, formulierte er mühsam. Dabei machte er sein Gesicht Nummer sechs, das des kleinen Straßenjungen.

Knaur

À la française

(60164)

(3271)

(3191)

(60279)

(3137)

(60195)